湖濱散記

WALDEN

HENRY DAVID THOREAU

梭
羅

003

Retime

目次

推薦序

來自梭羅的啟示

常常心裡會浮現一個問題：「若是梭羅活在現代，他的湖濱散記會怎麼寫？」因為相對於科技與物質文明凌駕一切之上的今天，梭羅生活的一百多年前的社會還算單純樸實，他如何能未卜先知的道盡當代人所面對的精神困境？

這種預知，讓梭羅的《湖濱散記》在近代愈來愈受全世界重視。這十多年來，我在逛書店或者二手書店，跳蚤市場時，只要看到《湖濱散記》的譯本就會購買，不知不覺也買了將近二十種不同出版社的翻譯版本。

或許是梭羅寫作方式常夾帶格言式的警語，所以大概他是最常被當代人引用的作者之一，不過《湖濱散記》其實不太容易翻譯，因為原文字句冗長，他又喜歡引用拉丁文與古代語法，同時文辭既詰屈又嘮叨。現在你手中拿的這個版本是我至今收集到的翻譯本中，最用心，最完整的譯本了。

也或許這些年不斷重新閱讀《湖濱散記》的緣故吧，我自己的真實生活，好像也愈來愈像他了。像我住在台北近郊的山上，就如同他的湖邊小屋雖然說是在森林，其實離城鎮不遠；也如同他常常讚頌獨處一般，我也需要大量獨處時間，但我家裏也像他的小木屋，常常高朋滿座。

他說當一個人離群索居時，才可能體會出生命的意義，是的，我同意，因為孤獨是必要的，因為孤獨可以使生命恢復完整，可以回到自我的根源，求得身心安頓。

梭羅這麼說：「若是一天裡有幾個時段可待在自己的空間裡，完全忠實的面對自己，真是一大釋放，它們可以讓一天的其他時間變得活躍起來！」

看來我是很幸福的，每天有很多很長時段的獨處，事實上這已經是我非常重要的精神支柱了！

但孤獨與寂寞不同。

孤獨是物理狀態，寂寞是心理狀態；孤獨是分離的個體，寂寞是意識的孤島。在孤獨中，才能與自我對晤。

這十多年來，案頭上一直擺著梭羅寫的一句話：「如果一個人沒有和他的同伴保持同樣的步調，那可能是因為他聽到了不同的鼓聲！」

這段話令我產生信心：雖然一樣得生活在眾人之中，卻不必然得像眾人般活著。當我一邊傾聽自己心裡的鼓聲前進時，我也更能包容與欣賞跟我意見不同的人，或許他們也正在傾聽自己內心的鼓聲。

他說：「我這裡不用電，我自己生火。晚上我點煤油燈。沒有自來水，我從井裡打水。我自己劈柴燒飯。這些簡單的活動使人也變得簡單。要變得簡單，是多麼困難的一件事啊！」

單純的肉體勞動，可以帶來精神上的單純。在專注的肢體運動與滴滴汗水下，人的心靈也一點一滴沉穩簡淨，因而聽見來自內在的韻律。

我想，這也許是自古以來，世界各宗教都要求修行人以親身勞動來完成生活中許多需求的原因吧？

在梭羅的那個時代所面對的世界，其實還算是很單純的。如今的數位化時代，是個虛擬與真實逐漸失去了邊界的時代，正如同我們大腦裡的記憶與情緒，也可以被分解成神經細胞電位差的傳遞一般。因此，在「虛擬實境」科技即將取代人類的娛樂與體驗時，我愈加懷念那個會流汗的真實世界。這些「數位化的民眾」即使擠入國家公園，也會失去感受大自然的熱情。我看到的，大部分都是喊無聊的小孩和麻木的家長，只會用相機或攝影機行禮如儀地拍下美景或地標。大自然已經變成可以捕捉回家的影像，或者說成為可以消費的商品。

要真正了解大地之美，不能老是站在遠處用眼睛去看它，或是透過高傳真影像去欣賞它，而是要親自走一段路，流流汗，喘喘氣，甚至會受點傷，去接近並崇敬它。

是的，他說：「感受生活的品質，那是藝術最高的境界。」

隨著科技的進步我們創造了許多的東西，而且人的力量也無遠弗屆，地球上任何可以開發利用的物資也都納入全球經濟體系的一環，所以我們正活在一個物質太過豐盛的時代裡，甚至為了擔心經濟蕭條，各國政府無不以鼓勵消費來確保經濟發展。

當每一個人都陷入了拚命工作、拚命消費的循環時，其實也逐漸喪失了對生活的感受能力，形成了物質愈豐盛，但是精神和心靈卻愈空虛的現象。換句話說，我們愈富足卻愈不滿足。

總是覺得，當一個人不斷購物，不斷想擁有更多時，用的其實並不是金錢，而是時間。然而時間就是生命，我們用生命換來的那些物品，是我們真正想要的嗎？

這些年隨著節能減碳的風潮，簡單生活也似乎形成另一種時尚，因此「少就是多」、「簡單就是豐富」也出現在許多人的口中。少與多是相反的意義，簡單與豐富也是相反的概念，為什麼會等於呢？

這是因為人的時間是有限的，人的精神注意力是有限的，當一個人的心裡充塞太多東西的時候，其實什麼也都感受不到了，反而是當簡單的時候，我們的心才會活在一個更大的空間中。就像一個吃得很飽的人，對食物就不會有任何興趣一樣，一個沒有感受力的心靈，是無法擁有真實的快樂的。

梭羅他也一再批評人們一昧講求外表與速度，彷彿大的，快的就是好的，可是我們是否在得與失之間曾做過省思與評量？

慢下速度，提高生活的感受，正如許多宗教或靈修課程不斷提醒我們的：「活在當下」，才是幸福感的來源。當我們能以悠閒的心情去感受周遭事物時，就可以從日常生活中再度發現許多賞心樂事。好比坐在陽台前看著夕陽緩緩落下；與三兩好友喝茶聊天；陪孩子沿著河岸騎單車……這些令人快樂的事，其實並不必花錢。

或許我們都有類似的經驗：在多次旅行中，某一次在德國某國小鎮的公園裡餵天鵝，或是在日本京都某間古寺裡睡個長長的午覺，這些似乎無所事事的時光，卻令人記憶深刻；反倒是住了一間又一間的高級旅館、一餐又一餐的豪華飲宴，還沒回國就已印象模糊了。精神上的富足與物質上的擁有，似乎是背道而馳的追求。當我們呼喊著「多一些，還要更多」時，其實就是靈魂受苦的徵兆。

梭羅也這麼提醒我們：「我們花了大半輩子釣魚，結果卻發現我們要的根本就不是魚。」

要從簡單生活中找到真正的樂趣，不是因為流行或道德的壓力，不是因為別人覺得你「應該」這麼過而勉強自己去做。

總覺得「簡單」就好像一棵樹，是從我們的內在自然而然生長出來的，而不是來自於外在，把新的樹皮貼在自己身上。

要傾聽內在的聲音，找到自己的簡單之道，重新感受生活的樂趣。

十八年前荒野保護協會成立，之後幾年在全台灣各地陸續成立分會，記得當年在各地辦公室裏我都會將梭羅所講的這段話佈置在牆上：「我到森林裡，是因為我希望過著真實的生活，只去面對生活必要的部分，看我是否可以學會它所教導的，而不至於在我死的時候，發現自己沒有真正活過！」

這些年來，「荒野」推動兒童自然教育，保護台灣的生態環境，同時號召民眾以具體行動來做守護環境的義工。推到較深層、較根源的目的，一方面是希望能讓每個人對土地、對環境產生情感，產生「根」與「家」的感覺，再連結到生命歷程中，成為心靈原鄉；另一方面也是想到，當生命沒有崇高的理想可獻身，沒有偉大的使命在呼喚，人活著的意義，是否只剩下了自己？

很高興出版社重新出版梭羅的這一本書，相信會有很多年輕人也能像我當年一樣，從他的著作與生活中獲得許多改變生命的啟發。

李偉文　二〇一三年四月十日

導讀一

我與梭羅

梭羅的名字，是與他的《湖濱散記》聯繫在一起的。我第一次聽說這本書，是在一九八六年的冬天。當時詩人海子（中國當代詩人）告訴我，他一九八六年讀到最好的書是《湖濱散記》。在此之前我對梭羅和《湖濱散記》還一無所知。書是海子從他執教的中國政法大學圖書館借的，上海譯文出版社一九八二年的版本，譯者為徐遲先生。我向他借來，讀了兩遍（我記載的閱讀時間是一九八六年十二月二十五日至一九八七年二月十六日），並作了近萬字的摘記，這能說明我當時對它的喜愛程度。

後來我一直注意在書店尋找這本書。現在我手裡已經有五種中文版本的《湖濱散記》了，它們出自國內的三家出版社（此外我還有一冊友人贈予的紐約麥克米倫出版公司一九六二年的英文版本）。我在一封致友人的信中說：「梭羅近兩年在中國彷彿忽然復活了，《湖濱散記》一出再出，且在各地學人書店持續榮登暢銷書排行榜，大約鮮有任何一位十九世紀的小說家或詩人的著作出現過這種情況，顯現了梭羅的超時代意義和散文作為一種文體應有的力量。」

《湖濱散記》是我唯一會收藏多種版本的書籍，以紀念這部瑰偉的富於思想的散文著作，對我的寫作和人生的「奠基」意義。我的「文學生涯」是從詩歌開始的，《湖濱散記》的出現，結束了我的一個自大學起持續了七、八年的時期，那階段我的閱讀興趣和寫作方向主要圍繞詩歌進行。我曾在自述《一個人的道路》中寫道：「最終導致我從詩歌轉向散文的，是梭羅的《湖濱散記》。當我初讀這本舉世無雙的書時，我幸福地感到，我對它的喜愛超過了任何詩歌。」導致這種寫作文體轉變的契機看起來是偶然的——由於讀到了一本書，實際蘊含了一種必然：我對梭羅的文字彷彿具有一種血緣性的親和和呼應。換句話說，在我過去的全部閱讀中，我還從未發現一個在文字方式上（當然不僅僅是文字方式）令我格外激動和完全認同的作家，今天他終於出現了。下面的對比也許更能說明這一變化的內在根據：

我們常常忘掉，太陽照在我們耕作過的田地和照在草原與森林上一樣，是不分軒輊的。它們都反射並吸收了它的光線，前者只是它每天眺望的圖畫中的一部分。在它看來，大地都給耕作得像花園一樣。因此我們接受它的光與熱，同時也應接受它的信任與大度……

秋天是結實的季節
生命的引導者
接納一切滿載之船的港灣

北方，鳥在聚合
自然做著它的大循環
所有結著籽粒的植物
都把充實的頭垂向大地
它們的表情靜穆、安詳
和人類做成大事情時一樣

太陽在收起它的光芒
它像即將上路的遠行者
開始打點行裝
它所攜帶的最寶貴的財富

是它三個季節裡的閱歷

前者是《湖濱散記》中「種豆」一章的文字，後者是我那時寫的一首名為《結實》的詩。我的詩顯然具有平闊的「散文」傾向，梭羅的散文也並未喪失峻美的「詩意」，而我更傾心梭羅這種自由、寫意，像土地一樣樸素開放的文字方式。總之在我這裡詩歌被征服了：梭羅使我「皈依」了散文。後來我愈加相信，在寫作上與其說作家選擇了文體，不如說文體選擇了作家。一個作家選擇哪種文學方式確立他與世界的關係，主要的還不取決於他的天賦和意願，更多的是與血液、秉性、信念、精神等等因素相關（中外文學的經驗大體可以證實這點）。

對於本質上作為一個物種的人類來講，他已經歷了一次脫離有機世界進入無機世界的巨大轉折。當人類的製造異於自然並最終不能融入自然的迴圈而積累在自己身邊時，他就置身於無機世界之中了。我在一則《大地上的事情》裡這樣寫過：「有一天人類將回顧他在大地上生存失敗的開端，他將發現是一七一二年，那一年瓦特的前驅，一個名叫湯瑪斯．紐科門的英格蘭人，嘗試為這個世界發明了第一台原始蒸汽機。」彷彿與這一轉折相應，在精神領域人類的文字表述也呈現了一個從「有機」蛻變為「無機」，愈來愈趨向抽象、思辨、晦澀、空洞的過程。正如梭羅講的：「那個時期所有傑出的作家都比現代的作家更加朝氣蓬勃、質樸自然，當我們在一現代作家的著作中讀到那個時期某一作家的一句語錄時，我們彷彿驀地發現一片更加蔥綠的田地，發現土壤更大的深度和力量。這就好比一根綠色樹枝橫在書頁上，我們像在仲冬或早春看到青草一般心神舒暢。」的確，在現代作家（廣義）的著作中，我們能夠讀到諸如「城邦喪失了青年，有如一年中缺少了春天」，「美德如江河流逝，但那道德高尚的人本色不變」這樣富於生命氣息，彷佛草木生長、河水奔流時寫成的詞句嗎？在視明朗為淺薄、樸素為低能的現代文風中，具有「能以適當的比例將自己的意義分別給予倉促草率的讀者和深思熟慮的讀者。對於務實的人，它們是常識；對於聰明的人，它們是智慧。正如一條水量充沛的河流，一位旅行家用它的水濕潤嘴唇，一支軍隊用它的水裝滿自己所有的水桶」（梭羅語）特徵的偉大著述消失了，文學和學術已經自我深奧與封閉起來。

梭羅的文字是「有機」的，這是我喜愛他的著作的原因之一。我說的文字的「有機」，主要是指在這樣的著述中，文字本身彷佛是活的，富於質感和血溫，思想不是直接陳述而是借助與之對應的自然事物進行表述（以利於更多的人理解和接受），體現了精神世界人與萬物原初的和諧統一。這是古典著作（無論文學還是哲學）的不朽特徵，梭羅繼承了這一源遠流長的偉大傳統：「正如平原的不平坦被距離所掩蓋，突兀地一個個時代和斷層在歷史中被撫平」，「月亮再也不反照白晝，而是按她的絕對規律升起；農民和獵人把她公認為他們的女主人」，「一本書裡的簡樸幾乎同一所住宅內的簡樸一樣是個了不起的優點，如果讀者願意居住其中」……梭羅的這種比比皆是的語句，使他的行文新鮮、生動、瑰美、智巧，整部著作魅力無窮。

我稱梭羅是一個複合型作家：非概念化、體系化的思想家（他是自視為哲學家的）；優美的、睿智的散文作家；富於同情心、廣學的博物學家（梭羅的生物知識特別是植物知識是驚人的，他採集並收藏了數百枚植物標本）；樂觀的、手巧的旅行家；自稱的「劣等詩人」。梭羅一八一七年七月十二日生於麻塞諸塞州一個名叫康科特的小鎮。康科特的著名首先由於它與其近鄰列克星敦同是美國獨立戰爭的始發地，梭羅為此感到驕傲，因為自己生於「全世界最可敬的地點之一」。在後來定居康科特的超驗主義團體成員中，梭羅是唯一土生土長的人。霍桑（《紅字》作者）曾形容梭羅是個「帶著大部分原始天性的年輕人……總帶有點粗俗的鄉村野氣」。梭羅實際是受過系統教育的，從康科特中心學校、私立康科特學院，直到哈佛大學。一八四七年，三十歲的梭羅在接受他的哈佛班級十周年紀念問卷調查時寫道：「我是個校長、家庭教師、測繪員、園丁、農夫、漆工、木匠、苦力、鉛筆製造商（梭羅六歲時，其父接管了小舅子的鉛筆製造生意。在鉛筆製造上梭羅是可以申請專利的，是他從蘇格蘭百科全書中得到啟發，用巴伐利亞黏土混合石墨，生產出更精細的石墨粉，改進了鉛筆芯的品質，並設計出鑽機，使鉛芯可以直接插入鉛筆，而無需切開木條，還制定了鉛硬度的等級劃分）、玻璃紙製造商、作家，有時還是個劣等詩人。」這已大體概括了他一生從事過的工作。梭羅的這種智識與體能尚未分離的本領，再次印證了古代希臘的泰勒斯曾向世界表示的：「只要哲學家們願意，就很容易發財致富，但是他們的雄心卻是屬於另外的一種。」

談論梭羅，不能不提到曾給過他巨大影響和幫助，被譽為「使我們萬眾一心」的「康科特精神」的愛默生（愛默生曾為康科特寫過讚歌）。一八三五年，三十二歲的愛默生花三千五百美元在康科特買下一幢房子，正式從波士頓遷到這個小鎮，此時的梭羅尚是一名哈佛大學三年級的學生。一八三七年，已在康科特中心學校任教但因被校方責令鞭打六名學生一事而辭去教職的梭羅，加入了愛默生組織的「新英格蘭超驗主義俱樂部」，他們的偉大友誼從此開始了。一八四一年，梭羅關閉接管了兩年的康科特學院，失去工作的梭羅應愛默生邀請住進他家，做了一名園丁。兩年的與愛默生密切接觸及他的大量藏書，使梭羅在此奠定了確立自己基本思想和信念的基礎（梭羅與愛默生的特殊關係，使善於尋找任何角度刻薄說話的批評家曾譏他「不過是愛默生的影子罷了」，但梭羅依然是梭羅。後來他們相對疏遠的原因之一，是梭羅對自己漸長的名氣和聲望給愛默生帶來的影響有了顧慮）。

關於梭羅與愛默生的關係，我更願意相信他們在心靈上、思想上存在一種先天的契合和呼應。愛默生在他的講演錄《美國學者》中闡述過這樣一個基本思想，**即在分裂的或者說是在社會的現狀下，人已經喪失了自己的完整性，所謂「人」只是**

部分地存在於所有的個人之中，個人站在社會派給他的崗位上，每一個人都像是從身上鋸下來的一段肢體——一個手指、一個頸項、一個胃，但不是一個完整的人：栽種植物的人很少感覺到他的職務的真正尊嚴，他只看見他量穀子的籮筐與大車，此外一無所視，於是就降為一個農民（而不是「人」在農場上）；商人從不認為他的生意也有一種理想的價值，靈魂只為金錢所奴役；律師成了一本法典；機師成了一架機器；水手成了一根繩子……愛默生的關於「人」的理想是，每個人若要完整地掌握自己，就必須時時從他自己的「崗位」回來，擁抱一切。梭羅則說：「人類已經成為他們的工具的工具了，饑餓了就採果實吃的人已變成一個農夫，樹蔭下休憩的人已變成一個管家。最傑出的藝術作品都表現著人類怎樣從這種情形中掙紮出來，解放自己。」從梭羅回答哈佛的問卷中所述，我們可以看出，梭羅的一生便是有意體現這一「人」的理想、「解放自己」的一生（愛默生在日記裡曾詼諧地寫道：「梭羅的個性中缺少點雄心壯志……他不當美國工程師的領袖而去當採果實隊的隊長。」梭羅這種「不爭第一」的人生姿態與那個時代業已開始的以競爭為機制和本質的現代社會顯然背道而馳，而我確信這一機制和本質正是「人類在大地上生存失敗」的根本原因）。

梭羅在《湖濱散記》中曾這樣說明自己：「我在我內心發現，我有一種追求更高的生活，或者說探索精神生活的本能，但我另外還有一種追求原始的行列和野性生活的本能。」梭羅的這種源於生命的非實用主義或反物質文明傾向，以及他的審美地看待世界的目光、詩意的生活態度，早在哈佛大學的畢業論文中就有所表露：「我們居住的這個充滿新奇的世界與其說是與人便利，不如說是令人歎絕，它的動人之處遠多於它的實用之處；人們應當欣賞它，讚美它，而不是去使用它。」梭羅上述自我表白和說法，可以有助於我們認識和理解他的「否定了一切正常的謀生之道，趨向於在文明人中過一種不為生計做任何有規則的努力的印第安人式生活」（霍桑語）的非凡一生（為梭羅這種人生提供保障的，是他自己宣稱的「我最大的本領是所需極少」。我想如果梭羅與現代環境保護主義有關，也主要在於他這種自覺降低消費的生活態度）。自一八三九年二十二歲的梭羅與其胞兄約翰乘自造的「馬斯克特奎德號」船在康科特與梅裡馬克河上航行一周起，旅行便幾乎成了他生活的核心。而《湖濱散記》，由於梭羅在湖畔的居住及他的以之命名的不朽著作，則已是梭羅的象徵。一八六二年五月六日，梭羅因肺結核在康科特不幸病逝，時年四十五歲。在梭羅的葬禮上，痛致悼詞的愛默生滿懷深情地說道：「這個國家還不知道，或者僅有少數人知道，它已失去了一個多麼偉大的兒子。」

梭羅是難以談盡的。自一八七三年梭羅的生前好友強尼率先為其寫傳以來，關於梭羅的傳記和著述已數不勝數。這兩年由於《湖濱散記》在國內的頻繁出版，談論梭羅的文章（或頌揚或貶損）亦不時出現。對此，我在前面提到的那封信中曾表述了這樣的看法：「……人們談論梭羅的時候，大多簡單地把他歸為只是個宣導（並自己試行了兩年，且被譏為並不徹底）返歸自然的作家，其實這並未準確或全面地把握梭羅。梭羅的本質主要的還不在其對『返歸自然』的宣導，而在其對『人的完整性』的崇尚。梭羅到華爾登湖去，並非想去做永久『返歸自然』的隱士，而僅是他崇尚『人的完整性』的表現之一。對『人的完整性』的崇尚，也非機械地不囿於某一崗位和職業，本質是在一個人對待外界的態度：是否為了一個『目的』或『目標』，而漠視和犧牲其他（這是我喜歡梭羅——而不是陶淵明——的最大原因）。」當我們瞭解了梭羅在他的「漫遊與著述」生涯中，並沒有無視美國當時的奴隸制，並與之進行了不懈的鬥爭（多次撰文；為此拒絕納稅而不惜坐牢；在家中收容逃亡的奴隸，幫助他們逃往加拿大；組織營救被捕的廢奴主義領袖約翰·布朗；以及同情並幫助印第安人）等事後，我們便會認同當年他接管過的康科特學院學生對他的評價：他是一個「富有愛心的人」。

散文家　葦岸

導讀二

梭羅小傳

一八六二年五月九日彷彿是清風送來了他，
彷彿是麻雀教會了他，
彷彿是神祕的路標指引著他，
覓見了遠方土壤中怒放的蘭花。

亨利．大衛．梭羅是他家族裡的最後一代男性子嗣。他的祖先是法國人，很久以前從格恩西島遷至美國，他的個性中偶爾也顯示出格恩西島血統，與十分強烈的撒克遜秉賦混合形成獨特氣質。

梭羅一八一七年七月十二日出生於麻塞諸塞州的康科特鎮，一八三七年畢業於哈佛大學，但是在文學方面並不出名。他在文學上提倡打破舊學，很少感謝學校對他的栽培，對學校都持藐視態度，然而他實在得益於大學不淺。離開大學後，他曾跟哥哥在私立學校教書，但不久便放棄了。他的父親是石墨鉛筆製造商，梭羅一度專注於這門手藝，自信能夠造出一種鉛筆，比現有的更好用。完成試驗後，他向波士頓的化學家們和藝術家們展示了自己的作品，獲得了優質證書，證明它與倫敦最好的產品品質相當，然後滿足地回到家裡。朋友們向他道賀，盛讚他已打開了財富之門。但是他卻說以後再也不做鉛筆了。「我為什麼還要做鉛筆呢？已經做過一次的事情我絕不再做。」他重新開始他無窮無盡的行走和各種各樣的研究，每天對自然界都有一些新的認識，不過還從未談及動物學和植物學，因為，雖然他對自然界的事實充滿好奇，但是他對學術的和書本的自然科學不感興趣。

此時，他正是一個身強力壯、剛剛從大學畢業的青年，所有的同學都在選擇職業，或是急於要開始某種報酬豐厚的工作，當然他也不可避免地要考慮這些情況。他那種抗拒一切慣常道路，保存他孤獨自由的決心，實在是難能可貴——這需要付出極大的代價，辜負他的家人和朋友們正常的期望。他絕對正直，嚴格要求自己獨立，也如此要求每一個人，所以他的處境只有更艱難。但是梭羅從未動搖。他是個天生的新教徒。他不肯為了任何狹隘的手藝或者職業放棄他在學問和行動上的抱負，他尋求一種更廣闊的行業，生活的藝術。如果他藐視和公然反抗了其他人的觀點，那僅僅是因為他更願意使自己的行為與信仰一致。他從不虛度光陰或自我放縱，需要金錢時，他更喜歡透過一些適合他的手藝活來賺取，如修小船、搭籬笆、種植、嫁接、勘測，或其他短工，而不願長期受雇於他人。由於他吃苦耐勞，需求甚少，又精通木工，擅長算術，所以他有能力在世界上的任何角落謀生。與其他人相比，他只要花費較少的時間就能滿足自己的物質需求，因此他可以保證有足夠的閒暇時間。

測量好像是他與生俱來的技巧，源於他的數學知識，而且他有一種習慣，總想確定他所感興趣的物體的大小和距離，樹的高矮、河湖的深廣、山的高度、他鍾愛的山峰的直線距離——再加上他對康科特地區非常熟悉，使他不經意中成了一位勘測員。對於他，這個職務的好處是能夠不斷地引領他進入新的偏僻的地域，有助於他研究大自然。他勘測的精確性和工作技能很快被賞識，在這行業裡他不愁找不到工作。

他能不費力地解決勘測中的難題，但他每天都被更重大的問題困擾著，並且勇敢面對。他質疑每一種習俗，並希望在一個理想的基礎上進行他的實驗。他是極端的新教徒，很少有人像他這樣，生平放棄這麼多的東西。他沒有受過職業培訓，從未婚配，孤獨一生，他從不去教堂，從不參加選舉，他拒絕向政府納稅，不吃肉，不喝酒，不知曉香菸的作用；他雖然是個自然學家，卻從不使用陷阱或獵槍。他為自己選擇做一個獻身於思想和大自然的單身漢，這無疑是英明的。他沒有斂財的天賦，卻知道怎樣清貧而絲毫不顯得骯髒或粗鄙。也許，他在不經意間採取了這種生活方式，後來以成熟的智慧贊成它。他在日誌中寫道：「我常常想到，即使我富可敵國，我的目標仍然是一樣的，手段基本上也是一樣的。」他不受誘惑，沒有欲望，沒有所謂的激情，對浮華的瑣事沒有興趣。好房子、漂亮衣服、受過高等教養者的禮節和談吐，他都置之不理。他比較喜歡質樸的印第安人，認為言談舉止的文雅妨礙了交流，他希望用最簡單的方式和同伴相處。他拒絕參加晚宴，因為那種場合每一個人都在妨礙他人，他無法與別人進行有意義的交流。他說：「他們以晚餐的昂貴為榮，而我以在晚餐上節儉為傲。」當問及他最喜歡桌上哪道菜時，他回答，「離我最近的那道。」他不喜歡酒的味道，一生沒有任何惡習。他說：「我模糊地記得未成年時吸百合花梗似乎有點快感，當時我常常預備著一些。但我從來沒吸過其他更有害的東西。」

他寧願減少他日常的需要，並且自給自足——這也是一種富有。在他的旅行中，只有在需要前往遙遠的村莊時，才會搭乘鐵路。他會步行成百上千里的路，避免住旅館，只在農人和漁夫的家裡付費住宿，因為比較便宜，而且他覺得這樣更舒服，也更容易打聽他所關心的人和資訊。

在他的個性中有種不屈服的軍人氣質，很有男子漢氣魄，很能幹，但是缺少些溫柔，好像除了反對，他就感覺不到自己的存在。他希望揭穿謬誤，嘲弄愚蠢，我可以說，只需要一點勝利的感覺，幾槌鼓聲，他就能把他所有的能量發揮出來。去否定些什麼對他而言不費吹灰之力，實際上，他發現這比去肯定什麼容易得多了。彷彿他的第一本書就是去反對他聽到的意見，他對我們日常思維定勢的限制如此不耐煩。當然，這種習慣有點給熱於交際的人的興致潑冷水；儘管朋友們最終能看到他沒有任何惡意或虛偽，但是這不利於社交。因此，沒有一個平等的朋友能和如此單純和坦率的人成為親密摯友。他的一個朋友說，「我愛亨利，但是我不喜歡他。至於握他的手臂，我寧願考慮去握榆樹的手臂。」

儘管他是個隱士，淡泊寡欲，但是他很有同情心，他能全身心地、孩童般地投入到他喜愛的年輕人懷抱中，愉快地招待他們，給他們講他在田邊、在河畔所經歷的各種無窮的奇聞軼事，那也只有他能做到。他總是想著要領導一個採漿果（Berry）遠足隊，或搜尋栗子、葡萄。有一天，當談及一場公眾演說，梭羅評論道，凡是在聽眾中獲得成功的道理都是糟糕的。我說，「誰不願意寫些像《魯賓遜漂流記》那樣的故事，讓所有人都讀得懂的東西？看到自己的文章沒有一種每個人都喜歡的現實主義手法，誰能不感到遺憾？」當然，梭羅相當反對，並誇耀道，最好的演講是只講給少數人聽的。晚餐上，一名女士得知他將去講堂演講，尖銳地問道，他的演講是不是一個好聽的、有趣的故事，像她想聽到的那樣，還是那種從不關心的陳舊的哲學話題。梭羅看著她，陷入思考，我看出他正試圖相信自己有適合她和她同伴的內容，如果演講對他們口味，他們會認真去聽。

他是真理的代言人和實踐者——生來就是，也因此不斷陷入戲劇性的境遇中。在任何事件中，所有旁觀者都很想知道梭羅將會持什麼態度，說什麼話。他也不負眾望，對每一突發事件都有新穎的評價。一八四五年，他在華爾登湖畔修建了一間小木屋，獨自生活了兩年，邊勞動邊研究。這種行為對他來說很自然、很適宜。了解他的人不會責備他有做作之嫌。他的思想比他的行為更加與周圍人不同。他用盡了這隱居生活的優點，就立刻放棄了它。一八四七年，由於不滿財政支出的某些用途，他拒絕繳納鎮裡的課稅，被關入監獄。一個朋友替他繳了稅，他才獲釋。來年，相同的麻煩又找上門。但是，因為朋友們不顧他的抗議仍舊替他繳了稅，不過，我相信他停止了抵抗。任何反對或是嘲笑，他都不以為然。他冷靜而全面地闡述了自己的觀點，並不假裝相信它也是大家的意見。即使在場的每個人都持相反的意見，那也沒有關係。有一次，他去大學圖書館借幾本書，圖書管理員不借給他。梭羅直接去找校長，校長告訴了他借閱的章程和慣例：允許借書給住校研究生，本校畢業的牧師，以及學校周圍方圓十英里的居民。梭羅先生向校長解釋道：鐵路的出現顛覆了原有距離遠近的概念，所以按照校長的章程，不但圖書館沒有用了，而且連校長和大學也沒有用了；他從大學獲得的唯一益處就是圖書館；此時，他不僅急切地渴望讀書，而且需要讀大量的書。他明確地告訴校長，他，梭羅，而不是那位圖書管理員，才是這些書最合適的保管人。簡而言之，校長發現這申訴者令人敬畏，而那些章程看起來也如此之可笑，便終於准許梭羅享受借書的特權。

沒有比梭羅更純粹的美國人。他對家鄉和環境的愛是真摯的。他厭惡英國和歐洲的繁文縟節，幾乎達到藐視的程度。他沒有耐心去聽倫敦周邊收集來的新聞或者名言警句。儘管他試圖保持禮貌，但那些奇聞軼事實在令他厭倦。人們互相模仿，在狹小的模子裡生活。為什麼他們不盡可能彼此遠離些，做個有個性的人？他追求的是最有活力的天性，他想去俄勒岡州而不是倫敦。他在日記中寫道：「羅馬人的蹤跡遍佈英國的每個角落：羅馬人的骨灰壇、營地、馬路、住所，但是至少新格蘭不是建在羅馬廢墟上的。我們完全沒必要把房屋建在古文明的廢墟上。」

他是理想主義者，支持廢除奴隸制，廢除關稅，幾乎要支持取締政府，然而不用說，他發現自己不僅在現行政綱中找不到代表，而且幾乎同樣反對每一類改革派。然而他自始至終對反對奴隸制的政黨都表現出尊重。其中一位與他有私人來往的，他格外尊敬。在還沒有人為約翰·布朗上校說過一句好話時，在被捕事件之後，梭羅給康科特鎮的大部分住戶發了通知說，他將在周日晚，在公共舞會上演講約翰·布朗的背景和人格魅力，歡迎大家參加。共和黨委員會及廢奴主義委員會傳話給他說，時機尚不成熟，此舉不明智。他回應：「我發通知並不是要徵求你們的意見，只是宣佈我將要演講。」會堂裡早早就被所有黨派的人士擠滿，他對英雄的熱忱頌詞，讓在場的所有人肅然起敬，許多人都驚訝地發現自己產生了共鳴。

據說，普羅提諾[1]對自己的身體感到羞愧，並且很可能是有充分理由的——他的身體不聽使喚，他沒有應付物質世界的技能，抽象思維者往往如此。但是，梭羅先生有一副相當硬朗的身體。他身材短小精幹，淺色的皮膚，一雙炯炯有神的、嚴肅的藍眼睛，一副莊重的表情——他晚年還留了一把鬍子，頗為適宜。他感官敏銳，體格結實強壯，使用工具的手有力而靈巧。身體與思維配合得非常好，他可以步測出十六杆長的距離，比別人用測杆和鏈子量得還要準確。他說，他能在月光下的森林裡尋找路徑，用腳勝於用眼。他能非常準確地目測出一棵樹的高度，可以像牲口販子那樣估計出一頭牛或一頭豬的重量。從裝著一蒲式耳（Busnel）或更多鉛筆的盒子裡，他能迅速準確地一把抓出一打鉛筆。他善於游泳、跑步、溜冰、划船，在一天的長途步行中，可能任何鄉民都不是他的對手。身體與思維的關係比我們所描述的還要精妙，他說他的雙腿所走的每一步都是他想要的。他路走得多長作品就有多長。如果關在家裡，他就完全不會寫了。

他有很強的常識，如同史考特[2]小說中織工的女兒羅絲．佛蘭莫克稱讚她父親的那樣，像一根尺，量麻布與尿布，也照樣能量花氈與金緞。他總有一些新辦法。我植樹的時候，買了一加侖的橡實，他說只有一小部分是好的，於是開始檢查它們，

1 普羅提諾（Plotinus，約205—270年）希臘哲學家。
2 史考特（Sir Walter Scott）蘇格蘭歷史小說家。

揀出好的。但是發現這樣做很費時間，他又說，「我想，你如果把它們扔進水裡，好的就會沉下去。」我們做了試驗，果真如此。他能設計一座花園、一幢房屋、一個穀倉；他能勝任領導一支「太平洋探險隊」，也可以在最重大的私人或公眾事件中給予明智的忠告。

他為當前而生活，不為過去所煩累和困擾。如果昨天他向你提出一個新的建議，他今天會向你提出另一個，同樣地富於革命性。他是一個非常勤奮的人，像一切有條不紊的人那樣珍視自己的時間，可他又似乎是全城唯一的有閒之人，總是願意參加任何看上去有趣的旅行，願意一直交談到深夜。他謹慎有規律的日常生活從不影響到他尖銳的觀察力，無論什麼新局面他都能應付。他喜歡吃最簡單的食物，然而，當有人提倡素食時，梭羅認為所有飲食都是些細枝末節，他說：射殺美洲野牛的人比在格雷厄姆素食館[3]用餐的人活得好」。他說：「你可以貼著鐵軌睡覺而不被打擾：人的天性知道應該聽什麼，潛意識已經決定了你不會去聽汽笛聲。」而一切事物都尊敬虔誠的心靈，沒有什麼可以打斷心境的神往。

他有豐富的常識、有力的雙手、敏銳的感覺、頑強的意志，但這些還不能解釋他在簡單的隱居生活中出類拔萃的原因。我必須加一條重要的事實：他有傑出的智

3 源自素食主義者 S. Graham 博士，他提倡健康飲食，包括以全麥餅乾為主食。

慧，那是為數不多的一流人士才有的，它向梭羅展示物質世界是一種手段和符號。這種發現偶爾為詩人產生時斷時續的靈感，給他們的寫作錦上添花，對梭羅而言則是一種時刻警醒的洞察力。縱使可能受性格中的缺點或障礙所遮蔽，他還是順從著超凡的想像力。在他年輕時，某天他說，「另一個世界是我全部的藝術，我的鉛筆不會畫別的，我的折刀不會雕刻別的，我不會把它當作工具。」這是藝術靈感和天賦在指引著他的觀點、交談、學習、工作和一生。這使他成為一名目光銳利的判官。他第一眼就會打量對方，儘管不會注意一些細微的文化教養，卻能目測出對方的分量和能力。這使得他的談話常給人天才的印象。

他一眼就能理解手頭的事情，能看出和他交談的人的弱點和貧乏，沒有什麼可以逃過這樣一雙可怕的眼睛。我不止一次地發現，感性的年輕人片刻便轉而相信這就是他們一直尋覓的人，人中之人，他可以告訴他們該做的一切。他對待年輕人並不慈愛，而是高傲的、說教的。他鄙視他們短淺的行為，勉為其難地答應（或根本不答應）到他們家裡去或在自己家招待他們。「他不能和他們一起走走嗎？」——「他不知道。對他而言，沒有什麼像他的散步一樣重要，他沒有多餘的散步時間可以浪費給別人。」恭敬的團體邀請他接受採訪，被他拒絕了。欽佩他的朋友自費請他去黃石河、西印度群島、南美洲遊玩。儘管沒有什麼比他的拒絕更深刻、更慎重，卻還是令人想起花花公子布魯梅爾在大雨中一位紳士請他搭乘馬車時回答的話，「那麼你坐到哪兒去呢？」——他的朋友們都還記得領教過怎樣譴責般的沉默，怎樣透徹不可抗拒的演講，擊潰所有的抗辯。

梭羅以全部的熱情將他的天賦獻給了故鄉的田野、山脈和河流，他讓所有識字的美國人和海外的人瞭解它們，對它們感興趣。他出生和去世都一直依傍的那條河流，從它的發源地到它最終匯入梅里麥克河處，他全都熟悉。他連續幾個寒暑夜以繼日地觀察它。由麻塞諸塞州委派的水利委員最近一次的勘查結果，他早在幾年前就在私人實驗裡得到了。河床裡，河岸上，或是河上的空氣裡發生的每一件事；各種魚類，牠們的產卵活動，牠們的巢，牠們的習性，牠們的食物；一年一度在某個夜晚飛滿空中的蜉蝣，被魚類吞食，由於吃得太飽，很多魚竟脹死了；淺水處圓錐形的一堆堆小石頭，有時候一貨車都裝不下一堆，這是小魚兒們巨大的巢；常到河上來的鳥，蒼鷺、野鴨、秋沙鴨、潛鳥、魚鷹；岸上的蛇、麝鼠、水獺、旱獺與狐狸；在河岸上歌唱的海龜、青蛙、雨蛙與蟋蟀——他全都熟悉，就像牠們是同鄉、同類，以至於人們如果單獨敘述這些生物中的某一種，尤其是用尺寸來描述牠的大小，或是展覽牠的骨骼，或是把一隻松鼠或小鳥浸在白蘭地裡做標本，他都覺得荒誕可笑，或是認為這是一種暴行。他喜歡談及河流的習性，將牠說成一個受自然規律支配的生物，而他的敘述總是非常精確，永遠以觀察到的事實作為依據。他熟悉這條河，同樣熟悉這一地區的池塘。

他使用過的武器之一，比其他勘測員用的顯微鏡或酒精瓶更重要，是他的一個奇想，在自我放任中產生，然而卻以最莊重的陳述表達，那就是，把他的家鄉及周邊讚譽為最適合自然觀察的中心。他曾表示，麻塞諸塞州幾乎擁有全美所有重要的植物——大多數橡樹，大多數柳樹，最好的松樹，岑樹，楓樹，山毛櫸，還有堅果。他退還了從朋友那裡借來的凱恩的《北極航海記》，評論道：「記錄的大多數現象都可以在康科特鎮觀察到。」他好像有點羡慕極地人，在那裡日出日落同時發生，或在六個月後才有五分鐘的白晝：這是一個壯觀的現象，是安努爾斯納克山所不曾給予他的。他曾在散步時發現過紅色的雪花，他告訴我他希望在康科特鎮找到王蓮。他是本地植物的代言人，承認偏愛雜草勝於進口植物，正如偏愛印第安人勝於文明人。他很高興地看到鄰居的柳樹豆架已經長得比豆子好。他說：「看這些雜草，無數的農夫曾花了整個春夏把它們剷除，可現在又長滿了，正在所有小路、牧場、農田、花園裡揚眉吐氣，這就是它們的活力。我們曾用卑賤的名字侮辱它們——如豬草、蟲草、雞草、鮭魚花。它們也有漂亮的名字——仙果、星星花、無憂草、不凋花等等。」

他喜歡對每件事都以康科特鎮的子午線作參照，我認為這不是出於對其他經緯度的無知和鄙視，而是有趣地表達他相信地域全都無關緊要，對每個人而言，最好的地方就是腳下這個地方。他曾這樣表達：「如果你不覺得你腳下的這塊土地比這個世界上——或任何世界上的其他地方更可愛，我認為就不能對你寄予任何希望。」

他用來征服科學上的一切阻礙的另一武器就是耐心。他知道如何坐在那裡一動也不動，像他身下那塊石頭的一部分，一直等到那些躲避他的魚鳥爬蟲又都回來，繼續做它們慣常做的事，甚至好奇地到近前來端詳他。

和他一起散步是一件愉快而榮幸的事。他像狐狸或小鳥一樣熟悉鄉村，自由自在地在他自己的小路上穿行。他熟悉雪地裡或者地面上的每一道足跡，知道是哪一種動物在他之前走過這條小路。我們對於這樣的一個嚮導必須絕對服從，而這也是非常值得的。他胳膊下夾著一本舊樂譜來採集植物標本，口袋裡裝著他的日記簿和鉛筆，還有一隻看鳥的小望遠鏡、一個顯微鏡、一把大折刀和一團麻線。他戴著草帽，穿著結實的鞋子和深灰色褲子，可以通過矮橡樹與菝，也可以爬到樹上去找老鷹或松鼠的窩。他蹚水到池塘中去找水生植物，強壯的雙腿也是他盔甲中重要的一部分。我所說的那一天，他去找睡菜，看見牠在那寬闊的池塘對面，他檢驗了那小花以後，斷定它已經開了五天。他從胸前的口袋裡掏出日記簿，念出了應當在這一天開花的所有植物的名字，他記錄這些，就像一個銀行家記錄票據幾時到期。杓蘭要到明天才開花。他想如果他從昏睡中醒來，在這沼澤裡，他可以透過植物分辨出是幾月幾日，誤差不超過兩天。紅尾鳥四處飛翔；後面跟著優美的蠟嘴鳥，牠那鮮豔的猩紅色「使冒失看牠的人不得不揉眼睛」，牠優美清脆的啼聲被梭羅比做一隻醫好了沙啞喉嚨的唐納雀。不久他聽到了一種被他稱為「夜鳴鳥」的啼聲，他始終不知道那是什麼鳥，他找了十二年，每次剛一看見，牠就鑽進一棵樹或是矮叢中，再也不見蹤影；只有這種鳥白晝與夜間同樣地歌唱。我告訴他要當心，一旦找到了牠，把牠記錄下來，生命對他而言可能不再有重要的事情了。他說：「你耗盡半生一直尋覓不到的東西，有一天卻在飯桌上和牠不期而遇。你尋找牠就像一個夢，而一找到牠，你就成了牠的俘虜。」

他對花卉和鳥兒的好奇心是發自心靈深處的，與大自然聯繫在一起——而他從來不試圖去定義大自然的含義。他不會把他的觀察報告交給自然史學會。「為什麼我要這樣做呢？把這記錄與我腦子裡的種種聯繫分離，對我而言，它就不再真實和有價值：而他們不想要它的附屬品。」他的觀察力似乎顯示出某種超常的感覺。他像是在用顯微鏡看，在用助聽器聽，他的記憶力就是一台記錄所見所聞的攝像機。然而，沒有人比他更清楚，重要的不是事實，而是那事實在你心靈中產生的印象或影響。在他心目中每一事物都光輝燦爛，代表著整體的秩序和美。他決定研究自然史是天性使然。他承認，自己有時感覺像一頭獵犬或黑豹，如果出生在印第安人中，他將會是一個兇猛的獵人。但是，受麻塞諸塞州文化所限，他以植物學和魚類學的溫和形式結束了這場遊戲。他和動物的親昵關係讓人聯想到湯瑪斯·富勒關於養蜂家巴特勒的記錄：「不是他告訴了蜜蜂一切，就是蜜蜂告訴了他。」蛇盤在他的腿上；魚游進他手裡，由他捧出水面；他抓住土撥鼠的尾巴將牠從洞裡拽出來；他保護狐狸免遭獵人捕殺。我們這位自然學家是絕對的慷慨，他沒有什麼祕密；他會帶你到蒼鷺出沒的地方，甚至到他最為珍視的植物學濕地——或許知道你絕不可能再找到牠，但他願意冒這個險。

沒有任何學院授予他榮譽證書或者教授的職位；也沒有一個學術團體請他做聯絡祕書、發現者或會員。也許這些學術團體害怕他的存在引來嘲諷。但是，很少有人知道如此多的大自然的祕密和天賦，更沒有人能將其綜合到更宏大的、宗教性思想裡。他對任何人或團體的觀點沒有半點恭敬，而唯獨對真理本身充滿敬意；他發現博士中流行謙恭禮貌，便對他們失去了信任。漸漸地，小鎮上的人開始尊重他、讚美他，而他們最初只是把他當作一個怪人。雇用他勘測的農場主們很快發現，他有出眾的準確性和技能，並且，他所掌握的有關土地、樹木、鳥類、印第安遺跡之類的知識，使他能向農場主講述他們自己以前所不知道的農場故事，以至於每人都開始覺得梭羅先生好像比他自己更有權利待在這塊土地上。他們也感受到那樣一種人格的優越性，帶著與生俱來的威信與所有人交談。

康科特周圍有豐富的印第安人遺物——箭頭、石鑿、石杵、陶器碎片；在河岸邊有大堆蛤殼和篝火灰燼標誌著過去常有野人出沒的地方。這些關於印第安人的點滴細節，在他的眼中都是重要的。他的緬因州之旅主要是出於對印第安文化的熱愛。

他很高興看到了獨木舟的製造過程，還在急流中親手架控小舟。他對如何製作石質箭頭很好奇，在最後幾天還托一個去洛磯山脈的青年找一位能夠教他的印第安人：「為了學會這個去一趟加利福尼亞也值。」有時候，佩諾布斯科特印第安人的小團隊會訪問康科特鎮，夏天他們會在河邊搭起帳篷住上幾周。他沒有放棄去結交他們中的精英，儘管他深知問印第安人問題就像是盤問海狸和野兔一樣。最後一次訪問緬因州時，他很滿意地結交了約瑟夫．波利斯，那是老鎮上一位聰明的印第安人，給梭羅當了幾周的嚮導。

梭羅對自然界的每件事同樣感興趣。他深刻的洞察力發現了整個自然界的相似規律。我不知道還有哪個天才能如此迅速地從一個事實推斷出普遍規律。他不是某一學科的學究。他的眼睛看到的是美，他的耳朵聽到的是音樂。他發現這些，並不是在特別的環境下，而是在他去過的任何地方。他認為最好的音樂是單弦；他能在電報機的嗡嗡聲中找到詩歌創作的靈感。

他的詩亦好亦壞。無疑，他還需要有抒情詩人的文筆和技巧，但是他詩歌的源泉來自他的悟性。他是一個優秀的讀者和評論家，他在詩歌方面的判斷力深刻透徹。任何一篇文章中有沒有詩歌元素都瞞不過他，而對這元素的渴求使他忽視或鄙視膚淺的高雅。他可能會忽略很多優雅的格律，但是卻能在一卷書中發現每一處有生命的詩節或詩行，而且熟知在散文中哪些地方能找到相同的詩意魅力。他如此戀慕精神上的美好，以至於鄙視所有當前發表的詩歌。他欽佩埃斯庫羅斯和品達，但是當有人也讚美他們時，他會說：「埃斯庫羅斯和希臘人在描寫阿波羅和奧菲斯時沒有寫頌歌，至少沒有一首好歌。琴音不應該拔起樹木[4]，而應該向神靈們唱一首讚美歌，驅趕走他們頭腦中的舊思想，輸入新思想。」他自己的詩句常常是粗糙的、不完美的。金子還不純，還是粗糙而含有雜質的；百里香和香花薄荷還不是蜂蜜。但是，即使他還需要抒情的文筆和技巧，即使他還沒有詩人的氣質，他卻從來不缺乏邏輯思考，這顯示了他的天賦比他的才能優越。他知道幻想的價值，它能夠提高人生，安慰人生；他喜歡將每一個思想都化為一種象徵。你所說的事實是沒有價值的，只有它的印象有價值。因此他的存在如詩如畫，永遠惹起別人的好奇心去探究他內心的祕密。他在許多事上都是有保留的，他不願意去展示，他不願那些褻瀆的眼神看他認為神聖的東西。他知道如何為他的經歷蒙上一層詩意的面紗。凡是讀過《湖濱散記》這本書的人，都會記得他怎樣用一種神話的格式來記錄他的失望——

「很久以前我丟失了一條獵犬、一匹棗紅馬和一隻斑鳩，至今仍在尋找。我曾對許多旅行者說起過牠們，描述牠們的蹤跡，以及牠們對什麼樣的呼喚會有回應。我遇見過一兩個人曾經聽到獵犬的吠聲和奔馬的蹄聲，甚至還見到斑鳩飛入雲層後

---

4 奧菲斯是希臘神話中的樂神，他將阿波羅送的七弦琴彈奏得出神入化，樹木都會連根拔起走到他的身邊聽得出神。

面。他們也急於要找回牠們，就像是自己失去的一樣。」

他的謎語值得一讀，我得承認，即使有時候我不理解他的表達，然而那詞句仍舊是恰當的。他的真理這樣豐富，他犯不著去堆砌空洞的字句。他題為「同情」的一首詩顯露了禁欲主義重重鋼甲下的溫情，以及由它激發的精妙思維。他的經典之作「煙」使人想起西蒙尼德斯，而又比後者的任何一首詩都好。他的傳記就在他的詩裡。他日常的想法使他所有的詩都成為讚美詩，頌揚那萬因之因，頌揚將生命賦予他並且控制他的神靈——

「我本來只有耳朵，現在卻有了聽覺，
以前只有眼睛；現在卻有了視覺；
以前是一年年過，而今活在每一剎那，
以前只知道學問，現在卻能辨別真理。」

尤其是在這宗教性的詩裡——

「其實現在就是我誕生的時辰，
也只有現在是我的全盛時期；

我絕不懷疑那默默無言的愛，
那不是我的身價或欲念買來，
從青年到老年它都把我追求，
它引領我，將我帶到這個傍晚。」[5]

儘管他的作品在涉及教堂和牧師時會使用一種任性的語言，但他卻有一種罕見的、溫柔的、純粹的宗教信仰，是一個在行動和思想上不可能有任何褻瀆的人。當然，屬於他獨特思想和生活的孤獨感把他與社會宗教行為隔離。對此並不需要責難或者惋惜，亞里斯多德很久以前就給出了解釋：「一個人在道德上逾越他的市民同伴，就不再是那城市的一部分，他們的法律不適用於他，因為他就是自己的法律。」

梭羅是真摯的化身，或許他神聖的生活可以堅定倫理預言者的信念。那是一種拒絕被置於一旁的積極經歷。他是真理的代言人，擅長最深刻最嚴謹的談話；他是救治靈魂創傷的醫生；他是一個朋友，不但知道友誼的祕訣，而且幾乎受到少數人的崇拜，他們視他為神父和預言家，知道他的思想和博大心靈的深刻價值。他認為沒有宗教或某種奉獻，偉大的事情就不能完成；而且他認為偏見的宗派主義者最好

5 源自梭羅的詩歌「靈感」。

把這個觀點牢記在心。

當然，他的美德有時也會走進極端。我們很容易追溯到一種凡事求真相的苛刻要求，其嚴苛使這位自願隱居者比他希望的更加孤獨。他是絕對正直的人，對別人也不肯降低要求。他厭惡犯罪行為，世俗世界的成就也不能掩飾它。他發現體面的、富裕的人和乞丐一樣會敷衍了事，他對他們一樣蔑視。處事中這種危險的坦率使他被崇拜者們稱為「可怕的梭羅」，好像他沉默時還在說話，他人離開了影子還在那裡。我認為理想的嚴肅性妨礙了他發展健全而充分的人際交往。

現實主義者習慣於發現事物表裡不一，這使他喜歡以悖論的方式講話。凡事對抗的習慣損害了他早期的作品——這一種修辭手法在他後期的作品裡也沒有完全淡出，專用對立相反的形式來代替直接的詞語和思想。他讚美荒涼的山脈和冬天森林中「家庭的」空氣，他能在雪中或冰裡發現炙熱，他稱讚荒野像羅馬和巴黎。「它是如此的乾燥，以至於你可以稱之為潮濕。」

他喜歡放大每一瞬間，在眼前的一個物體或組合中讀出一切自然規律。在那些不能像哲學家那樣洞察事物一致性的人看來，梭羅的這種傾向當然是可笑的。在他眼中無所謂大小。池塘是一個小海洋，大西洋就是一個巨大的華爾登湖。每一件小事他都引證宇宙的定律。雖然他的原意是要公正，但是他似乎一直認定當代科學假裝詳盡完備，而他發現專家們忽視了某一植物變種，未能描述它的種子或數清它的莢片。我們回應道：「也就是說，那些呆子不是生在康科特鎮；但是誰說他們是呢？出生在倫敦、巴黎或羅馬是他們莫大的不幸；但是，可憐的人們，他們也盡力而為了，鑒於他們從未見過貝特曼池塘、九畝角或者貝基斯托沼澤。況且，如果不是為了補上這觀察結果，你又為何生到這個世上呢？」

他的天賦如果僅僅是冥想，他是適於這種生活的。但是他旺盛的精力和實踐的能力，彷彿天生就是發號施令、成大事的人。我很遺憾失去了他少有的行動力，因此我忍不住要把缺乏雄心壯志算作他的缺點。由於他胸無大志，沒能為整個美國出謀劃策，而只是做了採漿果遠足隊的首領。為了有朝一日錘煉帝國的目標而錘煉豆子是有益的，但如果年復一年到頭來還只是豆子呢？

但這些缺點（內在的或是表面的）很快消失在一個健壯而智慧的靈魂不斷成長的過程中，他用新的成功抹去了失敗。他對自然界的研究是他頭頂持久的光環，鼓舞朋友們帶著好奇心去看他眼裡的世界，聽他冒險的經歷。其中有各種各樣的興趣。

他有許多自己的講究，儘管他藐視俗套的講究。他不能忍受自己的腳步聲，砂礫的摩擦聲；因此他從不願意在馬路上散步，而喜歡漫步在草地上、山中和森林裡。他的感官敏銳，他說每所住宅在夜晚都排放出糟糕的氣味，像是一個屠宰場。他喜歡草木犀純粹的芬芳味。他對某幾種植物有特別的偏愛，尤其是睡蓮，其次是龍膽屬、蔓澤蘭、「長生草」以及他每年都要去看望的七月中旬開花的椴樹。他認為嗅覺是一種比視覺更加妙不可言的探索力——更微妙、更可靠。當然，嗅覺能察覺其他感官所不能察覺的。他通過嗅覺發現泥土氣息。他很喜歡回聲，說那是他聽到的唯一一種有血緣關係的聲音。他如此熱愛自然，在它的幽靜中享受快樂，以至於他非常警惕城市，警惕它們那些精細矯飾對人及其居住地產生的可悲作用。斧頭總是毀掉他的森林。他說：「感謝上帝，他們不能砍掉雲朵！」、「這種含纖維的白色顏料把各種圖畫繪在藍色的背景上。」

我附上一些摘自他手稿的句子，不僅是記錄他的思想和感情，也是為了記錄他描寫的能力和文學造詣：

「年輕人收集材料準備修建通往月亮的橋樑，也可能是一座宮殿，或者是座廟宇，而最終中年人決定用它們修建一所木棚。」

「糖對於味覺不如聲音對於健康的耳朵那樣甜美。」

「藍鳥把天空背在背上。」

「唐納雀從綠葉間飛過，像要點燃這些葉子。」

「沒有什麼比恐懼本身更可怕，相比之下，也許無神論更受上帝的歡迎。」

「沒有性格的播種，我們怎能期待思想的收穫？」

「只有能對期望報以青銅雕像般的面容者，才可以託付天資。」

「我請求被熔化。你只能要求金屬屈服於熔化它們的火。除了火，它們絕不屈服。」

思想家　愛默生

植物學家知道有一種花——和我們的夏季植物「長生草」同是鼠麴草屬，生在提洛爾山的危崖上，幾乎連羚羊都不敢上去。獵人被它的美麗或是被愛情引誘著（因為瑞士姑娘們非常珍視這種花），爬上懸崖去採它，有時候被發現摔死在山腳下，手裡拿著這朵花。植物學家稱它火絨鼠麴草，但是瑞士人稱它為雪絨花，它象徵「高貴純潔」。我覺得梭羅彷彿一生都希望能採到這植物，它理應屬於他。他進行的研究規模之大，需要有極長的壽命才能完成，所以我們完全沒想到他會突然逝世。美國還不知道（或許知道一點點）她失去了一位多麼偉大的兒子。他的任務還沒有完成就這麼離開了，而沒有人能替他完成，這似乎是一種傷害，對於這樣高貴的靈魂，又彷彿是一種侮辱——他還沒有真正讓同輩看到他是怎樣的一個人，就離開了人世。但至少他是滿足的。他的靈魂是應當和最高貴的靈魂做伴的；他在短短的一生中已將這世界上的可能性用得淋漓盡致；無論在什麼地方，只要有學問，有美德，有美，他會找到一個家。

經濟

當我寫下後面的紀錄，說得確切點，寫下其中的大部分時，我獨住林中，距離鄰居們至少一英里之遙，就在麻塞諸塞州康科特鎮華爾登湖岸上，我親手蓋的一棟房子裡，全靠自己雙手的勞動度日。我在那邊住了兩年零兩個月。如今，我又回到文明生活了。

要不是鎮上的人對我的生活方式特別關注，東詢西問，我是不會如此冒昧描述自己的經歷，以引起讀者注意的。有人認為詢問這類事不恰當，可我卻不這麼看，鑒於當時的具體情況，倒是十分自然而又恰當的。有人問我當時拿什麼充饑；是否感到孤獨害怕等諸如此類的問題。另一些人出於好奇心，想知道我把收入中多大的份額捐獻給慈善事業，而那些有大家庭的人想知道我收養了多少個窮孩子。因此，要是我在本書中嘗試對若干此類問題作答，那些對我並不特別感興趣的讀者就得多加包涵。在多數書中，第一人稱「我」常被省去；可是本書卻加以保留；這一點，就自我意識而言，正是最大的不同之處。我們通常很容易忽略：追根究柢，發言者總是第一人稱。要是我能做到知彼有如知己，那我就不會如此喋喋不休老談自己了。不幸的是，我閱歷淺薄，只能囿於這個主題。再者，就我而言，我要求每個作家遲早要能對自己的生活作一個樸素忠實的描述，而不只是寫他道聽塗說得來的別人的生活；這種描述要彷彿是他從遠方寄給自己親人的，因為要是他過著誠實的生活，那一定是在於我很遙遠的地方。也許，這些紀錄格外適合窮學生閱讀。至於其餘讀者，則可各取適合他們的部分。我相信，沒有人會真的削足適履，因為衣服只有合體，才會穿起來舒適。

我樂意談的，與其說是有關中國人和崴奇島[6]上居民的事，不如說是和你們有關的事，你們是本書的讀者，那些生活在新英格蘭的；我要談的是有關你們的境況，特別是你們在這個世界上、在這個城裡的外部境況，或者說是環境，我要談談它的現狀，談談是否非得在這麼糟糕的環境裡度日，是否它已到了無法改進的地步。我在康科特旅行了很多地方，所到之處，不論商店、辦公場所，還是田野，所有的居民在我看來全都是在用千百種令人驚異的苦行贖罪。我曾經聽說婆羅門教徒的情況正是如此，他們毫無遮掩地坐在四面皆火的地方，眼睛直盯著太陽；或者身體倒

6　美國夏威夷群島的舊稱。

懸，頭垂在火焰之上；或者側著身子轉望天空，「直至他們的身體再也無法恢復原狀，這時除了流質食物外，其它食物都無法通過扭曲了的脖子進到胃中」；或者終生用一根鏈條拴在樹下度日；或者像毛毛蟲那樣，用自己的身體來丈量巨大帝國的廣袤幅員；或者用一隻腳站在柱子上面——甚至這類有意識的贖罪苦行，也未必比我每天目睹的景象更加難以置信，更加令人驚訝。海克力斯（希臘神話最勇武的英雄）的十二件苦差，和我鄰居所做過的那些比較起來，簡直是小菜一碟，因為苦差只有十二件，而且有個盡頭，可我總見不到這些人宰殺或者擒獲任何一頭怪獸，或者做完任何苦差。他們也沒有伊俄拉斯[7]這樣的朋友，用一塊燒紅的烙鐵來燒灼九頭蛇的頭頸，所以割去一個蛇頭，便又長出來兩個蛇頭。

我看到一些年輕人，我的同鄉，他們的不幸在於非得去繼承農莊、房屋、穀倉、牲口和農具不可，因為這些東西是得來容易擺脫難。要是他們出生在空曠的草場上，由狼餵養大，那就好得多，因為這樣一來他們更容易看清自己得在怎麼樣的一片土地上勞動。是誰把他們變成了土地的奴隸？當世人命中註定只能忍辱過活時，他們又怎麼會享受六十英畝地的出產呢？為什麼他們生下來就得開始自掘墳墓呢？他們必須過人的生活，推著所有東西前進，盡力之所及把日子過得更好些。我曾碰

7 Iolas，海克力斯的朋友。把九頭蛇的頸上燙出疤，蛇頭就無法再長出來。

見過多少個可憐的、不死的靈魂，幾乎都被生活的重擔壓得透不過氣來，在生活的道路上匍匐前進，推著一座七十五英尺長、四十英尺寬的穀倉向前去，還有一座從未打掃過的奧吉亞斯王[8]的牛棚，一百英畝的土地、耕地、草地、牧場和小林地！那些沒有繼承產業的人，雖不必纏身於這類繼承下來的牽累，也覺得不拼命幹活，便無以安撫和養育幾立方英尺的血肉之軀。

可是，人是在一種錯誤的籠罩之下勞苦著。一個人最美好的部分，不久也會被犁入泥土中，化成肥料。正像一本古書所說的，人受到一種看似真實的、通常稱為「必然」的命運的指使，總是把金銀財寶儲藏起來，接著，蛀蟲和鐵銹便來腐蝕，小偷則入室盜竊。這便是蠢人的一生，生前他們未必清楚，但一旦走到了生命的終點站，就會恍然大悟。據說，杜克里昂和皮拉[9]從頭頂往身後扔石頭，從而創造了人類：

> Inde genus durum sumus,experiensque laborum,
> Et documenta damus qu?simus origine nati.[10]

---

8 Augeas，傳說中的希臘國王，三十年未清洗過他的馬廄。

9 Deucalion 是希臘神話中普羅米修士的兒子，他和妻子 Pyrrhe 乘船在宙斯引發的大洪水中逃生，成為後來人類的祖先。

10 奧維德《變形記》，I414—415，引自沃爾特•雷利（W. Raleigh）爵士著《世界史》。

或者，像雷利用鏗鏘的音韻譯成的詩行：

從此人心堅硬，忍苦耐愁，
證明我們的身軀是巖石之質。

對錯誤的神諭一派盲從，把一塊塊石頭從頭頂往身後扔，它們掉到哪裡連看也不看。

大多數人，甚至在這個較自由的國度裡的人，也由於無知加上錯誤，滿腦子裝的都是些人為的憂慮，做的全是些不必要的耗費生命的粗活，這就造成了他們無法去採摘生命的美果。他們的手指因幹苦活過度而笨拙不靈，顫抖得格外厲害，要採摘美好果實已無能為力。的確，從事勞動的人無暇日復一日地使自身獲得真正的完善；他無法保持人與人之間的最高尚的關係；他的勞動一進入市場便會貶值。他除了充當一部機器外，沒有時間做別的。他如此常動用他的知識，又怎能想起自己的無知呢？——而這是他成長的需要。對他進行評價之前，我們有時還得免費供應他吃飯、穿衣，並用提神的飲料使他恢復精力。我們天性中最優良的品格，一如水果上的粉霜，只有小心輕放才能保全。可是，我們對待自己也好，彼此相待也好，都不那麼體貼。

大家知道，你們當中有些人是貧困的，度日維艱，有時可以說連氣都喘不過來。我毫不懷疑，閱讀本書的人當中，有的確實無力付還全部飯錢，或者無力償付那些快要或已然磨壞了的衣服和鞋子，可你們還是從債主那裡挖走了一個小時，用這段借用或偷來的時間閱讀這本書。顯然，你們許多人都過著十分低微卑賤的生活，這個我靠磨練出來的經驗一眼就看得清；你們老是處於沒有迴旋餘地的境地，想要著手幹點營生，設法擺脫債務，而這卻是一個十分古老的泥坑，拉丁文稱之為 aes alienum——即他人的銅幣，因為古時有些錢幣是用銅鑄造的；你們仍然靠這個別人的銅幣活著、死去、埋葬掉；你們老是答應明天要償還，明天要償還，可今天卻死掉了，無法償債；你們老是設法去討好人家，求人照顧，使盡各種方法，只要不是犯罪進監牢；你們撒謊、阿諛、投票，自己縮進一個謙恭禮貌的硬殼裡，要不就自己膨脹起來，籠罩在一層淺薄浮誇的慷慨大方的氣氛之中，這樣才能使左鄰右舍相信你們，讓你們給他做鞋、製帽、做衣服、造馬車，或替他添置雜貨；你們把錢物藏在一口舊箱子裡，或藏在一隻外面塗上泥灰的襪子裡，或為了更加保險起見，藏在一個用磚頭砌成的庫房裡，無論藏在什麼地方，也無論錢物是多還是少，你們以為這樣一來便可積蓄點錢物來應付生病的日子，殊不知反而把自己累病了。

有時令我驚奇的是，我們竟會如此輕浮（我幾乎可以這麼說），去專注於這種雖然罪惡卻多少是從外國引進的黑奴苦役形式。我們有著這麼多又精明又陰險的奴隸主，把南方和北方一齊囊括起來奴役。和一個南方的監工打交道已不容易；和一個北方的監工相處就更加困難；但最壞的是你成為你自己的奴隸監工。你在談人的神聖嗎？請看看公路上那個趕馬的人吧，他日夜兼程直奔市場；難道他的內心還激蕩著一種神聖之感？他的最高職責無非是照顧馬匹吃飼料和喝水。他的命運，與運輸的盈利比較起來，還算一回事嗎？難道他不是在替一位名聲赫赫的老爺趕馬嗎？哪裡還有他的神聖，還有他的不朽呢？你看他那副提心吊膽和卑躬屈膝的樣子，整天都弄不清在擔憂著什麼，哪裡是什麼不朽或神聖，而是心甘情願地認定自己是奴隸和囚徒，這是他靠身體力行給自己贏得的名聲。公眾輿論與我們的個人意見比較起來，只不過是個軟弱無力的暴君。一個人對自己有著怎樣的想法，這決定了他的命運，確切點說也指示了他的命運。甚至要在西印度地區提倡想像力與創造力的自我解放——有哪個像威爾伯福斯[11]的人在那邊去實現它呢？再想想那片土地上的婦女吧，她們在編織著梳妝用的坐墊，等待著臨終之日，對自己的命運不顯出過於青澀的關心！彷彿是可以消磨時間而又不會損害永恆。

大多數人過著忍氣吞聲的絕望生活。所謂聽天由命無非就是一種習以為常的絕

11 威爾伯福斯（William Wilberforce,1759—1833），英國政治家兼慈善家，主張廢除奴隸貿易，廢除英國海外屬地的奴隸制。

望。你們總是從絕望的城市走到絕望的鄉村，並用水貂和麝鼠的盛裝來安慰自己。甚至在人類所謂遊戲和消遣的背後也隱藏著一種模式化而又不為人察覺的絕望。在這類遊戲中並無娛樂可言，因為娛樂是隨工作而來的。須知不做絕望的事才是智慧的特徵。

當我們運用教徒般的問答方式來思考問題：到底什麼是人的主要目標，什麼是生活的真正必需品和手段時，看起來彷彿人們特意選擇了這種共同的生活方式，原因是他們更喜歡這種方式而不是任何別的。不過，他們確實相信已經沒有選擇的餘地。然而清醒健康的人永遠牢記：太陽升，萬物明。拋棄我們的偏見永遠都不會太遲。世上任何一種思想方法或行為方式，不管它多麼古老，如不經證明便不能信賴。今天每個人視為真理而隨聲附和或予以默認放過的事，明天可能被視為虛假，純屬空言，可有些人卻曾把它當作一片祥雲，以為會化作甘霖灑落在他們的田野上。老年人認為你們辦不到的事，你們做了努力，發現自己辦得到。老人老辦法，年輕人新辦法。老人可能一度不是很懂得添點燃料便可保持火種長燃不熄；年輕人卻把一點乾燥的木頭放到水鍋下面，他們繞著地球轉，像鳥飛得那麼快。年增歲長未必就更適於充當年輕人的導師，因為所得往往不及所失。我們幾乎可以質疑，最聰慧的人又能否從生活中學到點具有絕對價值的東西？老實說，老年人並沒有什麼十分重要的忠告可以贈送給年輕人，他們本身的經驗殘缺不全，而他們的生活明擺著已是一場場悲慘的失敗，他們對此想必心中有數，無須明言。可能他們心中還留下一些與那經驗不相一致的信念，只是他們沒有以前年輕了。我在這個星球上已經生活了約莫三十年，還從未聽到過我的長輩給我——哪怕是隻言片語有價值的或誠懇的忠告。他們從未告訴過我什麼東西，也許無法告訴我什麼中肯的東西。面前擺著的是生活，對我來說是一場在很大程度上未曾體驗過的實驗；儘管老一輩人對此有過切身的體驗，但於我並無助益。要是我擁有什麼我自認為有價值的經驗的話，那我確信我的前輩導師們對此連提也沒有提過。

有個農夫告訴我：「你無法光靠吃蔬菜過活，因為蔬菜不能提供任何能幫助骨骼成長的東西。」因此，他虔誠地把每天的部分時間用於給他的身體提供長骨骼所需的養料；他邊走邊說話，跟在耕牛後面，這些耕牛靠吃蔬菜長的骨架，猛拉著他和他那副重犁前進，不顧那一個個障礙。在某些環境裡，例如對於走投無路的人和病人，某些東西的確是生活必需品，同樣這些東西在另一些環境裡只能是奢侈品，而到了其他的環境裡卻成了完全陌生、一無所知的東西。

人生的一切境界，上至高山之巔，下至低谷之底，在某些人眼裡似乎已為他們的先輩踏遍，而所有的東西也無一不為前人關注所及。根據伊芙琳的說法，「智慧的所羅門制定了一些條例，規定樹木之間應有的距離；而羅馬的執政官則做出決定，你可以多少次到鄰居的土地上去撿掉下來的橡實而不會犯侵害罪，橡實中多少份額應歸鄰居所有」。[12]希波克拉底甚至還留下了醫療說明書，指導我們如何剪指甲：指甲應剪得不長不短，要與手指頭平齊。毫無疑問，把豐富多彩而又充滿歡樂的人生化為烏有，這種單調乏味而又無聊之感和亞當一樣古老。可是人的能力卻從未獲得估量；我們也不能根據任何先例來判斷人能夠做些什麼，因為至今為止他嘗試過的事是很少的。不論至今為止你有過什麼樣的失敗，「別苦惱，我的孩子，有誰會指定你去做你迄今未做完的事呢」？[13]

我們可用一千次簡單的試驗來測驗我們的生命；例如，使我的豆子成熟的同一個太陽，也同時照亮了像我們地球一樣的星系。要是我記住了這一點，那便可以防止一些錯誤。我為豆子鋤草鬆土時還沒有感應到這樣的光亮。星星是一個個多麼奇異的三角形的頂點！在宇宙各種各樣的星宿中，有著多麼遙遠而又不同的生命在同一個時間裡凝望著同一顆星星！大自然和人生正如我們不同的體制那樣各不相同。誰能斷言生活會給別人提供個什麼樣的前途？還有什麼比我們彼此的目光一瞬間的對視更偉大的奇蹟嗎？我們應該在一小時之內經歷這個世界的一切時代；唉，所有時代的所有世界。歷史，詩歌，神話！——我不知道還有什麼比像這樣閱讀別人的經驗更讓人驚異和增長見聞。

12 約翰·伊芙琳著《森林志》，又名《森林和木材增產論》（一六六四年）。
13 《毗濕奴往世書》，H.H. 威爾遜譯文（倫敦，一八四〇）。

我的鄰居視為好的那些東西，我靈魂深處卻相信大部分是壞的，要是我還對什麼事感到後悔，那大概就是我的循規蹈矩了。是什麼魔鬼迷住我的心竅，讓我的行為這麼規矩？老年人，你可能會說出你能夠說出來的最聰明的話——你已經活了七十年了，也有過某種榮譽，可我卻聽到一個不可抗拒的聲音，要我不去遵循你所說的那一套。一代人放棄另一代人的事業，就像離開擱淺的船一樣。

我認為我們可以完全信賴的東西要比我們現在所信賴的多得多。我們少為自己操點心，便可誠心誠意地在別處多給他人關懷。大自然既能適應我們的長處，也同樣適應於我們的弱點。有些人整天沒完沒了，憂心忡忡而又過度緊張，這幾乎形同不治之症。我們生來喜歡誇大自己所做的工作的重要性；可是我們沒有做的還有多少呀！還有，要是我們病倒了又怎麼樣呢？我們是多麼地焦慮！下定決心不靠信仰生活，只要能夠避開；我們整天處在警戒之中，到了夜晚不情願地做禱告，把自己交托給變化莫測的運數。我們被迫生活得極其精打細算，極其真誠，崇敬我們的生活，否定變革的可能性。我們說，這是唯一的生活之道；可是，生活之道多種多樣。正如從一個中心可以畫出許多條半徑一樣。一切變革都是值得思考的奇蹟；不過那是時刻都在發生的奇蹟。孔子說過：「知之為知之，不知為不知，是知也。」[14]當一

14《論語・為政篇》，第十七章。

個人把他想像出來的東西當成他所知的東西時，我可以預見到：所有的人最終將會把他們的生活建立在這樣一個基礎之上。

讓我們來思考一下：我所談到的那些麻煩事和令人擔憂的事情中，大部分是些什麼？有多少我們必須為之操心，或者至少應小心留意？儘管我們置身於物質文明世界之中，可是過一過原始偏遠地區的生活一定會有好處，哪怕只是為了懂得什麼是生活的一般必需品，了解人類曾採用過一些什麼樣的辦法去獲取它們；或者甚至翻閱一下商人們往日的流水帳，看看人們在雜貨店裡最常買些什麼，儲藏些什麼貨物，也就是說，最大宗的雜貨是些什麼。因為時代的演進對人類生存的基本法則影響甚微；正如我們的骨骼很可能和祖先的骨骼沒有什麼區別。

「生活必需品」這幾個字，我指的是一個人靠他自身的努力所得到的某些東西，它們從一開始就特別重要，或在長期的應用中變得對人類的生活異常重要，以至於幾乎沒人會試著不用它們來過日子（不管是由於野蠻、貧困，或是哲學上的原因），即便有，也是極個別的。對許多人來說，具有這種意義的生活必需品只有一種，即**食物**。對於美洲的草原野牛來說，生活必需品無非是幾英寸厚的豐美草地，加上可飲用的水，除非牠還要找尋森林和山嶽作掩蔽地。沒有任何一種野獸需要食物和掩蔽地之外的東西。人類的生活必需品在這種氣候下可以準確地分為下列數類：**食物**、**住所**、**衣服**和**燃料**；因為在獲得這些必需品之前，我們是無法自由地考慮人生的真實問題以及成功的前景的。人類已經創造出來的不僅有房屋，還有衣服和熟食；而且很可能是由於偶然發現火能生溫，以及隨後對火的應用（起初當成奢侈品），這才使得現在烤火取暖成為生活的必需品。我們注意到貓狗獲得了同樣的第二天性。靠著適當的住所和衣著，我們便理所當然地保存住體內的溫度；但如衣著和住所的溫度過高，或者燃料的溫度過高，也就是說，外部的溫度高於我們體內的溫度，這不就等於是燒烤開始了嗎？自然科學家達爾文談及火地島的居民時說，當他那些穿得暖和又坐近火旁的隨行人員還沒感覺太熱的時候，這些一絲不掛的野蠻人儘管待的地方較遠些，卻讓他驚訝地看到，他們竟「在這樣的烘烤之下汗流浹背了」。[15]所以，我們聽說，新荷蘭人[16]裸著身體泰然行走若無其事，可歐洲人穿著衣服卻在打冷顫發抖呢。是否就無法把這些野蠻人的結實與文明人的智慧結合在一起呢？按照李比希[17]的意見，人的身體是一個火爐，而食物則是保持肺部內燃的燃料。天氣冷時我們吃得多些，天熱則吃少些。動物的體溫是緩慢的內燃造成的，一旦內燃過旺，便出現疾病與死亡；反之，由於燃料不足，或因通風不良，火便熄滅了。當然，生命的體溫不宜與火混為一談；類比就到此為止吧。從上面列舉的來看，「動

15 查理斯•達爾文《英國皇家軍艦貝格爾號航行期間的考察日記》（紐約，一八四六）。
16 大洋洲土著的舊稱。
17 Liebig（1803—1873），德國化學家。

物的生命」幾乎就成為「動物的體溫」的同義詞了，因為食物可視為保持我們體內火焰不熄的**燃料**——而一般所說的**燃料**只是用以煮熟**食物**或從體外增加我們體內的熱量，**住所**與**衣著**也只供保持在這種情況下產生和吸收的熱量。

因此，對我們的身軀來說，最必需的是保持溫度，是保持體內的生命體溫。我們花費很大力氣去求得的不但是**食物**、**衣著**和**住所**，還有**床鋪**。床鋪也就是我們的睡衣，我們是靠奪取鳥巢和鳥胸上的羽毛來營造這個住所中的住所，正像鼴鼠在地洞的一端營造它用樹葉和草做成的床鋪一樣。窮人總慣於訴苦，說這是一個冰冷的世界；我們總是把自己的大部分苦惱直接歸因於冰冷，身體上的冰冷，同時也是社會上的冰冷。夏天在某些氣候區裡面，有人可能過著天堂般的生活。**燃料**除了用來煮熟人的「食物」之外，沒有其他需求了，太陽就是人的火；太陽的光線足以充分地烤熟許多果實；**食物**一般說來更加多種多樣，也更易得到，至於**衣著**和**住處**則是全不必要或半不必要的。當前，在這個國家裡，我根據自己的經驗發現，一把刀、一柄斧頭、一把鐵鍬、一輛獨輪車等少數工具就足夠了；對於勤奮好學的人來說，則還有燈光、文具再加上幾本書，這些東西的重要性僅次於必需品，只花一點點錢就能買到。可是，另一些不那麼聰明的人，跑到地球的另一邊，到那些野蠻而又不衛生的地區去，全心全意做生意去，一晃就十年二十年，目的是謀生——也就是說，求得舒舒適適地過溫暖的生活，可到頭來還是死在新英格蘭。那些過著奢侈生活的富人就不是只保持舒適的溫暖，他們要的是很不自然的熱；正如我前面指出過的，他們是被燒烤著，烤得自然很是時髦。

大多數的奢侈品以及許多所謂使生活過得舒適的東西，不但不是不可或缺的，而且是確確實實有礙於人類的進步。談到奢侈舒適，大智者往往比貧困者更為儉樸。中國、印度、波斯和希臘的古哲學家，都是同一種類型的人，身外的財富再怎麼匱乏，可內在精神生活卻豐富無比。我們對他們了解不多。可我們所知道的竟已如此豐富，這真是了不起的事。

更近代的一些改革家和各族的恩人的情況也如此。一個人只有站在我們稱之為甘貧樂苦的優越地位上，才能成為一個公正無私或有見識的觀察者。奢侈生活結出來的果實也是奢侈的，不管是在農業或商業方面，還是在文學或藝術領域。當今之世，有哲學教授而無哲學家。可是，教授哲學是令人羨慕的，正因為過著哲人的生活一度令人神往。當一名哲學家不僅要有敏銳的思想，不僅要建立一個學派，他還要熱愛智慧，從而按照智慧的指示去生活，過一種簡單、獨立、寬宏和信任的生活。他要解決一些生活問題，不但要在理論上，而且要在實踐中。偉大的學者和思想家的成功通常是朝臣式的成功，而不是帝王式的、也不是英雄式的成功。他們循規蹈矩，希望生活與其思想相符，但實際上和父輩的所作所為一樣，所以他們也絕不是人類更高貴的祖先。但人類到底是怎樣退化的？是什麼使得各個家族沒落衰亡？那種造成國家萎靡不振和崩潰毀滅的奢侈，到底具有什麼樣的性質？我們能否確信在自己的生活裡並非如此？哲學家甚至在其生活的外在形式上也走在時代的前面。他的衣食住所及取暖，都和他的同時代人不同。一個人如若不用比別人更優越的方法去保持他的生命之熱，又怎能成為一個哲學家呢？

當一個人用我描述過的那些方式求得溫暖的生活時，他接下去還需要什麼呢？肯定不是更多同一類型的溫暖，如更多更豐富的食物，更寬敞更豪華的房子，更漂亮更多樣的衣服，更多久燃不熄和更熾熱的火爐等等。當他已得到了那些為生活所必需的東西之後，便會選擇別的東西而不必再去謀求同樣的多餘物了，他有其他選擇，他不必再幹那種卑微的苦活，假期開始了。看來土壤適宜於種子，因為種子已經把它的胚根向地下伸紮了，所以現在它也可以滿懷信心把它的嫩枝往上面伸展。為什麼人牢牢地在土地上紮下了根之後，卻無法同樣地向天空伸展呢？——那些更高貴的植物，是根據其遠離土地、在空氣和陽光裡最終結成的果實來評價的，它們受到的待遇與那些卑微的蔬菜不同，蔬菜儘管可能是兩年生的植物，卻只被栽培到生好了根莖時為止，而且為了要讓根莖長大，時常把上面的枝葉剪掉，使大部分人在開花時節辨認不出它們。

我無意給那些具有堅強勇敢性格的人制定規章，因為他們不論是上天堂還是下地獄都會把自己的事安排得妥妥當當，而且營造起房屋來可能比最富裕的人更豪華，也更揮金如土，卻不會使自己窮困潦倒，不知道自己過什麼樣的生活——說實在的，我不知道是否真有像上面設想的那種人；我也無意給另一些人制定規章，他們恰好就是從當前的真情實況中獲得鼓舞和靈感，並如情侶那樣情投意合，珍惜著此情此景——在某種程度上，我把自己也列入其中；我這番話不是對那些在任何境況下都能安居樂業的人說的，他們都懂得自己是否安居樂業。我的話主要是對那些心懷不滿，對自己艱難的命運或時世空發牢騷的人說的，其實他們對那些境況是能夠加以改善的。有這麼一些人，發起牢騷來慷慨激昂，沒完沒了，因為據這些人自己的說法，他們說他們已盡責。我還想到那看上去像是富裕，實則是一切人中最貧乏的一類人，他們積累了一堆雜七雜八的東西，卻不懂得該怎樣去利用或擺脫，結果是金腳鐐、銀腳鐐，自己鍛來自己戴。

要是我想把過去若干年中希望如何度日的想法講出來，可能會使那些略知我生命中這段歷史真相的讀者感到詫異；也一定會使那些對這段歷史一無所知的人為之驚訝。所以我只略談幾件一直掛在心頭的事就行了。

無論白天還是黑夜，在任何天氣、任何時辰，我都渴望抓住關鍵時刻，並在我的杖上刻痕記下這個時刻；我渴望立足於過去和將來這二者的匯合點，即為現在這一刻，準備起跑。希望你們對若干晦澀難懂之處予以原諒，因為在我這個行業，祕密比起別的行業來格外多，這不是說我故意要保守祕密，而是因為它和這個行當所特有的性質使然。我倒樂意把舉凡知道的事和盤托出，絕不在自己的門口貼上「不准入內」的字樣。

很久以前我丟失了一條獵犬、一匹棗紅馬和一隻斑鳩，至今仍在尋找。我曾對許多旅行者說起過牠們，描述牠們的蹤跡，以及牠們對什麼樣的呼喚會有回應。我遇見過一兩個人曾經聽到獵犬的吠聲和奔馬的蹄聲，有人甚至還見到斑鳩飛入雲層後面，他們也急於要找回牠們，就像是自己失去的一樣。

不只是期望著看日出和黎明的到來，而且可能的話，還要看自然本身！夏天和冬季，有多少個早晨，在任何一個鄰居忙於料理他的事務之前，我早已把自己的事安排妥了！毫無疑問，我的許多同鄉都見到過我辦完事回來，那些黎明時動身到波士頓去的農民，或者動身去幹活的伐木工人，都曾碰到過我。的確，我從未在太陽升起的過程中出過什麼力，可是，不容置疑的是，太陽升起時你正好在場，這才是最重要的。

多少個秋日，唉，還有冬日，我是在城外度過的，我試著聽風中的消息，一聽到便立即陳述。我用盡全力，並走訪消息，幾乎連氣都喘不過來。要是這種消息與兩個政黨有關係，毫無疑問，它一定會成為最新的消息登在報上。其他時候，多守望在懸崖或樹頂的瞭望臺上，電訊給任何一個新到的來客；或黃昏時刻在山巔等待著天黑下來，好捕足到些什麼，儘管我不曾抓到很多東西，而這些東西像天賜的食物那樣，陽光一照便消失。

在很長一段時間裡，我曾擔任一家發行量不大的報社記者，這家報社的編輯從不認為我大部分的稿件適於刊登，所以，正如作者們經常碰到的情況那樣，我費盡了力氣得來的只是一番辛勞。不過，既然是這樣，我的辛勞也就是其本身的報酬。

多年以來，我是一個自行任命的暴風雪和暴風雨的監察員，並忠實地履行我的職責；我還自任檢查員，要是不檢查公路，便是檢查林間小道和所有近路，以確保道路暢通，深谷上面的橋樑一年四季都可通行，大眾的足跡證明了它們的便利。

我也曾照料過鎮上的野獸，這些野獸總是要越過籬笆，給忠實的牧人帶來一大堆麻煩；我還得照料農莊各個人跡罕至的偏僻角落，儘管我並不總知道約拿斯或者所羅門今天是否在某一塊田地上勞動，這跟我沒有什麼關係。我得給小紅莓、沙櫻、蕁麻樹、赤松、黑、白葡萄和黃色紫羅蘭等澆水，這些植物在乾燥的季節不澆水便會枯萎。

總之，我就這樣持續了很長時間，我可以毫不自誇地這麼說，我相當盡忠職守地在我的工作崗位上，直到後來情勢越來越清楚：原來鎮上的人並不願意把我列入鎮公務員的名單裡，也沒有給我一份領乾薪的閒職。至於我的帳簿，我敢發誓說我一直把帳目記得清清楚楚，然而卻從來沒有人審核，更不要說有誰來承兌，撥款和結清帳目了。不過，我從未把心思放在這種事上。

不久以前，有個流浪的印第安人跑到我鄰近一位著名律師的住所兜售籃子。他問道：「你要買籃子嗎？」回答是：「不，不要。」那個印第安人走出大門時驚異地喊叫著說：「你是不是想看我們活活被餓死？」看到他那些勤奮的白人鄰居生活得那麼富裕——那位律師只需把他的辯詞編織起來，然後就像魔術一樣，財富和地位也便接踵而至，印第安人對自己說：我要做買賣，我要編籃子，這是我能夠做的事。他想：編好了籃子，他就算是完成了自己分內該做的事，接下來的責任就在白人身上，輪到他們去買這些籃子了。可他沒有發現：他必須讓籃子看起來值得他人去購買，或者至少使別人認為值得，或者就做點別的什麼東西值得別人去購買。我也編織了一種結構精巧的籃子，但我沒有使別人感到值得去買。可是，就我而論，我也同樣認為值得去編織。我沒有去研究如何把籃子編得讓人們感到值得去買，而是研究如何才能避免非得去出售這些東西不可。人們讚揚並認為成功的生活，只不過是生活中的一種。為什麼我們非得誇大其中之一，而貶低其他的生活呢？

我發現我的鄉親們不大可能會在去院或縣政府辦公大樓裡給我謀求一席之地，也不會讓我擔任個牧師副職或在別的什麼地方給我一個糊口的職位，我必須自己另想辦法，所以我越來越把整個注意力轉到森林上去，那邊的一切我更加熟識。我決定立刻投入森林生活，不像以往那樣，需要等待資本湊足才要做，我只需用手頭這點微薄的資金。我到華爾登湖去的目的不是去過儉省的生活，也不是去過揮霍的生活，而是去障礙最少的地方經營一些私人的工作，要是因為缺少點常識、經商營業的才能就不去完成它，似乎不僅有些悲哀，更有些愚蠢。

我總是力求養成嚴格的商業習慣；這種習慣對每個人都是不可或缺的。要是你是和中國做買賣，那麼，在某個賽勒姆港的岸上設立個小小的帳房也就夠了。你可把本國出產的物品——全是些土產，許多的冰和松木，還有一些花崗石——由本地貨輪裝載輸出。這都是些好生意。你對所有細枝末節，凡事都親自監督；既是領港員和船長，又是業主與保險商；買進、賣出兼記帳；閱讀收到的每一封信；發出的信件全都親自起草或過目；日夜監督進口商品的卸貨工作；你幾乎是在同一個時間出現在海岸的許多地方——水運裝載最多的貨物經常在澤西岸上卸貨；充當你自己的電報機，不知疲倦地掃視著地平線，對那些沿著海岸線行駛的過境船隻通報情況；堅持穩定地迅速發送商品，以供遠地一個貪多務得的市場的需求；讓自己消息靈通，知道各個市場的情況，瞭解各地戰事與和平的前景，預測到貿易和文明的趨向——利用一切探險的成果，利用新航道和航海技術上一切改進的措施——還要研究航海地圖，各個暗礁、新的燈塔和浮標的位置應加查明，對數表要不斷加以校正，因為由於某個計算人員的失誤，船隻常常會觸礁破裂，無法抵達友好的碼頭

——這裡有著拉佩魯茲[18]的未被透露的命運——還有那應齊步跟上的宇宙科學，要研究所有偉大的發現者和航海者，偉大的探險家和商人的生活，從漢諾[19]和腓尼基人直至今天；總之，要時刻登記庫存貨物，這樣你對自己的境況才會心中有數。這對一個人的能力來說是一種磨練——其中牽涉到贏利和損失的問題，利息的問題，淨重計演算法的問題和各種估量，這都需要有廣泛的知識。

我曾想到華爾登湖應該是個做生意的好地方，不僅僅因為有鐵路再加上可做冰塊貿易；這裡還提供了種種有利條件，把這類條件吐露出來恐非明智之舉；這是一個優良的港口，也是一塊好基礎。這裡沒有像涅瓦河上那樣的沼澤地需要去填充，雖然你必須到處去打奠基。據說一次漲潮加上西風，加上涅瓦河上的冰塊，便會把聖彼德堡從大地的表面上掃盪一空。

由於經營這種生意一開始就缺乏一般人擁有的資本，所以很難揣測能在何處籌集到此類事業依然不可或缺的用品。至於衣服，這一下子就接觸到問題的實質上去，我們購買衣服時總是喜歡新奇，重視人們的意見，而不注意衣服的真正實用性如何，讓一個有工作做的人回想一下穿衣的目的吧：首先，是要保持生命必需的熱

18 拉佩魯茲（La Perouse，1741—1788），法國航海家，曾遠航到西伯利亞、澳大利亞，其船隻在太平洋上遇難。

19 漢諾（Hanno），活動於西元前約五世紀，迦太基人，曾在非洲西海岸探險和殖民航行。

量；其次，在當前這個社會狀況下，是要把赤裸的身軀遮蓋起來。他就可以作出判斷：有多少必要的或重要的工作可以完成，而又不用給他的衣櫥增添東西。而帝王和皇后一套衣服只穿一次，儘管這衣服是由裁縫專門縫製的。但帝王們是無法體會穿一套稱身衣服那種舒適的感覺的。他們實際上無異於一架掛著清潔衣服的木頭架，可我們的衣服卻一天天更加和我們自己渾然一體，從而更具穿衣者的性格特徵，以至我們捨不得將其棄置，正如對待自己的軀體那樣，要棄之不顧，哪能沒有依依不捨之情，還需求助於醫療器材的治療，哪能沒有黯然凝重之感。

沒有人會因為衣服上有個補丁便在我心目中降低了地位；可是我確信，通常人們更渴望穿上時髦的、最少也是乾乾淨淨沒有補丁的衣服，而不問良心是否完美無缺。但是，即使衣服的領口沒有補好，暴露出來最糟糕的缺點無非就是粗心大意吧。我有時用這樣的方法來試驗我的熟人——誰會穿上一條膝蓋上有補丁或多了兩條縫線的褲子呢？多數人好像都認為如果這麼做就會毀掉一生的前途。他們就是拖著一條跛腿蹣跚進城，也要比穿著一條破褲更好受些。要是一位紳士的腿意外受傷，總有辦法使之好轉痊癒，可是如果同樣的意外把他的褲管弄破，那可就無救了，因為他考慮的不是什麼東西真正值得尊敬，而是什麼東西受到了尊敬。我們認識的人並不多，可認識的衣服和褲子卻不少。你用最近的一身行頭去給稻草人打扮起來，而你穿著破爛陪站在一旁，誰不立刻向稻草人致敬呢？前些日子我經過一片玉米地，靠近那根戴帽穿衣的木樁，我認出了那個農田的主人。他只是比我上次見到時稍微受到風吹日曬的侵蝕。我聽說過有這麼一條狗，牠對凡是穿著衣服、走近主人房屋的任何一個陌生人都吠叫起來，可是卻不會吠叫光著身子的小偷。這裡有個很有趣的問題：要是人們脫掉了衣服，他們相對的等級地位還能保持到什麼程度？在這種情況下，你能否在一群文明人裡面確切地說出哪些人屬於最受尊敬的階級？當法伊弗夫人從東向西作環球探險旅行走到俄羅斯的亞洲部分時，她說：前往會見地方當局時，她覺得自己應換掉旅行裝，因為她「現在身在一個文明國家裡，這裡人都是根據衣服來評斷他人的」[20]。甚至在我們民主的新英格蘭各個城鎮裡，人們偶然擁有財富，並在衣著和配件上顯露出來，就使其擁有者受到眾人的尊敬。但是，那些產生這種敬仰的人，數目很多，卻都是些異教徒，所以應給他們派去個傳教士。另外，凡是衣服就需縫紉，而縫紉卻是一種你可稱之為沒完沒了的工作；至少女人的衣服就是永遠不會完工。

一個終於找到工作來做的人，並不需要穿上一套新衣去工作；對他來說，那套滿是灰塵、不知在閣樓上放了多久的舊衣裳也就夠了。一位英雄穿舊鞋的時間，要比他的僕從穿的時間更長些——要是英雄也有僕從的話；打赤腳要比穿鞋子的時間

20 伊達•法伊弗（Pfeiffer）《一位夫人的環球航行》（紐約，一八三七）。

更長，英雄光著腳走路也能適應。只有那些前往參加晚會和到議會廳去的人才非得穿上新衣不可，衣服經常變換，正像那裡面的人經常變化一樣。但如果我的外套和褲子、我的帽子和鞋子都適合於穿去向上帝做禮拜，那麼它們便是合適的，難道不是嗎？有誰曾看到他自己的舊衣服——他的外套破得不成一件衣服的樣子，就是拿去送給哪個窮孩子也談不上是一種施捨行為了呢？說不定這個窮孩子還要拿去送給一個更窮的孩子，或者應該說他是一個精神上最富有的孩子，因為他就算物質匱乏依然能過生活。

我說，要提防所有那些要求穿新衣而不要新人的企業。要是沒有新人，新衣怎能合身？如果眼前有份新工作，你可以試著打扮邋遢去上班。一切人所需要的不是去利用什麼，而是去做什麼，或更準確點說，去成為什麼。也許，我們不應去謀求添新衣，不管舊衣已經變得多麼破損、骯髒，就這樣一路做下去、經營下去，或航行下去，直到自己覺得像是新人穿舊衣，並且覺得，保持這種情況像是舊瓶裝新酒一樣。我們去舊迎新的時刻，正如禽類換羽毛的季節，必然是生命中一個重大的關鍵時刻。潛鳥隱藏到偏僻的池塘去換毛。蛇也是這樣蛻皮，毛蟲也這樣脫殼，全都是由於體內機能的運作和擴張造成的；因為衣服無非是我們披在最外面的一層保護膜，也是一番塵世的煩惱。不然的話我們將發現自己是在虛偽的幌子下揚帆前進，不可避免地最終要被自己和人類的意見所唾棄。

我們一件接一件穿上衣服，好像我們是某些外生（exogenous）植物，要依靠外加的東西來生長似的。穿在外面的常常是薄而花俏的衣服，無非是一層表皮或假皮，它並不共享我們的生命，就算脫下來也不會有致命的損害；平常穿的較厚的衣服，是我們的皮層，而襯衣則是我們的韌皮或真皮，這層皮一旦脫掉便不能不留下傷痕，從而給人造成損害。我相信，世界各族在某些季節裡都會穿著類似襯衣的東西。一個人最好應穿著簡單，使得他在黑暗中能一伸手便摸到身體，同時最好在各方面生活得周密，有備無恐，如果敵人占領了城市，他也能像古代那個哲學家，空手不慌不忙地走出城門。一件厚衣在多數情況下可以等同三件薄衣服，而便宜的衣服也能以顧客感到合適的價錢買到；一件厚上衣花五元即可買到，一穿就是幾年，厚褲一條二元，牛皮長統靴一元五角一雙，夏天帽子一頂二角五分，而冬天的帽子則為六角二分半，或者自己在家裡做一頂更好的帽子，價錢微不足道，一個人穿上這麼一套他自己賺來的衣服，哪裡能窮到無法找到些聰明人來向他表示敬意呢？

當我要訂做一件特別款式的衣服時，那位女裁縫用一派認真的神情告訴我說：「時下人家都不做這種款式了。」說時並不加重「人家」一詞的語氣，彷彿她是在引證命運之神那樣非人的權威，於是我發現我想要做的款式難以做成，原因無非是她不敢相信我說的是真的，不相信我如此輕率。當我聽到這種神諭般的詞句時，頃刻間我墮入了沉思之中，暗自把每個詞分別加以重讀，以便抓住其確切的意義，弄清楚「人家」和「我」有多大程度的血緣關係，以及「人家」在這件對我有如此密切影響的事情上擁有什麼權威。最後，我頗想用同樣神祕的方式來回答她，也不對「人家」一詞加重語氣——「的確，人家近來不曾做這種款式的衣服，不過現在人家又在做了。」要是她只量我的肩寬而不量我的性格，彷彿我只不過是一根掛衣服的釘子，那麼這樣給我量身又有什麼用處呢？我們崇拜的不是美惠三女神，也不是命運三女神，而是時髦女神。她權威十足地紡紗、編織和剪裁。巴黎的猴王戴上了一頂旅行帽，美國所有的猴子便全都來學樣。我有時感到絕望，在這個世界上要借助於人們的力量去辦成幾件簡單而樸實的事，簡直是不可能的。他們首先必須用一架強力壓榨機壓過去，把腦子裡各種舊觀念擠出來，壓得他們無法立刻站起來走動，然後那裡面還會有個人腦子裡懷著那麼一條蛆蟲，誰也不知道是什麼時候放進去、孵出來的，甚至連火也消滅不了，你的氣力都白花了。不管怎樣，我們不會忘記，有一種埃及小麥據說是由某個木乃伊流傳到我們手裡的。

總的說來，我認為不能說在這個國家或其他任何國家，服飾已經上升到藝術那樣的崇高地位。目前，人們總是能弄到什麼就穿什麼。他們像失事船隻上的水手一樣，在海灘上能找到什麼就穿上什麼，並隔了一點距離，不管是空間還是時間的距離，互相嘲笑著對方的裝束服飾。每一代人都在嘲笑老樣式，可又虔誠地追求新樣式。我們一見到亨利八世或伊莉莎白女王的裝扮便覺可笑，彷彿這是食人島上的大王和皇后的服裝似的。一切服裝一旦不穿在人身上便會顯得可憐或古怪。只有穿衣者眼神嚴肅，生活真誠才能抑制住笑聲，使任何人的裝扮受到尊重。一個穿著五顏六色補丁衣服的丑角突然一陣腹痛發作，他的服裝也便帶有這股腹痛的味道。當士兵被炮彈擊中時，破舊的衣服也形同君王的紫袍。

男男女女對衣服新樣式的這種既幼稚又原始的愛好，使多少人為之心神不定，瞇著眼睛看萬花筒，指望可以發現這一代人今天所需要的圖案。製造商都懂得，這種愛好完全是反復無常的。兩種樣式的不同之處，無非是某種顏色的線多了或少了幾根，另一種款式會很快銷售出去，而另一種款式則擱在架上無人過問，然而經常出現這種情況：過了一個季節，後者又變成了最時髦的式樣。對比之下，紋身算不得是所謂陋習。不能因為刺花是深及皮膚，無法改變樣式，就說它野蠻。

我不能相信，我們的工廠體系是為人們提供衣著的最好方式。技工們的情況正日益變得像英國技工的情況，這也難怪，因為就我所聽到或注意到的情況而言，公司的主要目標不是為了使人類穿得更好更實在，而毫無疑問的是為了讓公司賺錢。從長遠來看，人們只能達到自己所瞄準的目標。因此，儘管難免會遭到失敗，他們最好還是瞄準更有意義的目標。

至於住所，我不否認，現在這是一種生活必需品，儘管有很多實例說明，人們在比這兒更寒冷的國度裡可以長期無需住所而照樣生活。撒母耳・萊恩說：「拉普蘭人穿著皮衣，頭上和肩上罩著個皮袋，一夜接一夜睡在雪地上——那種寒氣凜冽的程度足使一個穿著任何毛衣露宿在外的人喪命。」他曾見到他們這樣睡著。不過，他接著又說：「他們並不比其他的人更結實。」[21]但也許人類生活在地球上不久便發現住在一幢屋子裡的方便，家的舒適，這話最初可能是指房屋令人稱心滿意，而不是指家庭；然而在有些地方，房屋一詞在我們的腦子裡主要和冬天或雨季聯在一起，而一年有三分之二的時間只靠一把遮陽傘也就夠了，所以，房屋令人稱心滿意的說法在那裡是片面的，並非經常如此。而夏天，生活在我們這種氣候區，以前幾乎就只要夜裡有塊遮身之物。在印第安人的紀錄裡面，一間屋子也就是一日路程的象徵，而在一棵樹的樹皮上刻下或畫上一排屋子，則意味著他們曾宿營那麼多次。人類沒有與生俱來的巨大而強健的四肢，所以他必須設法縮小他的世界，找一個適合於他的空間用牆給圍起來。人類起初全都赤身裸體，生活在戶外；但是，儘管在白天天氣晴朗暖和時都很舒適，可是一到雨季和冬天（更不必說在炎炎烈日之下），人類要不是趕緊讓自己有個棲身之所，說不定他的種族在萌芽階段就會被消滅。根據傳說，亞當和夏娃在穿上衣服之前就先以枝葉蔽體。人類需要有個家，也就是一塊溫暖或舒適的地方，首先是身體上的溫暖，隨之而來的是感情上的溫暖。

21　撒母耳．萊恩（S. Laing）《挪威日記》（倫敦，一八三七）。

我們可以想像，當人類正處於搖籃時期，有些富有進取心的人爬進一個岩洞去尋求掩蔽。每個小孩都在某種程度上重演人類對世界的體驗，他喜歡呆在戶外，甚至在濕雨和寒冷的天氣裡也如此。小孩出於本能，玩著扮家家酒的遊戲，還有騎竹馬的遊戲。誰不想起自己年輕時看著傾斜的岩石或任何通往洞穴之路而興致盎然的情景？這是我們原始時代的祖先心中那分天然情懷至今留在我們身上。我們從住洞穴進展到用棕櫚葉、用樹皮樹枝、用亞麻織物、用草皮和稻草、用木板和木瓦、用石頭和瓦片做屋頂的房子。最後，我們終於不再知道生活在露天是個什麼樣子，生活家居化的程度比我們想得更大。從壁爐邊到曠野是一段很大的距離。要是我們更多的白晝的黑夜都與天體之間毫無障礙，要是詩人不是在屋簷下滔滔說那麼多，要是聖人不在屋子裡住那麼久，那也許就好了。鳥兒不也是不在山洞裡唱歌，鴿子不也是不在鴿棚裡養性。

然而，要是一個人打算建造一所住宅，他就應該發揮點新英格蘭人的機智，免得到頭來發現自己住的是一座工作場，一個沒有路標的迷宮，一座博物館，一個救濟院，一所監獄，或一座壯麗的陵墓。首先請想想看：怎樣微小的遮身之所是絕對必要的？我曾見到過佩諾布斯科特河流域的印第安人，就在這個城鎮裡，住在用薄棉布製成的帳篷裡，周圍的雪差不多有一英尺深，我那時在想，要是雪積得更深能擋住風，他們一定會很高興。怎樣去正直地謀生，而又給自己留下追求正當目標的自由？在以前這是一個比現在還要令我苦惱的問題，因為不幸的是我現在變得有點麻木了。那時我時常在鐵路旁見到一個大箱，六英尺長三英尺寬，工人夜裡便把工具鎖在裡面，這件事給我一個啟示：每個度日維艱的人都可以用一塊錢買到一個箱子，接著他可以給箱子鑽幾個孔，至少讓空氣能夠進去，這樣一來，下雨天和夜晚他可以躲進裡面，把蓋子蓋上，這樣他便可以自由地愛他之所愛，他的心靈也得到了自由。這並不是什麼多差的事，同時無論如何也不是一種可鄙的選擇。你只要高興，想坐到多晚就坐到多晚，而當你起身往外走時，也不會有個大房東或二房東攔住你要租金。多少人為了給一個更大更豪華的箱子付租金而被折磨到死，可他要是住在像這樣的一個箱子裡是不會凍死的。我絕不是在說笑話。經濟學是一門可視之如鴻毛、卻不容置之不理的學科。以前在這裡造過一幢舒適的房子，裡面住著一些粗魯強壯、大部分時間生活在戶外的人，這幢房子幾乎全是用自然界提供的那種隨手可得的原料蓋成的。麻塞諸塞殖民地印第安人的總管古金於一六七四年寫道：「他們最好的屋子蓋得十分整齊，既牢固又溫暖，用的是汁液旺盛季節從樹幹上脫落下來的樹皮，並在樹皮還呈綠色時，用沉重的木料把它們壓成大塊的薄片。較簡陋的房屋則用燈心草之類編成的席子遮蓋，也還算緊密、溫暖，不過沒有前面所說的房屋那麼好……我見過一些房屋，計有六十或一百英尺長，三十英尺寬……我常在他們的屋裡寄宿，覺得跟英國最好的房屋一樣暖和。」[22]他又說，這些房屋通常都鋪著或在牆上掛著精製的繡花席，並備有各種用具。印第安人已經進展到這樣的程度：在屋頂的通風口懸掛著一張席子，用一根繩子來拉動，便可調節通風效果。這樣的屋子當初最多花上一兩天的功夫即可蓋成，用上幾小時便可拆掉再重新搭起來；每個家都擁有一幢屋子或其中的一個隔間出來的空間。

在原始時期，每個家庭都擁有一個可遮風蔽雨的住所，這個處所足以滿足其粗獷而單純的需要；但我認為，我一點也不過分地說：儘管空中的飛鳥有自己的巢，狐狸有自己的洞，野蠻人有自己的屋子，可是在現代的文明社會裡擁有房屋的家庭不過半數。在一些文明特別發達的大城鎮裡面，擁有自己房子的人數只占一小部分。其餘的人每年都得付出一筆稅金，使自己有這麼一件在夏日與冬天都不可缺少的外衣，這筆稅金本來足以買下一整片印第安人的屋子，可現在卻造成他們一世貧窮。我無意硬說租屋較之買屋不利，不過顯而易見的是，野蠻人之所以擁有自己的住所，是因為花錢極少，而文明人之所以租屋，通常則因為他買不起房；而從長遠看來，他付了租金也未必就輕鬆些。可是，有人出來說，那個貧窮的文明人只靠著付出這筆租金，便可獲得一幢住所，而這住所和野蠻人的屋子比起來簡直就是宮殿。

22 丹尼爾・古金（D.Gookin，1612—1687）《新英格蘭印第安人史料編彙》。

他每年只需付出一筆二十五元到一百元的租金（這是鄉鎮的價格），便可得到那些經過世代不斷改進才得來的實惠，寬敞的套房、乾淨油漆壁紙、拉姆福德壁爐[23]、內抹灰泥的牆面、活動式百葉窗、銅質抽水機、彈簧鎖、寬敞的地下室以及其他很多東西。但這到底是怎麼一回事：被認為享有這些東西的人，通常總是文明而「**貧窮**」，而不擁有這些東西的野蠻人卻野蠻而富有？

如果確認文明是人類狀況的真正進步（我也作如是觀，儘管只有智者改進其生活層面），那麼就必須證明：文明造出了更好的住所而又不會提高其價格；而一件物品的價格，我擬稱之為需要為它付出的「生命」，不論是立即付出還是最終付出。這個地區的普通房屋大概價錢為八百元一幢，要存這麼一筆錢，需要花上一個勞動者十年到十五年的時間，即使他並沒有家庭的拖累。——這是根據一個人勞動的貨幣價值一天一元錢來計算的，因為有的人收入雖多於此數，另一些人卻少於此數。因此，通常他必須花掉半輩子的生命才能獲得他那間屋子。假設他是租屋住來的，那也無非是從兩害之間作了個可疑的選擇。難道野蠻人會根據這樣的條件，拿他的屋子去換一座皇宮？

人們會猜測我把擁有這種多餘的房地產的全部好處，就個人而論，主要歸之於

23　一種無煙爐，以其發明者拉姆福德伯爵（1753—1814）的名字命名。

可支付辦喪事所需的費用。不過，一個人也許不必埋葬自己。可是，這件事卻表明了文明人與野蠻人的重大區別所在；毫無疑問，他們是為了我們的利益而花費這個心機的，他們把文明人的生活變成了一套**制度**，個人的生活在很大的程度上被其吸納，目的是要維護種族的生活並使之更加完善。但我要指出，現在獲得這種好處要付出多麼大的代價，與此同時，我還要指出，我們本來完全可以一無所失而得到所有這種好處。你說常有窮人和你們同在[24]或者父親吃了酸葡萄，孩子的牙也酸壞了，你說這些話是什麼意思？[25]

「主耶和華說，我指著我的永生起誓，你們在以色列必不再有用這俗語的因由。」[26]

「看哪，世人都是屬我的，為父的怎樣屬我，為子的也照樣屬我，犯罪的，他必死亡。」[27]

我想到我的鄰居，康科特的農夫，他們至少也和別的階級一樣富裕，我發現他們中大部分人辛苦勞作長達二十年、三十年或四十年之久，為了成為其農場的真正主人，這些農場通常是他們帶有抵押權而繼承下來的，或者是用借來的錢買下的

24 見《馬太福音》26：11。
25 「父親……牙也酸倒了」見《以西結書》18：2。
26 見《以西結書》18：3
27 見《以西結書》18：4。

——所以我們可以把三分之一的這種苦活視為他們房屋的代價。通常他們還沒有付清購房屋的款項。的確，那種抵押權有時超過了農場的價值，結果農場本身變成了一個大累贅，可是依然發現有那麼一個人繼承它，據他說是因為對它十分熟悉。我在向估稅員詢問情況時，驚異地發現：他們竟然無法一下說出十來個在這城裡完全擁有自己農場的人來。若想要瞭解這些住戶的歷史，你可以到銀行詢問房產被抵押的情況。那種確實用勞動還清了自己的農場債務的人，微乎其微，每個鄰居都能把他指出來。我看康科特裡面未必能找出三個這樣的人。據說商人中大多數人，幾乎一百人之中有九十七人都肯定要失敗，對農民來說也如此。不過，關於商人，有一個倒說得很中肯：商人大部分的失敗都不是真正金錢方面的失敗，而只是沒有履行諾言，因為不方便；也就是說，信用道德垮掉了。但這使問題更加糟糕透頂，此外，還令人想到說不定百人中的那三個人也無法拯救自己的靈魂，比起那些失敗得堂堂正正的人來，可能是一種更糟糕意義上的破產。破產和拒付債務是一條條跳板，我們的文明大多就從這裡一次一次跳起來翻筋斗表演，可是野蠻人卻一直站在飢餓這塊沒有彈性的厚木板上。然而米德爾塞克斯耕牛展覽會卻每年在這裡輝煌舉行，好像農業機器的所有聯結都很順暢。

農夫一直在努力解決生活問題，可是用的辦法卻比問題本身更加複雜。為了獲得他的小額資本，農夫做起牲畜投機買賣來。他用盡心機，彈簧圈套陷阱，企圖借此捕捉到舒適和獨立自由，當他要走開時，自己的一條腿卻掉進了陷阱。這就是他過窮日子的原因；由於類似的原因，我們全都是貧困的，比不上野蠻人有上千種安逸的樂趣，儘管我們四周到處都是奢侈品。查普曼唱得好：

「這虛偽的人類社會
——為了塵世的偉大——
把天上的歡樂淡化得無影無蹤」。[28]

農夫占有了他的房屋，並不因此更富，反而是更窮了，因為房屋占有了他。據我理解，這正是莫摩斯針對密涅瓦建造的那幢房屋而提出來的精闢意見。莫摩斯說：她「沒有建造出一幢可以移動的房屋，可移動才能避免和壞鄰居湊在一起」[29]；這個意見至今仍然可以提出來，因為我們的房屋是如此笨重的財產，我們不是住進去而是被關進去；至於那個應該避開的壞鄰居則是我們卑鄙的自我。在這個城市裡，我認識至少一兩個家庭，他們在近一代的時間裡，曾一直想要把城市的房屋賣掉，搬

28 喬治•查普曼（G. Chapman，1559?—1634）《愷撒和龐培的悲劇》，v ii。
29 約翰•倫普里爾《古典圖書館》（紐約，一八四二）。莫摩斯（Momus）是希臘神話中非難指責與嘲弄之神；密涅瓦（Minerva）是掌管智慧、發明、藝術和武藝的女神。

到鄉村去，可始終未能實行，要獲得徹底解放，只能是死而後已了。

即使**多數人**最後終於能擁有或租賃一幢現代的房屋，裡面有更臻於完美的裝修，可是，文明雖使我們的住房得到改進，卻未曾使居住者也同樣得到改進。文明創造了宮殿，可要創造出貴族和國王就不那麼容易。要是文明人所追求的不比野蠻人更有價值，要是他把一生的大半時間僅用於求得粗俗的必需品和享受，那他為什麼非得比野蠻人住得更好呢？

另一方面，那貧窮的少數人又過得怎樣呢？大概你會發現這樣的情況：一部分的人的物質境況高於野蠻人之上時，另一部分的人也就與此成比例地被貶得越低。一個階級的奢侈是由另一個階級的貧困來維持平衡的。一邊是宮殿，另一邊就是貧民所和「默默無言的窮人」。對自己的貧困忍氣吞聲的人，這樣做的目的在於避免被送進貧民所。十八世紀時康科特募集了一筆基金來幫助他們。[30]千千萬萬建造法老陵墓金字塔的人，吃的是大蒜頭，死的時候很可能都沒有像樣埋葬。做完了皇宮飛簷的石工，夜晚可能回到一間簡陋的茅屋裡過夜。如果認為在一個隨處存在著文明跡象的國家裡，相當大一部分居民的境況不會像野蠻人那樣卑微，那可就錯了。我指的是那些變得卑微的窮人，現在沒說那些變得卑微的富人。要了解這件事，我不

30 喬治•查普曼（G. Chapman，1559 ?—1634）《愷撒和龐培的悲劇》，v ii。

必往遠處望，只需看一下鐵路附近到處可見的那些簡陋小屋就行，鐵路，這是文明改進的最新成果。我每天散步時在那裡見到一些人住在骯髒的房子裡，整個冬天不關門，好讓光線照進去，也沒有見到任何供取暖用的木材堆，經常連想像都想像不出。老人和年輕人由於怕冷加上疼痛而習慣於縮成一團，體態變成了老是蜷縮起來的樣子，四肢及其官能的發展也因而受阻。自然應該看看這個階級的生活狀況，正是由於他們的辛勤勞動，那些顯現出這一代人特色的工程才得以完成。在英國這個世界最大的救濟院裡，各種類型的技工的情況差不多也是這樣。我也可以跟你說說愛爾蘭的情況，這個地方在地圖上標明是白種人地區或已開化地區。讓我們把愛爾蘭民族的身體狀況跟北美洲印第安人或南太平洋上的島民或尚未因接觸文明人而衰退的野蠻人種族作對比。我不懷疑該民族的統治者和一般文明人的統治者一樣聰明，他們的狀況只是證明：卑劣可能與文明並存。現在我無須去提及那些生產出本國主要出口品的南方各州的勞動者，他們本身就是南方的主要產品。我要談的只限於那些據認為是處於**中等**境況的人。

大多數人似乎不曾考慮過一間房子意味著什麼，而他們確實是窮了一輩子（儘管並不必如此），因為他們認為必須像鄰居那樣擁有一間自己的房子。好像一個人必須穿上裁縫為他剪裁的衣服，或者，慢慢不再戴棕櫚葉帽或土撥鼠皮帽，便埋怨起度日維艱，因為他買不起一頂皇冠！人們完全有可能創造出比現在更加舒適、更加豪華的房屋，不過大家都承認付不起這筆錢。我們是否要不斷求得更多這類東西，而不是有時滿足於少一點的需求？我們尊敬的公民是否要用言傳身教來嚴肅地教導年輕人，要在死之前備好一些多餘的亮膠鞋、雨傘，並為不存在的客人準備好一些空客房？為什麼我們的家具不應像阿拉伯人或印第安人那樣簡單？當我想到那些我們奉為天上的使者，把天神的禮物帶給人類的民族恩人時，我想不起有任何隨從人員跟在他們後面，也想不起有滿車的時髦家具。如果要我認可說，我們的家具應該比阿拉伯人的家具更加複雜，使之與我們在道德上和智慧上的優越性更相配，那又會怎樣呢？——那不是一種奇怪的認可嗎？現在我們的房子堆滿家具，弄得很髒，一個好家庭主婦寧願把大部分時間掃進垃圾坑，而不願讓她的早晨工作擱著不做。晨活啊！在曙光女神的紅霞和門農[31]的音樂聲中，人們在這個世界上的早晨工作該是什麼呢？我的桌子上本來有三塊石灰石，但使我嚇了一跳的是，我發現它們每天都需要撣灰，可我腦子裡家具上的灰塵還沒有打掃乾淨呢，於是我帶著厭惡的情感把它們丟出窗外。那麼，我怎能擁有一間擺設著家具的房子呢？我寧願坐在露天的地方，因為草地上沒有積聚灰塵，除非人們已經在那裡破土動工。

正是那些奢侈縱樂、放蕩揮霍的人搞出了新花樣，芸芸眾生便亦步亦趨地緊跟

31 門農，尼羅河邊的雕像，據說日出時分會發出樂聲。

其後。那些在所謂最豪華的旅館過夜的旅遊者很快就覺察到這一點，因為旅館的老闆們把他當成薩丹納帕路斯[32]，要是他聽憑他們去奉承擺布，無須多久便會弄得男子氣概蕩然無存。我想起在火車車廂裡，我們往往把錢花在享受奢侈而不那麼關注安全與方便，車廂還沒有達到安全與方便，恐怕就變成了一個現代客廳，裡面有長沙發、土耳其墊腳凳、百葉窗，還有其他上百種東方的物品，我們把這些東西帶到西方，它們原是為中國的六宮粉黛和弱不禁風的女性而創造的，約拿單[33]要是聽到這些東西的名稱都會覺得羞恥。我寧願坐在一顆南瓜上，一人獨占，而不願坐在天鵝絨的墊子上，你擠我，我擠你。我寧願坐上一輛牛車，在人間世上隨意漫遊，而不願坐遊覽火車的高級車廂上天堂，一路上呼吸著烏煙瘴氣。

原始時代人類生活那種簡單樸素和不加掩飾至少具有這種好處：它讓人類依然是大自然中的一個過客。當他吃飽睡足，精神抖擻時，就又打算重新上路了。可以說，他住在天地之間的帳篷下，不是穿過山谷，便是越過平原，或登上山巔。可是，你瞧！人類已經變成他們工具的工具。往日饑餓時便自己去採摘果實的人，如今變成了農民；而以前待在樹蔭下尋求遮蔽的人如今變成了管家。我們現在再也不宿營過夜，而是結廬在人境，再不念蒼穹。我們接受了基督教，僅僅把它當成是一種農

32 薩丹納帕路斯（Sardanapallus）是傳說中的亞述國王，以其奢侈的生活方式而聞名。

33 約拿單（Jonathan），《聖經》中的勇士，掃羅之子。

業的改良方法。我們已經為這個世界建造了家庭住宅，為來世建造了家庭墳墓。最好的藝術品是表現人類力圖從這種狀況下解放出來，但是我們的藝術效果只不過使這種卑微的狀況變得舒適些，而更高一層的境界卻被置諸腦後。

在這個村子裡，美術作品的確無立足之地——就算有美術作品傳到我們這裡的話。因為我們的生活，我們的房屋和街道，都不能為美術品提供適當的墊座。你找不到一根可以用來掛畫的釘子，也找不到一個陳列架可以承受一位英雄或聖者的半身像。當我在思考我們的房屋是如何建造，如何花錢或不花錢，以及房屋的內部經濟是如何安排和維持時，我感到奇怪的是，當一位來賓在讚美壁爐臺上那些華而不實的裝飾品時，地板並沒有塌下去，讓他掉進地窖裡，掉到那塊雖是泥土但卻堅固可靠的地基上去。我不能不看到，這種所謂富裕和高雅的生活，無非是一種類似暴發戶的東西，我無法欣賞那些裝飾生活的美術品，我的注意力全部在這個跳躍上面；因為我記得，人類肌肉所能達到的真正最高的跳高紀錄，是由某些流浪的阿拉伯人創造的，據說他們從平地上跳過了二十五英尺。要是沒有人造的東西支撐，一個人跳上那個高度之後，勢必還得再回到地面上來。我很想要向這種不適當產業的業主提出來的第一個問題是：是誰在支撐著你？你是不是九十七個失敗者當中之一？還是那三個成功者之一？你得先回答我這兩個問題，接著，也許我會來看看你那些花俏的小玩意，發現它們有裝飾價值。馬匹前頭掛車子，既不美又無用。在我們能給房屋妝點上美麗的物品之前，必須把牆壁剝乾淨，我們的生活也同樣必須剝乾淨，而美好的家務管理和美好的生活必須作為基礎。但須知，對美的品味大多是在戶外培養起來的，而戶外卻沒有房屋，也沒有管家。

老詹森在他的《神奇的造化》[34]中談及本鎮與他同時代的首批移民：「他們在山坡下面打地洞作為最初的棲息處所，把泥土高高地蓋在木材上面，在最高的一邊生起冒著濃煙的火來烘烤泥土。」他說他們「自己不營房造屋，直至老天爺賜福，讓土地長出可以把麵包切得薄些」。頭一年的收成寥寥無幾，使得「他們迫不得已在漫長的一季裡吃很薄的麵包。」一六五〇年，新尼德蘭[35]祕書長用荷蘭文給想要在那裡經營土地的人傳遞資訊時闡述得格外詳細，他說：「那些在新尼德蘭，尤其是在新英格蘭的人，初時是無法按照自己的願望去建造農舍的，他們在地裡挖了一個四四方方的坑，樣子像個地窖，六、七英尺深，長度和寬度酌情而定，然後用木板把土坑的四壁圍起來，再用樹皮或別的東西把木板蒙住，以防泥土坍陷；他們給這個地窖鋪上厚木板，頂部蓋上天花板，搭起一個用圓木做成的屋頂，再用樹皮或綠草皮蓋在上面，這樣一來，他們全家便可在這些乾燥而暖和的屋子裡住上兩年、三年、四年；不言而喻，屋子裡有一些隔間，視家庭的大小而定。新英格蘭在殖民初

34　愛德華•詹森《新英格蘭史》，美國殖民地的開拓者。
35　New Netherland，十七世紀荷蘭在北美洲的殖民地。

期，那些富裕的顯貴首先蓋的正是這種樣式的住房，原因有二：首先是為了不在建築上浪費時間，並使下一個季節不至於缺少糧食；其次是為了使他們從祖國大批招來的貧困勞工不至於氣餒。在三四年的期間裡，農村已適於經營農業，於是他們便給自己建造漂亮的房屋，花上幾千元。」[36]

我們的祖先在那兒所採取的辦法，至少顯示出一種審慎態度，彷彿他們的原則是首先要滿足那些更迫切的需求。可是，那些更迫切的需求現在是否得到滿足了呢？當我想到要為自己求得一幢現在那種豪華的住宅時，我便感到心灰意冷，因為可以說，這片國土尚適應不了**人類**文化的種植，我們仍然不得不把**精神**上的麵包削薄，削得比我們祖先做的全麥粉麵包還要薄得多。這不是說所有的建築物的裝飾都可被忽視——哪怕是在最原始的時代。我的意思是讓我們的房屋從一開始就從內部美麗起來，從與我們的生活息息相關的地方開始，就像貝殼的內壁那樣，而不是外在堆砌的美。可是，哎呀呀！我曾經走進一兩幢房子，知道它們內部是個什麼樣子。

儘管今天我們還沒有退化到非得住在山洞或簡陋的房子裡，或穿上獸皮否則就活不了，但是，對人類的發明和工業所提供的種種好處，雖然要用高昂的代價才能得到，仍以接受為佳。在這樣的地區裡，木板和木瓦、石灰和磚頭都較便宜，而且

36 見E.B. 奥卡拉漢（O'Callaghan）《紐約史料彙編》（奥爾巴尼，一八五一）。

與適於居住的山洞、整塊圓木、大量的樹皮甚至回火黏土或平整石板比起來，也更易得到。我對這件事言之成理，因為我無論在理論上或實踐上都熟識此事。只須略增智慧，我們便能應用這些材料使我們比當今最富有的人更加富裕，並使我們的文明成為一種祝福。文明人也就是一種更有經驗、更加聰明的野蠻人。不過，還是讓我趕快來進行我自己的試驗吧。

一八四五年臨近三月底，我借來一把斧頭，走進華爾登湖旁的森林，到最靠近我打算蓋房子的地點，開始把一些筆直高聳的年輕白松砍倒當木材用。著手做事時不借用點東西是很困難的，不過這也許是一種最慷慨的做法，可以讓你的夥伴對你的事業感興趣。斧頭的主人把斧借給我時說：這是他最珍愛的東西；但我還給他時，斧頭比我借用時更加鋒利。我動工的地方是一片令人愉快的山坡，處處松木，透過松樹我望見湖水和林中一小片開闊地，上面生長著細嫩的松木和山胡桃木。湖中的冰還未消融，儘管已出現幾處化冰的地方，呈暗黑色，水面溶溶。我在那裡動工的那幾天，還下過幾場小雪；但大部分時間當我出來爬上鐵路線往家走時，路邊的黃沙堆一直向前伸展，在一片霧濛濛的氣氛中閃爍，而鐵軌則在春天的陽光下閃閃發光，我聽見雲雀和小鷄還有其他的鳥兒已經來和我們一起迎接新的一年了。這是愉快的春日，在這些日子裡，人們心情的冬天正和凍土一起解凍，而處於蟄伏狀態的生命也開始舒展身軀。有一天，我的斧頭柄掉落了，於是我砍下了一段青綠色的山胡桃木做柄，用石頭把它打進去，然後把整根斧頭浸在湖水的深凹處，好讓木頭膨脹。我看見一條有條紋的蛇鑽進水裡，躺在湖底，顯然沒有什麼不適之感，我在那邊時牠一直躺在那兒，也就是說差不多有十五多分鐘；也許這是因為牠還沒有完全從蟄伏狀態中甦醒過來。據我看來，似乎是由於同樣的原因，人類才停留在今天這種低級、原始的狀態之中；但要是能感受到令萬物復甦的春天力量的召喚，他們必然會上升到一種更高級、更加昇華的生活中去。我曾經在霜晨的小徑上見到幾隻蛇，牠們的軀體有的部分還處於麻木僵硬的狀態，等著太陽出來曬暖牠們。四月一日下雨，冰融化了，這天一大清早，濃霧彌漫，我聽見一隻失群的孤雁在湖上徘徊，好像因迷途而哀鳴，也像是霧裡的精靈。

我這樣好幾天繼續伐木，砍削木料、還有門柱和椽木，全都用的是我這把窄斧頭，我並沒有那麼多可宣告的或學者般的思想，我只是興之所至，信口吟成——

人人都自稱知道很多的事；
可你瞧！個個都已青雲展翅——
藝術和科學，

還有千般工具；
只有吹著的風
才是全部所知。

我把主要的木料劈成六英寸見方，大部分門柱只劈兩側，而椽木和地板用材則只劈一邊，其餘地方都留下樹皮不動，這一來，它們同鋸出來的木料一樣直而且更加堅固。每根木頭都小心地依據截口開了榫眼或劈出榫頭，因為這時我已經借到了其它工具。我在林中待的時辰並不長，但常常把牛油麵包帶去當午餐，中午閱讀著用來包牛油麵包的報紙，坐在我砍下來的青綠松樹枝上，這給我的麵包增添上一些香味，因為我的手上黏了一層厚厚的松脂。在我收工之前，我成了松樹的朋友而不是敵人，儘管我砍倒了幾棵松樹，畢竟我對松樹更加熟悉。有時在林中漫步的人被我伐木的斧聲吸引過來，於是我們便隔著劈下來的木屑愉快地聊起天來。

因為我不趕工，而是享受工作樂趣，所以到了四月中旬，我的房屋框架才做好，準備豎起來了。我買下了在費奇伯格鐵路上工作的愛爾蘭人詹姆斯·柯林斯的小木屋，主要用來提供木板。柯林斯的屋子被認為是很難得的好房子。我去看房子時他不在家。我在屋外附近走走，起先屋子裡的人並沒有覺察到，因為窗戶又高又深。屋子的面積很小，尖屋頂，沒有多少東西可看，汙泥沙土在四周堆了五英尺高，像是一堆肥料。屋頂算是最完好的部分，雖說有相當一部分被太陽曬得翹起來，變脆了。沒有門檻，門板下面有一條可供家雞隨時進出的通道。柯林斯夫人走到門口，請我到裡面去看看。雞群因為我走近而紛紛跑進屋裡。屋子裡很黑，地板大部分都很髒，陰寒潮濕，搖搖顫顫，只有東一塊木板，西一塊木板，都經不起搬動。她點了一盞燈讓我看屋頂和牆壁，看那片延伸到床下的地板，又提醒我不要走進地窖，那無非就是一個兩英尺深的塵土洞。照她的話說，「頂上是好木板，底下、四周也是好木板，還有一個好窗戶」——原先是兩個齊整的方塊，只是近來貓兒從那裡鑽出來了。還有個火爐、一張床、一塊可以坐的地方，一個在屋子裡出生的嬰孩，一把絲綢的女式遮陽傘，一面鍍金框的鏡子，一臺簇新的咖啡豆研磨機，固定在一根小橡木上，這就是全部了。這筆買賣很快就成交，因為詹姆斯這時已經回來了。今天晚上我得付四元二角五分，而他則應於明早五時搬出去，不得在此期間把東西賣給任何人。六點鐘時我就取得所有權了。他說，最好是搶在這前頭到這裡，免得有人就地租和燃料提出某種不確定的完全無理的要求。他向我保證說，這是唯一的額外負擔。六點鐘時，我在路上和他一家擦肩而過。一個大包裹裝著他們的全部家產——床、咖啡豆研磨機、鏡子、母雞，只少了一隻貓，牠逃進林子裡變成了野貓，後來我聽說牠踩到了誘捕土撥鼠的夾子，到頭來成了一隻死貓。

當天早上，我就把這幢房子拆掉，把釘子拔出來，用小車把木板運到湖邊，在草地上鋪開，讓太陽把木板曬白曬平。推車走在林中小徑上，一隻早起的畫眉鳥為我送來兩支小曲。年輕的巴特里克詭詐地告訴我：那個叫做西利的愛爾蘭鄰居，在車子推走的時間裡，把一些仍然堅固的、比較直的、可以敲釘的釘子、U形釘和牆頭釘通通放進自己的口袋，接著，當我回來和他打招呼時，他站在那裡一副得意揚揚、無憂無慮、遐想綿綿的模樣，望著那片拆掉了房屋的廢墟；正如他所說的：沒什麼好做的。他要在那裡代表監工，並使這件看上去像是微不足道的事變成猶如撤走特洛伊眾神的事件那樣嚴重。

我在一座向南傾斜的小山旁邊挖我的地下室，以前曾經有一隻土撥鼠在那邊挖牠的地洞，我挖到漆樹和黑莓的根，挖到植物殘留在最下面的痕跡，一直挖掘到細沙土上，範圍計六英尺見方，七英尺深，在那邊馬鈴薯可以過冬不受凍。地下室內壁傾斜而不砌上石頭；但太陽從不曬到上方，所以沙土不會塌。這只須花上兩個鐘頭的工作時數。我特別喜歡這種破土動工的事，因為幾乎在所有緯度的地區，人們都會挖進地裡求得無甚變化的溫度。在城市裡最豪華的房屋下方仍可找到地下室，人們像遠古時期那樣把塊根儲藏在裡面，就在地面上的建築消失了很久之後，後代人仍能在地裡發現凹陷部分的遺跡。房屋無非就是地洞入口處的一種門廊罷了。

最後，五月初，我在一些熟人的幫助下，把房屋的框架立了起來，這並非出於必要，而是借此機會增進睦鄰的氣氛。從幫忙建屋者的品質看，沒有一個比我更榮幸。我確信，他們註定有一天要幫助建立更高的大廈。七月四日，房屋一鋪好地板、蓋上屋頂，我便開始搬進去，由於木板的邊緣被精細地削薄，一塊疊一塊，所以防雨性極佳。鋪木板之前，我已在房子的一端打下了建造煙囪的基礎，把滿滿裝了兩車的石頭親手從湖邊抱到山上去。我在秋天鋤地之後，在需要生火取暖之前就把煙囱砌造起來，在這個期間，我總是一大清早便在戶外做飯：我至今仍認為這種方式在某些方面比家常做法更加方便，更愜意。每逢我的麵包還沒有烤好就大雨滂沱時，我便拿來幾塊木板遮擋在火堆上頭，自己坐在裡面看著麵包，就這樣度過很愉快的時刻。在那些日子裡，我手頭工作很多，無暇讀書，可是散落在地上的幾張紙片、一塊端菜用的布墊，或者一塊桌布都給我極大的樂趣，實際上達到和《伊利亞德》同樣的目的。

要是人們比我更加周密地去建造房屋，那是有益的，例如，考慮一扇門、一扇窗戶、一座地窖、一間閣樓，在人性中有什麼基礎，或許，在我們找到一個比滿足一時之需更好的理由之前，不要去著手建立什麼地面上的建築。人建造自己的房屋和鳥築造自己的巢，有著某些相同的合情合理之處。誰知道呢，要是人們親手建造自己的住房，並十分樸素而又誠實地養活自己和家庭，他們的詩歌天賦會不會得到普遍的發展，像鳥兒做同樣的事情時歌聲傳遍了四方呢？可是，哎呀！我們倒十分像那些牛鸝和杜鵑，把蛋下在別的鳥兒築造的巢裡，唱出來的是一片嘰嘰喳喳沒有半點音樂性的叫聲，不曾使旅行者得到些許的快樂。我們是否要把建房造屋的歡樂永遠交給木匠去享受？建築物在大部分人的經驗裡相當於什麼呢？在我擔任過的各種職業中，我從未碰見過一個人從事像建造自己的房屋這麼既簡單又自然的職業。我們都屬於社團裡的人。並非只有裁縫屬於九分之一個人；傳教士、商人、還有農民的情況也是這樣。這種勞動分工到底分到何處才算終了？它最終服務於什麼樣的目標？毫無疑問，別人也可以替我思考；但並不能因此就認為，別人包辦而不讓我自行思考也是可取的。

的確，在這個國家裡有一些稱為建築師的人，至少我曾經聽說過一位建築師，他有一種想法：要使建築上的裝飾物具有一種真實性的精髓、一種必然性，因而是一種美，彷彿這是神靈給他的啟示。從他的觀點看來也許這已是十全十美，而實則並不比凡夫俗子那種淺嘗輒止的品味高明多少。他是一個建築學領域裡感傷派的改革者，一開始就從裝飾著手，而不是著眼於地基。這無非是想如何把真實性的精髓放到裝飾物裡面去，使每一塊小小的糖果裡面確實含有一粒杏仁或香料（不過，我認為杏仁還是不含糖最健康），而不是使居民真切地住在屋裡，如何把內內外外真真實實地建造起來，至於裝飾物則不妨聽其自然。

有理智的人哪會認為裝飾物是一種表象的東西——哪會認為烏龜殼上的斑點、貝殼上的珍珠色澤，都是像百老匯的住戶訂承包契約建造三一教堂那樣得來的？其實，一個人跟他房屋的建築風格關係不大，如一隻烏龜跟龜殼的斑點關係不大一樣：一名士兵不會無聊到要在軍旗上塗抹體現他英勇的準確色彩。這樣敵人會發現的。一旦考驗的時刻到來，他可能會臉色變白。這個建築師在我看來彷彿俯身於簷口之上，羞羞答答地向那些其實比他更明白的住戶說些半真半假的悄悄話。現在我所見到的建築之美，我知道那是由內向外慢慢地發展起來的，是出自居住者的需要和性格，他們才是最好的建築者——美出自某種沒有意識到的真實性和高尚情操，絲毫沒有半點妝點門面的想法；要產生此類附加的美，先要有同樣未意識到的生命之美。

畫家知道，這個國家裡面最有趣的住宅，通常是貧窮人家毫無虛飾的簡陋木屋和農舍；住宅是居民的外殼，而使得房屋別具風姿的是居民的生活而不只是房屋表面上任何別出心裁的裝飾；市民蓋在郊外的小屋也可以同樣令人感興趣，只要他們的生活簡樸，與想像相宜，沒有拼命去追求住所的風格。大部分建築上的裝飾物確實是虛有其表，九月一陣風便可把它們吹得無影無蹤，而無損於房屋的主體部分，正像脫下一件借來的漂亮衣服一樣。那些地窖裡沒有橄欖和美酒的人，可以不需要什麼建築。要是在文學作品裡花費同樣的心機去搞文體上的裝飾，而我們《聖經》

的建築師也和教堂的建築師一樣，把許多時間都花在裝飾上，那會出現什麼情況呢？純文學和美術及其教授就是這樣造就出來的。幾根橫木該如何斜安在他的上頭或下方，他那間屋子該塗上什麼顏色，這對某些人來說真是事關重大。如果從任何認真的意義上說，是他把橫木斜斜地安裝起來，並把房屋塗上顏色，那還有某種意義；但精神既然已經離開了居住者的軀體，就與製作他自己的棺材無異——這就是墳墓建築學，而「木匠」無非就是「棺材匠」的別稱。有一個人說，在絕望或者對人生已無所謂的情況下，抓起腳下的一把泥土來，就用這種顏色來塗飾你的房子。他是否想到了他最後那間狹小的屋子呢？就擲個錢幣來決定命運吧。他一定有大量的閒置時間！為什麼要抓起一把泥土呢？最好是用你的膚色來塗你的房屋；讓房屋的顏色替你變得蒼白或紅潤。這是一項改進村舍建築風格的創舉！一旦你準備好我的裝飾物，我就會披上它們。

冬季之前，我建造了一個煙囪，並為已經防雨的屋子四周蓋上木瓦。木瓦用原木上砍下來的第一層木頭做成，粗糙樸拙，飽含樹汁，我只好用鉋子將其邊緣刨平。

我就這樣蓋成了一間嚴嚴實實、鋪上木瓦、塗上灰泥的屋子，十英尺寬十五英尺長，柱高八英尺，裡面有個閣樓和一個盥洗間，每側有個大窗，有兩個活動天窗，頂端有個門，對面是個磚砌的火爐。我的房屋的準確價格，只算我所用材料的時價而不計人工（因為全都由我一人包了下來），總數如下。我之所以算出這筆細數，是因為很少有人能夠準確說出他的房屋花了多少錢，至於其中種種材料的價格，能夠一一說清的人，即使有，也是少之又少——

木板	8.035 美元	（多屬棚屋木板）
屋頂及牆壁用的廢舊木瓦	4.00 美元	
條板	1.25 美元	
兩扇裝有玻璃的舊窗	2.43 美元	
一千塊舊磚	4.00 美元	
兩桶石灰	2.400 美元	（價錢過高）
毛絲	0.31 美元	（超出我的需求）
壁爐鐵架	0.15 美元	
釘子	3.90 美元	
鉸鏈及螺絲釘	0.14 美元	
門閂	0.10 美元	
粉筆	0.01 美元	
搬運費	1.40 美元	（大部分自己搬運）
共計	28.125 美元	

上面這些就是全部的材料，其中不包括我作為在公地上合法占住者而有權取用的木料、石頭和沙子。我還在附近蓋了一個小小的木料間，主要是用蓋房子留下來的材料蓋成的。

我還想為自己蓋一幢房子，無論豪華和舒適都超過康科特大街上的任何一間，條件是這間房子要同樣使我心曠神怡，而造價不高於我現在這一間。

因此，我發現，想要找個地方住宿的學生，可以得到一所終生擁有的房子，其費用不高於他現在每年交付的租金。要是我看上去有點過分誇大，我的辯解是：我是為人類而非為我自己誇耀；而且，我的諸多缺點連同前後不一致之處都不影響我陳述的真實性。儘管存在著不少浮誇和偽善（我發現這像是一些很難從我的麥子上挑出的糠秕，不過，我也和任何人一樣為此感到遺憾），在這件事上，我還是會痛快呼吸，伸直腰桿的，這讓心靈和身體都能如此釋然；我下定決心，絕不畢恭畢敬去變成魔鬼的代理人。我要試著替真理說句好話。

在劍橋大學，一個學生住比我這個稍大一點的房子，光是房租每年就得付三十美元，而學校可因利乘便，連排蓋上三十二間房子，住宿者因鄰居人多嘈雜而要忍受諸多不便，而且說不定住在四樓。我不由得這麼想：要是我們在這些方面有更多的真知灼見，那就不但無須辦那麼多的教育（因為人們其實早已受過許多教育），而且教育方面的花銷也必定大部分不復存在了。學生在劍橋或別的地方要求得到的便利，按花掉他或別人的生命來計算，其代價是雙方處理得當情況下所需花費的十倍。需要花最多的錢去買的東西，絕不是學生最需要的東西。例如學費在學期帳單中是一筆巨大的帳目，可是學生和那些同時代的文化人交往時所得到的教育價值高得多，卻無須付出分文。建設一所學院的方式，通常總是會弄一份署名認捐多少元的冊子，接著便盲目按照分工的原則一分到底，其實這是一條非經慎重判斷不宜遵循的原則——於是招來了一個把這件事當成是投機買賣的承包商，他又雇用了一些愛爾蘭人或其他的技工，便真的開始打地基，至於那些將來要進來寄宿的學生，據說會慢慢適應起來。為了這種失策，未來一代代學生都得付出代價。我想，學生或那些想從學校得益的人，乾脆自己來打這個地基也會比這好得多。學生通過系統躲避人類所必需的一切勞動，從而獲得他那令人羨慕的安逸和清閒，他所得到的只是一種不光彩而又無益的安逸，自己也失去了唯一能使空閒時光結出豐碩成果的那種經驗。「可是，」有人說，「所以你的意思不是說學生應該用手，而不是用頭腦去進行工作吧！」我不完全是那個意思，但他可能會認為很接近於那樣。我的意思是，他們不應該只遊戲人生，或者只停留在研究生活，而社會卻得在這場昂貴的遊戲中供養他們；他們應該自始至終真誠地生活。

年輕人除了立刻進行生活實踐，怎能有更好的方法來學習生活呢？在我看來，這樣做才會像數學那樣使他們的心智獲得鍛煉。例如，要是我希望孩子懂得點藝術和科學方面的東西，我就不會去按常規辦法行事，那無非就是把孩子送到附近某個教授那裡，那邊什麼都教，什麼都練，就是不教生活的藝術；用望遠鏡或顯微鏡觀察世界，可就是不用他的肉眼；研究化學，可就是不懂得他的麵包是怎樣做成的，或者研究力學，而不懂得麵包如何得來；發現了海王星的一些新衛星，可發現不了他自己眼裡的微塵；或者發現不了他自己是什麼流浪漢的衛星；或者就要被一些在他周圍轉來轉去的妖怪吞吃掉，卻在全神貫注地盯著一滴醋裡的怪物。一個孩子用他自己採掘並熔煉的礦砂做成折刀，同時把為此需要閱讀的材料都讀了，另一個孩子則與此同時在學院裡上冶金課，並從他父親手裡拿到一把羅傑斯牌折刀，你說這兩個孩子到了月底哪個人進步最多？哪一個的手指頭最可能讓折刀給割破呢？令我吃驚的是，在我離開大學之日，據說我已經學過航海了！哎，要是我到港口繞個一圈，我懂得的有關航海的事肯定要多得多，甚至窮學生也在學習並且只學政治經濟學，可是那門作為哲學的同義詞的生活經濟學呢，卻未曾在我們的大學裡認真講授過。於是就產生了這麼個後果：他在攻讀亞當．史斯密、李嘉圖和薩伊這些經濟學家的著作之日，也正置他父親於百劫不回的債務之中。

對大學來說情況如此，對許多「近代的進步」來說，情況也同樣如此；人們對它們存在著幻想，但並不總能取得積極的進步。魔鬼早就在其中入股，許多後續的投資接踵而至，接著便不斷逼著要給他算複利，一直算到最後一筆。我們的發明常常只是一些好看的玩具，把我們的注意力從嚴肅的事物上分散開。它們只改進了手段而未能改進目標，而這個目標早已是極易達到的了，正如直達波士頓或紐約的鐵路那樣。我們急急忙忙要從緬因州架設一條通往德克薩斯州的磁性電報線，可是緬因和德克薩斯或許並沒有什麼重要的事情可交流。雙方的處境都十分尷尬，就像一個男子熱切希望能把他介紹給一位耳聾的知名婦女，可真的要為他介紹，並且助聽器的一端也拿在他手裡的時候，他卻無話要說。彷彿主要的目的是要說得快，而不是說得合乎情理。我們熱切地希望在大西洋海底鑿條隧道；讓舊世界通往新世界縮短幾週的路程；但說不定洩漏出來、傳入寬闊下垂的美國人耳朵裡的第一個消息，卻是阿德萊德公主患百日咳。總之，那個騎著馬一分鐘跑一英里的人不會帶著最重要的資訊；他不是福音傳教士，也不是來吃蝗蟲和野蜜的[37]。我看飛童[38]未必曾把大量的玉米帶到磨坊去。

有個人對我說：「我很奇怪你怎麼不賺錢。你喜歡旅遊，你可以搭車，今天就到費奇伯格（Fitchburg）去見見世面。」但我有比這更加聰明的作法。我懂得最快速的旅行是步行。我跟我的朋友說，讓我們來試試看誰先到那邊。距離是三十英里，一天票價九十分，這差不多是一天的工資。我記得，過去就在這條路上打工的人，一天

37 《聖經》中說施洗者約翰在荒野中修行，以蝗蟲和蜂蜜為食。
38 Flying Childers，十八世紀著名的英國賽馬。

的工資是六十分。好吧，現在我步行出發，夜晚之前便到達那邊；我用這個速度連續旅行了一週。在這個期間，你將會賺到你的車費，並於明天某個時候到達那裡，也可能今天傍晚到達，要是你很幸運及時找到一份工作的話。不過你不是到費奇伯格去，而是花了一天的大部分時間在這裡工作。這一來，要是鐵路繞世界一圈，我想，我仍然會走在你前頭；至於要見世面，增加點閱歷，那我就一定要和你完全斷絕往來。

這就是誰要鬥智也鬥不過的普遍法則，就連說到鐵路也是一樣。建造一條供全人類使用的繞世界一圈的鐵路，等於要築平這個星球的整個表面。人們有一種模糊的概念，認為只要他們長期堅持用合股經營，加上鐵鍬挖地，所有人最終都能乘火車到達某個地方，幾乎用不了多少時間，也不必花錢；可是，儘管成群結隊的人奔向車站，而列車員大聲喊道：「大家上車！」在黑煙吹散，蒸氣凝結的時候可以看到，有些人爬上了車，其餘的人被輾過去，這將被稱為，也的確是「一件可悲的意外事故」。毫無疑問，那些賺到車費的人，最終還是能夠坐上車的，也就是說，只要他們還活著，不過話又說回來，到那時也許他們已經失去了爽朗的心情，不想旅遊了。把大好時光花在賺錢上，卻是期望在老了，走不動時，享受那不確定會到來的幸福，這樣的人生況使我想起那個英國人，一開始先跑到印度去發財，希圖將來返回英國時可以過著詩人般的生活。其實他應該立即爬上閣樓去。「什麼！」一百萬個愛爾蘭人從全國的屋子裡冒出來大聲喊道：「我們已經蓋好的這條鐵路難道不好？」我回答說，嗯，是比較好的，也就是說，或許還可能做得更糟；不過，因為你們是我的兄弟，所以我希望，你們能更好好利用寶貴的時間，而不用在此挖掘泥土。

在我建好房子之前，我希望靠誠實而又令人愉快的方法賺到十或十二美元，以供我額外開支之用。我在屋旁栽種了約莫兩英畝半沙土地的作物，主要是菜豆，但小部分種了土豆、玉米、豌豆和蘿蔔。整片地皮包括十一英畝地，大部分長著松樹和山胡桃樹，上一個季度每英畝賣到八美元八分。有個農民說，這片地「沒有任何用途，只能養一群吱吱叫的松鼠。」我沒有給這塊地施肥，因為我不是土地的主人，只不過是占住者，不指望以後再栽種很多東西；而且我也沒有把地全都鋤了。我犁地時挖出了幾「考得」[39]的樹根，可供我一段長時間燒柴之用，這就留下了若干小圈未開墾過的鬆軟沃土，夏季菜豆在那裡長得格外茂盛，所以很容易區別出來。我屋後那些枯死的和大多沒有銷路的木材，以及從湖中撈上來的浮木，供應了我的

39 考得（cord），木材堆的體積單位，每考得約為一百二十八立方英尺。

其餘部分燃料。我不得不雇用一個人和一組馬來犁地，不過掌犁的還是我自己。我第一季度的農場支出，用在工具、種子、勞務等方面的費用為十四美元七角二分五。玉米種子是人家送給我的。這方面花費的錢微不足道，除非你種得太多。我收割了十二蒲式耳菜豆、十八蒲式耳土豆，此外還有些豌豆和甜玉米。黃玉米和蘿蔔種得太晚，沒有收益。我從農場得到的全部收入為：

	23.44 美元
扣除支出……………………………	14.725 美元
結餘………………………………	8.715 美元

除了我用掉的和此刻還留在手頭上的產品之外，估計價值為四元五角——我手頭上的這筆款拿來抵銷掉我沒有種植的一點蔬菜的費用還是綽綽有餘的。通盤考慮之後，也就是說，考慮到人的靈魂和今日之日的重要性，儘管我進行實驗所占的時間極短，不，一定程度上甚至是因為這項實驗的短暫性，我確信這要比當年康科特任何一個農民所做的更好些。

第二年我又做得更好，因為我把自己所需要的地都鏟平了，約莫三分之一英畝，我從這兩年的經驗中認識到了一個事實，而絲毫沒有讓那些農業著作嚇倒，其中包括亞瑟·揚[40]的著作。我認識到，要是一個人生活簡樸，只吃自己種植的農作物，並且種的不多於吃的，也不拿這些農作物去換取更加奢侈、更加昂貴的供應不足的東西，那麼，他只須種幾平方桿[41]的土地就夠了。鏟平那塊地的費用，比用牛犁還要便宜些；並且，不時挑選一個新的地點耕種，也比在老地方施肥要便宜。夏季有空閒時他可以輕輕巧巧把一切必要的農活都幹完，這一來，他就不必像現在這樣，和一頭公牛或一匹馬、一頭母牛、一頭豬捆縛在一起。在這一點上我想說句不偏不袒的話，我是作為一個對當今社會經濟狀況的成敗採取超然態度的人來看問題的。我比康科特任何一個農民都更具獨立性，因為我不定居在一間房子或一個農莊裡，而是按自己天賦的意向行事，這意向時刻變換，飄忽不定。我不僅境況比他們已經好了許多，而且要是我的房子給燒掉，或者農作物歉收，我還是可以可以像過去一樣富有。

我時常在想，與其說是人管牛群，不如說是牛群在管人，因為牛群更加自由自在。人與牛在交換勞動，但要是我們只考慮必要的工作，那麼牛群看來比人要強得多，牠們的農場也比我們大得多。人用六個星期割草曬乾，作為交換勞動的一部分，這不是件易做的事。當然，沒有哪一個各方面都簡單生活的國家，也就是說，沒有哪

40 Arthur Young（1741—1820），英國經濟學家，著有《農業經濟學》。
41 一平方桿約等於二十五·三平方米。

一個有哲學家的國家，會犯利用牲畜勞動的過錯。的確，從來沒有，近期看來也不會有一個哲學家的國家，我也不能確定大家願意眼看這樣的國家出現。然而，我也不會去馴服一匹馬或一頭牛，把牠駕在農具上，讓牠替我幹活，因為我生怕自己會變成一個十足的馬或牛倌；要是社會這麼做了，看上去似有所得，那我們是否確信，一人之得，非另一人之失？是否確信小馬倌與其主人均得滿足？即使某些公共工程的建立離不開牛馬的幫助，從而得讓人去和牛馬共用此類光榮，是否由此就要認為人在那種情況下不能完成更加與人相配的工作？當人們在牛馬的協助之下，開始做那種不但是不必要的或藝術性的工作，而且是奢侈無用的工作時，不可避免的情況出現了：有些人就老是和牛做交換工作，或者，換句話說，變成了強者的奴隸。這一來，人不但替體內的動物工作，而且，作為這方面的一個象徵，他也得為體外的動物工作。儘管我們有許多用磚頭或石頭蓋成的堅固房屋，可是一個農民的興旺還是要看馬廄超過房屋的程度而定。這個城鎮據說擁有這一帶最大的馬房和牛棚，而在公共建築方面也不落後；但在這個縣裡，可供敬神自由和言論自由之用的廳堂卻為數極少。

國家不應靠建造高樓大廈來表揚自己，但為什麼不靠抽象思維的力量來表揚呢？印度教《薄伽梵歌》[42]比起東方所有的廢墟來更加令人欽佩神往！高塔與寺院都

42 Bhagavad Gita，印度教的重要經典，收在印度史詩《摩訶婆羅多》中。

是帝王的奢侈品。思想純樸和獨立的人，是不會唯帝王之命是從，去奔走賣力的。天才不是保留給任何帝王使用，也不是為物質的金、銀或大理石而保留，最多也只是保留微不足道的一點點。請問錘打這麼多的石頭到底目的何在?當我住在世外桃源阿卡迪亞時，沒有看見任何人在錘打石頭。有些國家懷著瘋狂野心，念念不忘要留下一堆敲打出來的石碑來紀念自己，以期永垂不朽。要是這些國家花同樣的力氣來精雕細琢自己的風範，情況又會如何呢？一分明智的理性，要比一座高如懸月的紀念碑更值得紀念。我更喜愛見到放在適當位置上的石頭。底比斯城的宏偉是一種庸俗的宏偉。圍繞著一個誠實人的田地的短短一道石牆，要比那座遠遠脫離真正的生活目的、有一百個城門的底比斯城更得體。

那種野蠻的異教徒宗教和文化建立起輝煌的寺院；可是你們可以稱之為基督教的卻沒有去造這種廟宇。一個國家錘錘打打的石頭，大部分後來只不過變成了墓碑。它活埋了自己。至於金字塔，在那裡面最令人感到驚異的也無非是那底下的事實：竟會有這麼多的人自願受屈辱到如此地步，把畢生浪費在給某個野心家笨蛋建造墳墓，對這個笨蛋，本來更聰明、更果斷的辦法是把他淹死在尼羅河裡面，然後把他的屍體撈上來餵狗吃。本來我可以給他們和他找個藉口，但我沒有時間。至於建築者的宗教和對藝術的愛好，全世界都是一樣的，不管那座建築物是埃及的神廟還是美國的銀行。它付出的要比得到的更多。主要的原因是虛榮心，加上對大蒜和黃油麵包的愛好。巴爾科姆先生是一位很有前途的年輕建築師，緊緊追隨維特魯威[43]，用鉛筆和直尺設計出圖案，這件工作接著交給多布森父子採石公司承包。前三千年俯視著它的時候，人類卻仰望著它。至於你們那些高塔和紀念碑，這個城市曾經出過一個瘋狂的傢伙，他著手要挖一條通往中國的隧道，並且已經挖得那麼深，據他說，已經聽見中國茶壺和水鍋格格響的聲音；不過我認為，我絕不會神魂顛倒，羨慕起他所挖掘的那個洞來。許多人都在關心西方和東方那些紀念碑，想知道是誰建造它們。就我而論，我倒想要知道，在那些日子裡誰不會建造紀念碑，不會去幹那些無聊事。不過，還是來繼續做我的統計工作吧。

在村子裡這個時間，我靠著做丈量、做木工和打各種各樣的零工，掙到了十三美元三角四分，我所做的行當和手指頭一樣多。下面列出了為期八個月的伙食開銷，從七月四日到三月一日，即這些估計數字制訂的時間，儘管我在那邊住了兩年多。其中不計我所種的土豆、少量甜玉米和一些豌豆，也不考慮結帳之日仍留在我手裡那些東西的價錢：

43　維特魯威（Vitruvius），羅馬建築師。

米……………………1.735 美元
糖漿……………………1.73 美元（最便宜的一種糖）
黑麥粉……………………1.0475 美元
玉米粉……………………0.9975 美元（比黑麥便宜）
豬肉……………………0.22 美元
麵粉……………0.88 美元（比玉米粉貴，花錢又麻煩）
糖……………0.80 美元
豬油……………0.65 美元
蘋果……………0.25 美元
蘋果乾……………0.22 美元
甘薯……………0.10 美元
一顆南瓜……………0.6 美元
一顆西瓜……………0.2 美元
鹽……………0.3 美元

（麵粉至鹽）全告失敗的試驗。

不錯，我一共吃了八美元七角四分；不過，要不是我知道讀者中多數人的罪過和我一樣大，而他們的行為一旦公諸於世看來也不比我好的話，我是不該這樣公布我的罪過而不害臊的。到了第二年，我有時捕一網魚來下飯吃，有一次我竟然殺了一頭鑽到我菜豆田裡搞破壞的土撥鼠——照韃靼人的說法，實現靈魂轉生，我把牠吃掉，多少是試試口味。我得到了暫時的享受，只是有一股麝香味，但我知道長期食用也不是件好事，即使可以讓鄉下廚師為你烹調你的土撥鼠。

在同期，衣著和雜費這個項目雖為數甚微，但合計也達：

……8.4075 美元

油和若干家用器具……2.00 美元

洗衣和縫補大部分拿到外面去做，應付多少錢尚未收到帳單。除此之外，全部金錢支出如下——它們就是這個世界這塊地方非得付出不可的花銷項目，可能還多了些：

房屋……28.125 美元

農場一年的開支……14.725 美元

八個月的食物……8.74 美元

八個月的衣服等……8.4075 美元

八個月的油等……2.00 美元

共計……61.9975 美元

現在我是針對那些要謀生的讀者而說的。為了支付這筆開支，我賣掉農場產品計：

……23.44 美元

打零工掙得……13.34 美元

總計……36.78 美元

從支出的數目中減去此數，差額是 25.2175 美元——這個數目很接近我起步時所擁有的資金，和預料中要承受的花費；而另一方面，我除了得到悠閒、獨立以及健康外，還得到一棟舒適的房子，我想住多久就住多久。

這些統計資料，儘管看似信手拈來、不足為訓，但因都頗為完備，所以也有一定的價值。凡是我取得到的一定會入帳。從上面的估計看，單是食物一項每週約需二角七分。在這之後將近兩年的時間內，我的食物是黑麥、不發酵的玉米粉、土豆、米、少量醃肉、糖漿、鹽，還有我的飲用水。像我這樣喜愛印度哲學的人，以米飯為主食是合適的。為了應付一些吹毛求疵者的反對意見，我還是聲明一下為好：要是我偶爾外出吃飯（我是經常這樣做的，並且相信將來還有不少機會這樣做），時常會有損於我的家務安排。可是我已經說過，到外面吃飯是恒有因素，一點也不會影響這份比較性的報告書。

兩年的經驗讓我了解，即使在這個緯度地區，要獲得一個人的必需糧食，並不困難；而且一個人吃得像動物那麼簡單，還是可以保持健康與體力。我曾吃過一頓很滿意的飯，從任何角度來看都令人滿意，我吃的是一碗馬齒莧（**Portulaca olerdcea**），這是我從玉米田裡摘來煮熟加鹽做成的。我之所以附上個拉丁文學名，是因為這種名稱平凡的蔬菜實在美味可口。請問，一個通情達理的人在和平時期日常吃午飯時，吃上了十分豐盛的鮮嫩甜玉米，外加點鹽，還能希望再增添別的什麼菜肴嗎？即使我變點小花樣，也只是適應口味上的需求，而不是出於健康上的需要。可是，人們已經到了這種地步：他們時常飢餓，不是由於缺乏必需品，而是由於缺乏奢侈品；我認識一位善良的婦女，她認為她的兒子之所以喪命，是因為他養成一種只喝水的習慣。

讀者將會發現，我是從經濟觀點而不是從營養觀點來處理這個問題的，除非他有豐富的貯藏，不然他也不敢把我這種節制飲食的做法拿來嘗試。

我製作麵包，起初純用玉米粉加鹽，這是純正的玉米餅。我是在戶外一塊蓋屋板上，或者擱在蓋房子時，用鋸下來的木條一端烤出來的，但這一來很容易把餅熏黑，且帶有松脂的味道。我也試用過麵粉，不過，最後發現黑麥加玉米粉最方便、最愜意。在寒冷的日子裡，連續烤上幾個這種小麵包，小心看顧和翻轉它們，就像埃及人在照料雞孵蛋時那樣，這是令人興致勃勃的事。它們是我培養成熟的真正穀類果實，我感到它們有一股像其他高品味果實的香氣，我用布把它們包起來，好讓香氣盡量長久保存。我研究了歷史悠久、不可或缺的麵包製作工藝，向能找到的師傅求教。一直追溯到遠古時代首次發明未發酵的麵包，當時人類剛從茹毛飲血野蠻狀態，初次進展到這種溫和文雅的飲食。漸漸地，我又了解到有關麵糰偶然發酸的事，人們開始懂得發酵的過程。接著，我閱讀了各式各樣的發酵法，最後到了現今這種「優質、美味、健康的麵包」，即生活的主食。酵母，有人視之為麵包的靈魂，是麵包細胞組織裡無往而不有的 spirtitus（精神），它像神聖的火焰被虔誠地保留了下來——我想，大概有幾瓶珍貴的酵母由「五月花」運進來，解決了美國的問題。它的影響至今還繼續在穀類食品的巨浪中上升、膨脹、擴大，拍擊著這片土地——這種酵母我經常定時去村子裡買，直至有一天早晨我忘記了規則，竟用開水把酵母給燙死；也因這次意外，我發現連發酵這個過程也可以省去——我的發現不是靠綜合法，而是靠分析法。從那時起，我便高高興興地免去了酵母，儘管大部分家庭主婦要我相信，若不用酵母便不可能做出安全而健康的麵包，年紀大的人還預言精力會因而迅速衰退。可是，我發現酵母並不是什麼必需品，我已經有一年不用它了，還不是仍然好好地活著：我很慶幸的是，現在可以免去口袋裡裝小瓶子的麻煩事，有時砰的一聲，小瓶子碰碎裂開，裡面裝的東西散了出來，常搞得自己狼狽不堪。省掉這個麻煩，反而省事。人類比其他動物更能適應各種氣候和環境。

我也不把什麼蘇打或其他酸、鹼放進麵包。看上去我似乎是按照加圖[44]大約寫於西元前二世紀的製作法來做麵包的。「Panem depsticium sic facito. Manus mortariumque bene lavato. Farinam in mortarium indito, aqu paulatim addito, subigitoque pulchre. Ubi bene subegeris, defingito, coquitoque sub testu.」[45]這段話的意思我認為說的是：「按此方法揉麵。把你的手和揉麵槽洗乾淨。然後把粗粉倒進槽裡，慢慢和水，把麵粉揉透。揉均勻了便可捏成麵包，然後蓋上蓋子烘烤」，也就是說，放在烤爐裡烘烤。這裡對酵母隻字未提。不過我也不常用這種生活必需品。有一段時間，我因囊空如洗，整整一個多月未見麵包。

每個新英格蘭人都很容易在這片適於黑麥與玉米生長的土地上生產出他自己的

44 Marcus Porcius Cato（西元前 234—前 149），古羅馬政治家兼文學家，拉丁散文文學的開創者。著有《農書》流傳至今。

45 《農書》第七十四章。

麵包原料，而不必依靠遠方那些價格波動不定的市場。可是我們與樸素而又獨立的生活離得太遠了，以致在康科特鎮店裡很難見到有新鮮、甜美的玉米粉出售，而更粗一點的玉米片和粗糧就更加沒有人吃了。農民把自己生產的大部分穀物拿去餵牛餵豬，而花更高的價錢到店裡買來一些至少不會有益於健康的麵粉。我知道，我能夠很容易地栽種出黑麥和玉米，因為黑麥能在最貧瘠的土地上生長，而玉米也不需要最好的土地，我可以用一架手磨機把它們碾碎，沒有米沒有豬肉日子照樣過得好好的；要是我一定要吃點高糖甜食的話，我憑實驗發現自己能用南瓜或甜菜做成非常好的糖漿，我還知道，我只須栽種點槭樹便能更容易得到糖漿，而當這些還在生長的時候，我還可以用其他各種代用品，「因為」，正如我們的祖先所歌唱的：

「我們能用南瓜、蘿蔔，還有胡桃樹的葉片，
製成美酒，讓自己的雙唇啜得甜甜。」[46]

最後，談到鹽，這是食品雜貨店裡最基本的食品，要得到它，我們正好有機會到海邊去跑一趟，或者，要是我完全不吃鹽，也許我還可以少喝點水。我沒有聽說

46 編入約翰・沃納・巴伯（J.W.Barber）著《麻塞諸塞……史料彙編》中一首無名氏詩歌。

印第安人曾經為了尋求食鹽而煩惱過。

這一來，就食物而論，我便可以避免花錢和以物易物了，並且由於我已經有個蔽身之所，所以剩下來所需的只是衣服和燃料而已。我現在所穿的褲子是在一個農夫家裡做成的——謝謝老天爺，在人的身上還保存著如此多的美德；因為我覺得，從一個農夫降為一個技工，正如從一個人降為一個農夫那樣重大而值得紀念；而在一個新的鄉村裡，燃料簡直是一種累贅。至於住處，要是不允許我繼續免費定居下去，我會按我耕耘過的土地的售價，也即八元八角來購買一英畝地。事實上，我認為由於我定居在這裡，已使得土地的價格為之大增。

有一些懷疑論者，他們有時會提出這樣的問題：我是否認為自己能夠光靠吃素食過日子；為了立刻擊中這個問題的根基——因為根基是信念，我習慣這樣回答他們：我能夠靠吃鐵釘過活。若是他們不能理解這一點，也就無法理解我要說的其他事了。至於我，我倒樂於聽到也有人正在此實驗，比如有個青年試圖在半個月的時間裡，光吃連皮帶穗的硬玉米，將自己的牙齒當成石臼一樣。其實松鼠就試過同樣的事，並獲得成功。人類對這類實驗是有興趣的，儘管有些喪失此能力的老婦人，或擁有亡夫大量遺產的遺孀可能對此感到驚恐。

我的家具一部分是自己做的，其他的也值不了多少錢，所以我沒有特別記帳。其中包括：一張床、一張桌子、一張書桌、三把椅子、一面直徑三英寸的鏡子、一把火鉗和柴架、一個水壺、一個長柄平底鍋、一個煎鍋、一隻長柄勺、一個洗臉盆、兩副刀叉、三個盤子、一個杯子、一把調羹、一個油罐、一個蜂蜜罐，還有一台上漆的燈。沒有人會窮到非得坐在南瓜上不可。那是抱殘守缺的無能表現。在鄉村的閣樓裡有很多我最喜歡的椅子，想要便可以帶走。家具！謝謝老天爺，我無須家具店的贊助也能坐能站。

一個人看到他的家具被包起來裝上運貨馬車，在光天化日、眾目睽睽之下走向鄉村，一看就知道是些空箱子、破盒子，你說除了哲學家之外，有誰不感到害臊呢？這是斯波爾丁[47]的家具。打量這樣一車家具，我說不準它是屬於富人還是窮人的；家具的主人看上去似乎總是窮困不堪。實際上，你擁有這類東西越多就顯得越窮。每一車似乎載著十二間簡陋房屋中的家具；要是一棟屋子意味著貧困，那麼這便意味著十二倍貧困。請問，我們為什麼老是搬遷，難道不是為丟掉我們的家具，脫去我們的外皮？為什麼不從這個世界遷入另一個布置了新家具的世界，而是把老家具付諸一炬呢？看來像是所有這些圈套都拴在人的腰帶上，只要他一走動，越過

47 斯波爾丁（S. Spaulding，1761—1816）美國傳教士。

我們那些崎嶇不平的鄉間時，便不能不拖動圈套。那只把尾巴留在陷阱裡的狐狸是很幸運的。麝鼠也會把自己的第三條腿咬斷以便脫身逃命。難怪人是已經失去了他的靈活性了。他老是處於絕境！「先生，恕我冒昧，敢問你所說的絕境是什麼意思？」要是你是一個富於洞察力的人，無論什麼時候碰見誰，你都會清清楚楚地知道他擁有些什麼，唉！也知道還有些東西對方會假裝成不是自己的，藏在身後，你甚至知道他有什麼廚房用具和不願燒掉的無用雜物，這一來他看上去就成為一個被家具牽絆的人，拼命拉著它們往前走。一個人已經鑽過繩套或通過了門口，可他後面那一車沉重的家具卻無法通過，我想這個人就是處在絕境之中。當我聽到一個一表人才、身體結實、看上去似乎沒被別的事情纏身、服裝合身，一切都準備就緒的人，談及他的「家具」是否有保險時，我不禁對他產生一種憐憫之情。「那我的家具該怎麼辦呢？」我可愛的蝴蝶這時被蜘蛛網給纏住了。

甚至那些長時間以來似乎並沒有什麼家具的人，要是你細加盤問，也會發現，他人的屋子裡也還寄存著他的幾件家具。我看今天的英國就像是一個年老的紳士帶著一大堆行李旅行，這堆中看不中用的物品是長期安家度日中累積起來的，他拿不出勇氣燒掉它們；大衣箱、小衣箱、硬紙匣，還有包袱。最低限度得把前面三樣丟掉。今天一個健康的人要帶著他的床去旅行也是力有未逮的，我當然要勸告生病的人放下床鋪跑開。當我遇見一個背著全部家當蹣跚行進的移民——看上去像是脖子後面長出了個大肉瘤，我便覺得這個人怪可憐，倒不是因為他的家當全在這裡，而是因為他要帶著所有的東西。要是我必須拖著圈套，我會留心拖個輕的，不讓它成為夾住我的關鍵。但也許最聰明的辦法是不要把自己的手放進去。

我還想順便提一下，我不花任何錢買窗簾，因為我不需要把任何窺視者的視線遮住，至於太陽和月亮，我願意讓它們朝裡面觀看。月亮不會讓我的牛奶變酸，也不會讓我的肉腐壞；太陽也不會損害我的家具，或者讓我的地毯褪色，即使它有時像是一個熱情過度的朋友，我仍覺得跑到大自然所提供的簾幕後面避一避，較在家用細目中再添上一個項目更加節約。一位夫人有次想送給我一張地席，但因為我屋子裡騰不出地方鋪它，也騰不出時間來在屋裡屋外撣它，所以我謝絕了，寧可進門前在草地上把腳底擦乾淨。最好是在罪惡剛一露頭就避開它。

不久前我出席一個教會執事的財產拍賣會，因為他的一生並非徒勞無獲——

「人作的惡，死後仍流傳。」[48]

和一般的情況一樣，所拍賣的東西都是些無用的擺設，是他父親在世的時候開

48 莎士比亞《尤利烏斯•凱撒》凱撒死後安東尼演說中的話。

始積藏下來的。其中還有一條乾枯的條蟲。這些東西在他的閣樓和其他塵封的垃圾坑裡已堆了半個世紀，現在也沒有燒毀；非但沒有一把大火或是消毒焚毀，反倒辦了一場拍賣，或者說讓那些家具延年益壽了。鄰居聚集在一起看這些家具，把它們全都買走，再小心謹慎地搬到他們自己的閣樓和垃圾坑裡，就堆在那兒，直至他們的家產結算清楚，這些家具才又再一次搬出門。人死後，又揚起一陣塵土。

有些蠻族的習俗，若我們加以仿效可能會有好處，他們每年會有一次類似脫胎換骨的儀式；他們有這麼一種想法，不管實際上是否做得到。像巴川姆所描繪的摩克拉斯印第安人的那種風俗，要是我們也這樣舉行「迎新節」或「新果節」，豈不是很好嗎？「當一個城鎮舉行迎新節時，」他說，「人們預先準備好新衣、新罐、新鍋和其他家用器物和家具，把所有破衣服和其他亂七八糟的東西聚集起來，打掃房子、廣場和整個城鎮，把那些髒東西連同陳年穀子和其他的陳年存糧倒成一堆，點把火銷毀。在用了藥物和禁食三天之後，城鎮裡面的火全都熄滅了。在這段禁食期間，他們戒了食欲以及其他欲念。並且頒布大赦令，所有犯罪分子都可返回到城鎮去。

「到了第四天早晨，大祭司把乾柴擺在一起，在廣場上生起了火，城鎮裡的每家住戶便從那裡得到新的、純潔的火焰了。」

他們隨後享用著新的穀物和水果，整整三天載歌載舞，「在接下去的四天裡，他們接待來訪的客人，和來自鄰近城鎮的朋友們共同享樂，這些朋友也都以同樣的方式淨化、準備好了」。[49]

墨西哥人也每隔五十二年要舉行一次相類似的淨化儀式，他們相信世界每隔這麼長時間就得終結一次[50]。

我從未聽說過比這更加真誠的聖禮，也就是說，像詞典裡所下的定義那樣，是「一種內在的靈性美德的外在表現」，我也不懷疑，他們最初是在天意的直接傳授下這樣做的，儘管他們沒有一部《聖經》來記錄這種啟示。

在為期五年多的時間裡，我只靠自己雙手的勞動來養活自己，我還發現，一年中只需工作約莫六個星期，便可支付生計所需的一切開銷。而且我一整個冬天和夏天都空閒無事，可以把時間花在讀書和研究上。我曾經全力以赴從事教育工作，但發現我的支出和收入的數字不相符，因為我必須穿出老師該有的樣子，暫且不說還要按規矩思考、信仰，另外我還損失了時間。由於我執教不是為了同胞的利益，而完全是為了生計，這就是失敗。我曾嘗試過做生意；但我發現，要在這條路上走順暢得花上十年的時間，到了那個時候，大概我也就快跑到魔鬼那邊去了。我實際上

49 W. Bartram（1739—1823），《南北卡羅來納旅行記》（費城，一七九一）。
50 普萊斯考特（W. H. Prescott）《墨西哥征服史》（紐約，一八四三）卷一，第四章。

還擔心，到那個時候我可能在做某種所謂的好生意。以前我曾尋思能夠做些什麼以求得謀生之道，那種依照朋友們的願望行事的可悲經歷清楚地浮現心頭，使我用盡心機要另想辦法，我時常認真地想去採摘黑漿果，這我肯定能幹得了，並且它的薄利也使我感到滿足——因為我最突出的長處就是所求不多。它只需一點點資金，且對我慣常的心情干擾甚微，我就是這樣愚蠢地想著。當我的熟人斷然投身於商業或就業時，我以為自己這份職業和他們的職業最相似；整個夏天我在山上來回跑，把一路上見到的漿果摘下來，然後便隨意處理；就這樣，看管著阿德墨托斯[51]的羊群。我也夢想過，不妨去採集些野花野草，或用運乾草的馬車給喜歡森林的村民運些常青植物，甚至運到城裡去。但後來我便認識到，商業給它涉及的一切帶來詛咒；即使經營的是從天堂帶來的福音，也仍帶著商業的全部詛咒。

由於我對事物有所偏愛，尤其是格外珍惜自由，還由於我能吃苦並能取得成功，所以我不願把自己的時間花費在求得華麗的地毯或其他優雅的家具、精緻的廚房、希臘式或哥特式的房屋上。要是有誰能不覺麻煩地獲得這些東西，而且在得到這些東西之後懂得如何去加以使用，那麼我會拱手把這方面的追求讓給他們。有些人很「勤奮」，似乎喜歡為勞動而勞動，也許是為了讓自己不去胡搞妄為；對此我

51　當阿波羅從天上被放逐時，被迫去看管國王阿德墨托斯的羊群共達九年之久。

現在還不想說什麼。對那些享有比現在更多的清閒時間就會不知如何是好的人，我倒要勸他們加倍勤勞工作——一直幹到能養活自己，取得自由證明書。至於我自己，我發現短工是所有工作中最具獨立性的，尤其由於一年中只需花上三十或四十天便可維持一個人的生計。勞動日隨著太陽下山而結束，這時他便可自由自在去幹他一心嚮往的與工作無關的事情；可是他的雇主月復一月地幹著那投機營生，一年到頭連喘個氣休息一下都不行。

總之，根據信念和經驗，我確信，只要我們過的是簡樸而又聰明的生活，那麼在這個世界上謀求自立並非苦事，而是娛樂；正如一些更加簡樸的民族，他們的日常工作正是更複雜民族的娛樂。一個人要謀求生計，沒有必要做得汗流滿面，除非他比我更易流汗。

我認識一個年輕人，繼承了幾英畝地，他告訴我說，要是他有辦法，他一定要像我這樣生活。我不願讓別人出於任何原因選擇我的生活方式，因為在他對我的生活方式了解得較透徹之前，可能我已經給自己找到另一種生活方式了。除此之外，我希望世界上會有盡可能多種不同的人，只是我希望每個人都能小心尋找和追求**自己的生活方式**，而不是走著他父親、母親或者鄰居什麼人的老路。年輕人可以去從事建築、種植或航海，只要是他自己喜歡作的事而不受到阻撓便行。我們的智慧只是在數學抽象意義上的，正如水手或逃亡的奴隸眼睛盯著北極星那樣；這就足以指引我們一生了。在可預計的期間裡，我們或許到達不了港口，但依然可以保持著一條正確的航線。

毫無疑問，在這裡，對一個人來說是正確的事，對一千人就更加正確。譬如一座大房子按比例計算起來，並不比一棟小房子更加昂貴，因為幾個房間可以共用一個屋頂、一個地窖和同一面牆。但就我而論，我倒喜歡獨屋獨戶。再者，一般說來，自己建造整棟房子比說服別人去建一面牆更加便宜。即使你說服了人家，這面共用牆假設很便宜，就必定很薄，而共用這面牆的可能是個壞鄰居，只修整自己的那一面牆。而通常能夠行得通的合作總是極有限而且是表面的；而這其中凡是有一點真心真意合作的地方，在表面上也是看不見，只有一種無聲勝有聲的和諧。要是一個人忠誠，他會用同樣的忠誠在任何地方與人合作；要是他沒有忠誠，他便會繼續像世界上其他人那樣生活，無論他和什麼人合作。那樣所謂的合作，無論就其最高層次或最低層次的意義來說，都僅意味著只是**生活在一起**。我最近聽人提議讓兩個年輕人一起環球旅行，一個沒有帶錢，所到之處，得去站在船桅的前頭或跟在耕犁後面做事賺取旅費，而另一個卻是口袋裡放著一張匯票。顯而易見的，他們兩人是無法長時間結伴或合作，因為其中一個不肯**合作**。在他們的旅遊中頭一次碰上個利害衝突就會分手。首先，正如我已經指出的，單獨上路的人，今天想出發就可以出發；可是和別人結伴旅行的人，卻必須等到另一個準備好，說不定要等很久才能成行。

我曾聽到過一些鎮民說，可這都是很自私的啊。我承認，到目前為止，我很少從事慈善事業。出於責任感作出過一些犧牲，其中也包括犧牲參與慈善活動的快樂。有人使出渾身解數，想勸說我出來幫助城裡的一些窮人家；要是我沒有事做——魔鬼專找無所事事的人，我大概會在這一類消遣上試身手。然而，當我有時想在這方面出點力，把一切都包下來讓某些窮人各方面都能生活地和我一樣舒適，我甚至主動表示願意給他們提供幫助，可這些窮人一個個全都毫不猶豫地表示樂意繼續貧窮下去。當我的城鎮裡那些男男女女全都在千方百計為同胞謀福利時，我相信至少可以分出一個人來，讓他去追求些別的，無關人道不人道的事情。

辦慈善事業正如辦別的任何事業一樣，必須有天賦。至於「做好事」，那是一個人滿為患的行業。何況我確實曾做過點嘗試，說來也奇怪，我確信我的個性不適合辦慈善事業。也許，社會要求我做好事，以拯救宇宙於毀滅，我不應自覺地、蓄意地把這個號召推開；而且我相信，正是別處某種類似於此而又堅定無數倍的力量，使宇宙得以保全。但我不會去阻擋任何人發展他的天賦；對那個全心全意終身做著這項工作的人，儘管我不同意這種工作，我還是要說，堅持下去！即使全世界說這是在幹壞事（世人很可能這麼說）。

我絕不認為我的事例屬於特殊情況；毫無疑問，讀者當中許多人也會作同樣的辯護。在做某項工作時（我不能擔保說我的鄰居會說它就是好事），我會毫不遲疑地說，我會成為一個第一流的員工；但做出來的工作是好是壞，還得讓我的雇主自己說。我所做的好事（按照這個詞通常的意義）必須是在我主要軌跡之外，而且大部分都不是故意去做的。人們從實際出發說：萬事始於足下，照你的本色去做，不要一心想變成個更有價值的人，要以慈善為懷到處行善。要是我用這種語調去說教，我倒要說：現在就去行善吧。他們彷彿認為太陽的光芒達到了月亮或六等星的亮度之後便該停下來，就像愛惡作劇的小精靈那樣，窺視每個村舍的窗戶，令人發瘋，讓肉腐爛，使黑暗的處所能看得清楚，而不是不斷增加自己溫煦的熱量和恩惠，直至其光芒耀眼，凡人無法直視，同時按自己的軌道繞著世界走，施恩行善，確切點說，正如真實科學所發現的，世界繞著太陽轉得到了好處。當太陽神之子想用施恩行善來證明自己出身於天上，他駕駛著太陽車不過一天，便越出了軌道，把天堂下方幾條街道的房屋都給燒掉了，還燒灼了地球的表面，烤乾了每處泉源，造成了撒哈拉大沙漠，直至主神朱庇特一個霹靂把他擊倒在地，太陽由於悲悼他的喪命，竟整整一年黯然無光。

沒有比酸臭的德性更壞的氣味了。這也就是死人腐肉的氣味，死神腐朽的氣味。要是我確知有個人正朝著我的屋子走來，存心要為我做好事，那我非逃命不可，就像逃避非洲沙漠颳來的那種乾燥的熱風，這種風一颳，便將沙土吹進你的嘴巴、鼻孔、耳朵和眼睛，直至你窒息悶死為止，因為我怕他對我那不自然的施捨——怕其中有些病毒侵入我的血液。不行，在這種情況下，我寧可順其自然地忍受壞事。在我飢餓時提供給我食品，在我受凍時給我溫暖，或者在我掉進溝裡時把我拉上來的人，我不會因此就認為他是個好人。我可以弄到一條紐芬蘭狗讓你看，這些事牠全都會做。慈善事業不是最廣義上的愛同胞之情。霍華德按其本人的方式而言無疑是一個極慈善而可尊敬的人，並且也得到了好報；可是，就比較而言，要是他們的慈善事業不能在我們處於最佳狀態，或是我們最需要幫助的時候提供協助，那麼，一百個霍華德[52]又跟我們有什麼關係呢？我從未聽說過哪個慈善大會上有人真誠地建議要為我或者像我這樣的人行善做好事。

看到印第安人被捆綁在火刑柱上燒死的時候，卻向那些折磨他們的人推薦折磨的新花樣，也令天主教耶穌傳教士百思不得其解。既然不在乎肉體的痛苦折磨，他們有時可能也就不需要傳教士所提供的任何安慰；待人如待己的原則，在那些不在意別人怎樣對待自己的人聽來，就不那麼有說服力了，因為他們用一種新的方式去愛敵人，已經近乎原諒對方所做的一切。

52 約翰•霍華德（John Howard, 1726—1790）是英國監獄改革者。

要確定你給予窮人的，正是他們所最需要的，要留下他們遠不及的榜樣。要是你給了錢，就要奉獻出自己，不能只丟個錢就不管事。我們有時會犯一些奇怪的錯誤。窮人看上去一副既骯髒、篳路藍縷、粗魯的樣子，不見得他真是如此受凍受餓。這些窮人當中有一部分是出於他的習性與愛好，而不一定都是遭受厄運。要是你把錢給他，說不定他會拿去買更多破爛貨。我習慣於對那些手腳笨拙的愛爾蘭工人產生憐憫之情，他們在湖上挖冰，穿得十分破爛，可是我穿著一身整潔而又較為時髦的衣著，卻冷得發抖。後來有一天天氣寒冷，有個掉進水裡的工人跑到我屋裡取暖，我看到他脫下了三條褲子、兩雙襪子，這才見到皮膚，儘管這些褲子襪子確實骯髒破爛不堪。他可以不要我送給他的額外衣服，因為他有許許多多的衣服。看來他唯一需要的就是全身舒舒服服地泡一次水。接著，我開始可憐起自己來，我覺得要是送給我一件法蘭絨襯衫，比起送給他一整間廉價成衣店來的更加慈善。一千個人在胡亂砍劈罪惡的枝葉，只有一個人在砍斷罪惡之根。情況很可能是：那個把大量時間和金錢用於扶貧的人，想藉此消除苦難卻反而徒勞無功，反而製造出不少不幸與苦難。正如那個道貌岸然的奴隸販子把十分之一的奴隸收益，拿來為其餘的奴隸購買星期天的自由。有些人雇用窮人到廚房裡工作，以此表示其慈善為懷。要是他們自己雇用自己，豈不是更加慈善嗎？你誇口說你把收入的十分之一用於捐助慈善事業，看來你該捐出十分之九才算數。否則社會獲得彌補的僅僅是財產的十分之一。

這到底是財產占有人的慷慨呢，還是主持正義者的怠忽職守呢？

慈善事業幾乎是受到人類充分讚賞的唯一美德。不，它被人類高估了；正是我們的自私使得慈善事業受到過高的評價。有個身體強健的窮人，在一個陽光明媚的日子裡，在康科特鎮向我讚美一位鎮民，因為，據他說，這個人對窮人很好，他指的是對他很好。畢竟慈善的伯父伯母，比起真正的精神上的父母更受到尊敬。有一次我聽到一位神父在作以英國為主題的演講，這位演講者是個學識與才智兼優的人，他在列舉了英國科學、文學和政治上的傑出人物：莎士比亞、培根、克倫威爾、彌爾頓、牛頓等人之後，接下去談起基督教英雄人物來了，而且彷彿出於自己職業上的需要，把他們捧得比別人都高，成為偉大人物中的最偉大者。他說的是佩恩、霍華德、弗賴夫人。任何一個人都會覺出這當中的謬誤虛假。最後舉的這三個人並不是英國最優秀的男人與婦女；也許，他們只能算是英國較好的慈善家。

我無意貶損慈善事業所接受的讚美之詞，我只是想公平對待那些，用自己的生活與工作造福於人類的人。我在評價一個人時，並不把他的正直與善良當成最高標準。也可以說，正直與善良只是他的枝葉而已。那些會枯黃的綠葉，我們通常將其煎成湯藥供病人服用，那些植物只服卑微的任務，而且大多為庸醫所用。我重視的是一個人的花朵與果實；是他從那裡飄送到我這兒的一股幽香之氣，那是使我們交往中所呈現的成熟之美。他的善行不應是一種偏袒的、短暫的行為，而是一種持之以恆的浩然之氣，這種氣度對他無所損，而他也無所覺察。這才是一種遮掩許多罪惡的善行。慈善家老是讓人置身於他自己所散布的悲哀氣氛之中，並稱之為同情心。我們應該分享給他人的是我們的勇氣，而不是絕望，是我們的健康與舒適，而不是疾病，並留意不會讓這種情況蔓延下去。到底從南方的哪片平原上傳來這如泣如訴的哀號聲？在哪個緯度下居住著一些我們應給予光明的異教徒？誰是我們必須給予救贖的狂妄殘忍之徒？

要是一個人有了什麼病痛，使得他無法完成自己的任務，甚至他是腸胃痛——那正是腸胃發出憐憫心的所在之處，他便會立刻去改革這個世界。由於他成了一個小宇宙，他發現（這是一個真正的發現，而他正好是發現的人）世界都在吃青蘋果。其實，在他看來，宇宙本身就是一個巨大的青蘋果，一想起人類的子孫在它還未成熟時便開始饕食，想起來真是令人有些懼怕。他激進的慈善心，便立即去找尋愛斯基摩人和巴塔哥尼亞人，並擁抱人口眾多的印度鄉村和中國鄉村。就這樣，靠著幾個年頭的慈善活動，有權有勢的人在此期間利用活動來達到自己的目的，毫無疑問，他醫好了自己腸胃痛的問題，而地球的面頰或雙頰上泛起淡淡的紅暈，好像開始成熟了，生命脫去了生澀，再度顯得更甘美更健康。而我從未想到會人會比我更罪惡深重。我過去沒有見過，將來也不會見到比我自己更壞的人。

我相信，使一個改革者憂心傷神的不是對窮苦同胞的同情，而是他私人的煩惱，儘管他是上帝最虔誠聖潔的孩子。糾正一下這種錯失，讓春天來到他身邊，讓黎明在他的臥榻前升起，而他就能問心無愧地離開他那些慷慨的同伴。我之所以不斥責那些抽煙的人，是因為我從未抽煙，宣傳戒菸是戒了菸的人的事；不過我也嘗試過許多東西，那些事我是可以宣傳戒除的。要是你被誤導去做任何此類慈善事業，那你一定別讓你的左手知道你的右手在做什麼，因為好事是不值得宣揚的。假如你救起了溺水的人，便把鞋帶紮好。從從容容，著手去做些自由勞動。

我們的善行由於和聖徒交往而敗壞。我們的讚美詩集，迴盪著詛咒上帝之聲與人無休止容忍上帝的旋律。可以說，就算是先知和救贖者也只是安撫人的恐懼，而不是加強人的希望。任何地方都找不到對生命的賦予，所表示出的無法抑制的滿足之忱，找不到任何對上帝的令人難忘的讚美。不管它看上去顯得多麼遙遠、渺茫，只要是健康與成功，對我而言就是善行；不管對我懷有幾許同情，只要是疾病和失敗，就會造成我的悲哀，促成我的禍災，那對我來說就是惡行。如果我們真的要用真正的印第安式的、草木的、催眠術的，或天然的方式來恢復人類的信念，那首先就讓我們先師法大自然，像大自然那樣樸素和健康，驅散眉宇間的陰雲，將一點生命精氣吸入身心。別充當一名濟貧扶困的神職人員，而要努力成為在世界上最有價值的人。

我從西拉茲城的詩人薩迪[53]的《薔薇園》中讀到這樣的詞句：「他們問過一位哲人說：至尊之神創造的許多著名樹木可參天蔽日，卻都沒有被稱為自由之樹，只有那不結果實的柏樹除外；此中有何奧妙？他回答道：每種樹都有其適當的成熟期、特定的季節，在這段時間裡它鮮豔、開花，而過了季節便枯萎、凋謝。但唯獨柏樹，它終年常青；這就是自由的特性，宗教的獨立性。——別把你的心傾注在那種轉瞬即逝的事物上；許多回教國家消失地無影無蹤後，底格里斯河依舊川流不息流過巴格達：如果你手頭很充裕，就像棗樹那樣慷慨大方吧；但如果兩手空空，那就成為像是柏樹那樣，做個自由自在的人吧。」

53 Sa'di（1209—1291）波斯詩人，代表作有《果園》和《薔薇園》。

補充詩篇

貧困的做作，
可憐的窮酸哪，你的確妄想地過火，
想在天上安頓個棲息之所，
只因你那間陋室，像個木桶做成的窩，
培養出來的德行，是迂腐懶惰，
在免費的陽光下或陰涼的泉水旁，
靠著樹根，還有野菜；
在那兒，你的右手，
把人類高尚的情操從心靈中奪走，
正是這情操，使美德之花吐豔昂首，
你讓人性墮落，感官麻木，
像蛇髮女妖，把人變石頭。
我們要的不是一個沉悶的社會
叫你自我克制，謹小慎微，

不需要不合人情的愚蠢，
不知道什麼是樂，什麼是悲；
也不需要你那假裝高貴的被動剛毅，
來取代主動積極。
這一切卑賤可鄙，
變成你的奴性，全紮根在平庸裡，
但我們只把允許恣肆的美德樹立，
英勇慷慨的行為，莊嚴宏偉之氣。
洞察萬物的遠見，和無限高尚的情誼，
還有那一派英雄威武的剛毅，
對此無以名之，自古不曾留下個稱謂之詞，
留下的只有典範，像海克客力斯，
阿克琉斯，忒修斯。滾回你該死的藏身之地；
當你見到一片新的文明天空之時，
你該力求懂得何謂有其價值。

——T．卡魯[54]

54 湯瑪斯•卡魯（T. Carew）《不列顛的天空》II，642—668。

我生活的地方，我生活的目的

一個人到了生命的某個階段，習慣於把每個地點都視為可能安家落戶的處所。我就這樣把方圓十來英里內鄉下地區的每個角落，都作了一番調查。在想像中，我把所有的農莊接二連三地全都給買了下來，因為所有的農莊都得被買下來，而且我已知道它們的售價。我漫步走到各個農民的田地上，品嘗他的野蘋果，跟他談論農耕的方法，照他的開價買下他的田地，不論他開多少價錢，心裡想反正可以抵押給他；甚至會更高的價錢抵押給他；我把每件東西都買下來，就是沒立契約——把他說的話當成契約，因為我非常喜歡談天；然後我栽培了這片田地，同時，我相信，也在某種程度上栽培了他，我在享受過後便離開了，讓他去繼續耕耘下去。這段經歷使我被朋友視為某種房地產經紀人。不管我坐在哪裡，我都會在那裡住下來，而風景也就從我那裡向四面八方伸展開。住宅不就是一個座位（sedes）嗎？——如果是鄉村裡的座位那就更好。我發現許多可以營造住宅的地點，短期內不大可能被改造，有些人會認為這裡距離鄉村太遠，但在我看來，倒是鄉村離它太遠。好吧，我說，我可以住在那裡；我的確在那兒住下了，住了一個小時，過了夏天和冬天的生活；看到我怎樣讓歲月流逝，把冬天打發走，迎來春天。這個地區未來的居民，不管把房屋建造在哪裡，都可以相信有人比他們捷足先登了。只需一個下午就足以把一片土地設計成果園和牧場，決定哪幾棵最好的橡樹或松樹宜留在門口，每一棵枯萎的樹在什麼地方，才不會有礙觀瞻；然後，我就讓那片土地擱置在那裡，也許可稱之為休耕地，因為一個人的富裕程度，就看他能割捨多少東西。

我的想像力或許幻想地太遠了些，甚至幻想我得到了幾個農場的優先購買權——購買權正是我所要的東西，但我從沒有讓實際占有這種事弄得苦惱不堪。我最接近實際購買的一次，是在我買到霍洛韋爾農場的那次，當時我已經著手挑選種子，撿起一些木料做手推車，以便載走農作物；可是，就在農場主交給我一份契約之前，他的妻子——每個人都有這樣一位妻子——改變了主意，想把農場保留下來，於是他賠我十美金，解除了約定。現在，說句實話，我只有一角錢，我已算不清我究竟是身有一角錢的人，或者是擁有農場，或身有十元的人，或者是兼而有之的人。不過，我把十元退還給他，農場也物歸原主，因為我已經走得夠遠了；或者說，是我做得寬宏大量，我把農場賣給他的價錢，正是我買農場的價錢，並且，由於他不是富人，我送給他十元，何況我還留下了一角錢，外加種子以及製造手推車的材料。因此我覺得我始終是一個無損於自己貧窮本色的富人。不過我把風景保留了下來，從那時起我每年無須用手推車便把美景所產生的果實帶走。談起風景，請看：

「我君臨萬象，風光盡收眼底，
不容置疑，我擁有一切權利。」[55]

我時常看到，一個詩人在欣賞了農場上最珍貴的部分以後便離去，而那個粗魯的農夫則認為詩人只不過拿到幾個野蘋果。哎，詩人把農場入詩，而農場的主人卻經過了許多個年頭還不知道。須知這詩歌是一道最美妙的無形籬笆，詩人把農場幾乎全圍起來，擠出它的奶汁，刮走它的奶油，得到了全部牛乳，留給農場主的只是脫脂奶。

在我看來，霍洛韋爾農場真正迷人之處在於：它遠離市井，距鄉村約兩英里之遙，離最近的鄰人也有半英里，並且有一片寬闊的田野把它和公路隔開；它位於河畔，據農場主說，河上起霧，使得農場春季時節不會霜凍，然而這對我並不重要；

---

55 威廉•柯珀（W. Cowper, 1731—1800）「孤獨吟，據傳出自亞歷山大•塞爾柯克」。

農舍和屋子那灰濛濛的顏色，東歪西倒的景象，還有坍壞了的籬笆，在我與上一位居住者之間形成了一段間隔；讓野兔子啃空了樹心的、覆滿地衣的蘋果樹，可以看出我得和什麼樣的鄰居打交道；但最主要的是我早年溯河而上的那次旅遊記憶猶新，當年屋舍掩在密密的楓林紅葉中，我聽到那深處傳來了家犬的吠聲。我急急忙忙要把這農場買下來，無法等到業主把石頭搬掉，把空心的蘋果樹砍倒，並掘掉一些生長在牧場上的白樺樹幼苗。為了享受這些好處，我樂意承擔一切；像阿特拉斯那個頂天巨神一樣，讓我肩扛天宇——我沒有聽說過他為此得到什麼補償。除了能花一筆錢然後安安穩穩不受干擾地擁有這農場之外，我做所有這些事沒有別的動機或藉口；我始終認為，只要我能任這片地自由生長，那它一定能生產出我所需要的最豐富的糧食。但後來的結果卻如上所述。買農場的事，最後是泡湯了。

那麼，關於大規模從事農耕一事（我一直在培育著一座花園），我所能說的只是：我已經把種子準備好了。很多人都認為種子隨著歲月而改良。時間會區分出良莠，我對此毫不懷疑；到了最後我要去種植時，我大概是不會失望的。但我想給我的同伴們，斷然地說：盡可能長久地自由自在地、不受束縛地生活。束縛在一個農場裡，同關進監牢裡並沒有多大區別。

老加圖所寫的《農業論》，他說（不過我所見到的唯一譯文簡直是糟糕透了）：「當你想要買下一個農場時，你得把它放在心上反覆思量，別貪得無厭地去購買；

別怕花力氣去看它，也不要以為到那邊轉一圈就夠了。要是那片農場的確很好，那你越是常到那邊就越喜歡它。」我想我是不會貪得無厭地去購買的，我會一趟又一趟地到那邊轉轉，一輩子這樣，死了就埋葬在那兒，這會使我最終獲得更大的欣慰。

現在要做的實驗是我對這類實驗的第二次嘗試，我打算更加詳細地加以描述；為了方便起見，我打算把兩年的經驗併為一年。我已經說過，我無意歌頌垂頭喪氣，而要像雄雞站在棲木上起勁地放聲報曉，只要能把鄰居喚醒就行。

當我首次定居於我的林中住所，也就是說，開始日夜都待在那裡時，剛好是美國獨立紀念日，即一八四五年七月四日。這時我的屋子還沒有竣工，無法過冬，只能供避雨之用，屋子尚未粉刷，也無煙囪，牆壁用的是飽經日曬雨淋而斑駁變色的粗木板，到處是大裂縫，一入夜屋子裡就變得涼爽起來。削得筆直的白色立柱，還有剛剛刨平的門窗外框，使屋子看上去既清潔又通風，尤其是在早晨，屋子的木料飽含著露水，以至於我猜想，到了中午會有一種甜樹脂滲出來。在我的想像中，這棟房子整天都保持著這種晨光熹微的特色，使我不禁想起前年我遊覽過的一座山上小屋。這是一幢沒有粉刷的通風小屋，適於接待雲遊的神仙，也適於一位女神在裡面輕曳羅裳。在我住所上空掠過的風，一如那股在山脊上橫掃而過的風，響起了裂帛般的旋律，或者在人間響起了那種只應天上有的曲調。晨風永遠吹拂，創造性的詩篇永不中斷；但能夠聽見這種樂音的耳朵卻不多。奧林匹斯山只不過是大地的外部，四處皆然。

如果不把一條船計算在內，那麼以前我所擁有的唯一房屋就是一頂帳篷，是我夏天偶爾外出旅遊時使用，這頂帳篷現在仍然捲著放在我的閣樓上；不過那條船在幾經易手之後，已消失在時間的洪流裡。如今我擁有更堅固的蔽身之所，可以說我在這個世界上定居落戶已取得了一些進展。這幢房屋的框架，雖然包裝得很單薄，卻猶如包圍著我的結晶體，對營造者產生了影響作用。這令人想起畫中的素描。我無須到戶外呼吸新鮮空氣，因為屋子裡的空氣一樣新鮮。我坐的地方與其說是在屋內，不如說是在門後，甚至大雨滂沱的天氣也如此。哈利梵薩說：「沒有鳥兒飛來的房子，就像不加佐料的肉。」[56]那不會是我的房子，因為我發現自己突然與眾鳥為鄰；我用的辦法不是把鳥兒關在籠中，而是讓自己住在一只靠近它們的籠子裡。我不但可以和時常飛到花園和果園的鳥兒更加親近，而且還和那些更具野性而扣人心弦的林中鳴禽接近，這類鳴禽從不（或極少）向村裡人唱小夜曲——牠們是林中畫眉、韋氏鶇、猩紅裸鼻雀、野雀、三聲夜鶯等等。

56 哈利梵薩（Harivansa）是印度史詩《摩訶婆羅多》的補充。梭羅從 M. A. 朗格盧瓦（Langlois）的法文譯本翻譯。

我坐在一個小湖的岸邊，大約在康科特村南面約一英里半的地方，地勢比村子略高一點，就在市鎮與林肯之間的一大片森林中間，在我們唯一聞名於世的戰場「康科特戰場」南面約二英里處；但我所處的地點是在林中極低的地方，所以半英里外那片和別處一樣林木蔥鬱的對岸，就成了我最遠的地平線。在頭一個星期，不管什麼時候我往湖上眺望，它就像是個高高懸掛在山邊的冰川湖，底部比其他湖泊的水面高出很多。當太陽升起時，我看見它脫下了夜晚的霧衣，湖上輕柔的漣漪或波平如鏡的湖面也逐漸地在各處顯露出來，霧氣就像幽靈一樣，神不知鬼不覺地從各個方向隱入森林，像一次夜間祕密集會散場那樣。正是這露水白天還披在樹上，像在山腰那樣，比通常停留的時間更長。

八月一陣陣急雨輕掃，乍雨乍晴的氣候，與這個小湖為鄰最為珍貴。在這個季節裡，完全風平浪靜，但天空卻烏雲密布，下午才剛過半便已是一派黃昏寧靜的氣氛，畫眉在四周歌唱，隔岸相聞。像這樣的一個湖，沒有比此時此刻更平靜了；湖上那片澄空變得不那麼深遠，烏雲把它遮暗。波光瀲豔的水面就變成一個另一層更重要的天空，顯得更加奪目。從一個不久前被砍掉林木的山頂附近，隔湖向南望是一片令人心曠神怡的景色，對岸的山巒間有一個開闊的缺口，兩側的山坡相向傾斜，使人覺得有一道溪流穿過鬱鬱蔥蔥的山澗，從那個方向流出，不過那邊並沒有溪流。我於是從近處的翠綠山巒之間或之上眺望天邊的遠山和更高的山峰，那些層巒染成了蔚藍色。我踮著腳，往西北望，能瞥見一些更加蔚藍更加遙遠的連綿山脈，那些彷若模子裡印鑄出來的那種純藍的天空，還能瞥見這個鄉鎮的一角。可是，換了個方向，從同樣的立足點，卻因為四周的林木擋住了我的視線，便什麼也看不見。

住的附近有點活水是很愜人意的，水給土地一些浮力，讓它漂浮。甚至最小的一口井也有這樣一個價值：你俯瞰井底時，發現大地並不是連成一片的陸地，而像是孤立的島嶼。井的價值，正如井水可冷藏黃油一樣重要。當我從這個山峰眺望湖對面的薩德伯裡草地時（在漲水期間，我覺得那片草地升高了，這大概是水氣蒸騰的溪谷裡海市蜃樓的感覺吧），它像是水盆裡的一枚銅幣，湖外的土地看上去成了一層薄薄的外殼，被這片小小的水面隔開並浮載起來，我這才想起，我所住的地方，原來不只是一片乾地。

儘管從我的門口望出去，視野更加狹小，但我絲毫沒有擁擠或禁閉之感。這裡有一片夠大的牧場可供我的想像力馳騁。對面河岸頂上那片生長著低矮橡木的高原，向西部大草原和韃靼的荒原延伸，為所有流浪人家提供一片寬闊的活動空間。當達摩達拉的牛羊需要新的、更大的牧場時，他說：「世界上沒有比自由地享受著廣闊地平線的人更加幸福的了。」[57]

57　達摩達拉（Damodara）是印度教克利須那神的名字之一。

地點與時間都轉換了，我的居住更接近宇宙中最令我神往的那些地區和那些時代。我生活的地方遙遠得有如天文學家每夜觀測的許多天體。我們慣於想像那遙遠的天邊一角，在仙后座背後，遠離喧鬧與雜亂的世界，有一些令人格外心曠神怡的地方。我發現我的房屋實際上正好位於宇宙間這麼一塊偏僻但卻終古常新、不受玷污的地方。要是住在靠近昴宿星團或畢宿星團，靠近金牛星或牽牛星的地方是值得的話，那麼，我正好住在那裡，距離那讓我拋在後面的凡世生活一樣遙遠，發出一縷同樣柔美的光線，朝著最靠近我的鄰居閃爍，不過只有在月黑的夜晚他才能看見。這便是我所占據的宇宙中那個地方——

「有個牧人在那兒住過，
他的思想像高山巍峨，
山上放牧著他的羊群，
給牠營養，時時刻刻。」[58]

要是他的羊群不斷朝著比他的思想還要高的牧場上跑，那麼我們對牧人的生活

---

58 英國詹姆斯一世時期一位無名氏的詩歌片斷，見於羅伯特•鐘斯「繆斯樂園」以及湯瑪斯•埃文斯的「老民謠」。

該作何感想呢？

每個早晨的降臨都是一次令人愉快的邀請，使我的生活變得和大自然本身同樣樸素，也可以說，同樣純潔無瑕。我始終像希臘人那樣，是曙光女神的真誠崇拜者。我很早便起床，到湖中洗澡；這是一種宗教儀式，也是我所做的最稱心的事情之一。據說成湯王的浴盆上刻有大意如下的文字：「苟日新，日日新，又日新。」[59]我能夠理解個中道理。黎明令歷史上的英雄時代復返人間。曙光初露，我敞開門窗坐著，一隻蚊子穿過我的房間作一次看不見也無法想像的旅行，發出了微弱的嗡嗡聲，這聲音對我的影響，一如我聽到號角昂揚、歌頌英雄的美名時那樣。這是荷馬的安魂曲；它本身就是空中的《伊利亞德》和《奧德賽》，唱出了自己的憤怒與漂泊。這裡有著一種宇宙為懷之感，是在宣揚世界上活力長存、生生不息，直至被禁止時為止。

早晨是一天中最值得記憶的時刻，是覺醒的時光。此時此刻我們最少睡意；至少會清醒一個小時，我們身體的某個部分從整天整夜的沉睡狀態中清醒過來了。是被自己的真誠喚醒，而不是被一個僕從機械地輕輕推醒，是被我們自己內心重新獲得的力量和渴望所喚醒，伴隨的不是工廠的門鈴，而是天籟迴盪的樂調，還有撲鼻的芬芳——要是我們從睡眠中清醒過來時沒有像這樣上升到一個更高的生活境界，

59 《大學》「湯之盤銘」。

那麼這個白天——如果可稱之為白天的話，還能有什麼指望呢；就這樣，黑暗結出了它的果實，證明它本身是好的，不比白晝差。一個人如不相信每天都包含著一個沒有被他褻瀆過的更新、更神聖的曙光時辰，那麼他對生活已告絕望，正在走一條黑暗的下坡路。感官生活部分地停止了一陣之後，人的心靈，更確切點說，是心靈的器官，每天都重新恢復元氣，他的真誠也再度試圖實現它可能創造的崇高生活。

一切值得記憶的事情，我敢說都發生在早晨的時間和氛圍裡。《吠陀經》說：「一切知，俱於黎明中醒。」詩歌和藝術，以及人類最美好最令人難忘的行為，都始於這個時刻。所有的詩人和英雄，都是曙光女神之子，在日出時彈奏出他們的音樂。對一個思想敏捷活躍，與朝陽同步的人來說，白晝是一個長長的早晨。不在乎時鐘怎樣擺，也不在乎人們態度如何或幹什麼活。

早晨就是我清醒過來心中有一片黎明的時刻。精神上的改革就是力圖驅散睡意。要是人們不曾一直處在沉睡之中，又為什麼會把他們的白晝說得那樣乏善可陳呢？他們並不是一些很差勁，不懂得琢磨的人。要不是被睡眠弄得昏昏沉沉，他們應能做出一番事業。幾百萬人清醒到可以從事體力勞動；但一百萬人中只有一個人清醒到足以從事有效的智力活動，而一億人中只有一人清醒到投入詩歌或神聖的生活。清醒即活著。至今我還未見到過一個十分清醒的人。所以我又怎能面對面直視著他呢？

我們一定要學會再覺醒，並保持清醒，但不是靠機械的幫助，而是寄無窮希望於黎明，因為黎明不會在我們熟睡中拋棄我們。人類毫無疑問有能力靠自覺的努力去提高自己的生活，我認為這是世間最鼓舞人心的事實。能夠畫出一幅獨特的畫或刻出一件雕像，從而使一些事物為之美化，這多少總是種收穫；但更加光榮的可以雕出和畫出那種氣氛和環境本身，使我們得以透過它去看事物，在精神上我們可以做到這樣。能對平日的品質施加影響，這就是藝術的最高境界。每個人都應磨練自己，使他的生活，甚至生活的細節，經得起其最高尚最嚴苛時刻的審視。要是我們拒絕，更確切點說，耗費掉我們所得到的那點無價值的消息，那麼，神諭必然會清楚地告知我們該如何做到這一點。

我前往森林，是因為我希望過自由而無拘束的生活，是為了彰顯人生的基本需要，看看我是否能學到生活要教給我的東西，而不要等到我臨死時才發現自己並沒有生活過。我不願過著不是生活的生活，須知生活無限珍貴；我也不願過消極順從的生活，除非必須這樣做不可。我要深入地生活，吸取生活中所有的精華，像斯巴達人那樣堅毅地生活，清除一切非生活的東西，大刀闊斧加以掃蕩，仔仔細細加以清理，把生活逼到一個角落去，將其條件置於最低的條件之中。要是它被證明是卑微的，那麼，就把整個真正卑微的情況弄清楚並公諸於世；要是它是崇高的，那就去體驗它，在我的下一次出行中作一個真正描述。因為在我看來，大多數人對於生活到底屬於魔鬼還是屬於上帝，還是搖擺不定，並且有些匆忙地下結論說：人生的主要目標是「讚美上帝並永遠享受神賜」。[60]

雖然寓言故事說，我們是從像螞蟻變成人類，但我們仍像螞蟻一樣過著卑微的生活；可我們卻像希臘神話中的小矮人一樣，總是在和仙鶴戰鬥；這是錯上加錯，糟而又糟，而我們最美好的德性卻帶上了多餘的、原來可以避免的一副可憐相。我們的生命在瑣事中浪費掉。一個誠實的人所需之物，算算便可得知，不會超過十項，在極罕見的情況下，他可以再算算腳趾，再加上十項，也二十項而已。簡單，簡單，再簡單！我說，讓你代辦的事情，只有二三件，而不是成百成千件；不是按百萬計，而是按半打計算，帳目可以記在你大拇指的指甲上。在這個驚濤駭浪的文明生活海洋裡，一個人如果不想栽下去，沉入海底，以至永遠無法入港的話，就必須靠精確的計算，把可能出現的烏雲與風暴，流沙與一千零一件事故都估計進去，成功的人必然是一個精明的計算家。要簡化，再簡化。如有必要，就每天只吃一餐而不是三餐；不要一百道菜，而是五道菜；其他的東西也按比例遞減。

我們的生活就像日耳曼聯邦，是由眾多小邦組成的，它的邊界始終變動不定，所以連德國人也無法隨時告訴你確切邊界在哪裡。這個國家本身，連同它所有那些

60 引自《短篇教理問答》的前數行；見於十七世紀加爾文派教徒的課本《新英格蘭入門》。

所謂內部的改進設施（順便說一句，那其實全是些徒有其表的裝門面的東西），都是些不切實際的畸形發展的機構，到處亂糟糟地堆滿家具，自作自受，由於奢侈和任意揮霍，缺乏深謀遠慮和高尚的目標，一切都被破壞，正如這片土地上百萬戶人家的情況一樣。要對國家進行治療，正如對各戶人家進行治療一樣，只有厲行節約，實行嚴格的、比斯巴達人更為簡樸的生活方式並提高生活目標。

這國家活動得太快速了。人們認為**國家**毋庸置疑必須擁有國際貿易，出口冰塊，用電報通話，一小時跑三十英里，無論他們自己是否這樣做；可是我們到底應該生活得像狒狒還是像人，卻有點不那麼確定。要是我們不做枕木，不鍛造鐵軌，日夜埋頭工作，而是把時間花在改善我們的生活上，借此改進生活，那麼，還有誰去建築鐵路呢？要是鐵路沒有築成，我們又怎能及時到達天堂呢？可是，如果我們待在家裡，只管自己的事，那麼又有誰需要鐵路呢？不是我們乘在火車上，反而是鐵路行在我們身上。你可曾想過，鋪在鐵路下面的那些枕木是什麼？每一根枕木就是人，愛爾蘭人或美國人。鐵軌就放在他們身上，而上面又蓋上了沙子，車輛就平穩地行在他們身上。我可以向你保證，他們就是熟睡的「枕木」。每隔數年，便有一批新的枕木安放下來，車輛又在上面馳騁；因此，要是有些人喜歡乘坐火車的快樂，就會有另一些人要遭受輾過的不幸。當他們要輾過一個夢遊的人，一個睡錯地方的沉睡者，他們會急煞車，並大喊大叫，好像這熟睡者，只不過是一次例外，不能輾過似的。我很高興地獲悉，每隔五英里便需要安排一批人來使枕木平平穩穩地像現在這樣躺在床上，因為這表示，枕木（沉睡者）有可能會再次爬起來。

為什麼我們要生活得這樣急急忙忙，這麼消耗生命？我們在要未感到飢餓前先挨餓。人們說，小洞不補，大洞吃苦，因此，他們今天縫上千針，就為免得明天縫上九針。至於**工作**，我們並沒有什麼了不起的工作。我們都患有舞蹈病，無法保持頭部靜止不動。我只須拉幾下教室鐘樓的繩子，發出火警的信號，康科特郊區的農場上的任何一個人（儘管今天早上他多次藉口說工作十分繁忙）——任何一個男人，任何一個孩子，任何一個婦女，我敢說，都會放下所有的工作，朝著鐘聲的方向跑去，這主要倒不是要去從火中救出財產，而是，如果我們實事求是地講，要去觀火，因為火既然燒起來了，而且事實明擺著，又不是我們放的火——或者去看大家如何把火撲滅，要是做起來不費勁的話，也可以插上一腳；不錯，甚至教堂本身失火也是這樣。

一個人飯後打了半小時的盹，當他醒過來時，便會抬起頭來問道：「有什麼新聞？」好像世界上其餘的人都在為他站崗似。有些人指示別人每半小時叫醒他一次，顯然並沒有別的原因；隨後，為了報答人家，他們便談起自己做了一些什麼樣的夢。通宵睡眠之後，新聞成了早餐一樣必不可少的東西。「請給我談談世界上任何地方發生的任何新鮮事好嗎？」——於是他在喝咖啡，吃麵包時讀新聞，知道當天早晨在瓦奇托河上有一個人眼睛給挖掉了，而他做夢也沒有想到，他自己就生活在世上深不可測的大黑洞裡，眼睛早已退化了。

至於我，我沒有郵局也能照樣過得好好的。我認為很少有重要消息要經由郵局去傳遞。嚴格地說，我一生中至多收到一兩封值得付郵資的信——我幾年前是這麼說的。通常花費一便士的郵寄制度，是你透過郵局認真地向一個人出價一便士買他的思想，可他的思想卻十有八九是以玩笑、不夠嚴謹的方式提供給你。我相信，我從未在報上讀到一則值得注意的新聞。要是我們讀到的就是一個人被搶、被殺或因意外事故喪命，或一幢房子燒了，一架飛機失事，一艘汽船被炸毀，一頭牛在西部鐵路上被車子輾過去，一隻瘋狗被打死，或者冬天來了一大群蝗蟲——那就再也不需要讀別的新聞了。一條新聞就夠了。如果你熟識了原則，又何必去關心各種各樣的實例及其應用呢？對一位哲學家來說，所謂的**新聞**，無非就是些說長道短的東西，而編輯和閱讀它們的人，則都是些正在喝茶的老太婆。可是，不少人卻對這類閒扯卻聽得津津有味。

我聽說，前幾天突然有一大群人蜂擁至報社，想了解最新的外國新聞，竟把該公司的幾大塊厚玻璃板給擠碎了——我認真地在想，這種新聞，有點小聰明的人在一年前或者十二年之前便可相當準確地先寫了下來。以西班牙為例，如果你懂得把唐卡洛斯和公主、唐佩德羅和塞維利亞以及格拉納達等名字搬來搬去，不時調動，只要擺得恰當就行——自從我讀報至今，這些字眼可能有點小變動；當其他可供消遣的新聞找不到時，便把鬥牛故事端上來，包您的寫作可以準確命中，足以讓我們了解到的西班牙的現狀或衰敗情形，一如從那些最簡明的西班牙報導中得到的概念一樣。至於英國，幾乎可以說，來自那個地區的最重要的新聞片段就是一六四九年的革命。如果你已知道英國穀物每年平均產量的歷史，那你就不再需要去注意這件事了，除非你所做的純粹是與金錢相關的投機買賣。要是一個很少讀報的人能作出判斷，那麼，外國其實未曾發生過什麼新的事，就算是法國大革命也不例外。

什麼新聞！懂得那些永不成為舊聞的事，才重要得多！「蘧伯玉（衛大夫）使人於孔子。孔子與之坐而問焉，曰：『夫子何為？』對曰：『夫子欲寡其過而未能也。』使者出。子曰：『使乎！使乎！』」[61]在週末的休息日裡（因為星期天是過得很窩囊的一週的適當結尾，而不是另一週的煥然一新的勇敢開端），牧師不應用另一套又長又臭的說教，在那昏昏欲睡的農民耳邊嘮叨，而應用雷霆般的音量喊叫道：「停！停！停下！為什麼裝得很匆忙，實際上慢得要命？」

虛假和欺騙被奉為最可靠的真理，而真實卻被視為謊言。要是人們注意到的始終是真實，不容許自己受騙，那麼生活和我們現在所知道的這類事比較起來，就像

61《論語．憲問篇》，第二十六章。

神話故事和《天方夜譚》了。要是我們重視的只是那種不可避免的和有權存在的事物，那麼音樂和詩歌就會沿街迴盪。一旦我們不慌不忙而又智慧明達，我們就會領悟到，只有那些偉大而又有價值的東西才會永恆地真正存在下去——瑣細的憂喜只不過是真相的陰影罷了。

真相始終令人振奮而又崇高。人們由於閉上眼睛打瞌睡，同意被表面現象欺騙，這才到處建立並鞏固起他們的日常生活慣例，這種生活規律仍然是建立在純粹的幻想基礎之上的。小孩子在嬉戲中生活，比大人更清楚地辨認出生活的真正規律，而大人卻無法生活得有意義，可他們還以為自己更加聰明，就憑有經驗，也就是說，有失敗。我曾經在一部印度書中讀到：「有個王子，幼年時被逐出他的城市，由一個林區居民撫育，他就在這樣的狀況下長大成人，也以為自己屬於那個和他生活在一起的野蠻種族。他父親的一個大臣後來發現了他，透露了他的出身，於是角色的誤認消除了，他知道自己是個王子。」印度哲學家接著說：「所以，靈魂寄託的環境使得它錯認了自己的性格，直至一位聖師把真相透露出來為止。這之後，靈魂知道它自己是屬於婆羅門。」我領悟到：我們這些新英格蘭居民之所以過著這種卑賤的生活，是因為我們沒有穿過事物的表面看問題。我們以為事物一如其外貌。如果一個人穿過這座城市，並且只看見真相，那麼，你想想看，「磨坊水壩」又會在哪裡呢？如果他把在那裡見到的真相給我們作一番描述，我們一定認不出他所描述的那個地方。你看看一個聚會所，或一座縣政府大樓、一所監獄、一家店鋪、一幢住宅，說出你見到的東西在真正的洞察之下是個什麼樣子，它們在你的描述中一定全都會分崩瓦解。人們尊崇渺茫的真理、體系之外的東西，在最遙遠的星體背後，在亞當之前、人類滅絕之後。在永恆之中的確存在著真理和崇高的事物。但所有這些時間、地點和場合都存在於此時此地。上帝本身在此時此刻才至高無上，絕不會隨著時代的逝去而更加神聖。只有永遠沐浴和沉浸於我們四周的現實之中，才能領會什麼是崇高與宏偉。宇宙經常順從地和我們的構想相適應；不管我們走得快還是慢，總是有條路為我們而鋪設。就讓我們畢生致力於構思設想之中吧。詩人或藝術家迄今尚未提出一個美好而崇高到無人能實現的設計——至少總有一些後代能夠加以實現。

讓我們像大自然那樣從容不迫地度過每一天，不讓任何一片落在鐵軌上的堅果殼或蚊子翅膀把我們拋出軌道。讓我們黎明即起，迅速吃頓早餐，平心靜氣，毫不心煩；任客人來來去去，任鐘鳴孩子哭——下決心過好這一天。我們為什麼要屈服，要隨波逐流？讓我們不要在那個位於子午線淺灘區被稱為午餐的可怕急流與漩渦中被打翻、淹沒。承受住這陣危險，你也就平安無事了，因為再往前去都是下山的路。不放鬆神經，帶著清晨的活力，繞過它，轉過頭去，像尤利西斯抵禦海妖那樣把自己綁在桅杆上。要是發動機發出了嘯叫聲，就讓它去吼叫到喉痛聲音嘶啞吧。要是鐘鳴起來，為什麼我們要跑呢？我們會想它像什麼樣的音樂。讓我們自己平靜下來，把我們的兩隻腳踩進那污泥般的意見、偏見、傳統、錯覺和表面現象中去，這個沖積層把地球全給蒙蔽住了，穿過巴黎和倫敦、穿過紐約、波士頓和康科特，穿過教會和國家，穿過詩歌、哲學和宗教，我們兩隻腳一直在踩著，直至踩到一片可稱之為現實的堅硬地面和岩石上，這時我們會說：就是這裡，錯不了。然後，由於有了這個支點，你可以在山洪、冰凍和火焰下面開始築牆或建造一個國家，或安全地立起一根燈柱，也許可以安裝一個測量器，不過不是水位測量尺規，而是真相測量器，使得未來的時代知道，虛假與表面現象的洪流有時竟積得如此之深。如果你直視事實，你會看到它兩面都反射著陽光，看上去似乎是一把東方的曲劍，你會覺得那快意的鋒芒把你的心臟和骨髓都給劈開，這樣你就可以愉快地結束你的有生之年。不論生還是死，我們需要的只是真實。要是的確快要死了，就讓我們聽到喉嚨裡發出來的格格聲，四肢也感到冰冷；要是活著，就讓我們去幹自己的事。

時間無非就是供我垂釣的河流。我飲著河水，但當我喝水的時候我看見河底的沙，發現河流是多麼淺。它那薄薄的流水逝去不復還，可是永恆卻留了下來。我要更痛飲一番；到空中去釣魚吧，天上的河底到處嵌著卵石般的星星。我一個也數不出來。我不懂得字母表中的第一個字母。我始終引以為憾的是我的智慧還不如出生之日。智力是利器，它能洞徹事物的奧祕。我不希望勞動雙手超過必需勞動的程度。我的頭腦就是手和足。我感到我所有的才能全都集中在頭腦之中。天性讓我懂得，我的頭腦是深入發掘奧祕的器官，正如某些動物運用它們的口鼻和前爪那樣，我將用頭腦在山中挖掘和開闢出我的道路。我認為最豐富的礦脈就在這附近。因此，靠著這根魔杖和升起的薄霧，我便能作出判斷；我要在這裡開始進行開採。

閱讀

在選擇職業時如果更加慎重一點，所有人大概基本上都會成為學生與觀察者，毫無疑問，這二者的性質和命運是所有人都感興趣的。在為自己或後代積累財產上，在成家或立國上，甚至在追求聲譽上，我們都是凡人；但在對待真理上我們卻是不朽的，無須害怕變化，也無須害怕意外。最古老的埃及哲學家或印度哲學家曾揭起神像上的一角輕紗；至今那件微顫著的罩袍仍然撩開著，而我則見到天上的光輝，和當年一樣鮮豔，因為是「哲人」中的「我」當年無所畏懼；而現在是「我」中的「哲人」在重新仰望那神光。那件罩袍上沒有一點塵埃；自從那神靈顯現出來至今，時間沒有逝去。我們確實在善用或可以善用的時間，沒有過去，沒有現在，也沒有未來。

我的住處和一所大學比較起來，不但更適於思考，而且也更適於認真的閱讀。儘管我置身於一般流動圖書館的借閱範圍之外，可是我卻更加深入到那些傳遍全世界的圖書影響範圍之內，這些圖書的詞句開頭寫在樹皮上，而現在才抄寫在布紋紙上。詩人馬斯特說：「靜坐而馳騁於精神世界；我在書中自能得到此種好處。美酒一杯令人陶醉；當我沉醉於奧祕學說的瓊漿中時，便體驗到了這種樂趣。」[62] 整個夏天我把荷馬的《伊利亞德》放在桌上，儘管我偶爾才翻開來看看。一開始我手頭有著沒完沒了的活要幹，因為同時，我的房子還要修建，我的菜豆還要鬆土，這使我無法閱讀更多的書。然而將來能從事這種閱讀的希望鼓舞了我。我在工作的間隙讀一兩本粗淺的旅遊書籍，直至我感到做這樣的事很害臊，於是我問道：那時我到底住在什麼地方？

學生們可以閱讀希臘文的荷馬或埃斯庫羅斯的作品而無放蕩奢靡的危險，因為這表示他在一定程度上力圖仿效他們的英雄，並把早晨的時間奉獻給閱讀。這些英雄詩篇，即使是用我們本族語的文字印刷，其所用的語言，對這墮落的時代來說，必定是死的語言；而我們則必須花費很大力氣去查明每個詞和每行詩的意義，盡我們的智慧、膽魄和氣量，揣摩出一種比普通用法所許可的更為寬廣的含義。現代那些廉價而又多產的出版社，儘管出版了那麼多的譯作，卻不曾使我們更加接近古代的史詩作家。這些作家依然和以往一樣寂寞，而印出的文字依然稀罕古怪而難以理

62 見塔西（Cacin de Tassy）《印度文學史》（巴黎，1839）。M'r Camar Udd n Mast 是十八世紀的印度詩人。

解。花費青春歲月和寶貴時光是值得的，如果你學習到古代語言中某些詞語，它們是從街談巷議的瑣事中昇華出來，具有永恆的啟發和令人振奮的價值。

而農夫把聽到的幾個拉丁詞牢記在腦子裡並不時拿出來應用，這並非徒勞無益。人們有時發表意見，似乎對古典作品的研究終會被更現代、更實際的研究所取代；但有進取心的學者卻會繼續研究古典作品，不管它們用什麼語言寫成或有多古老。因為古典作品不就是用文字記載的人類最崇高的思想嗎？它們是唯一不衰微的神諭，其中包含著對最近他疑難的解答，是特爾斐和多多納[63]所不曾給出的。我們乾脆把研究大自然也擱到一邊去好了，因為大自然如此古老。閱讀好書，也就是說，閱讀蘊藏著真摯精神的真誠的書，這是一種高尚的鍛煉，會使讀者獲得比當前受到推崇的做法更好的鍛煉。這需要接受像運動員那樣的訓練，也即一生鍥而不捨地獻給這個目標。書本是經過深思熟慮、含蓄地寫下來的，閱讀時也應如此。書本中所用的那個民族的語言，你即使能說也還是不夠的，因為在口語與書寫語言（即聽到的和讀到的語言之間）存在著一個值得注意的差異。前者通常瞬息即逝、只不過是一種聲音、一種吐字、一種方言，幾乎是粗野的，我們不自覺地學習它，就像野蠻人從母親那邊學到的一樣。後者則表現為口語的成熟和經驗的積累；如果說前者是

63 特爾斐（Delphi）和多多納（Dodona）是古希臘神諭發佈地。

我們的母語，那麼後者便是我們的父語，是一種被保留下來的、精選的表達法，其意義不能光憑耳朵來聽，我們要說這種語言就得重生。那些只會說中世紀希臘語和拉丁語的老百姓，絕不會生來就能讀天才作家用這兩種文字寫成的作品；因為這些作品不是用他們所懂得的希臘文和拉丁文寫的，而是用精選的文學語言寫的。他們不曾學習過希臘和羅馬那些更加卓越的方言，而寫了這些作品的材料在他們看來無非一堆廢紙，相反的，他們卻對那些廉價的當代文學給予極高的評價。但當歐洲幾個國家獲得了它們自己雖粗魯卻獨特的語言，足以滿足其正在興起的文學所需時，早期的學問復活了，學者們能從遠古的年代裡辨認出古代的珍品。當年羅馬和希臘的民眾聽不到的，許多世紀過去之後，少數學者卻讀到了，但只有少數學者現在依然繼續在閱讀。

不管我們多麼讚賞演說家那種脫口而出的雄辯之才，最崇高的書寫詞語通常都遠遠地隱藏在瞬間即逝的口語背後，或**在它之上**，正如繁星點點的太空隱藏在浮雲後面一樣。星星就在那兒，那些能辨認的人可以去辨認。天文學家永遠在評論和觀察它們。它們不像我們日常的談吐和呼氣那樣的蒸發物。講臺上所謂雄辯在書房中就成了修辭學。演講者在瞬間機會中的靈感驅使下，對他眼前的一群人講話，對那些能夠**聽**他的人講話；可是對一個作家來說，更平靜的生活構成他的機會，那種使演講者受到鼓舞的人群與事件，卻使他心煩意亂，作家是在訴諸人類的智慧和心靈，是在向任何時代能夠**理解**他的一切人說話的。

難怪亞歷山大出征時隨身帶著裝有《伊利亞特》的寶盒。文字是最珍貴的文物。它既是一種和我們更親密無間的東西，同時也是比其他任何藝術品更具普遍性。它是最接近生活本身的藝術品。它可以被譯為任何一種語言，不但可以閱讀而且的確可以從人們口中吟誦出來——不只是描繪在油畫布上或刻在大理石上，而且是用生命本身的氣息雕刻成的。一個古代人的思想象徵，變成一個現代人的口頭語。兩千次的夏季給那些希臘文學的豐碑，正如給她的大理石雕像那樣，披上的只是更成熟的金秋的色彩，因為它們把自己寧靜的天上的氣氛帶到所有的國土，使其得以抗拒時間的侵蝕。書籍是世界上最寶貴的財富，也是世世代代一切國家的合適遺產。書籍，最古老也最優秀的書籍，自然適於放在家家戶戶的書架上。書籍不需要為自己辯護，可是當它們使讀者豁然開朗，獲得支持的時候，常識使讀者懂得不可以無書。

書籍的作者在任何一個社會裡都是天生而不可抗拒的貴族，對人類施加比國王或皇帝更大的影響。當那些沒有文化、也許還白眼看人的商人，靠經商和勤勞贏得自己夢寐以求的空閒與獨立，並被接納到富人和時尚的上流社會裡去時，他最終不可避免地還是要轉向那個更高而又難以接近的智識與天才的領域，並且只會認識到自己缺乏文化，認識到自己的一切財富全屬浮華虛榮，不足掛齒。於是煞費苦心，盡力為孩子們謀求他感到強烈需要的心智教育，進一步證明他有見識；這一來，他變成了家庭的始祖。

那些讀不懂古典作品原文的人，對人類史的知識一定很不完整；令人感到奇怪的是，這類古典作品竟然沒有任何一種現代語言的譯本加以再現，除非我們的文明本身可以視為就是這種內容的再現。荷馬至今沒有用英文出版過，埃斯庫羅斯，甚至維吉爾也是這樣——他們的作品幾乎和黎明本身一樣優雅，一樣完整，一樣醇美；因為後來的作家，不管我們怎樣去描述他們的天才，很少能比得上古代作家精心刻畫出來的完美與優雅，以及畢生崇高的文學耕耘。不懂這些作品的人們才只談論要把它們忘記掉。等我們擁有學識和才能，能夠專心去研究和欣賞它們時，再去忘記也不遲。當那些我們稱為古典著作的遺跡以及更古老、更少為人讀懂的各民族經文積累得更多時，當梵蒂岡收藏的滿是《吠陀經》、《阿維斯陀古經》[64]和《聖經》，滿是荷馬、但丁和莎士比亞的著作，而繼起的一切世紀接連不斷地把它們的紀念品在世界性的廣場上堆放時，那個時代的確是非常富有的。靠著這樣成堆的寶藏，我們可望最終能攀上天堂。

偉大詩人的作品至今尚未被人類讀懂，因為只有偉大詩人才能了解。人們讀這些詩作的情況，一如芸芸眾人看星星。至多是占星術的看法，而不是天文學的看法。

64《阿維斯陀》（Zendavestas）是波斯瑣羅亞斯德教的經書。

多數人學習的目的是貪圖微不足道的舒適方便，正如他們學習算術，目的是能夠記帳，做生意時不至受騙；可是把閱讀當成一種崇高的智力鍛煉，他們卻知之甚少，或一無所知；可是，從更高的意義上來說，算得上閱讀的，不是那種像奢侈品哄騙我們，使我們更加崇高的官能為之昏昏欲睡的事物，而是那種我們必須殷切期望去閱讀，把我們最機靈、最清醒的時間用上去的東西。

我認為，我們識字之後，就應該閱讀文學中最優秀的東西，而不是老待在四五年級教室裡面，一輩子停留在最低等、剛起步的地方，將a—b—ab反覆念個不停，反覆背誦著一些單音節詞。大多數人自己能夠讀或聽人讀就感到滿足，可能由於一本好書——《聖經》中充滿智慧的至理名言而內心受譴責，在餘生的歲月裡，就閱讀一些輕鬆的讀物，過著單調的生活，把自己的聰明才智浪費掉。在我們的流動圖書館裡面，有一部多卷的著作，書名為《小讀物》，我相信書名指的是一個我未曾到過的市鎮的名稱。有這麼一類人，像鸕和駝鳥那樣，甚至在吃了一頓豐盛的肉類蔬菜大餐之後，仍能把這一類東西都給消化掉，因為他們不容許浪費任何東西。如果說別人是提供這種食物的機器，那麼，他們就是這類東西的閱讀機器。他們在閱讀第九千個有關澤布倫和賽福羅妮亞的愛情故事，讀這兩人如何相愛，從沒有人如此相愛過，而且他們真心相愛的道路也不平坦——無論如何，他們是如何相愛，如何跌倒，如何再爬起來，走下去。某個可憐的不幸的人是如何跑到教堂的尖塔上去的，他最好是不爬到那麼高的鐘塔上去；那位快樂的小說家卻毫無必要地把他扶上那裡，並敲起鐘來好讓全世界的人都集合來聽，哦，天哪！他該怎麼爬下來！對我來說，我認為他們最好是把小說世界裡所有往上爬的英雄人物都變成風向雞，一如他們經常把英雄人物擺在金光閃閃的星座中一樣；讓他們去隨風轉，一直轉到生銹時為止，別讓他們跑下來用惡作劇來擾亂老實人。下一次小說家再敲鐘時，即使讓聚會所燒塌下來我也一動也不動。「《腳尖一點就上天》——中世紀傳奇，《小不點托爾坦》的著名作家撰寫，按月連載；連日搶購，購者從速。」他們眼睛睜得又大又圓，認認真真，一副天生好奇心、帶著貪得無厭的胃口來閱讀這些東西，胃裡的皺褶也無需磨練，就像一個四歲小孩坐在凳子上看他那本兩分錢的封面燙金的《灰姑娘》一樣——就我所知，他們讀後在發音、重音、加強語氣或在提取和加入寓意方面都毫無進步。結果得到的只是目光遲鈍，血液循環停滯，以及所有智力的瓦解與喪失。這類像薑餅般華而不實的貨色每天都在出爐，比起純麥麵包、黑麵包或玉米麵包都更勤於出爐，在市場上更有銷路。

甚至那些被稱為有教養的讀者也不讀優秀的讀物。我們康科特的文化算什麼呢？在這個城市裡，除了極少數例外，人們甚至對英國文學中最優秀的作品或非常好的書籍也不感興趣，這些書籍中的詞語大家都能讀也會拼寫。甚至各處大學畢業或受過所謂自由教育的人對英國古典作品也知之甚少或一無所知；至於那些記載下來的人類知識——古代經典和《聖經》，對任何想知道它們的人都是很容易獲得的，可是很少有人肯花點功夫去熟識它們。我認識一個中年的伐木者，他訂閱了法文報紙，據他說不是為了讀新聞，因為他超然於新聞之上，而是為了「不要忘記法文」，因為他血統上屬於加拿大人；當我問他認為什麼是他在這世上能夠做的且最好的事時，他說，除了不忘記法文外，是繼續努力學英語。

這就是大學出身的人的一般做法或想法，他們為此而訂一份英文報紙。一個剛閱讀過一本也許是最優秀的英語書籍的人，可以跟多少人談論這本書呢？假定他讀的是原文的希臘或拉丁古典著作，就是所謂文盲的人也熟悉對它的讚美，可他卻根本找不到一個可以來談論的人，而必須對此默默無言。的確，在我們的大學裡，未必有教授不僅克服了語言的難點，也相應地克服了一個希臘詩人的才智與詩情的所呈現的障礙，同時還能以同情之心把這種奧妙讓敏銳而豪邁的讀者共用。至於神聖的經文，也即人類的聖經，這個城市裡面又有誰能夠把那些書名說出來呢？多數人不知道希伯來人以外的民族也有聖經。一個人——任何一個人，都會不怕麻煩地去撿起一塊銀幣；但我們面前擺著的是金玉之言，是古代最有見識的人所說的，後來各個時代的有識之士也使我們對這些語言的價值確信不疑——儘管如此，我們學習的仍只是簡易讀物，識字課本和教科書，而當我們離開學校後，讀的也只不過是「小讀物」，一些供小孩子和初學者看的故事讀本；我們的閱讀、會話和思想都處於極低的水準，只配得上侏儒和矮人。

我渴望認識一些比我們康科特鎮這片土地上生產出來的更加聰明的人，他們的名字這裡還沒有人知道。難道我會聽到柏拉圖的名字而不讀他的書？就好像柏拉圖是我的同鄉而我從未見過他——是我的隔壁鄰居，而我從未聽過他說話，也從未傾聽過他那些智慧之言。但實際的情況是怎樣呢？他那部有著不朽見解的《對話錄》擺在旁邊的書架上，可我卻未曾讀過。我們都是些教養不良而又粗俗的文盲；這方面我承認，我對我的鎮民中那些完全目不識丁的文盲，和那些只會讀兒童讀物和低智力作品的文盲，看不出有什麼了不起的區別。我們應該像古代那些高尚的人物一樣好，但在一定程度上首先要弄清楚他們好在哪裡。我們都是些低下的人物，在智力上再高也高不過報紙專欄的高度。

並不是所有的書都像它們的讀者那麼遲鈍。也許書中有些詞語的確是針對我們的情況說的，如果我們真的能加以傾聽並且理解這些詞語，那將會比清晨和春天對我們的生活更有助益，甚至還可能使我們周遭事物面目一新。多少人由於閱讀一本書而使他的生活出現了一個新紀元。一本書也許為我們而存在，能解釋我們的奇蹟並揭示新的奇蹟。那些目前無法用語言表達的事物，我們可能發現在別的地方已經說得一清二楚了。當今使我們心煩意亂、傷透腦筋和迷惑不解的問題，也曾同樣發生在每個聰明人的心上，任何一個也沒有漏掉；並且每個人都按自己的能力，用自己的話，根據自己的生活經驗來回答這些問題。而且，有了智慧，我們便能學會心胸寬闊。那個住在康科特郊外農莊上的孤獨雇工，獲得重生和特殊的宗教經驗，並且自己覺得，信仰使他進入了一種靜穆和與世無爭的境界，他也許會認為這不真實；可是瑣羅亞斯德數千年前便走過這條路並獲得同樣的經驗；但是這位先哲由於才智高超，懂得這是具有普遍性的，因而以寬闊的胸懷對待鄰人，據說還在人們之間創建了敬神活動。就讓他恭順謙卑地去和瑣羅亞斯德溝通精神，並且通過一切傑出人物的自由影響，也和耶穌基督本人溝通精神，讓「我們的教會」被置諸腦後吧。

我們誇耀說我們屬於十九世紀，比任何國家邁著更快的步伐前進。但鑒於這個村鎮為其自身文化所做的事如此之少，所以我不打算去恭維我的市民，也不願被他們恭維，因為這對我們雙方的進步都無好處。我們需要的是鞭策——像牛群那樣在驅趕下快步疾跑。我們有一個相當不錯的公立學校體制，只為幼兒服務的學校；但除了冬天有個處於半窮困狀態的講堂，和新近那個根據政府法令勉強開始創辦的圖書館之外，沒有我們自己的學校。我們為身體的營養或身體的疾病而花大錢，可是對精神食糧，花的錢卻很少。是時候該去辦一些不尋常的學校，而不是一開始成為成年男女就把教育置於不顧。是時候了，應該是村鎮即大學，村鎮裡年紀較大的居民都是研究員，過著清閒的生活——要是他們確實很富裕的話，在餘生的歲月裡自由求學。世界難道永遠只局限於巴黎或牛津？難道學生就不能寄宿在這裡，在康科特鎮的天空下獲得自由的教育？難道我們就不能聘請一位像阿伯拉爾[65]那樣的人物來給我們講學？

哎呀！一方面由於養牛，一方面由於照管商店，使得我們羈留在校門之外為時太久，而我們的教育也可悲地受到忽視。在這個國家裡面，村鎮在某些方面應該取代歐洲貴族的地位。它應該成為美術的保護人。它很富裕，只是缺乏氣量與優雅的風度。凡是農民和生意人重視的事它都肯花錢，可是，想把錢花在那些知識水準更高的人認為更有價值的事情上，可就被視為是一種烏托邦空想了。感謝運氣或政治，這個市鎮花了一萬七千元蓋了一座市政廳，可是，要讓它把同樣的錢花在有生命力的智力投資上，也就是說，讓那個空殼子真正變得有血有肉，那大概就是磨上一百年它也不做。每年冬天給講堂捐助一百二十五元，比起這個市鎮所籌集的任何一筆同樣數額的資金花得更有意義。如果說我們是生活在十九世紀，那我們為什麼不去享受十九世紀所提供的種種便利呢？

為什麼我們的生活各方面都非得這樣偏狹不可？如果我們要讀報紙，為什麼不忽略波士頓報紙上那些閒扯淡的東西，立刻訂閱一份世界上最優秀的報紙呢？不去吮吸「中立派」報紙的乳頭，也不去在新英格蘭這裡啃「橄欖枝」[66]。讓各種學術團

65 阿伯拉爾（Abelard, 1079—1142），法國神學家和哲學家。
66 「橄欖枝」是在波士頓出版的衛理公會週刊刊名。

體的報導都擺到我們面前，我們就會看到他們是否知道些什麼。為什麼要讓哈博兄弟出版公司和雷丁公司去選擇我們的讀物呢？一如那個高品味的貴族周圍擺的全是些能補益他的文化素養的東西——天才、學識、機智、書籍、繪畫、雕像、音樂、哲學工具等等，讓我們的村鎮也這樣做吧。不要聘請了一個教師、一個牧師、一個教堂司事，辦了一個教區圖書館，選了三個市鎮行政委員就到此為止了，因為我們那些前輩的移民就是靠著這些，在光禿禿的岩石上度過嚴冬。集體行動是與我們制度的精神相符的；我相信，隨著我們的環境日趨繁榮，我們的資源也會比貴族的更多。新英格蘭能聘請世界上所有博學之士前來執教，在這段時間裡在這裡食宿，毫無鄉氣之感。這就是我們所需要的不尋常的學校。讓我們建立起一些高尚的居民村，而不是去當貴族。如果有必要，就讓我們在河上少造一座橋，多走點路繞過去，但至少要在那環繞著我們那片更加黑暗的無知深淵上架起一座拱橋。

聲音

可是，當我們局限於書本——雖然它是最傑出最優秀的書本，並只閱讀那特殊的書面語言——那本身無非就是某一地的方言，我們便有忘掉那種不用隱喻而說出萬物語言的危險，須知只有這種語言才是詞彙最豐富而又標準的。發表者多，成書者少。從百葉窗照進來的光線，一旦百葉窗完全打開後，便不再被記得了。沒有任何一種方法或訓練能代替時刻保持敏銳的必要性。無論怎樣，精選出來的歷史課、哲學課或詩歌課，也無論什麼最好的社會、最吸引人的生活習慣，後者又算得了什麼呢？你願意當一個讀者，一個學生而已，還是當一個洞察者呢？洞察一下你的命運，看看在前頭等著你的是什麼，邁步走向未來。

第一個夏天，我沒有讀書，我種豆。不，我時常做比這更好的事。有時我不忍把當前寶貴的時間犧牲在任何工作上，不論是勞心還是勞力的。我喜歡給生活留出寬闊的餘地。有時在夏天的早晨，我按習慣沐浴之後，便在陽光普照的門口坐下來，從日出坐到中午，沉浸在幻想之中，四周都是松樹、核桃樹和漆樹，一派孤獨與寧靜，鳥兒在四周歌唱或無聲地迅速飛過屋子，一直到太陽落入我的西窗，或遠方的公路上傳來旅客馬車的噪音，這才提醒我時間的流逝。我在那樣的時光中成長，正如玉米在夜間成長一樣，這些時日遠比做任何手頭工作要好得多。它們不是從我的生命中減去的時間，而是付給我比平常更多的津貼。我終於理解東方人所說的沉思與無為的原意了。我多半不大留意時間是如何過去的。白晝向前移，好像只是為了照亮我的某些工作；這是早晨，喲，現在是傍晚了，我並沒有做什麼值得注意的事。我不是像鳥兒那樣歌唱，而是默默地微笑自己擁有這無盡的幸福。正像那麻雀停在我門前胡桃樹上啾啾叫，我也有高興的暗笑或抑制著的歌聲，它也許會從我的巢中聽到。我的日子不是一周中的日子，帶有異教的神的標誌；它們也沒有被剁碎變成一個個鐘頭，沒有被時鐘的滴答聲所煩惱；因為我像布利印第安人那樣生活，據說「他們用以表示昨天、今天和明天的是同一個字，表達不同意義的辦法是：指背後表示昨天，指前面表示明天，指頭上表示正在流逝的今天」。法伊弗夫人《一位夫人的環球航行》提到，布利印第安人曾是巴西東部的本地居民。毫無疑問，在我的鎮民看起來，這純屬懶惰；可是，如果鳥兒和花木用它們的標準來考驗我，就不會發現我是不夠格的。一個人必須在自己身上找時機，這話一點也不錯。自然的日子非常平靜，也不會因此責備這就是懶惰。

至少我的生活方式比起那些非得到社會、到戲院，總之得到外頭去尋歡求樂的人要高出一籌，因為我的生活本身成了我的娛樂，而且永不失去新意。那是一齣多幕劇，沒有結尾。要是我們確實是根據學到的最新最好的方式來謀生，來調整我們的生活，就絕不會為無聊所苦惱。

緊緊地遵循你的天賦，它就時時刻刻都能給你展示出一片鮮明的前景。做家務是一種愉快的消遣。當我的地板髒了，我便一早起床，把所有的家具都搬到門外草地上，把床鋪床架堆成一堆，然後把水潑在地板上，再把從湖裡撈上來的白沙子撒在上面，接著，用掃帚將地掃得乾淨潔白。在鎮裡的人吃完早飯之前，太陽已經把我的屋子曬乾，完全可以把家具搬回去，而我則依然浮想連篇，沒被打斷。見到我的全部家產都擺在草地上，堆成吉普賽人那樣的小行李堆，而我那張三腳桌子，上面的書籍、筆和墨水都還在，擺在松樹和核桃樹的樹蔭裡，這是多麼令人心情愉快的事。它們似乎都很樂意待在外面，似乎不願意讓人再搬回屋裡去。有時我忍不住在這些東西的上頭撐一張遮篷，並在那裡就座。花點時間看著陽光照在它們上面，聽著風撫摸著它們是很值得的；大部分最熟識的東西在戶外看上去比在屋內更有意思。一隻鳥棲息在鄰近的樹枝上，長生草長在桌子底下，黑莓藤纏繞著桌腳；松實、栗子和草莓葉佈滿四周。看上去便像是這些生物轉變成了我們的家具的途徑，變成了桌子、椅子和床架——因為他們曾一度置身於這些植物中。

我的房子坐落在一個小山腰上，緊挨一片大森林的邊緣，在一片剛成林的油松與核桃樹中間，距離湖邊有六杆遠，有一條窄窄的小道從山腰通到湖邊。在我的前院裡面，生長著草莓、黑莓、長生草、狗尾草、黃花、矮橡樹、野櫻桃、藍莓和野豆。近五月底時，野櫻桃（**Cerasus pumila**）在短短的樹幹四周開著一簇簇小傘形的柔美的花朵，把路的兩旁妝點得十分美麗，最後到了秋天，沉甸甸地長成了又大又美的野櫻桃，像一串串的花環垂了下來，看上去彷彿一道道光芒在四周搖曳。我出於對大自然表示景仰之情而品嘗一下野櫻桃，儘管它們未必可口。漆樹（**Rhus glabra**）在屋子四周長得很茂密，穿出我建造的堤圍，頭一個季節裡便長了五六英尺。它那寬闊羽狀的熱帶作物的葉子，看上去雖有點奇怪但卻令人感到愉快。暮春時節，從一些看似已經枯死的弱枝上突然冒出巨大的蓓蕾來，魔術般地長成柔美的綠枝，直徑達一英寸。有時我坐在窗口，見到這些枝葉漫不經心地生長，沉重地壓著幼嫩的枝節，以至於在無風的狀況下，我聽見一枝新長出來的嫩枝突然像一把扇子掉到地上，它完全被自身的重量壓斷。八月裡有大量的漿果，它們在夏季開花時節曾引來了許多野蜂，慢慢地漿果呈現出鮮明的天鵝絨般的緋紅色，同樣又是被自身的重量壓彎下去，折斷了柔嫩的枝條。

這個夏天的下午，我坐在視窗，幾隻鷹在我那片林中曠地上空盤旋；野鴿在急飛，三三兩兩地掠過我的視野，或者不安地棲息在我屋後的白松枝上，向空中發出一陣叫聲；一隻魚鷹在平靜如鏡的湖面上激起一陣漣漪，叼走了一尾魚；一隻水貂偷偷地從我門前的沼澤地爬出來，在岸邊捉住了一隻青蛙；莎草被蘆葦鳥飛飛停停的點掠壓彎下去；最後半個小時，我聽見鐵路上火車噹噹行駛的聲音，時而消逝，時而回復，就像鷓鴣在拍著翅膀，把旅客從波士頓載往鄉下。因為我不那麼與世隔絕，不像那個小男孩——據說他被送到城鎮東方的一個農民家裡，可是不久便跑回家，鞋跟都磨破了，他實在想家，他從沒有見過那麼無聊而又偏僻的地方，那邊的人全都跑光了，啊唷，你甚至連吹口哨的聲音都聽不見！我看現在麻塞諸塞州未必有這樣的地方：

「真的，我們的村莊變成了靶子，
成為鐵路飛矢的目標之一，
和平的原野上傳來它安慰的聲音——康科特。」[67、68]

67 強尼（E. Channing）《湖濱散記的春天》，II，30—32，見《樵夫及其詩篇》（波士頓，一八四九）。
68 英文 Concord（康科特）又有「和諧」之義。

費奇伯格鐵路到達距離我住處南面約莫一百杆的湖區。我時常沿著堤道前往村子裡，我好像就是靠著這個和社會聯繫在一起似的。那些坐在貨運列車上跑遍全線的人，像遇見老朋友般對我點頭，他們時常見我在軌邊來來去去，顯然認為把我當成雇工；我的確如此。我也很願意成為地球軌道某處的路軌修理工。

不論夏天和冬天，火車頭的汽笛聲皆響徹我的森林，像是在農家庭院上空翱翔的一隻老鷹發出的尖嘯，它告訴我：許多焦躁不安的城市商人正在進入市鎮之內，或者是一批鄉村的投機商人從相反方向來到這裡。進入視線範圍，他們彼此間互相喊叫，讓對方離開軌道以免發生危險，有時這喊叫聲兩個市鎮四周都聽得到。鄉村啊，你們的雜貨到了；鎮民們！你們的糧食到了！農莊上沒有任何一個人生活獨立到能夠拒絕那些東西。鄉下人的汽笛聲尖叫起來了：這就是你們的報酬！木材猶如長長的攻城槌，以每小時二十英里的速度撞向城牆，住在城裡那些疲倦不堪，負擔沉重的人，現在全都有椅可坐了。鄉村以如此勞師動眾的禮節向城市送上一把椅子。所有印第安黑果的山頭全給採光了，所有長蔓小紅莓的草地也採摘一空運進城裡。棉花上來，紡織品下去；蠶絲上來，毛織品下去；書籍上來，可是寫書的智力卻下去了。

當我碰見火車頭帶著一列車廂像行星那樣運行——更確切點說，像一顆彗星，因為觀看的人不知道火車以這樣的速度朝著那個方向馳去，是否還能回到這邊來，它的運行軌道看上去不像一條會回轉過來的曲線；它的水蒸汽像一面旗幟，編織出一個個金花環、銀花環在後面飄揚，像是我見過的一團團輕似絨羽的雲朵，高懸天際，擴散開來，讓陽光映照——像是這個正在旅遊的半神半人，驅雲趕霞，不久便要把夕陽映染的天空製成他的列車的衣裳；當我聽見鐵馬鼻息如雷，讓山谷發出回聲，它的腳步使土地為之震動，鼻孔裡呼火噴煙（我不知道他們會把什麼樣的飛馬或火龍放進新的神話裡），我似乎覺得這地球得到了一種配住在上面的物種。如果一切都像表面看上去那樣，而人們則把各種元素都變成服務於崇高目標的工具，那該有多好呀！如果火車頭上面的雲朵就是創建英雄業績的汗水，或者像飄蕩在農田上的雨雲那樣對人有益，那麼，各種元素和大自然本身都會心甘情願地和人們形影不離，為其服務，成為他們的捍衛者。

我眺望著晨間的列車駛過，感情上一如我觀看朝陽升起，日出也未必能比這更加準時了。火車後面拉了一串長煙，越升越高，火車開往波士頓，煙則升上了天空，一時間把陽光都給遮住，把我遠方的田野籠罩在陰影之中。這串長長的煙雲是天上的列車，而它旁邊緊挨大地的那列小車輛，只不過是一把標槍上的倒鉤。在這個冬天的早晨，鐵馬的駕禦者一早就起床，在群山中星光照耀下餵馬，套上馬具。火也同樣一早就被喚醒，好讓它體內獲得生命的熱量，以便馳騁。要是這件事能做得既早又真正無害，那該有多好呀！如果積雪很深，他們便給它穿上雪鞋，用一支巨大的雪犁開出一條從群山中通往海濱的犁溝，而列車則像掛在後面的播種機，把所有躁動不安的旅客連同流動商品當成種子般撒在田野裡。一整天這匹火馬飛奔過田野，只有在它的主人要休息時才停一停，而我則在半夜裡被它的沉重的跳振聲和叛逆的噴氣聲給吵醒，這時在林中某個峽谷裡，它被冰雪圍困住了；只有到晨星獨亮時，鐵馬才能到達馬廄，接著又是無需休息睡眠便再度啟程了。說不定在黃昏時刻，我聽見鐵馬在馬廄裡把一天剩下來的能量釋放掉，讓神經安靜，讓臟腑和腦袋冷靜下來，讓它可以有幾個小時的鋼鐵睡眠。要是這事業的英勇而又威嚴的氣概，能像鐵馬那樣持久而不知疲倦為何物，那該有多好呀！

在城鎮邊緣人跡罕至的深林裡，以往只有獵人白天時才跑進去，如今這些燈火通明的客車卻在漆黑的夜裡當地居民沉睡不知曉時疾馳而過。此刻車子停在市鎮某個燈光輝煌的車站裡，一群社交界人物正聚集在那裡，過了一會兒車子已經來到了「黑沼澤」，嚇得貓頭鷹和狐狸飛的飛，跑的跑。火車出站與到站的時間，如今成了村子裡每天的大事。車子來來去去規律而準時，汽笛的聲音傳得很遠，所以農民便據以校正鐘錶，就這樣，一個循規蹈矩的建樹使得整個村子都規律起來。自從發明鐵路以來，難道人們在準時方面沒有得到些改進嗎？他們在車站上說話和想事情，不是比在驛站來得更快些嗎？車站有一種激動人心的氣氛。我對它所產生的奇蹟般的影響感到驚訝；我有一些鄰居，我本來預言他們是絕不會去乘坐這麼迅速的交通工具到波士頓去的，現在卻是車鈴響時人已來了。「用鐵路方式」做事現在成了一句口頭禪；應該聽取政府機關經常真誠地提出來的告誡，要離開鐵軌遠一些。這玩意兒不會停下來宣讀取締鬧事法，也不會對亂民鳴槍示警。我們已經創造了一種命運，一個阿特洛波斯[69]，那是不會避讓的。（就讓它成為你火車頭的名稱吧。）人們讀廣告懂得某時某刻這些箭要朝著特定方向發射出來；然而它並不妨礙別人的事，孩子們依然在另一條軌道上走路去上學。我們生活得更加穩定。我們全都被教育成為神箭手泰爾[70]之子。空中到處都是肉眼看不見的弩箭。除了你自己的道路外，條條道路都是命運決定的路。那麼，就繼續走你自己的路吧。

商業之所以在我看來可取，是因為它具有進取性與勇氣。它不拱手向邱比特祈求。我每天都見到這些商人多少帶著點勇往直前和心滿意足的神態投入商業活動，他們做的比自己預料的更多，也許比自己有意識計畫的做得更好。那些在布埃納維斯塔火線[71]上堅持了半個小時的人，其英雄氣概對我所產生的影響，還比不上那些把鏟雪機做為自己過冬住房的人，他們表現出堅定而又愉快的豪邁氣概，不僅有著波拿巴認為是最難得的早晨三點鐘的作戰勇氣，而且他們的勇氣不會太早跑去休息，

69 阿特洛波斯（Atropos）是希臘神話中命運女神之一，掌管剪斷生命之線。
70 泰爾（Tell）是瑞士傳奇英雄，被迫向放在他兒子頭上的蘋果射箭，一發而中。
71 Buena Vista，一八四七年墨西哥戰爭期間的戰場。

只有當暴風雪入睡時或者他們鐵馬的筋骨凍僵了才會去睡覺。在這個大雪的早晨，說不定風雪還在猛刮，還在凍結人們的血液，我便聽見他們火車頭壓抑低沉的鈴聲，從列車呼出的冰冷濃霧中傳出來，宣告列車來了，並未誤點，置新英格蘭東北暴風雪的否決權於不顧。我看到那些鏟雪工身上覆蓋著雪花和冰霜，頭部隱隱約約露在推土板上頭，而被推土板翻過去的不是雛菊與田鼠窩，而是像內華達山脈上的巨礫，這些巨礫占據了宇宙的外界。

商業出人意料地自信而又沉著、機靈、富於進取心，不知疲倦為何物。然而，它所採取的方法卻是很自然的，比起許多充滿幻想的事業和帶感情色彩的試驗，尤其如此，因此它取得了非凡的成功。當一列貨運列車從我旁邊呼嘯而過時，我感到精神抖擻，心胸開闊，我聞到了各種補給品的氣味，從「長碼頭」到尚普蘭湖一路上散發著它們的香氣，令我想起外國各地，想起了珊瑚礁、印度洋、熱帶地區以及浩瀚的地球。我一看見那些明年夏天就會戴在許多新英格蘭人亞麻色頭髮上的棕櫚葉，一看見馬尼拉大麻和椰子殼、舊纜繩、黃麻袋、廢鐵和生銹的釘子時，便覺得自己更像個世界公民。這一整車的破帆比起畫在紙上、印成書更易讀也更有趣。誰能夠把它們經歷的驚濤駭浪的歷史，像這些破帆那樣生動地描繪出來？它們都是一些無須修改的校樣。經過這裡的是來自緬因森林的木材，這些木材在最近的一次河水暴漲時沒有運出海，每千根漲價四美元，原因是有的木材運了出去或者被劈開；

松木、雲杉木、雪松——分為一級、二級、三級和四級，不久前還都屬於同一個等級，在熊、麋鹿和馴鹿的上方搖曳。下一列滾滾而來的列車運的是湯瑪斯頓的石灰，第一流的貨色，要在群山中穿行老遠，才放緩速度停下來。這些捆成一大包一大包的破舊衣服，各種款式、各種等級齊全，是棉料和亞麻織品的身價下降的最低點，也是衣服的最終歸宿——現在再也沒有人去稱讚它們的式樣了，除非在密爾沃基市；因為那些光彩奪目的衣裳，英國、法國或美國的印花布、方格花布、平紋細布等等，從各地搜集來，有上流社會的，也有窮人的，都將變成了單色或只有幾種色彩的紙張，在這些紙張上，當然要寫出真實生活的故事來，高級的、低級的，反正都來自事實！這輛密封車散發出鹹魚的氣味，一股強烈的新英格蘭商業氣味，使我想起「大岸灘」[72]及其漁業。誰不曾見過一條鹹魚呢？為我們這個世界而精心醃起來，目的是使世間無物能使它變壞，並使那些堅韌不拔的聖人相形見絀，為之赧顏。有了鹹魚，你可以去掃街或鋪路，劈柴火，駕車的人和他的貨物可以躲在它後面避避烈日和風雨——至於一個商人，那可以像康科特鎮某個商人曾經做過的那樣，開張營業時把鹹魚掛在門旁當招牌，一直掛到老主顧都說不清這到底是動物、植物還是礦物，可是，它卻會像雪花那樣潔白，如果放在鍋裡煮，還可以烹調出一道可口

72 大岸灘（Grand Banks）是大西洋北美大陸架的一部分，位於加拿大紐芬蘭東南部，是一個國際漁場。

的暗褐色魚羹，供星期六宴會之用。其次是一張張西班牙皮革，尾巴還保持著捲曲和翹起，正是當年披著這些皮革的公牛在南美大草原上猛衝的姿態——這是最頑強固執的典型，表明一切性格上的缺陷幾乎形同絕症，不可救藥。我承認，實際上，當我了解一個人的本性時，便覺得在這種生存狀況之下是無望使其變得更好或更壞的。一如東方人說的：「一條野狗的尾巴就算你燙過、碾壓，在這上頭花費了十二年的精力之後，它仍然保持著原來的老樣子。」對這種像狗尾巴所顯示出來的根深蒂固的頑固本性，唯一有效的療法是把它們熬製成膠，我相信，通常對付它們採用的就是這個辦法，它們也就一動也不動地貼服不動。這裡是一大桶糖蜜或白蘭地酒，運往佛蒙特的卡廷斯維爾交約翰．史密斯收，那是格林山區的商人，是給林中空曠地的農民們進口貨物的，現在也許就站在他的岸上想著，最近運到岸上來的貨物對價格會產生什麼影響，此刻他會告訴他的顧客——今天早晨他已經這樣告訴過他們二十次，說他預期下次車會運來些高品質的貨物。這件事在《卡廷斯維爾時報》上登過廣告。

這批貨物上來，另一批貨物下去。聽見一陣嗖嗖的聲音，我放下了書抬起頭來，見到一些從遙遠的北山上砍下來的長長的松木，穿過格林山和康乃狄克，像箭一般十分鐘之內就穿過了城鎮，眼睛還來不及看，它已成為：

「做某艘旗艦
上面的桅杆。」[73]

啊，聽！運牲口的列車來了，運載著千山萬嶺的牛羊，運載著空中的羊欄、馬廄和牛棚，帶著棍子趕牲畜上市的人，羊群中的牧童，除了山中的草場外全都來了，宛如山中的樹葉被九月一陣陣大風刮走急飛一樣。空中充滿了小牛和小羊的咩叫聲，還有公牛擠來擠去，彷彿一個放牧的山谷就從旁邊閃過。當那頭走在前面的領頭羊叮叮噹噹地響起鈴聲時，大山的確就像公羊那樣蹦過去，小山也像羔羊那樣跳起來。一整車趕牲畜上市的人也擠在這中間，現在和他們的畜群處於同等地位，他們的職業已經成為過去了，可是卻仍然牢牢抓住毫無用處的趕牲口的棍子，當成是他們辦公室的徽章似的。可是他們那些牧羊犬又到哪兒去了呢？對牠們來說這是一場大潰退，牠們的確被拋棄了，牠們已失去了追蹤目標的線索。我覺得，我似乎聽見牠們在彼得伯勒山背面吠叫，或者氣喘吁吁地在爬上格林山的西坡。牠們不會見到牛羊被宰的場面。牠們也失業了。牠們的忠誠和精明現在已經沒有什麼價值了。牠們會偷偷地一副喪家之犬的樣子溜回牠們的狗窩，或者變成野狗，與狼和狐狸結

73　彌爾頓《失樂園》，I，293—294。

盟為伍。你的草原生活就這樣地一去不復返。可是鈴聲響了，我必須離開鐵路，讓火車走過——

鐵路對我有何意義？
我從未跑去看個徹底
弄清它的終點在哪裡。
它填了幾個洞，
給燕子築堤，
讓黃沙吹散堆積，
黑莓有個生長的場地。

可是我跨過鐵路，就像越過林中小徑一樣。我可不願意讓火車的黑煙、蒸氣和嘶叫聲把我的眼睛弄瞎、耳朵變聾。

火車既然開走了，整個不安的世界也跟著它離開了，池塘裡的魚再也感覺不到車子行駛時的隆隆聲。我比任何時候都更加孤寂。在長長的下午的其餘時間裡，我的沉思冥想也許只被遠方公路上一輛馬車或牛車嘎拉嘎拉的微弱響聲打斷了一下。

有時在星期天，我聽見鐘聲，來自林肯、阿克頓、貝德福德或康科特鎮的鐘聲，當刮的是順風時，一種微弱、甜美、可以說是自然的旋律，真值得加入到荒野中。在森林上空相當遠的地方，這音響發出某種顫動連續的低鳴。彷彿地平線上的松針是一架豎琴上的弦線，這聲音就從它上面掠過。在最遠距離裡聽到的一切聲響，都產生出同樣的效果，這是宇宙豎琴的顫動聲，一如橫亙在中間的大氣使得遠方的山脊帶上天藍色，使人觸目成趣。既然是這樣，傳到我這裡的就是經空氣過濾的旋律，它和森林裡每片葉子、每根松針進行了交談，也即被自然元素吸收的那一部分音響，經過調節變調，發出回聲，從一個山谷傳到另一個山谷。回聲在某種程度上是一種原創的聲音，回聲的魔力與魅力也在其中。它不只是把鐘聲裡值得重複的部分加以重複，而是還部分地包含了森林的聲音，這是林中仙女日常談話和吟唱的曲調。

黃昏時刻，森林外的地平線上傳來了遠方哞哞的牛叫聲，聲音甜美而富有旋律，那開頭讓我誤以為是吟遊詩人有時對著我唱小夜曲的聲音，他們往往翻山越嶺在那兒遊蕩；但沒有多久，當聲音延長變成了牛叫聲這種廉價的自然音樂時，我雖然失望了，但又沒有不愉快之感。我不是想去挖苦，相反的，當我說我清楚地感到他們的吟唱聲近似牛哞的音樂時，我要表達的是對那些年輕人的吟唱的欣賞之情，吟唱聲與牛叫聲最終都是天籟之音。

很準時，在夏天的部分時間裡，一到七點半，夜班列車開過去後，夜鷹便停在我門旁的樹樁上或屋樑上，唱上半個小時的晚禱曲。它們每天傍晚幾乎像時鐘那樣準確，在一個特定時間前後不超過五分鐘，對著夕陽開始歌唱。我得到了一個難得的機會去熟識牠們的習慣。有時我一次聽到四五隻夜鷹在森林的不同地方歌唱，偶然一隻比另一隻落後了一小節，而且和我距離是這麼近，使得我不但能聽清楚每個音符後的咯咯聲，還時常聽見像蒼蠅纏在蜘蛛網裡發出的那種特有的嗡嗡聲，只是聲音更大些罷了。有時一隻夜鷹會在林中距離我數英尺的地方不停繞著我盤旋，像是給一根線拴著似的，說不定這時我剛好跑到牠下蛋的地方附近。它們整個晚上不時歌唱，而在黎明前後尤其像樂音般悅耳。

當別的禽鳥全都寂然無聲時，刺耳的貓頭鷹則接著鳴叫，像守喪婦女發出自古相傳的「嗚—嚕—嚕」的哀號。牠們悲哀的尖叫聲是班．瓊恩[74]式的。智慧的午夜女巫！它們不是詩人所吟誦的那種真實、直白的「都噎—都呼」；不是開玩笑，這是一曲莊嚴的墓地哀歌，是一對自殺的情人在陰間的叢林裡，想起崇高愛情的苦痛與歡樂時互相安慰之聲。然而，我喜歡聽他們的哀訴，他們陰慘慘地你問我答，這

74 班．瓊恩（Ben Johson），英國劇作家、詩人兼評論家，主張文學應符合「自然」，符合「生活」，「酷似真實」。

聲音沿著森林邊緣發出顫抖的音響，有時令我想起了音樂與鳴禽，彷彿這是音樂中陰鬱、催人淚下的一面，是不得不去歌唱的悔恨與歎息之情。牠們是墮落靈魂的幽靈，一種低沉的情緒和令人抑鬱的不祥之兆，一度被賦予人形在大地上夢遊，幹著黑暗的勾當，現在就在那些罪惡場景中用悲歌或悼亡之曲來為自己贖罪。牠們給予我一種新的感覺，體會到我們共同居住的這個大自然之多樣性和包容力。「哦——呵——呵——呵——我從未出生——生——生！」湖的這邊一隻貓頭鷹發出這樣的歎息，帶著絕望不安的情緒在空中盤旋，終於停落在一株灰色橡樹上。接著，在湖的那一邊，另一隻貓頭鷹帶著顫抖而真摯的感情發出回聲：「**我從未出生—生—生！**」接著，遠遠從林肯森林裡又微弱地傳來了「出生——**生——生！**」

另一隻貓頭鷹也向我唱起了小夜曲。近在咫尺，你可以把它想像成大自然中最憂鬱的聲音，彷彿這種鳥有意使人類臨終的呻吟模式化，並通過它的合唱隊永遠保留下去——這呻吟是凡人可憐的脆弱的遺物，他們把「希望」遺留在身後，在進入冥府的幽谷時像動物那樣嚎叫，但卻帶著人的啜泣聲，其中某種「咯爾咯爾」的旋律反而使得它聽起來更加可怕——當我試圖模仿這音調時，我發現自己一開口就念出「咯—爾」兩個音。它表示心靈已進展到黏爛以至發霉的階段，一切健康和勇敢的思想全告壞死。令我想起食屍鬼、白癡和瘋子的嚎叫。但現在一隻貓頭鷹從遠處的林中發出應答之聲，由於遙遠，聲調聽起來旋律優美——「胡—胡—胡，胡拉—

胡」；的確，這聲音大都只引起愉快的聯想，不管你聽到時是白晝還是黑夜——是夏天還是冬天。

我感到高興的是這裡有貓頭鷹。就讓牠們去替人類做些愚蠢而又瘋狂的呼叫吧。這種聲音最適宜於沼澤地帶和日光照不亮的昏暗森林，使人想起那個尚未為人類認識的廣大而未開化的自然。牠們代表著人盡皆有的昏暗無知與不愜意的思想。太陽整天照在一片蠻荒的沼澤地上，孤零零一株雲杉，披著松蘿地衣豎立在那兒，一些小鷹在上空盤旋，山雀在常綠樹中唧唧，而鷓鴣和野兔則在下面躲躲藏藏；可是現在一個更陰沉而合適的白晝到來，於是有一群不同種的生物醒來，在那兒表現生命的意義。

夜深了，我聽見遠方馬車過橋時的轆轆聲——這聲音在夜裡比別的任何聲音傳得更遠，是犬吠聲，有時又是遠方牛棚裡傳出來的鬱悶的牛叫聲。與此同時，牛蛙的奏鳴聲響徹整個湖岸，古代酒鬼和縱飲狂歡者那股擠死拚活的興致，依然頑固不化，還試圖在他們那個冥河般的湖上唱一首輪唱曲——但願華爾登湖上的仙女會原諒我作這樣的比較。儘管這個湖幾乎沒有雜草，可是卻有青蛙——它們還是喜歡把古老宴席上的狂歡習慣保持下去的，雖說牠們的聲音已漸漸變得嘶啞和嚴肅低沉，牠們嘲笑歡樂，酒也失去了美味，變成了只不過是填充肚子的液體，美酒也不再來澆去昔日的記憶，而只不過是一種灌足、浸滿、漲大。那個最高級的青蛙委員，下巴靠在心形的葉子上，葉子成了它流著口水的嘴巴下面的餐巾，就在這北岸下面，它痛痛快快喝了一大口曾一度受蔑視的水酒，接著便把酒杯傳過去，吐出一串「特爾—爾—爾—龍克，特爾—爾—爾—龍克，特爾—爾—爾—龍克」的聲音，立刻，從遠處湖灣的水面上傳來了同樣的口令，在那兒有一隻資格和肚皮均數第二的青蛙把輪到它的一大口酒喝了下去。當這種禮儀繞岸一周舉行過之後，那隻青蛙司儀滿意地喊叫出：「特爾—爾—龍克」！隨後，每隻青蛙依次同樣重複著，一直傳到那膨脹最小、漏水最多和肚皮最鬆的青蛙，一切不出差錯。接著，酒杯一遍又一遍輪番傳下去，直至太陽驅散了晨霧，這時只有青蛙長老沒有跳下湖裡，還待在那裡徒勞無功地不時大聲喊叫著「特龍克」，又停下來等候回音。

我無法確定是否曾在林中空地聽見過公雞報曉，所以我覺得也許值得去餵一隻小公雞，當成聽音樂，當成一隻鳴禽。這一度曾是印第安野雞的啼叫聲，毫無疑問是所有鳥類中最傑出的，要是牠們能遷來而不被馴化的話，公雞的啼聲一定很快就會變成我們林中最著名的聲音，勝過大雁的嘎嘎聲和貓頭鷹的鳴叫；再想一想母雞吧，丈夫的號角聲剛一停下來，她們便用咯咯叫的聲音來填補空隙！多麼溫馨哪！難怪人類把這種禽類納入馴養的家禽之內——更不必說雞蛋和雞腿了。一個冬天的早晨，漫步於這類禽鳥很多的林子裡，在牠們出生的老林中，聽到野公雞在樹上啼，聲音嘹亮而又尖銳，聲傳數英里，在大地上發出迴響，掩過其他禽鳥較微弱的啼叫聲——試想想看！這啼聲會使全國為之驚醒。誰不會早起，在他的有生之日，一天比一天更早起，直至他變得無比健康、富有、聰慧？這種外國鳥的歌聲受到各國的詩人的讚美，與他們本國鳴禽的歌喉一樣。任何氣候都適合於威武的雄雞。雄雞甚至比本地的禽鳥更加本土。牠永遠健康，嗓音洪亮，神采從不衰退。甚至大西洋和太平洋上的水手也都是聞雞鳴而覺醒，可是牠那尖銳的啼叫卻不曾把我從酣睡中喚醒，我不養狗，不養貓、牛、豬，也不養母雞，所以你可以說這裡缺少了馴養的聲音；這裡也沒有攪乳器，沒有紡車，甚至沒有水壺的響聲，茶壺的嘶嘶聲，也沒有孩子的哭叫聲來安慰人。一個老式守舊的人到此可能會喪失理智或悶悶不樂而死。甚至牆壁裡面連一隻老鼠也沒有，全都餓跑了，更確切點說，沒有什麼東西引誘它們進來過——只有松鼠在屋頂上、地板下，夜鷹在房梁上，有冠的藍背鳥在窗下尖叫，一隻兔子或土撥鼠在屋子底下，一隻倉或貓頭鷹在屋後，一群野雁或一隻發笑的潛鳥在湖上，還有一隻狐狸在夜裡嗚嗚叫。甚至連一隻雲雀或黃鸝這類溫柔的園林鳴禽也未曾訪問過我的林中空地。庭院裡既沒有小公雞在啼，也沒有母雞在咯咯叫。根本就沒有庭院！有的只是那沒有籬笆圍住的大自然，一直通到你的門口。一片幼林在你的窗前欣欣向榮，野漆樹和黑刺莓的蔓藤爬進你的地窖；茁壯的油松樹由於缺乏發展的場地，拼命向牆面板擠過來，它們的根則穿到屋子的正下方。不是讓狂風吹走百葉窗——而是把屋後一株松樹的樹枝折下來或拔起樹根當柴燒。不是大雪中沒有一條通往前庭的門，而是沒有門，沒有前庭，沒有一條通往文明世界的路！

孤獨

這是一個美妙的黃昏，全身就是一種感官，每個毛孔都浸潤著歡樂。我在大自然中奇妙地自由來去，成為她的一部分。當我只穿襯衫，沿著布滿石子的湖岸漫步時，儘管天涼，多雲，有風，沒有什麼特別的東西吸引著我，整個自然環境卻與我格外適宜。蛙鳴陣陣，宣告夜幕來臨，而夜鷹的樂調則隨著吹起漣漪的微風從湖上傳來。赤楊搖曳，白楊晃動，令人產生戚戚之感，使我幾乎停止呼吸；然而，就像湖水一樣，我那寧靜的心境微微起了漣漪，卻並未起伏不平。晚風吹起的陣陣微波就像平靜如鏡的湖面，距離暴風雨還很遙遠。儘管現在天色黑了下來，風仍在林中吹著、呼嘯著，波浪仍在撞擊，一些生物用它們的音調為別的生物催眠。可是並沒有完完全全的寧靜。那些野性十足的野獸就不平靜，此刻正在尋找可供捕食的動物；狐狸、臭鼬和兔子正漫遊在田野和林中，不知恐懼為何物。它們是大自然的看守者——是聯繫著生氣勃勃的白晝的一個個環節。

當我回到自己的屋子裡時，發現有些客人曾來過，留下了他們的名片，像一束花、一個常綠樹枝的花環，或用鉛筆寫在黃色胡桃葉上或木片上的名字。那些很少到森林的人，把森林的一些小玩意拿在手裡一路把玩，他們或是故意，或是偶然，把這些東西留了下來。有個人剝去了柳枝的外皮，把它編成戒指，丟在我的桌子上。我總能看出在我外出時是否有客人來過，這可以從彎倒的枝條或青草，或從他們的鞋印看出來，而且一般說來，還能從留下來的蛛絲馬跡推斷出來客的性別、年齡及性格，例如遺落在地上的一朵花，一束被拔起又扔掉的青草，即使是在半英里之外的鐵路那邊，或者雪茄或菸斗殘留的餘味。我甚至時常能從旅行者的菸斗發出的氣味，知道六十杆外公路上有個旅客經過這裡。

我們的四周通常有一片足夠大的空間。我們的地平線從不近在身旁。茂密的森林並不剛好在我們的門口，湖泊的情況也是這樣，總是有一塊我們熟識而經常使用的空地，被占用並圍上某種形式的籬笆，這樣，這片地就從大自然手中被開拓。憑什麼理由人們要將這麼大範圍的一片地，幾平方英里人跡罕至的森林，棄置給我，供我隱居之用？我與最近的鄰居相距一英里，四周都看不見房子，除非登上距離我住處半英里之遙的山頂。我的地平線被森林團團圍住，完全屬於我一個人；舉目遠望，一邊是鐵路伸到湖邊，另一邊則是沿著山林公路的籬笆。但絕大部分來說，我所住的地方就如在大草原上一樣孤寂。這裡既是新英格蘭，同樣也是亞洲或非洲。

我似乎有著自己的太陽、月亮和星星，似乎有著一個完全屬於我自己的小世界。夜裡，從沒有一個旅客經過我的屋子或來敲我的門，就彷彿我是第一個或最後一個人；除非是春天，村子裡偶爾有人跑來釣鱈魚——他們在華爾登湖裡釣到的顯然更多是自己的天性，把黑暗當釣餌裝在魚鉤上。不過他們很快就退卻，經常提著輕飄飄的魚簍，把「世界留給黑暗和我」[75]，而黑夜的核心卻從未遭受到人類鄰居的褻瀆。我相信，人類一般說來仍然有點害怕黑暗，儘管妖巫全都給吊死，而基督教和蠟燭也已介紹進來。

然而，我有這樣的體驗：既使是一個可憐的厭世或一個最憂鬱的人，也能在自然界的事物裡面找到最甜蜜溫柔、最純潔最鼓舞人的朋友。對一個生活在大自然中而且還有感覺的人來說，不可能會有太過暗淡的憂鬱。對於健康而又純潔的耳朵來說，不管是什麼樣的暴風雨都是風神彈奏的音樂。世間沒有任何東西能有理由使一個單純而又勇敢的人墮入庸俗的悲哀之中。當我享受著四季的友情時，我相信任何東西都無法使生活成為我的負擔。今天灑在我豆田上並把我留在屋子裡的輕柔細雨，並不使人感到沉悶憂鬱，而是對我也有益處。儘管細雨使我不能出去給豆田鬆

75 湯瑪斯•格雷《墓園輓歌》（一七五一），1，4。

土，可是下雨比起鬆土價值要大得多。要是下雨的時間太長，會造成地裡爛種，並使低地的馬鈴薯壞掉，可它對高地的草還是有好處的，既然對青草有好處，對我也就會有好處。有時我拿自己和別人做了比較，覺得諸神對我似乎格外垂青，超過了我自己感覺應得之分；好像我有保證書和擔保單在諸神手裡，而我的那些夥伴們卻沒有，我因此獲得特別的指導和保護。我並不高估自己，可能的話，倒是他們抬舉了我。我從未感到寂寞，也絲毫沒有為孤獨感所煩惱，但有一次，那是我進入森林數週之後，當時有一個鐘頭的時間，我產生了疑問，要過寧靜而健康的生活是否還是非得有人類作為近鄰不可。處於孤獨的狀態是有點不愉快。但與此同時，我也意識到自己的情緒中有著一種輕微的失常狀態，並似乎預見到自己會康復。在微雨中，正當我這方面的思想占上風時，我突然感到大自然裡面，在雨點的滴答聲中，在我屋子四周聽到和見到的每一事物中都存在著一種美好而又仁愛的友情，這種無窮無盡、難以解釋的友誼一下子像一種氛圍支持著我，使得那想像出來的人類鄰居的種種好處變得微不足道，從那時起我再也不去想什麼鄰居的好處了。每一條小小的松針都舒展擴大，充滿了同情，待我如摯友。我非常清楚地感到，這裡存在著一種對我親如骨肉的關係，甚至也存在於一般人稱之為荒涼陰鬱的處所之中，我還意識到，和我血統最接近而又最富於人性的並不是某個人，也不是一個村民，以至我覺得，再也沒有一個地方在我看來會是陌生的了。

「哀悼使悲傷的人未老先衰；
在生者的土地上，時日無多，
托斯卡的美麗的女兒啊。」[76]

我最愉快的時刻是在春天或秋季暴風雨久下不停的時候，下午和上午我都待在屋子裡，它們用不停的咆哮聲安慰著我；早到的黃昏迎來了漫長的晚上，在這段時間裡，許多思想有時間去紮根發展。在那來自東北方向的陣陣瓢潑大雨中，村子裡的房屋都受到考驗，這時女傭都帶著拖把和水桶站在門口做好準備，準備將雨水擋在屋外，而我則坐在自己小屋的門後，屋子就只有這麼一道門，而我卻可以完全享受著它的保護。在一次猛烈的雷陣雨中，閃電擊中了湖對岸的一棵大油松樹，從樹頂到底部劃下了一道明顯又極有規則的螺旋形溝紋，深度約莫一英寸多，寬四五英寸，就像手杖上那種溝紋一樣。那天我又經過這棵樹，抬頭見到這道痕跡，為之凜然敬畏，它此時格外清晰，就是在那，八年前一道可怕、不可抗拒的閃電曾從無害的天空降下。人們常對我說：「我想你待在這麼遠的地方一定感到很寂寞，一定想跟人們挨近些，尤其是在雨雪天的白天和夜晚。」我總想如此回答：我們所居住的

76 《克羅馬》II，52—54，見派翠克•麥格雷戈《莪相詩中留真跡》（倫敦，一八四一）。

整個地球，在宇宙中只不過是一個小點罷了。試想，遠方那個星球上最遙遠的兩處居民相距能有多遠？那個星球的寬度我們的儀器都無法測量出來呢。為什麼我會覺得孤寂呢？我們這顆行星不就在銀河上嗎？你所提出來的問題在我看來似乎並不是最重要的。到底什麼樣的空間把一個人和他的夥伴們分隔開，並使他變得孤獨呢？我發現，兩條腿無論怎麼努力奔跑，也無法使兩顆心互相更加貼近。我們希望住的地方最挨近什麼呢？當然不是挨近許多人、挨近倉庫、郵局、酒吧間、聚會所、校舍、雜貨店、燈塔山或五點等人們最常聚集的處所，而願住在靠近我們生命永駐之源，我們從經驗中發現活力是從那裡流出，正如柳樹生長在水邊，總是要把自己的根朝向水流所在的那個方向伸展一樣。這會因不同的性格而異，但這裡卻是一個聰明人要挖他的地窖的處所……某個晚上，在華爾登湖的路上我追趕上一個鎮民，他趕著兩頭牛去市場，他積聚了所謂的「一筆可觀的財產」——儘管我還未曾對它好好看過一眼。當時他問我怎麼會心甘情願地放棄這麼多人生的樂趣。我回答說，我確信自己相當喜歡這種生活；我不是在開玩笑。就這樣，我回到家裡上床睡覺了，讓他在黑暗泥濘中小心行路，前往布里奇頓——或者光明之城[77]。他到達那裡時應是早晨的某個時刻。

77　英文 Brighton 音譯為布裡奇頓，又有光明城之意。

對一個心死的人來說，無論處於何時何地，對生命的任何覺醒都覺得漠然。能發生這種事的地方始終是一樣的，它令我們的全部感官體驗不可言喻的快樂。我們多半把一些無關的暫時的境遇當成自己的要務。實際上，它們是造成我們分心的原因。最接近萬物的是那創造萬物的力量。在我們近旁是那些最崇高的法則在不斷起作用。在我們近旁並不是我們所雇用的工人（我們總是喜歡與他談話），而是創造了我們本身的那位工匠。

「神鬼之為德，其盛矣乎！」

「視之而弗見，聽之而弗聞，體物而不可遺。」

「使天下之人，齋明盛服，以承祭祀，洋洋乎，如在其上，如在其左右。」[78]

我們是一種實驗的材料，我對此很感興趣。在這些情況下，難道我們就不能把那個說長道短的社交界暫時擱在一邊，讓自己的思想振奮自己？孔子說得好：「德不孤，必有鄰。」[79]

我們可能會產生一種健康意義上的精神遊離，浮想聯翩。靠著心靈的自覺努力，我們就能夠超然於行為及其後果之外；而一切事物，無論好壞，都像一股急流從我們身邊流過去。我們並沒有完全置身於大自然之中。我可能是溪流中的浮木，或者

78 《中庸》第十六章，1—3。

79 《論語•裡仁篇》，第二十五章。

是從空中俯瞰下界的因陀羅。[80]我可能會為戲劇表演所感動；但另一方面，我可能不被一件和我關係極大的真實事件所打動。我只知道自己是一個存在著的人，可以說是一個思想和感情的舞臺；我意識到自己具有某種雙重人格，因此我能夠超然置身遠處，看自己如同看別人那樣。無論我的體驗何等強烈，但我感覺到我的另一部分出來批評我，似乎這並不是我的一部分，而是一個旁觀者，並沒有和我分享共同的體驗，而只是注意到它罷了；那不是我，就如不是你一樣。當這場可能是悲劇的人生戲劇一到劇終，旁觀者便繼續走自己的路。就旁觀者而論，那是一種虛構的東西，無非是想像力的產物。這種雙重人格有時很容易使我們變成差勁的鄰居和朋友。

在大部分時間裡，我發現獨處是有益於身心健康的。與他人相處，甚至和最要好的伴在一起，很快就令人感到厭煩，浪費精力。我喜歡獨處。我從未發現一個比孤獨還好的伴侶。當我置身於人群中，多半覺得比獨處室內更加寂寞。一個在進行思考或工作的人總是孤獨的，不論他身處何處。孤獨並不是根據一個人與同伴相隔多少英里來計量。真正勤奮的學生在劍橋大學最擁擠的地方，也和沙漠裡的托缽僧一樣孤獨。農夫可以整天在田地上或森林裡獨自勞動，鋤地或伐木，而無孤獨之感，原因是他工作整日；但當他晚上回到家裡，卻無法單獨一個人，只能坐在室內胡思

80　Indra，印度教中主管空氣、雨水、雷電、土地的主神。

亂想，他必須待在他能「見到人」的地方去調劑一下精神，照他的想法就是補償他一天的孤獨。因此，他覺得難以理解的是，學生怎麼能夠整夜並幾乎整天待在屋子裡而不覺得無聊和煩悶呢？不過這個農夫並未認識到，學生雖然待在屋子裡，卻依然是在**他的**田野上工作，在他的森林裡砍伐，正如農夫在自己的田野和森林裡勞動那樣，並且反過來學生也要尋求像農夫所尋求的娛樂和社交，儘管形式可能更加濃縮一些。

社交往往廉價。我們聚會的時間很短促，沒有時間去讓彼此得到任何新的價值。我們一日三餐時見面，互相讓對方重新嘗一嘗我們這陳腐的乳酪。我們必須公認一些被稱為禮節與禮貌的準則，以便這種經常的聚會相安無事，避免公開衝突。我們在郵局見面，在聯歡會上見面，每晚圍坐在爐火旁；我們生活在一個人擠人的環境裡，互相妨礙，互相絆腳，我想我們因此而不那麼互相尊重了。重要而又熱情的交往當然次數少點也夠了。試想一想工廠裡的女工吧——從來就沒有獨處過，甚至在夢鄉中也難得孤獨。要是一平方英里只有一人，像我住的地方那樣，那一定會好得多。一個人的價值不在於他的皮膚，我們不是非得碰觸到他。

我聽到過有個人在森林裡迷路，餓得要死，疲憊不堪地躺在樹底下，他面前浮現出一些怪誕的幻影，這使得他的孤獨感也消失了，由於身體衰弱，他的病態的想像力讓這些幻影浮現在四周，他相信這都是真的。同樣的，由於身體上和精神上的健康有力，我們也能不斷地獲得相類似的，不過是更加正常、更加自然的陪伴與鼓舞，並進而懂得我們從不孤獨。

我在自己的屋子裡有著許多伴，尤其是早晨沒有人跑來看我的時候。讓我來做點比較，或許可把我的情況傳達出去。我不會比湖中放聲大笑的潛鳥更孤獨，也不比華爾登湖本身更孤獨。請問那個孤獨的湖有什麼伴侶呢？在它蔚藍色的水面上沒有憂愁的魔鬼，只有藍色的天使。太陽是孤獨的，除了烏雲密布的天氣，偶然會出現兩個太陽，但其中一個是假的。上帝是孤獨的——可魔鬼卻絕不孤獨，他看見許多夥伴，他有一大幫。我不比單獨一朵毛蕊花更孤獨，也不比牧場上的一棵蒲公英，或一片豆葉，一根酢漿草，一隻馬蠅，一隻大黃蜂更孤獨。我不比米爾溪更孤獨，也不比風向標、北極星、南風、四月的陣雨、一月的溶雪，或新屋裡的第一隻蜘蛛更孤獨。

在冬天的長夜裡，雪狂飄，風在林中號叫的時候，偶或有個老移民兼領主來拜訪我，據說他曾挖掘過華爾登湖，鋪上了石頭，湖邊種上松樹。他告訴我一些古時的故事和新的永恆的故事，我們一起度過一個愉快的夜晚，這種交往令人神怡，對事物的看法也令人欣悅，儘管沒有蘋果和蘋果酒助興。他是一個極聰明幽默的朋友，我非常喜歡他，他比戈夫或惠利[81]保有更多的祕密。儘管人們認為他已經死了，可沒

81　戈夫（Goffe）和惠利（Whalley），英國大革命中的重要將領，因「弒君」罪名而逃亡到美國。

有誰能說出他埋葬在哪裡。有位老夫人也住在我的附近，多數人見不到她，有時我喜歡跑到她那個芳香的百草園裡漫步，採集點藥草，聽她講些寓言故事；因為她有一種舉世無雙的豐富創造力，她的記憶力可追溯到比神話更早的時期，她能告訴我每一個寓言的來源，以及每個寓言所依據的事實，因為這些事發生在她年輕的時候。她是個紅光滿面、精力充沛的老太太，她喜歡對各種氣候、各個季節，看來很可能要比她所有的孩子活得更長。

大自然那難以形容的純潔與慈善——陽光、風雨、夏季、冬天，如此的健康，如此的歡樂，它們永遠供應不息！它們對我們人類具有如此的感應，所以要是任何人由於正當的原因而傷心悲痛，大自然也會為之傷痛，太陽為之失色，風會富有人情味地為之悲嘆，雲為之淚下成雨，森林落下片片樹葉，仲夏的日子裡披上喪服。我能不與大地共其情懷嗎？難道我自己的一部分不是由綠葉與植物構成的嗎？

是什麼藥物使我們得以保持健康、安詳和滿足呢？不是你我曾祖父的藥物，而是我們的大自然曾祖母的萬能的植物性藥材。她就是靠這種藥材而永保青春，比當年許多老帕爾[82]活得長，用他們腐朽的脂肪襯托她的健康。我的萬靈藥不是那些庸醫用冥河水和死海水製成的混合劑，裝入小藥瓶裡，從那些又長又淺像黑帆船似的大

82 湯瑪斯・帕爾（Parr）系英國人，據說生於一四八三年死於一六三五年，享年一百五十二歲。

篷車上倒出來，還是讓我來吸一口沒有稀釋的早晨的空氣吧。早晨的空氣！要是人們不在一天的源頭處喝到這種泉水，哎呀，我們甚至必須將泉水裝入瓶子裡，拿到店裡出售，這是為世界上那些失去早晨預訂券的人著想。但要記住，這種瓶裝泉水即使是保存在最冷的地窖裡，也不能過午，不然它會在這之前衝破瓶塞，跟隨著曙光女神的腳步西行。我不崇拜健康女神，她是老草藥醫神的女兒，在紀念碑上，她一手捉住一條巨蛇，一手握住一個杯子，而那條蛇不時就從杯子裡喝水；我寧願崇拜那青春女神，她是邱比特的斟酒女神，是朱諾和野生萵苣的女兒，能使神與人永保青春活力。她也許是地球上出現過的最健康、最有活力的少女，她所到之處，皆為春天。

訪客

我認為，我也和大多數人一樣喜歡社交，我做好充分準備，讓自己像一條吸血的水蛭那樣，把跑到我這裡來的任何一個血氣旺盛的人給緊緊吸住不放。我本性不是隱士，要是有事情需要我到酒吧間的話，我很可能要比那些一坐下來就不想走的常客坐得更久。

我的屋裡有三把椅子，一把供孤獨一人之用，兩把供促膝談心，三把則為滿足社交上的需求。來訪者如果是大批到來，且人數出乎意料之外，那這裡也只能給他們騰出第三把椅子，不過他們通常總是站著以節省空間。令人驚異的是一間小小的屋子竟能容納下如此多的男男女女。在我的屋子裡曾經同時有二十五或三十條靈魂，連同其所依附的軀體前來做客，可是我們分手時並沒有意識到相互間曾經如此接近過。我們的屋子，不論是公家的還是私人的，有幾乎數不清的房間，以及一個個貯藏各種酒類及其他和日常用品的酒窖，在我看來，對那些住在裡面的人來說是太大了，簡直是浪費。這些房屋如此大而豪華，住在裡面的人看上去只不過是一些寄生在裡面的老鼠，有時令我不勝驚異的是：當通報人員在特里蒙特、阿斯特或米德爾塞克斯等大宅前大聲通報來訪者之時，卻見一隻可笑的老鼠偷偷爬過遊廊，隨即又慌慌張張鑽到人行道的洞裡去。

在這麼小的屋子裡，我有時會體驗到一種不方便之處：當我們開始說大話來表達宏偉的思想時，難以和客人保持一段足夠的距離。你需要有足夠的空間，讓你的思想進入揚帆狀態，並在入港之前行駛一、二個航程。在傳入聽者的耳朵之前，你的思想子彈必須能克服橫跳和跳飛，再進入它最後穩定的飛行彈道，否則它會另辟途徑從聽者的耳邊鑽出來。同樣的，我們的句子也需要空間來展開和形成排列。個人也像國家那樣，必須有適當寬闊和自然的邊界，甚至在邊界與邊界之間要有一片相當大的中立地帶。我曾發現和對岸的一位同伴隔湖而談是一種了不起的享受。在我的屋子裡，我們過於接近，反而無法聆聽——我們無法輕聲說話，又讓別人聽得清；這情況一如你把兩塊石子投進平靜的水裡，石子挨得過近，互相破壞對方的漣漪。如果我們只是喋喋不休、大聲說話的人，那麼，我們倒可以緊挨在一起，互相感到對方的氣息；但要是我們說話含蓄而又富有思想內容，那便會希望雙方站得遠點，使所有那些動物性的熱氣和濕氣有機會蒸發掉。要是我們想要與他人內在那種不可言傳，只能意會的東西有最親密的交流，那麼，我們非但要沉默，而且一般說來身體要離得遠些，使彼此聽不見聲音。談及這個標準，演說無非是為了那些聽力不好的人而設的；可是有很多美好的事物，要是我們大聲喊叫的話，就無法言傳。談話的調子越來越崇高，越莊重，我們也慢慢把椅子越來越往後移，直至碰到後面的牆角，這時，通常就會覺得房子的空間不夠大。

然而，我「最好」的屋子，也就是我退隱的屋子，是隨時準備接待客人，陽光很少照在它的地毯上，這屋子就是我屋後的松林。夏天貴賓來臨時，我帶他們到那邊，一個十分難得的管家已經打掃了地板，清除掉家具上的灰塵，把一切都安排得井然有序了。

要是來一個客人，有時就會分享我那節約的飯食，我一邊攪拌著速煮的麥片糊，或者看著一條麵包在灰燼中膨脹烤熟，而這並不會打斷我們的談話。但要是來了二十個人，坐在我的屋子裡，這時便不談吃飯的話題，儘管家裡還有足供兩個人吃的麵包，吃飯彷彿成了一種大家都已戒掉的習慣。我們自然而然地實行禁食了，這件事並無怠慢客人之嫌，反而被視為是一種通情達理之舉。通常需要補償的肉體生命上的消耗，在這種情況下似乎奇蹟般地放慢了，而生命的活力卻能堅守住陣腳。這麼一來，我就是接待一千個客人也和接待二十個一樣；要是有來訪者看到我在家，卻帶著失望的情緒或餓著肚子走出我的家門的話，他們至少可以相信我是同情他們的。建立起新的更好的習慣來代替舊習慣是很容易的，儘管許多管家對此有所懷疑。你無須靠請客吃飯來樹立你的聲譽。就我而論，守護冥府入口的三條狗都難以有效地阻止我經常到某人家裡去做客，可是那個大擺筵席請我吃飯的人卻把我嚇住了，我把這看成是恭恭敬敬地兜圈子暗示我以後不要再去麻煩他。我想我絕不會再去訪問那些地方了。我會自豪地用下面幾行斯賓塞的詩做我的陋室銘，這是一位來訪者在一張當作名片用的黃胡桃葉上寫下的：

「來到彼處，他們擠滿了小屋，
不尋求不存在的款待歡娛；
休息便是筵席，一切稱心如意：
最高貴的心靈最善於滿足。」[83]

當年溫斯洛，即後來普利茅斯殖民地的總督，帶領一班人步行穿過森林去拜訪印第安大酋長，在到達酋長家時又疲倦又飢餓，他們受到酋長的盛情接待，可是當天始終沒有提及吃飯的事。當夜幕降臨之時，引用他們自己的話來說是：「他讓我們跟他夫妻兩個睡在一張床上，他們睡在一頭，我們在另一頭，這張床無非就是一

83　斯賓塞《仙後》，I第一篇，第三十五節。

塊離地一英尺的木板，蓋著一張薄薄的草席。他的兩個頭目，由於床上沒有多的空間，只好緊緊地挨著我們，擠在我們身旁。這一來，我們住宿下來比起旅途時還疲憊。」第二天一點鐘，大酋長「把他射殺的兩條魚送來」，約有鯉魚的三倍大，「魚正在烹煮時，至少有四十個人期待著分到一份。而大部分人總算吃到了，這是我們在兩夜一天的時間裡吃到的唯一一頓飯。要不是我們當中有人買到了一隻鷓鴣，那我們這次就只能空腹回程了。」由於害怕因缺少食物和缺乏睡眠而頭暈目眩，同時也為了在還有力氣旅行時回家，所以他們就啟程了——睡不好還怕有「野蠻人的野蠻歌聲（他們慣於給自己唱歌催眠）」。住宿上接待確實很差，儘管客人所感到的不方便之處，無疑是出於一種禮遇。至於食物方面，我看未必能比印第安人做得更高明。他們本身也沒有東西可吃，他們十分聰明，懂得道歉代替不了提供給客人的食物；所以就勒緊了自己的褲帶，而對食物的事隻字不提。還有一次溫斯洛前往拜訪他們，那是個食物豐富的季節，所以這方面就沒有不足之感。[84]

至於人，任何地方都少不了人。當我住在森林裡面時，我的訪客比我一生中任何時期都要多；我的意思是說，我還是有一些客人的。我在那裡碰見幾個人，那兒的環境比別的任何地方更加優越。但很少人是因為無謂的瑣事而來見我的。在這方

84 愛德華・溫斯洛《英國在新英格蘭普利茅斯殖民始末記》（倫敦，一六二二），此書更為人所知的書名為《莫爾特敘事》。

面，我離城鎮太遠，就等於把前來訪問的客人篩選了一遍。我隱退入孤獨的大洋深處，條條社會之河流入其中，就我的需要而論，在我周圍沉澱下來的大半是最美好的沉積物。此外，大洋另一邊那片尚未探索和開發的大陸也有跡象飄蕩到我這兒。

這個早晨，誰會到我住處呢？——除非一位真正的荷馬式或帕夫拉戈尼亞[85]人——他起了一個非常適當而富有詩意的名字，我很遺憾不能將其寫在這裡。他是一個加拿大人，一個伐木以做柱子的人，他一天能給五十根柱子鑿孔。他昨天的晚飯是他的狗捉來的一隻土撥鼠。他也聽說過荷馬，而且說「要不是有書本」，他「真不知道下雨天該幹什麼」，儘管好幾個雨季過去了，也許他並沒有通讀完一本書。有個能念希臘文的牧師，在他那遙遠的家鄉教區裡教他讀過《聖經》中的詩篇。現在，他手裡拿著書，我必須給他翻譯有關阿喀琉斯責備普特洛克勒斯愁容滿面的一段。「普特洛克勒斯，你為何流淚，像個女孩般流著淚？」

「是否你從畢蒂亞[86]聽到什麼消息？

據說阿克托耳的兒子墨諾提俄斯還活著，

85 帕夫拉戈尼亞（Paphlagonia），古安納托利亞的一個地區，北濱黑海，西元四世紀成為羅馬的一個行省。

86 畢蒂亞（Phthia），古希臘一地區，是邁密登人（Myrmidon）的故鄉，他們追隨阿喀琉斯遠征特洛伊。

埃阿科斯的兒子珀琉斯也活著，住在邁密登人群中，
除非他倆有一位死了，我們才應該悲慟。」[87]

他說：「詩寫得好。」他的胳膊下面夾著一大捆要帶給一個病人的白櫟樹皮，這是他這個星期天早晨搜集來的。他說：「我想今天去找這種東西沒有關係吧。」在他看來，荷馬是個偉大的作家，儘管他並不知道荷馬寫的是什麼。要找到一個更樸素、更自然的人是不容易的。罪惡與疾病給世界罩上一層陰暗顏色，對他來說卻似乎不曾存在過。他約莫二十八歲，十二年前離開了加拿大和他父親的家來美國工作，打算掙一筆錢買一個農場，大概是在他自己的家鄉吧。他是從一個最粗糙的模型裡鑄造出來的，長著一副強壯卻遲鈍的身軀，但姿態優雅，脖子粗壯，曬得黑黑的，一頭濃密的黑髮，一對無神昏昏欲睡的藍眼睛，偶然充滿了表情。他戴著一頂灰色的平頂布帽，身穿暗黑的羊毛厚大衣，腳穿一雙牛皮長統靴。他很能吃肉，時常用鐵桶裝著飯菜，帶到兩英里外的工作地點上去，從我的屋前經過——因為整個夏天他都在伐木砍樹。冷肉——時常是冷的土撥鼠肉，還有裝在石頭罐子裡的咖啡，用一根繩子掛在他的腰帶上，有時他還請我喝一口。他很早就過來，穿過我的豆田，

87 《伊利亞特》，XVI，8，16—19。

不過並不急著動手工作，像美國北方佬那樣。他不願損害自己的身體。就是只能做到換口飯吃，他也不在乎。當他的狗在路上捉到一隻土撥鼠時，他時常會把飯菜留放在灌木叢裡面，接著往回走上一英里半路，把土撥鼠收好，放在他住宿處的地窖裡，在此之前他花了半個鐘頭考慮是否能把土撥鼠丟在湖水裡安全地浸到晚上——他喜歡花長時間思考這類問題。他早上路過時總會說：「鴿子真多啊！要是我不用每天工作，那我只憑打獵便可弄到我所需要的全部肉食——鴿子、土撥鼠、兔子、鷓鴣——天哪！我一天便可得到一星期的分量。」

他是個熟練的伐木工，喜歡玩一些藝術花樣。他砍樹時能砍得和地面齊平，這一來，往後長出來的新芽就會更加茁壯，並且運木料的雪橇也可以從樹樁上面滑過去；他不是把整棵樹用繩子拉倒，而是把樹削成一根細條或劈成薄片，最後你只需用手一推便能把樹推倒。

他之所以使我產生興趣，是因為他這樣安靜、孤獨而又這樣愉快；有許多幽默感和滿足的神情洋溢在他的眼神裡。他的快樂沒有雜質。有時我見到他在森林裡工作，把樹砍倒，他會用一種無法形容的滿意笑聲和帶加拿大腔的法語來迎接我，儘管他也會說英語。當我走近他時，他便會把工作放下來，帶著抑制不住的喜悅躺在他砍倒下來的松樹幹旁邊，把裡層的樹皮剝下來捲成一個球，邊談笑，邊啃著它。他如此生氣蓬勃，以至有時什麼東西使他想起某事而被逗笑時，他會一下子倒在地上打滾，放聲大笑。他一邊環顧著四周的樹木，一邊大聲說道：「真的！在這裡伐木真開心！哪還找得到比這更好的消遣？」碰上空閒的時候，他帶上一把小手槍整天在森林裡找樂子，每隔一段時間便鳴槍向自己致敬。冬天他生了堆火，中午重新煮熱壺裡的咖啡；當他坐在一根木頭上吃午飯時，山雀有時便飛過來，停在他的手臂上，啄食他手上的馬鈴薯，他說「喜歡周圍有這些小傢伙作伴」。

他身上發育成功的部分是有人類的獷悍之性。在體力的耐勞與滿足方面，他與松樹和岩石不相上下。有一次我問他，經過一整天的勞動，是否有時夜裡也會感到疲倦；他目光真誠而又嚴肅地回答道：「老天爺見證，我這輩子從來沒累過。」但他身上的智力，也即所謂精神的東西卻在沉睡著，一如嬰孩。他受過的教育，只是天主教神父教導土著居民時所採用的那種簡單又不徹底的方法，學生不可能靠這種方法被教育到慎思明辨的程度，而只能達到信任和尊敬。一個孩子並沒有被培養成人，而是依然像個孩子。大自然培育他時，給了他一副強壯的體魄，使他滿足自己的命運，並在各方面都用尊敬與信任去支持他，使他得以像兒童般活過七十歲。他為人十分真誠、質樸，所以完全無須為他作任何介紹，正如沒必要給你的鄰居介紹土撥鼠一樣。他得逐步認識自己，像你那樣。他不扮演任何角色。人們因為他的工作給他發工錢，這一來便幫助他解決衣食的問題，但他從不和他們交換意見。在他身上，簡樸和自然與謙卑化為一體（如果從不追求什麼的人可稱為謙卑的話），以至於謙卑在他身上不是一種明顯的性格，而他自己也不覺得。在他看來，見識較寬廣的人簡直就是下凡的天神。要是你告訴他這麼一個人就要到來，他似乎覺得這麼隆重的事一定和他無關，他自己會擔起一切責任，就讓他被忘記掉吧。他從未聽到過讚美之詞。他格外尊敬作家和傳教士，他們的行為妙不可言。當我對他說我寫過很多東西時，他很長時間以為我指的只是寫字，因為他也能寫出一手相當漂亮的字。我有時發現公路旁積雪上用很秀麗的字寫著他家鄉教區的名字，上面標上法語的重音，所以我知道他曾從這裡經過。我問他是否曾想過要把自己的思想寫出來。他說他曾替那些不識字的人念過信、寫過信，不過他未曾試圖寫下自己的思想——不，他不能，他搞不清該先寫什麼，這會要了他的命，況且與此同時還得留意拼寫的正確度！

我聽說有個傑出的聰明人兼改革家曾經問過他是否希望改變這個世界，可他卻發出驚異的笑聲，他不知道原來有人想過這個問題，他帶著加拿大腔回答道：「不，我很喜歡它。」對一個跟他打過交道的哲學家來說，這件事會給人很多的啟發。在一個陌生人眼裡，總的說來他顯得對事物一無所知；可是，我有時在他身上看見我以前從未見到過的人。我說不清他到底是和莎士比亞一樣聰明，還是像小孩那樣單純無知，也說不清他有美好的詩意還是笨拙不堪。一個鎮民告訴我，當看到這位老兄戴著一頂又小又緊的帽子逍遙自在地穿過村子，邊走邊吹口哨時，他不禁想起一個微服出行的王子。

他僅有的書是一本年曆和一本算術，算術這一門他頗精通。年曆在他看來屬於百科全書一類，他以為裡面包含著人類知識的薈萃，在相當大程度上它確實如此。我喜歡試探他對當代各種改革問題的看法，他的看法總是異常簡單而又實際。以前他從未聽到過這類事。我問道：他可以不要工廠嗎？他說，他過去穿的是家裡做的佛蒙特州的灰色衣服，那也很好嘛。他不喝茶不喝咖啡也行嗎？這個鄉村除了水之外，還提供什麼飲料嗎？他曾把鐵杉葉浸在水裡，認為熱天喝起來比水好。當我問他沒有錢是否也行時，他向我證明錢的方便之處，用的方法令人想起（也完全符合）貨幣起源的純哲學說明，符合貨幣（**pecunia**）[88]這個詞的詞源——如果一頭牛是他的財產，他想到店裡去換點針線，他很快便會覺得每次要把這頭牛的一部分拿去抵押，這樣一路做下去既不方便，也不可能。他能夠替許多制度辯護，甚至比任何哲學家更加高明，因為他所描述的都和他自己有關，他給出了這些制度之所以盛行的真正理由，他的思考是關於自己而沒有旁及其他。有一次，他聽到柏拉圖給人下的定義——沒有羽毛的兩足動物，還聽到有個人展示一隻拔掉毛的公雞，並稱之為柏拉圖式的人時，他認為這隻雞存在著一個重大的不同之處，那就是膝關節的彎向

88 「錢」的拉丁語根，原意為「牛」。

相反。有時他會大聲喊著說：「我多麼喜歡聊天呀！真的，我能夠談上一整天！」有一次，我好幾個月沒有見到他，便問他這個夏天是否有什麼新的想法。「老天爺！」他說，「一個像我這樣必須去工作的人，要是他沒有忘記他腦子裡裝的想法，那就好囉。和你一起鋤地的人，說不定就是想要和你比賽的人，天哪！你的心思一定放在那裡了，你想的就是除雜草的事。」碰到這種情況，有時他會先問我，我是否有什麼進步。有個冬天我問他是否總是對自己感到滿意，希望以存在於他內心深處的東西來代替外在的牧師，暗示更崇高的生活目標。「滿意！」他說，「有的人滿足於這種東西，有的人滿足於那種東西。哪個人要是已經應有盡有了，說不定他就樂意坐下來整天對著火爐，肚皮靠著飯桌，老天。」可是我無論採用什麼方法，都無法使他看事物時著眼於精神方面；他能想到的最高級的東西，無非就是純粹於己有利的事，這你可以從動物的行徑中見到；實際上大多數人也都是如此。要是我建議他在生活方式上有所改進，他便會只回答著說，這已為時太晚了，說時毫無遺憾之感。不過他完全信奉誠實及與此相類似的各種美德。

在他身上人們能察覺到有某種確實的創造力，無論其多麼微弱，我有時注意到，他正在考慮並表達自己的意見，這種現象極少見，所以無論哪一天我都願意跑十英里路前往觀察，這等於重新追溯到許多社會制度的創造源頭。儘管他有所猶豫，也許還不能清楚地表達自己的見解，但他背後總有一種拿得出來的思想。他的思想十分原始，融在他的野性生活之中，所以儘管和那些只有學問的人比起來更有希望，但很少能成熟到可加以報導的地步。他讓人想到在生活的最低階層裡面會有一些天才人物，不管這些人如何長久處於卑微而又文盲的狀況之中，他們始終有自己的見解，也絕不會不懂裝懂；他們像人們想像的華爾登湖那樣其深無底，儘管他們可能只是黑黝黝、混沌沌。

許多旅行者繞道跑來看我和我的屋子內部，向我要杯水喝，以此作為訪問的藉口。我告訴他們我從湖裡喝水，並指著湖的方向，借給他一把水勺。儘管我住得很遠，但我想每年大概是四月一日左右，大家紛紛上路，尋朋訪友，我也免不了要受到訪問，也分享到一分好運氣，儘管在我的訪客裡面會冒出幾個稀奇的怪人來。來自救濟院和別處的一些智力上有缺陷的人也來看我，不過我還是盡力讓他們施展出全部才智，對我暢所欲言。在這種情況下，智慧便成為我們談話的主題，這一來，我也有所得了。其實，我發現他們當中有些人比起那些所謂教會濟貧監理員和市鎮行政委員更聰明，我認為現在該是調換一下的時候了。至於智力，我覺得在低與不低之間並無太大的區別。特別是有一天，有個不會惹人討厭的純樸窮人跑來看我，表示希望能像我那樣生活。過去我時常見到他跟其他人被當成柵欄般的材料使用，總是站著或坐在田裡一個筐子上看牛，不讓牛和他自己走失。他告訴我他「智力低」，而他說話時態度異常純樸真誠，比所謂的謙恭行為更高一籌，確切點說是更低一層次。這就是他的原始話語。上帝把他造就成了這個樣子，可是他卻認為上帝關心他和關心別人一樣。「我一直就是這樣，」他說，「從小就是，我一直沒什麼腦子。我不像其他的小孩，我的腦袋不管用。我覺得，這是上帝的意思。」他在證明他這話的真實性。對我來說，他是一個神祕難解的謎。我很少碰到一個背景如此大有可為的人——他所說的全都是非常純樸、誠懇而又真實的。的確，他表現得越自卑也就越高貴。一開始，我不知道這就是一種聰明行為所產生的效果。看來在這個腦筋遲鈍的窮人所建立的真實而又直率的基礎上，我們的談話反而可以進展到比那些哲人的談話更高的境界。

我還有一些客人，通常不大可能會被算入城鎮的貧民之列，但其實應該算進去，他們無論如何應歸入世界貧民之中。這些客人所求於你的不是好客，而是你的慈善。他們殷切地期望能得到幫助，但一開口就先給你一個消息，說是他們下定決心，首先是絕不幫助自己。我要求來訪者不要真正餓著肚子來，儘管他可以是世界上胃口特別好的人，不論他是如何養成這個好胃口的。慈善救濟的對象不是客人。有些人不懂得他們的訪問已該結束了，即便我又著手從事自己的工作，從越來越遠的地方回答他們的問題。幾乎各種不同智慧的人都在候鳥遷徙的季節跑來訪問我。有些人的智慧多得自己不知道怎麼用；一些逃跑的奴隸帶著種植園的習慣不時留心在聽，就像寓言裡面的狐狸，彷彿聽到獵犬在追捕它們時發出的吠叫聲[89]，於是帶著懇求的神情，等於在說——

「啊，基督徒，難道你會把我送回去嗎？」

其中有一個真正的逃亡奴隸，我曾幫助他朝北極星的方向跑。那些只有一個心眼的人，就像帶著一隻小雞的母雞，或者帶的是一隻小鴨；那些千謀百慮的人，腦子裡亂糟糟，就像母雞帶了一百隻小雞，全都在追逐一隻小蟲，其中有二十來隻小雞便在每天晨露中跑失——結果弄得羽毛又髒又亂；那些用思想而不是用腳走路的人，是一種腦力蜈蚣，會使你全身起雞皮疙瘩。有人建議我準備一個簿子，讓來訪者把名字留在裡面，就像在懷特山[90]那邊的情況；不過，可惜！我的記性很好，沒有這個必要。

我不能不注意到我的訪客的一些特性。女孩、男孩和少婦一般似乎都喜歡在森林裡面，看看湖水，看看花木，充分利用待在此處的時間。一些商人，甚至農民，

---

89 伊索的《公雞與狐狸》。

90 懷特山（White Mountains）位於美國新罕布希爾州中北部和緬因州西部，其主要山峰以歷居總統的名字命名，因此有「總統峰群」之稱。

想到的只是孤獨與工作，還有我的住所距離別處多麼遠；儘管他們自稱有時也喜歡在森林裡漫步，可實際上情況顯然並不如此。那些無休無止承擔著任務的人，全部時間都花費在謀生或維持生計上；牧師們開口閉口都是上帝，似乎他們享有這個主題的專利，不能容忍各種不同的意見；醫生、律師，還有愛操心的管家婆在我外出時偷偷跑去看我的碗櫥和睡床——不然的話某夫人怎麼知道我的被單沒有她的乾淨呢？已經不年輕的年輕人認定追隨讀書人謀職的老路最安全。這群人一般都認為照我這樣生活，對我是沒多少好處。哎！難就難在這裡。年老的，體弱的和膽子小的，無論什麼年齡與性別，想得最多的是疾病、意外和死亡。在他們看來，生活似乎充滿著危險——有什麼危險，要是你想也不去想它的話？他們認為謹慎的人會小心選擇安全的職業，在那兒，醫生隨請隨到。對他們來說，鄉村確確實實就是一個社區（community）[91]，一個共同防守的聯盟，你會想像到，他們要是不帶藥箱就不會去採藍莓。這件事的意思是說，一個人要是活著，就始終存在著可能會死去的危險，儘管應該承認，如果他一開始就處於半死不活的狀態，這種危險是要相應小一些。一個人坐著不動，其危險性不亞於撒腿奔跑。最後，有一些自封的改革家，這是所有的人當中最討厭的，他們以為我一直在唱歌——

91　英語「community」一詞意為「公社」，「社區」；拉丁語裡「com」意為「共同」，「munire」i意為「防守」。

這是我造的屋子；
這是住在我造的屋子裡的人；

可是他們並不知道第三行是：——

正是這些人煩死了
住在我造的屋子裡的人。

我不害怕捉小雞的老鷹，因為我不養小雞；可我卻害怕捉人的老鷹。我的訪客中令人愉快的多於上述後一類人。小孩子跑來採集漿果，鐵路職工星期天早晨穿著潔淨的襯衫來散步，漁人和獵人，詩人和哲學家，一句話，所有誠實的朝聖者，他們為了自由的緣故跑到森林裡來，的確把村莊拋在背後，我準備如此去迎接——「歡迎，英國人！歡迎，英國人！」[92]因為我曾經和那個民族有過交往。

92 印第安人薩莫塞特（Samoset）在普利茅斯對移民的歡迎詞。

豆田

同一時期我所種下的豆子，如果將它們加總排開來，也有七英里長了。它們急待鋤草，雖然新的豆苗還沒有種下，但最早播下的種子已經長得很高了，鋤草是刻不容緩的！這樣的勞動其意義何在，老實說，我不知道。但我終於愛上了那一行行的豆田，愛上了我的豆子，儘管它們早已超過我所需。豆子令我依戀著這片土地，使我如同土地之神安提阿斯一般，從中獲得了力量。可是我為什麼非得種豆不可呢？只有天曉得。整個夏天我做的，就是這麼一件奇妙的事——拾掇這塊土地，讓這片原先只有洋莓、黑莓、狗尾草一類充滿雜果野花的土地，改成只長豆子。我們彼此能從對方身上學得什麼呢？我愛護它們，翻土，早晚省視，這就是我一天的工作。寬闊的葉子真好看。滋潤這片乾土的雨露，以及蘊含在土壤中的肥料是我最佳的助手，儘管絕大部分的土壤是貧瘠而枯竭的。而我的敵人是害蟲、寒冷的天氣，尤其是土撥鼠。土撥鼠把我四分之一的豆苗啃得精光。可是，我有什麼權利根除狗尾草之類的植物，將它們古老的花圃瓦解呢？新的豆苗很快就會茁壯，不再怕野草，能夠繼續去對付新的敵人。

我記得很清楚，四歲的時候，我被家人從波士頓帶到這個城鎮來，就是經過這些森林和這片田野來到湖畔的。這是銘刻在我記憶中最早的情景之一。今夜，我的笛聲喚起了同樣這片湖光水色的迴響。松樹依然矗立在那兒，歲月比我更長；或者，要是有些松樹已倒下，我曾用它們的樹樁煮飯，而一些新發的松樹則在四周不斷成長，讓新一代未成年人將來看到的是另一番景象。在這片牧場裡，幾乎同樣的狗尾草從多年生草根上生長出來，我甚至終於給我童年夢境裡絕妙的美景披上一層外衣，我來到這裡之後所產生的影響之一，可以從這些豆葉、玉米葉片和土豆藤上看出來。

我栽種了約莫二英畝半的高地田。這片地是十五年前才開墾出來的，我自己挖出了兩三考得的樹樁，所以我沒有給它施肥。但在夏季期間，我鋤地翻土時掘出了一些箭頭來，顯出古時有一個現在已經滅絕了的民族在這裡住過，在白種人來到這裡開墾土地之前就已經栽種過玉米和豆子了，所以在某種程度上已把地力給耗盡了。

在還沒有一隻土撥鼠或松鼠跑過大路或太陽升上矮橡樹之前，各處皆披著露珠，我開始平整我豆田中那些橫亂叢生的雜草，把泥土覆蓋在草上。——我奉勸你要盡可能趁著露珠未乾時做你的一切工作，儘管農民告誡我別這樣做。一大清早，我便打赤足勞動，像個造型藝術家輕踏著露水浸濕松塌的沙土，但稍微遲一點，日上中天，我的腳便讓陽光燙得起泡了。太陽照著我去鋤豆，我在那長達十五杆的一行行綠葉之間，在黃砂礫的高地上來回慢走，一端的盡頭處是矮橡樹林，可讓我坐在樹蔭下休息；另一端挨著黑莓田，我每走一個來回，那兒青綠漿果的顏色也更深一層。我除去雜草，在豆莖四周培上新土，協助我所種的雜草生長，讓這片黃色的土壤用豆葉與豆花來表達盛夏的思想，而不是用苦艾、蘆管和狗尾草來表達，讓大地說出豆子，而不是說青草蔓生——這就是我每天的工作。由於我沒有牛馬、雇工或小孩的幫助，也未獲得改良的農具的助力，所以我工作的進展格外緩慢，因此我跟我的豆子也更加親密。不過用手勞動，即使達到了做苦工的程度，也許還不成其為虛度光陰的最糟糕的形式。這裡有著一個長存不可磨滅的真諦，對於學者來說，它產生出一種經典效果。在那些向西經過林肯和韋蘭，前往誰也不知道什麼地方的旅行者眼裡，我成了一個 agricola laboriosus[93]（辛勤工作的農夫）了；他們自由自在地坐在二輪車上，手肘放在膝頭，韁繩鬆散地掛得像花彩裝飾；我則是不出遠門的勤勞的本地務農者。但我的家和土地他們很快就眼不見、心不想了。因為大路兩旁相當長的距離裡，我的土地是唯一一片開闊的耕地；所以他們格外重視它，有時在

93 拉丁文 agricola laboriosus 意為「勞苦的農夫」。

地裡勞動的人聽到那些旅行者在說話，那不是要說給他聽的，而是閒聊加上品頭論足：「菜豆種得這麼晚！豌豆也這麼晚！」因為別人已開始除草鬆土時，我卻仍在繼續栽種。我這個半路出家的農人卻從未想過這些。「這些玉米，我的孩子，是做飼料用的，是飼料玉米。」「他住在那裡嗎？」那個灰外衣黑帽子問道；面貌堅毅的農民勒住他那匹感激的老馬；問你，他既然見犁溝裡沒有肥料，你又在忙些什麼呢，並推薦牛的乾糞可以用，或隨便什麼廢料都行，又或是灰燼或灰泥也行。可是，這裡只有兩英畝半耕地，一把當馬車用的鋤頭，是靠兩隻手拉的——我對其他的馬車和馬有種厭惡感，而乾牛糞又在較遠的地方才有。那些結伴旅行的人，坐車轔轔經過時大聲把這裡的田地和他們一路上見到的作比較，這使我得以知道我在農業世界裡所占的地位。這是沒有列入科爾曼先生報告[94]中的一塊田地。

順便提一下，大自然在人們尚未耕作過的更荒涼的土地上所生產出來的農作物，誰又去估計它們的價值呢？新英格蘭乾草的收成被小心地秤過，其含水量也經過估計，裡面所含的矽酸鹽和碳酸鉀也經過測算；但在所有的小山谷、林中窪地、牧場和沼澤地都生長著豐富多樣的作物，只是未為人們所收割罷了。至於我的田地就像是介於荒野與耕地之間；就像有些國家是文明的，另一些是半文明的，還有一

94　亨利・科爾曼（Colman, 1785—1849）於一八三七年授權對麻塞諸塞的農業進行調查。他所寫的四份廣泛詳盡的報告由州政府於一八三八年到一八四一年先後發表。

些則屬野蠻的或未開化的。所以我的田地屬於半開化的田地，但這並不含有壞的意義。我所栽培的那些豆子愉快地返回到野生原始狀態去，而我的鋤頭則給它們唱起牧牛歌。[95]

就在附近，在一株白樺樹的梢頭上，一隻棕色嘲鶇（有人管它叫做紅畫眉鳥）整個早晨都在歌唱，喜歡與你作伴，要是你的田地不在那兒，它就會找到另一個農夫的田地。當你在播種的時候，它便唱道：「撒下去，撒下去——蓋上去，蓋上去——拔起來，拔起來，拔起來。」但這不是玉米，所以這作物不會受到它這樣的天敵損害。你也許會感到疑惑不解：它那些絮絮叨叨，它用一根琴弦或二十根琴弦進行的業餘帕格尼尼[96]式的演奏跟你的播種有何關係，可是你卻寧願聽演奏而不去準備灰燼或灰泥。這就是我全副信心所寄託的一種價格低廉的堆肥。

當我用鋤頭在一行行作物周圍翻出新土時，也把編年史上沒有記載的民族的廢墟給翻了出來。這些民族曾在遠古的歲月裡生活在這片天空下，他們那些狩獵和打仗的小工具終於在現代見到天日。它們和其他的天然石頭混雜在一起，其中有一些帶有印第安人用火燒過的痕跡，有一些則被烈日曬過，還有零零散散的一些陶器和玻璃，則是近代的耕種者帶到這裡來的。當我的鋤頭碰在石頭上發出叮噹聲時，音

95 原文為 Ranz des Vaches 一首瑞士放牛人的牧歌。
96 帕格尼尼（Paganini, 1782—1840），義大利小提琴家和作曲家。

樂之聲便迴盪在林中和空際，成為我工作時的伴奏，即時產生出無法衡量的收穫。我鋤的不再是豆子，也不是我在鋤豆子。在這陽光充足的午後（因為我有時會做上一整天），夜鶯在空中盤旋，像眼中的微塵，或天空眼裡的微塵。夜鷹不時猛撲而降，聽那叫聲，天空好像被撕裂，可是，最後留下來的卻依然是無縫的天衣。空中飛翔的小鳥們，牠們把蛋產在平沙地或在山頂的岩石上，可很少有人發現；牠們像湖中捲起的漣漪，既優美又細長，像樹葉在空中輕輕飄動——大自然裡面就存在著這般親近的關係。蒼鷹是波浪在空中的兄弟，牠在波浪上空翺翔俯瞰，牠那鼓滿空氣的完美羽翼，就是要回應大海那羽毛未豐的強大翅膀。有時我注視著一對鷂鷹在高空中盤旋，一時上升，一時下降，相互間若即若離，彷彿牠們是我思想的體現。有時我被一群野鴿所吸引，它們從這片森林飛向那片森林，帶著輕微顫動的振翼之聲急飛而去。有時我的鋤頭從爛樹樁下面挖出一隻懶洋洋的、又醜又怪、滿身斑點的蠑螈來，這是埃及和尼羅河的遺跡，也是和我們同時代的動物。當我停下來倚鋤休息，我便能在任何一處聽到和見到這類聲音與景象，這是鄉村生活所提供的無窮樂趣之一。

碰上節日，城裡放了大炮，回聲傳到森林裡像空氣槍聲一樣，有時偶然也從遠方飄來幾聲軍樂。對我來說，在城外另一頭的豆田裡，大炮聲聽起來就像氣球的爆裂聲；而當這兒在進行一次我不知情的軍事行動時，我有時整天模模糊糊地感到地平線上醞釀著某種發癢的病症，似乎立刻就要出麻疹，不是猩紅熱就是惡性喉痛，直到最後一陣順風急速地掠過田野，吹上韋蘭公路，帶來消息，使我知道原來我是「民兵」。遠方傳來一陣嗡嗡聲，似乎什麼人養的蜂正成群飛離蜂巢，於是鄰居便按照維吉爾的辦法，用一塊薄薄的鈴錘碰擊他們聲音最響亮的家用器皿，用這辦法讓蜂群重返蜂巢。等聲音沉寂，嗡嗡聲停止，而最解人意的微風也不再講故事了，這時我知道，他們已把最後一隻雄蜂平安無事地引回米德爾塞克斯的蜂房，現在專心考慮的是那塗滿蜂房的蜂蜜了。

獲悉麻省和我們祖國的自由都獲得妥善的保護，我感到自豪。重新致力於耕作時，我充滿了難以形容的自信，愉快地工作，對未來信心十足。

當幾個樂隊齊鳴的時候，全村就好像變成一個大風箱，而所有的建築物便在喧鬧聲中一下張開，一下壓縮。但有時傳到森林裡來的確實是崇高而鼓舞人心的旋律，喇叭吹奏著榮譽，我可能會去舉刀去刺殺墨西哥人而食，甘其美味——我們為何總是非得容忍一些瑣事呢？於是我在四周尋找土撥鼠或臭鼬，來實現我的騎士精神。這些軍樂的旋律彷彿和巴勒斯坦一樣遙遠，使我想起十字軍在地平線上進軍，而懸垂在村莊上空的榆樹頂端則在輕輕搖曳和顫動。這就是**偉大**日子的一天；儘管從我的林中空地眺望，天空帶著它每天那種永恆的本色，我看不出有何不同之處。

我獲得了非常奇特的經驗，這是由於長時間和豆子打交道培養出來的，由於種植、鋤地、收割、打穀、挑揀，乃至拿去出售——最後這件事最難，我還得加上吃，因為我確實品嘗了。我下定決心要了解豆子。當豆子正在生長時，我經常是從早上五點鐘一直鋤地到中午，其餘的時間通常是用來安排其他的事情。想想一個人跟各種雜草打交道會達到何種親密而又奇妙的程度——對此加以描述就會出現重複說了又說的情況，因為勞動中有不少重複。毫不留情地把雜草的微妙的結構全給攪亂掉，用鋤頭來進行這種不公平的區分，一方面把一整個品種全給毀掉，另一方面又小心周到地培植著另一個品種。這是羅馬苦艾——那是莧草——那是酢漿草——那是蘆葦草——打擊它，劈掉它，把它的根翻起來曬太陽，別讓它在陰涼的地方留下一根纖維，假使你這麼做了，它轉一個身子便又露出頭來，只需兩天時間又綠得像韭菜一樣。這是一場長期戰爭，不是與鶴作戰，而是與雜草作戰，是和那些有太陽雨露為之助陣的特洛伊人作戰。豆子每天都目睹著我帶著鋤頭前來救援，把敵人的隊伍消滅了許多，戰壕裡填滿了雜草的屍體。許多盔飾飄揚、強壯結實的赫克托耳[97]，比成群的同伴高出整整一英尺，都在我的武器前頭紛紛倒下去，滾落塵埃。

在夏季的日子裡，我的一些同齡人在波士頓或羅馬醉心於美術，另一些人在印度斂心默禱，還有一些人在倫敦和紐約做生意，我則和新英格蘭的其他農民一樣，

97　赫克托耳（Hector），特洛伊戰爭中的英雄，後被阿喀琉斯所殺。

獻身於農事。不是我想吃豆，我生性是個畢達哥拉斯的信徒[98]——就豆子而論，不管它意味著可以當粥吃，還是當選票用，我用它交換大米。但也許，就算是為了讓寓言家將來有一天能創造出一些轉義語詞和表達方式，也得有人在田裡工作。總的說來，這是一種罕見的娛樂，但若持續的時間太長，也許會成為一種虛耗。儘管我沒有給豆子施肥，也沒有一次給它們全都鋤過一遍，但我給它們鬆土時總是儘量做得很出色，而且最終得到了補償。「的確，」一如伊芙琳所說的，「任何混合肥料或糞肥都比不上不斷揮動鋤頭鏟子翻土。」「土壤，」他在別處又說，「特別是新開墾的土壤，裡面含有某種磁力，能吸引鹽、力量或美德（兩種叫法隨你選用）來賦予土地以生命，土地也是維持我們生活的原因；所有的糞肥和其他骯髒的東西無非就是這方面改進的代用品罷了。」[99]再者，這片土地是「一片地力耗盡、被棄置的土地，正享受它們的安息日，」大概正如狄格拜爵士[100]猜想的那樣，已經從空氣中吸取了「生命活力」。我收穫了十二蒲式耳的豆子。

但我想更加詳細列舉些項目，因為有人抱怨科爾曼先生，說他報導的主要是一些有身分的農民所做的不惜工本的試驗。我的支出如下：

98 畢達哥拉斯信徒過著純潔的生活，不吃豆類，認為豆類不夠純淨。
99 John Evelyn，《土壤：關於土地的哲理之談》（倫敦，一七二九）。
100 Kenelm Digby（1603—1665），英國軍官和哲學家，因發現氧氣對植物生命的必要性而聞名。

一把鋤頭……………………………………0.54 美元
耕、耙、犁…………………………7.50 美元（太多）
豆種……………………………………………3.125 美元
土豆種…………………………………………1.33 美元
豌豆種…………………………………………0.40 美元
蘿蔔種…………………………………………0.06 美元
籬笆白標線……………………………………0.02 美元
馬耕和三小時雇工…………………………1.00 美元
馬車運費………………………………………0.75 美元

共計…………………………………………14.725 美元

我的收入（Patrem familias vendacem, non emacem esse oportet）[101]來自

101 拉丁文，意為：「家主應善於銷售，不該光顧進貨。」加圖《農書》，第二章。

賣出九蒲式耳 12 夸脫豆子	16.94 美元
五蒲式耳大土豆	2.50 美元
九蒲式耳小土豆	2.25 美元
草	1.00 美元
莖	0.75 美元
共計	23.44 美元

正如我在別處提及的，尚有盈餘 8.715 美元

這就是我種豆的經驗中所得到的結果：大約在六月一日種下一般那種白色小小的矮菜豆，行壟三英尺長十八英寸寬，要小心挑選新鮮的、圓的、沒有摻雜的種子。首先要提防害蟲，並在沒有出苗的地方重新補種。接著要提防土撥鼠，要是栽種的那片地無遮無攔的話，它們經過時會把剛剛長出來的嫩葉幾乎啃個精光。還有，當嫩嫩的卷鬚長出來時，土撥鼠便會注意到，於是像松鼠那樣坐著，把豆芽和初生的豆莢全給啃掉。但最重要的還是要儘早收穫，如果你想避免霜凍並收成一批較好的、賣得出去的豆子的話。

我還取得更進一步的經驗：我對自己說，下一個夏天我用不著這麼勤奮拼命去

種豆種玉米了，而要種真誠、真理、樸素、信心、單純等種子，如果這些種子尚未喪失的話。我要看看，這些種子能否在這片土壤裡生長，甚至少花勞力少施肥，能否維持我的生活，因為地力肯定沒有被這些作物消耗到枯竭的地步。哎呀！我對自己說過這些話；但現在，另一個夏天過去了，而且接著過了一個又一個，我必須告訴你，我的讀者，我所栽種的種子，要是它們確實是具有那些品質的種子，都給蟲蛀掉了，或失去了生機，所以全都沒有長出來。通常人們的勇敢只會像他們父輩的一般，而膽怯也是這樣。這一代人確信每個新的年頭種豆種玉米，和印第安人許多世紀前做過並教給那些最早的移民做的完全一樣，彷彿命該如此。幾天前我見到一個老人，令我感到驚異的是，他用一把鋤頭挖一個個的洞，至少是第七十次做這樣的事，而且不是為了讓自己躺進去！可是，為什麼新英格蘭人不該去大膽嘗試幹些新的事業，不要把重點老是放在栽種穀子、土豆以及果樹上呢？為什麼不種另一些作物呢？為什麼老是關心豆子的種子而不關心人類新的一代呢？要是我們遇見一個人，並確信他身上具有我已經提到過的一類品質，這些品質我們雖然比其他的產品更加珍惜，卻大部分已經散失四方，游離莫定，可在他身上卻生根成長起來，這時我們的確會感到滿足而又愉快。一種微妙而難以言喻，譬如真理和正義一類。我們的大使應該接到指示，將像這一類的種子寄回國內，而國會則協助把種子分配到全國各地。我們在對待真誠時不應講究客套。要是有價值的事物和友情的精華已經出現在我們面前，我們就不應該用庸庸碌碌的態度來互相欺騙、互相侮辱、互相排斥。因此，我們會面時不應匆匆忙忙。大多數人我根本就沒有見過面，因為他們似乎都沒有時間；他們都忙於豆子的事情。我們不去跟這樣的人打交道，他老是埋頭苦幹，工休時倚身鋤頭或鏟子上，不像一隻蘑菇，而有一部分拔地而起，不只是直立，像燕子飛落下來，在地上行走。

「當他說話時，翅膀不時張開，
像是要飛，可又合起來。」[102]

這一來，我們誤以為自己是在和天使談話呢。麵包可能並不總是能滋養我們，但從人與大自然裡面認識到寬宏大量的胸懷，自己也享受到一分沒有摻雜的豪邁的歡樂，這永遠對我們有助益，甚至在我們不知道自己受什麼病痛折磨時，便把關節中的僵硬消除，使我們身體柔軟輕快。

古代的詩歌和神話至少啟示人們：農業曾一度是神聖的藝術；但我們追求它時用的是一種不虔誠的急於求成和掉以輕心的態度，我們的目標變成了只求得到大農

102　法蘭西斯・誇爾斯（Francis Quarles）「牧師的預言《牧歌》」。

場與大豐收而已。我們沒有節日，沒有遊行，也沒有典禮，連耕牛展覽會和所謂感恩節也不能免俗，農民本來是用這些形式來表示他的職業的神聖意義，或讓人想起這種職業的神聖起源的。如今吸引他的是一筆酬金和一頓盛宴。如今他奉獻的對象不是穀物女神刻瑞斯和主神朱庇特，而是獻給窮凶極惡的財神普路托斯。由於我們大家都擺脫不了的貪婪、自私，加上卑躬屈節的習慣，把土地看成是財產或取得財產的主要手段，風景給損壞了，農事連同我們一起降格，而農民則過著最卑賤的生活。他所理解的大自然，無異於強盜的理解。加圖說，農業的利益格外虔誠或公正（maximeque pius quaestus）[103]，根據瓦羅所說，古羅馬人「把土地同樣稱為母親大地和刻瑞斯，並認為耕種土地的人都過著一種虔誠而有益的生活，同時，只有他們才是農神薩圖恩王的遺民」[104]。

我們慣於忘記太陽照著我們耕種的田野，也毫無區別地照著草原和森林。它們全都一樣地反射並吸收太陽的光線，前者只構成太陽每天行程中所見到的燦爛美景的一小部分。在太陽眼裡，大地到處一樣被耕種得像一片園林。因此，我們得益於太陽的光和熱，應配以相應的信任與寬宏的胸懷。即使我重視這些豆的種子，並在秋季得到收穫又怎麼樣呢？我觀察這麼久的這片寬闊田地，並不把我視為主要的耕

103 加圖《農書》引言。
104 瓦羅（M. T. Varro）《論農業》III，i。

種者，而是把我撇在一邊，去找尋那種能給它灌溉，使它變綠的更加親切的影響力。這些豆子結出的成果並不歸我收穫。難道它們不是也為土撥鼠生長的嗎？麥穗（拉丁文spica，現已不用的形式speca，源自spe，意為「希望」）不應成為農民的唯一希望；它的顆粒或穀粒（granum，來自gerendo，意為生產）並不是它所生產的全部。那麼，我們的收穫怎麼會歉收呢？我能不為雜草的繁茂而高興嗎？因為這些雜草的種子是鳥類的糧倉。這樣比較起來，田地是否能把農民的穀倉填滿就關係不大了。就像松鼠不擔心森林今年是否會生產出栗子來那樣，真正的農民應該停止擔憂；他每天完成他的勞動，放棄對他田地上的產品的一切要求，他的心裡不但獻出了他的第一個果實，而且還獻出了他最後的一個果實。

村子

上午，鋤地之後，也許還讀了書寫了字，接著，我會在湖裡洗個澡，照例游過其中的一個小灣，把身上的塵土洗掉，並使讀書留下來的皺紋釋然平滑，下午我便完全自由自在了。每天或隔天我總是晃到村子，聽聽那邊從未間斷過的閒聊，這些東西有的是口頭傳播開，有的則是報紙相互轉載，如果用順勢療法的劑量接受，這類閒聊確也使人耳目一新，正如樹葉瑟瑟作響，青蛙呱呱而鳴。一如我散步林中觀看鳥類和松鼠那樣，我散步在村子裡時便觀看大人和孩子；我聽不見松樹中的風聲，卻聽到了車輪轉動的聲音。從我的小屋眺望出去，在河邊的草地上有一群麝鼠；而在另一面的地平線，在成片的榆樹和懸鈴木底下，有一群忙碌的人的村子，在我看來十分奇怪，他們就像是草原犬鼠一樣，不是坐在自己的地洞口，便是跑到鄰居那邊去閒聊。我時常跑到那兒去觀察他們的習慣。這個村子在我看來像是個巨型的新聞編輯室，在編輯室的一邊，為了要支持它，就像州政府街上雷丁公司[105]曾做的那樣，他們經售堅果和葡萄乾，或者鹽、玉米粉及其他食品雜貨。有些人對於前一種商品，即新聞，胃口很大，消化力也強，所以他們可以一動也不動地在大街上一直聽下去，讓它像地中海季風掠過發出沸騰聲和低語聲，或者像吸入乙醚那樣，令人麻痺且感覺不到痛苦，卻不影響他們的意識——否則新聞聽起來時常是痛苦的。當我漫步經過村子時，我總會看見一整排這類的仁人君子，要麼坐在梯子上曬太陽，俯身向前，用一種滿足享受的表情不時東盼西望，要麼身體靠著穀倉，雙手插在袋子裡，好似一根根女像柱在支撐著穀倉。他們通常總是待在戶外，一有風吹草動立刻就會聽到。這是一些幹粗活的磨坊，一切流言蜚語都得先在裡面進行粗略的消化或壓碎過，然後才倒進戶內更加精細的漏斗裡。我觀察到，村子裡必不可少的是食品雜貨店、酒吧間、郵局和銀行；同時，像機器的一個必要部分那樣，他們還擁有一座大鐘，一尊大炮和一輛救火車，全都放在適當的地方。房屋的布局把人類的特點勾劃得淋漓盡致，大家全都住在同一條巷子裡，彼此門戶相對，這一來每個旅客都得受到夾道鞭打，每個男人、女人、小孩都可以狠狠抽他一頓。當然，那些在最靠近巷口的人，看人最清楚，被看得也最清楚，他們給予旅客最先一擊，理當為自

105　雷丁公司是一書商。

己所占的地點付出最高的代價。而少數零零散散住在周邊的居民，房屋間會出現很大一段空隙，於是旅客便可越牆而過，或從一旁拐到小路上去，就這樣跑掉了，所以住在那兒的人所付的地稅或窗戶稅都為數極微。四周到處掛起招牌來招徠旅客；有的抓住他的胃口，像酒菜館和供應食品的酒店；有的抓住他的愛好，如紡織品店和珠寶店；有的則抓住他的頭髮、腳或衣裙，如理髮店、鞋店、服裝店。此外，還有一件更可怕的事要辦，就是經常要挨家挨戶去拜訪，而此時免不了有人陪著。在大部分的情況下我都能巧妙地躲開這類危險，用的辦法有時是立刻勇往直前、毫不遲疑地奔向目標，這也就是要推薦給那些遭到夾道鞭打者的辦法；或者把我的心思寄託在崇高的事物上，就像奧菲斯[106]那樣，「和著他的七弦豎琴，高唱諸神的讚美詩，把海妖的歌聲壓下去，置身於危險之外。」[107]有時我像箭似的突然跑掉了，誰也不知道我的下落，因為我並不是老拘束自己，所以籬笆上若有個缺口我會毫不猶豫地鑽過去。我甚至習慣於闖進一些房子裡，在那裡受到很不錯的款待，獲悉一些重點事件和最新吐露出來的新聞、一些已經平息下來的事、戰爭與和平的前景，以及世界是否可能長久地維持下去，之後我便被允許從後面的幾條通道出去，所以這樣一來我又跑到森林裡去了。

106 俄耳甫斯（Orpheus）是希臘神話中的歌手，善彈豎琴，琴聲感人至深，金石為開。
107 羅德島的阿波羅尼奧斯（西元前三世紀？）《阿爾戈船航海英雄記》，4，903。

當我在城裡待到很晚時，投入夜幕之中令人格外愉快，尤其是夜色漆黑、狂風大作之時，我從某個燈火明亮的村店或演講廳那邊開航，背著一袋黑麥或玉米粉，前往林中我那個溫暖舒適的港灣，把外面一切都捆緊後，我便率領全船愉快的思想退回到船艙下面去，只留下了我的外殼在舵邊，而當船行駛得一帆風順時，我甚至把舵綁牢。「當我航行時，」[108] 我坐在船艙的火爐邊，腦子裡浮現許多親切的思想。我從未遇到過船失事，也未曾在任何惡劣氣候中苦惱不堪，儘管我碰到過一些猛烈的暴風雨。即使在平常的夜晚，森林裡也比多數人想得要黑。我時常要抬頭仰望樹木之間空隙處來認路，而在沒有車道時，我便用腳去探索那條由我踩踏出來的似有似無的道路，或用手摸著樹，憑著記憶中樹與樹的關係尋找方向。例如從密林中兩棵間隔不超過十八英寸的松樹中間穿過，而且總是在最黑暗的夜晚。有時我回家時已是深夜，四周漆黑而又悶熱，我的腳探索著眼睛看不見的道路，一路上似在夢中，心不在焉，直到突然舉手去拔起門閂，這才如夢初醒。我回憶不起自己是如何一步一步走過來的，我想，要是我的軀體被它的主人遺棄了，這軀體還是會找到回家之路的，正如手無需幫助總會摸到嘴巴那樣。有幾次，一位客人碰巧逗留到晚上，夜色確實非常黑，我不得不帶他到屋後的車道上，並給他指點應該走的方向，他沿

108 引自《羅伯特・吉德船長之歌》。

這條路走時要憑著兩條腿而不是靠著眼睛。有個伸手不見五指的夜晚，我照此指導兩個在湖裡釣魚的年輕人。他們住在離森林約莫一英里外的地方，並且對道路頗為熟識。過了一兩天之後，其中一人告訴我，那天夜晚大部分時間，他們就在自己房屋附近兜圈子，直至天快亮時才回到家，夜間還下了幾陣大雨，樹葉濕淋淋的，他們也成了落湯雞。我聽到過不少人甚至在村子的街道上也迷了路，因為到處一片漆黑，正如俗話所說：黑得可以用小刀切下來。有些住在郊外的人乘著馬車到鎮上辦貨，也不得不住下來過夜；外出造訪的紳士和淑女們，走離正路半英里，由於只能用腳探索人行道，拐彎也不知道。任何時候在森林中走迷了路，這都是一件令人驚奇而又難忘的、有價值的經歷。時常在暴風雪天，甚至是白晝，一個人外出在熟悉的路上行走，會發現弄不清哪條路可通往村莊。儘管他知道這條路他走過上千次，可仍然認不出它的任何特徵。在他看來，這條路陌生得如同西伯利亞境內的一條路那樣。要是在夜晚，困惑當然就更要大得多了。我們在日常的散步時，儘管沒有意識到，卻經常像水手那樣，憑著某些熟識的燈塔和海角來辨別方向前進。如果走的路線不在慣常航線之內，我們心中仍然會保存著鄰近海角的方位；只有當完全迷路或轉過身子時（因為在這個世界裡，一個人如果閉上眼睛再轉了一次身，便會迷路），我們才會感到大自然的浩瀚與奇異。每個人一清醒過來，不論是從睡眠中還是從心不在焉的狀態中清醒過來，就必須常常看他的羅盤主方位。換句話說，總要等到迷了路，總要等到失去了這個世界，我們才開始找到自己，看清自己的處境以及無窮無盡的種種關係。

在第一個夏天快要結束的一個下午，我到村子裡向補鞋匠取回一隻鞋，結果被抓了起來，送進了監獄，原因是，我在別處曾經談過，我不給政府納稅，也不承認政府的權威，因為就在這政府參議院的門口，男人、女人和孩子被當成牲畜般在買賣。我本來是帶著其他目的到林中去的，但是，一個人不論走往何處，人們都會用他們那套骯髒的體制來糾纏他，抓住他，只要可能，便強行使他成為他們那個孤注一擲的古怪社團的成員。真的，我本來可以猛烈地抵抗一陣，多多少少也會有點效果，也可以「瘋狂地」反對社會；但我寧願社會「瘋狂地」來反對我，因為社會是孤注一擲的一方。可是，第二天我被釋放了，並且拿到我那只修補好的鞋，我回到林中，及時在費爾港山上吃我的越桔餐。除了那些代表國家的人之外，我從未受到任何人的騷擾。除了那張放稿件的桌子，我既無鎖也無栓，甚至門閂上和窗戶上也沒有插上一根釘子。我白天和夜裡都不鎖門，儘管我好幾天不在家，甚至在第二年的秋天還到緬因森林裡去住了半個月。可是，我的屋子比由整列兵士看守更受到尊敬。疲倦的漫遊者可以在我的火爐旁休息暖暖身子；文學愛好者可以在我的桌上欣賞幾本書；或者某些好奇的人打開我的碗櫥門，看看我午餐留下了些什麼菜，晚餐打算吃點什麼。可是，儘管各階層的人，經由這條路來到湖邊，但這些來人並未給我太多不方便之感，我也沒有丟失過任何東西，除了一本小書，一卷荷馬，大概是因為燙金燙得太超過了吧，我相信我們陣營裡的一名士兵這時已發現此書。我確信，如果所有的人都生活得像我當時那麼簡樸，盜竊和搶劫的事便不會發生。這類事只發生於這樣的社會裡：有些人所得到的有餘，而另一些人則不足。波普所譯的荷馬應該很快就會得到適當的傳播。

（Nec bella fuerunt,
Faginus astabat dum scyphus ante dapes.）[109]
「當世人所需只是木碗，
人間便不會再有戰亂。」

「子為政。焉用殺。子欲善。而民善矣。君子之德風。小人之德草。草上之風。必偃。」[110]

109《提布盧斯的哀歌》3，7—8；引自約翰・伊芙琳《森林志》。
110《論語・顏淵篇》，第十九章。

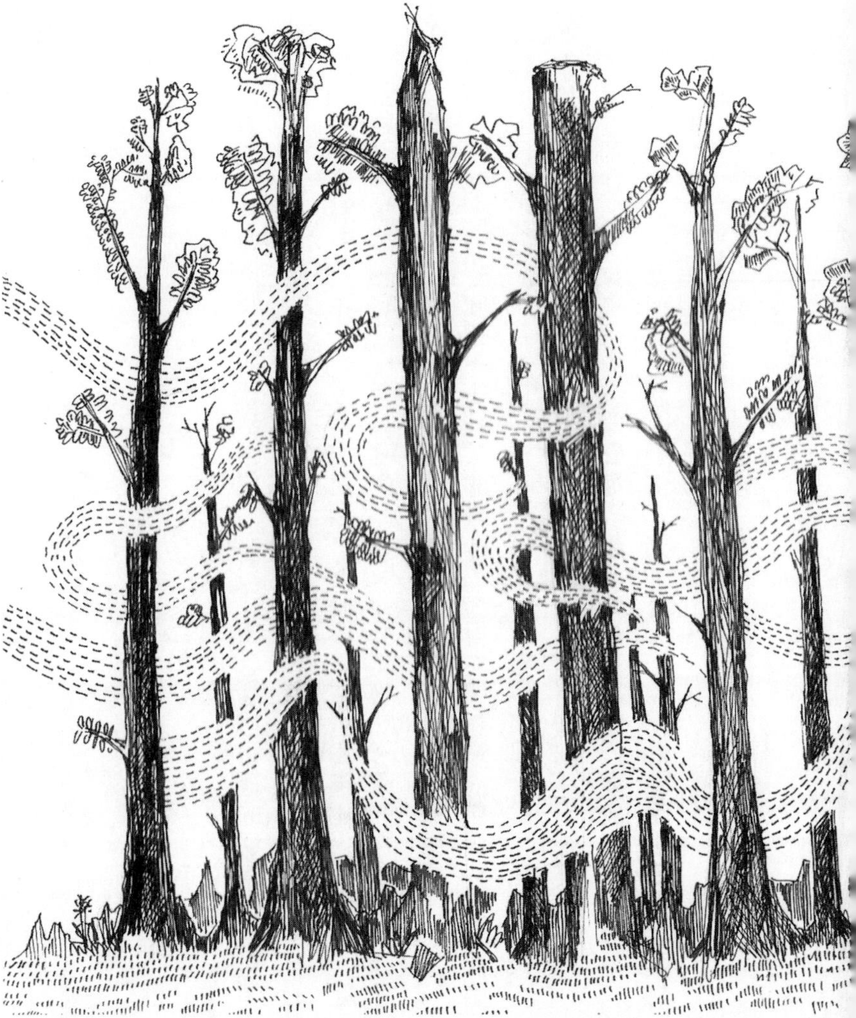

華爾登湖

有時，我對人類社會以及閒聊感到厭倦，而對我所有那些村裡的朋友也覺得煩透了，於是我漫步西行，走得比我慣常居住的處所更遠，進入本鎮那些人跡罕至的地方，到達「新的森林和牧場」，或當夕陽西下的時候，在費爾港山上進晚餐，吃黑小紅莓、藍莓，並為之後的數日儲備糧食。水果可不會把自己真正的香味獻給購買它們的人，也不會獻給為了市場而栽培它們的人。要得到真正的香味只有一途，只不過很少有人採取。若想知道黑小紅莓的香味，你得去問牧童或鷓鴣。從未採摘過黑小紅莓，卻認為你已品嘗到了它的香味，這是一種庸俗謬誤。黑小紅莓從未到過波士頓；它們生長在城外的三座山上，卻從未被那城裡的人們所知。水果的芳香、精華部分，連同那在裝上貨車時失去的鮮豔一起消失掉了，它們變成了只不過是一種食物罷了。只要永恆的執法者仍君臨宇宙，就不會有一顆純真的黑小紅莓從農村的山上運到這裡來。

在一天的鋤地工作之後，偶爾我也湊到一個沒耐性的夥伴那邊去，他從早上就一直在湖上釣魚，一聲不響，一動不動地像隻鴨子，也像一片漂浮著的落葉，他在實踐各種各樣的哲學之後，通常在我到來之前便已得出結論，認為自己屬於修道院僧中的古老教派。有個年紀較大的老者，是個捕魚能手，擅長各種木工，他興致勃勃，把我的房子看成是考慮漁人的方便而建造起來的；我也同樣興高采烈，見到他坐在我門口整理釣線。我們偶爾一起待在湖上，他坐在船的一頭。我坐在另一頭。我們之間交談不多，因為他近年來耳朵變聾了，但他偶然會哼一首讚美詩，這和我的哲學非常協調。我們的交流一來完全親密無間，回想起來格外愉快，比起用語言進行的交流更美妙。當我找不到人談話時（這是常有的事），我總是用一支槳敲打船舷，揚起回聲，使四周的森林響起了迴盪的聲浪，就像動物園的管理人激起了野獸咆哮聲那樣，一直到我從每個林木蔥蔥的溪穀和山麓喚起回聲為止。

在氣候暖和的黃昏時刻，我時常坐在船上吹笛，觀看鱸魚在我四周環遊，似乎讓我的笛聲給迷住，月亮在有棱紋的湖底上面移動，湖底到處散布著森林的斷枝殘塊。以前，在夏天的黑夜裡，我有時和一個同伴帶著探險的心情來到這個湖畔，在水邊生一堆火，覺得這樣可以吸引魚遊過來，我們把蚯蚓縛在釣線上做誘餌，捉到了一些鱈魚；做完這些時已是深夜，我們把燃燒著的木頭高高地拋到空中，就像放煙火那樣，木頭又掉到湖裡去，發出的響聲，火光隨之熄滅。我們一下子完全墜入黑暗中摸索，用口哨吹著曲子，穿過黑暗，又走到人們常到的地方。不過現在我已經在岸邊搭屋而居了。

有時我在鄉村起居室裡一直待到主人家都休息了，才回到森林中去。然後，也是考慮到第二天的伙食，便在午夜花幾個小時坐在小船上釣魚，明月當空，有貓頭鷹和狐狸對著我唱小夜曲，不時也在近處聽到不知名的鳥兒吱吱地叫著。這些經驗對我來說是難忘而又寶貴的——在水深四十英尺處拋錨，距岸二十或三十杆，四周有時有成千條小鱸魚和銀色小魚環游著，月光下它們用尾巴在水面上點出了一個個笑靨，我用一根長長的亞麻釣線與四十英尺的水下那些神祕的夜間遊魚打交道；有時我在輕柔的夜風中漂流，拉著一根六十米長的釣線在湖上四處漂蕩，不時感到釣線上有輕微的顫動，這表明某種生物正繞著釣線的另一端在覓食，笨頭笨腦猶疑不定，遲遲下不了決心。最後，你慢慢提起釣線，一手又一手地往上拉，把一條有鬚的鯰魚提到空中。尤其是在黑夜，當你神馳於其他天體中宇宙起源的問題之時，你感到釣線上有什麼輕輕一拉，把你的夢給打斷了，你重新和大自然聯繫在一起，這感覺十分奇異。似乎下一步我該把釣線向上拋到空中，正如我把釣線垂到這片未必更為稠密的水中一樣。這一來我用一根釣線彷佛釣到了兩條魚。

華爾登湖的景色屬於樸素之列，儘管很美，但還不夠宏偉壯麗，對那些不常來此或不住在湖邊的人不具什麼吸引力。可是，這個湖的深邃和清澈超乎尋常，值得詳細描寫。這是一個又清又深的碧潭，長半英里，周圍是一又四分之三英里，面積約六十一英畝半。這是松樹和橡樹林中一片常年清洌的甘泉，並無明顯的入口或出口，除了靠雲霧蒸發。四周山峰從水邊峭拔升起，高達四十至八十英尺，但東南面和東面的山峰分別有大約一百英尺和一百五十英尺，都位於方圓四分之一和三分之一英里之內。這些山全是林地。我們整個康科特鎮的水至少呈現出兩種顏色，一種是從遠處見到，另一種是從近處見到的，後者的顏色更為自然。第一種顏色多取決於光線，隨著天空的顏色而變化。夏季天氣晴朗時，水在稍遠處顯得一片蔚藍，尤其是水波蕩漾之時，而在更遠處則呈同一色。暴風雨之下，水有時呈現暗藍灰色。據說大海一天是藍的，另一天是綠的，而天氣卻並未發生什麼可察覺的變化。當雪蓋在大地時，我曾見到此地的河流，水和冰幾乎都碧綠如草。有人認為藍色「是純淨的水色，無論是液態還是固態」。可是，從船上向下直視，便會發現水的顏色就極不相同。華爾登湖有時藍，有時綠，甚至從同一地點觀看亦然。這湖面橫亙於天地之間，所以天地之色兼而有之。從山頂上眺望，它映出天空的顏色，可是，就在極近的地方，在你能見到沙底的湖岸附近，湖水卻是淡黃色的，再往前去，便呈現出淡綠色，漸漸加深，在湖的中心部分變為單一的深綠色。在某種光線的照射下，甚至從山頂上望去，湖在近岸處呈鮮綠色。有人把這歸因於青蔥草木的反射，可是在鐵路沙壩那一側的湖水同樣是綠色的，當春天樹葉尚未展開之際亦然，湖水的顏色可能只是占主色的蔚藍與沙粒的黃色相混合的結果。湖水映出的彩虹顏色，也正是此處，春天到來之時，湖底反射的太陽光熱和土地傳導的熱量使冰雪增溫，首先融化並形成一條狹窄的河道，湖的中央則仍然冰凍未開。像此地的其他河湖一樣，一旦湖波蕩漾，而天氣又極晴朗，這時波濤的表面與天空正好形成某個反射角度，或者由於有更多的光線與湖水相混合，湖水便在稍遠處呈現出比天空本身更藍的顏色。在這個時候，我泛舟湖上，眺望四方，觀看倒影反射，覺察到有一種無可比擬、難以形容的淡藍色，就像波光粼粼的絲綢或是刀刃的色澤，比天空本身更蔚藍，它和波光另一面原來那片深綠色交替閃現，後者對比之下顏色更渾濁些。那是一種透明的、藍中帶淡綠的顏色，就我記憶所及，頗像冬天日落前從雲朵的縫隙處望見的小片天空。可是，把一玻璃杯湖水拿到亮處看，就跟一杯空氣一樣沒有顏色。人所共知，一大塊玻璃會帶點綠色，據玻璃的製造者說，這是因為玻璃「身」使然，可是一小片同樣的玻璃便沒有顏色。華爾登湖需要多少水量才能反映出綠色，我從未驗證過。我們的河水在垂直往下望時是黑色的，或深褐色的，像大多數湖泊那樣，它使在水中游泳的人身體呈淡黃色；但這個湖的水非常清澈透明，所以游泳者的身體呈現出一種雪花石膏般的白色，更為奇異的是，由於四肢在水中被放大、扭曲，產生出一種畸形的效果，很適合米開朗基羅去作一番研究。

湖水透明如許，二十五英尺或三十英尺深的湖底都易於分辨。在湖上蕩舟之時，會看見水面許多英尺下那一群群鱸魚和銀魚，說不定只有一英寸長，可是前者很容易由其身上的橫紋來辨認。你會認為牠們一定是些看破紅塵的苦行魚，才會跑到這裡來生活。許多年前一個冬天我在冰上鑿了幾個洞，打算抓些狗魚。上岸時我把斧頭往後一扔，掉到冰上，可是，彷彿有個惡魔在那裡操縱似的，斧頭滑了四五杆遠，直接掉到一個冰窟窿裡去，裡面水深二十五英尺。出於好奇，我趴在冰上往洞口裡望，終於見到這柄斧頭稍稍偏在一側，頭向下豎在那裡，斧柄直立，隨著湖水的蕩漾而輕輕搖擺；要是我不打擾它，這把斧頭會一直豎立在那裡搖搖晃晃，直至時間久了斧柄爛掉為止。我用帶來的一把冰鑿子在斧頭的正上方挖了另一個洞，又用刀子砍下了附近能找到的最長的一根樺木條，做了個活結繩套，綁在枝條的一端。我小心地把繩套放下去，套上了斧頭柄的突起，然後拉動樺木條上的繩子，終於又把斧頭吊了上來。

湖岸是由一帶像鋪路石一般光滑的白卵石鋪成的，只有一兩處是短短的沙灘。湖岸非常陡峭，在許多地方只需縱身一跳便可使你進入深可預測的水中；要不是湖水格外透明，再往前是無法見到湖底的，只有到它在對岸升上來時才又見得到。有人認為湖深無底。它無論何處都不渾濁。一個漫不經心的觀察者會說湖上連一根水草都沒有。至於容易見到的植物，除了那些最近被湖水浸潤的、嚴格說來不屬於湖區的小草地之外，你就是仔細檢查也不會發現一根菖蒲、一根燈心草，甚至連一棵百合花也沒有，不論是黃百合還是白百合；有的只是一點小小的心形葉草和河蓼草，也許還有一兩根眼子菜，可是，一個在湖裡游泳的人可能什麼也沒有看見。這些植物都十分乾淨、鮮明，和它們生長於其中的水一樣。卵石岸伸入湖水中一兩杆，再過去，湖底是一片純淨的細沙，只有最深的部分通常有一點沉積物，大概是歷年秋天吹送到湖上來的落葉形成的；還有些鮮綠色的藻類，甚至在隆冬季節也隨鐵錨一起被拉上來。

我們還有另一個這樣的湖，那就是位於九畝角的白湖，在西面約二英里半處。但是，儘管我對方圓十二英里內的大部分湖泊都很熟識，卻沒見過還有第三個湖具有這樣純淨如泉水般的特質。可能先後有許多民族飲用過這湖水，讚美它，測量過它的深度，又都已消逝，可是湖水卻依然像當初那樣碧綠、清澈。說不定在亞當和夏娃被逐出伊甸園的那個春日早晨，華爾登湖便已存在，甚至那時就隨伴著霧氣和南風，輕柔的春雨在湖面化成漣漪，那湖面盡是無數的野鴨和天鵝，牠們尚未聽到過亞當夏娃墮落之事，這片純淨的湖水依然使它們心滿意足。甚至那時，它便開始漲潮、落潮，使水色澄清，染上了它現在所擁有的顏色，並獲得天堂的特許，成為世間獨一無二的華爾登湖，是天上露珠的釀酒廠。誰知道，在多少篇已被忘卻的各民族的文學作品裡，這個湖曾被視為靈感聖泉呢？而在黃金時代裡又有多少山林水澤的仙女在這裡住過？它是康科特鎮戴在頭冠上的頭等寶石。

然而，也許頭一批來到這片泉水旁的人留下了某些足跡。我曾十分驚奇地發現，環繞湖邊，甚至在一片森林剛被砍伐的岸上，都有一條貼著陡峭山壁的狹隘小道，時起時伏，一會兒靠近湖邊，一會兒又離遠些，它大概和生活在這裡的人類的年代一樣悠久，是由土著的獵人用腳踏出來的，現在仍然不時由這片土地當今的居住者無意識地踩踏著。冬季站在湖心看起來更為清楚，剛下過一場小雪，山路看上去像一條清晰的波浪起伏的白線，沒有被雜草和樹枝掩蓋，在四分之一英里之外許多地方都能看得清楚，而在夏季就是近在咫尺也難看清。似乎是雪用清楚的白色浮雕又重新把它刻印出來。將來有一天這裡會造起別墅，那裝飾的庭園或許還能保留它的一些痕跡吧。

湖水時漲時落，但是否有規律，週期如何，無人知道，儘管有不少人不懂裝懂。一般的情況是冬季高些，夏季低些，但這並不和一般天氣的潮濕與乾燥相對應。我記得與我住在湖畔時相比，湖水何時低了一兩英尺，何時又至少高了五英尺。有一片狹窄的沙洲伸到湖中，一側是深水，我曾在沙洲上煮過一鍋雜燴，地點距離主岸六杆，那大約是在一八二四年，二十五年來都無法再到那裡去煮東西。另一方面，當我告訴後來的朋友們說：幾年之後我習慣於在林中一個僻靜的小灣裡泛舟垂釣，他們總是顯出不相信的神情，那地方離他們所知道的湖岸有十五杆之遙，早已變成一片草地了。但這個湖兩年來一直在升高，現在，一八五二年的夏天，比我住在那邊時剛好升高五英尺，或者說，水位和三十年前一樣高，又可在草地上釣魚了。水位這一來至多相差六七英尺；然而，周圍山上流下來的水量並不多，湖水漲溢想必是由那些影響深處泉源的原因造成的。這一個夏天，湖水又開始下降了。值得注意的是，這種漲落不管是否定期，都需要許多年的時間才能完成。我曾觀察到一次上漲和兩次下降過程的一部分，我預料十二年或十五年之後，水位又將降落到我所見過的位置。位於東面一英里處的弗林特湖（忽略不計進水口和出水口所引起的變化）以及其間一些較小湖泊，全都和華爾登湖一樣有其升降，也在最近漲到了它們的最高水位。就我觀察所及，白湖的情況也如此。

華爾登湖的這種長期逐漸漲落至少有一個用處：湖水可以維持在這個高水位一年以上，儘管這讓人難以沿湖步行，但自從上次漲水以來，那些沿湖長起的灌木與樹木，例如油松、白樺、榿木、白楊等等，全被沖刷而逝，所以湖水再度降下時，留下了一片沒有障礙的湖岸；與許多湖泊和所有每天漲落的水域不同，它的湖岸在水位最低時也最乾淨。在我屋旁的湖邊，一排十五英尺高的油松已經被淹死，彷彿被削平了，這一來就制止了它們侵占地面。這片松樹的粗細指出自上次水漲到這個高度已過了多少個年頭。靠著這樣水漲水落，這個湖維護了它對湖岸的權利，這一來，湖岸被剃乾淨，樹木也無法憑藉侵占來擁有它。這就是不長鬍子的湖口。它不時地舐著自己的面頰。當湖水漲到最高點時，榿木、柳樹和楓樹從水中樹幹的四面生出大量纖維狀的紅色根鬚，長達數英尺，最高離地有三四英尺，力圖保存自己。我看到湖邊有烏飯樹樹叢，它平常是不結果實，可是在這種情況下卻結果纍纍。

湖岸怎麼會鋪砌得如此整齊，有些人對此百思莫解。我的鎮民都聽過一個傳說，老人們告訴我，他們年輕時曾聽說：古時印第安人正在這裡山頂上舉行狂歡典禮，山高聳入雲，其高度一如這個湖現在陷入地下那麼深。據說人們使用了不少褻瀆的語言（其實這種壞事印第安人從未犯過），正當他們這樣在進行慶典時，山搖晃起來，突然沉了下去，只有一個名叫華爾登的老婦人逃脫了，這個湖就是以她的名字命名的。據猜測，當地動山搖時，這些石頭滾落到邊緣，變成了現在的湖岸。但無論如何，可以肯定的是，以前在這裡是沒有湖的，而現在卻有一個；這個印第安傳說和我前面提到過的古代移居者那段描述毫無抵觸，那位移居者非常清楚地記得，當他帶著魔杖初次來到這裡時，看見一層薄霧從草地上升起，而魔杖則直指下方，於是他決定在這裡挖一眼泉。至於石頭，不少人至今仍認為這不能用波浪衝擊山體去解釋，但我觀察到，周圍山上同樣的石頭非常之多，人們不得不在最靠近湖的鐵路兩側把石頭堆成護牆；再者，石頭最多的地方，湖岸也最陡峭。所以，不幸的是，這事在我看來不再是神祕不可思議了，我發現了鋪石者。若湖名不是來自英國地名，例如薩弗隆—華爾登，那麼便可認為它原來叫做「Walled-in Pond」（圍牆湖）。

這個湖是我的現成水井。一年中有四個月湖水特別沁涼，正如它永遠潔淨那樣。

我認為，湖水在本鎮即使不是最好的水源，也不比其他的差。冬天，所有露天的水都比泉水、井水等受到保護的水更冷些。在我待的房間裡，從午後五時到第二天，即一八四六年三月六日的中午，室溫上升至華氏六十五度（有時七十度），這一方面是因為太陽在屋頂上直接曝曬的緣故，但放在屋裡的湖水比起剛打上來的村子裡最冷的井水還低一度，只有四十二度。沸泉[111]同一天的溫度為四十五度，是我測試過的所有水中最溫暖的，然而在夏天沸泉是我所知的水中最冷的——當淺露停滯的表層水沒有混合進去時。在夏天，華爾登湖也從未變得像大部分曝露在陽光下的水泉那麼溫暖，原因是水深。在最炎熱的天氣裡，我時常把整桶水放在地窖裡，水到了夜晚便會變涼，且到了第二天也依舊，不過我有時也用附近的一處泉水。湖水放了一個星期還像剛汲上來那麼好，還沒有抽水機的味道。誰要是夏天在湖岸邊野營一個禮拜，只需在營地陰涼處幾英尺深的地方放一桶水，就可免除使用冰塊的奢侈。

在華爾登湖曾捉到狗魚，有一條重七磅，還有一條狗魚以極大的速度把繞線輪上的釣線扯走了，漁夫因為沒有看到它，保守估計那條魚有八磅重；也曾捉到鱸魚和大頭魚，其中有的重兩磅以上；還捉到銀魚和齊文魚（Leuciscus Pulchellus），幾條鯛魚，兩條鰻魚，其中一條重四磅——我寫得這麼詳細，是因為魚的重量通常就

111 華爾登湖西面一道冒泡的泉水。

是其唯一的名聲所在，而這兩條鰻魚是我在這裡聽到過的僅有的兩條；我還隱隱約約回憶起有一種約莫五英寸的小魚，兩側呈銀色，背部呈綠色，具有鰷魚的特性，我之所以在這裡提起這種魚，主要是要把我的事實和寓言聯繫起來。然而，這個湖的魚產並不豐富。湖裡狗魚雖不多，卻是它引為自豪的東西。曾有一次，我躺在冰上見到至少三種不同類型的狗魚，一種長長扁扁，鋼灰色，最像河中捉到的那些；一種是鮮明的金黃色，帶有綠色反光，在特別深的水裡，是這裡最常見的類型；還有一種是金黃色，形狀像前一種，不過魚身兩側有深褐色或黑色小斑點，參雜著幾點淡淡的血紅色斑點，十分像鮭魚。「reticulatus」[112]這個專名看來對它用不上，更確切點應該用「guttatus」[113]。這些魚全都非常結實，重量比按照體積估計的還要重些。銀魚、大頭魚、還有鱸魚，實際上所有生活在這個湖裡的魚都要比河裡和大多數湖裡的魚更加清潔、美麗，更加結實，因為湖水更純淨，這些魚很容易被區別出來。也許，魚類學家們會從其中某些魚裡面培育出新的品種來。這裡還有一些乾淨的青蛙和烏龜，還有少數貽貝；麝鼠和水貂也在湖的四周留下它們的足跡，偶然還會有一隻泥龜漫遊至此。有時，當我早晨把船推離湖岸時，會把一隻夜裡躲藏在船底下的大泥龜給驚動起來。野鴨和雁春秋兩季經常到這裡來，白腹燕子（Hirundo

112 reticulatus 意為「網狀的」。
113 guttatus 意為「有斑點的」。

bicolor）掠過湖面，翠鳥從河灣急飛而去，而斑鷸（Totanus macularius）整個夏天都在多石的湖岸上逛蕩。我有時驚起了一隻魚鷹，它棲息在一棵俯瞰湖面的白松上。但我看海鷗的翅膀未必飛過此處，就像在費爾港那樣。湖至多容許每年來一隻潛鳥。現在常到湖這裡來的重要飛禽走獸全在這裡了。

在風平浪靜的天氣裡，靠近東面的沙岸，湖水深達八英尺或十英尺，你在那裡或在湖的其他一些地方，都可以看到水底有一堆堆圓形的東西，直徑六英尺，高一英尺，堆的是一些比雞蛋小一點的小石頭，四周全是黃沙。一開始你猜測是不是印第安人為了某種目的而在冰上堆砌起來的，當冰融化後沉到湖底去了；可是石頭砌得異常整齊，其中有一些像是剛剛砌成的。它們極似河中見到的那些。但由於這裡既沒有胭脂魚，又沒有七鰓鰻，我不知道有什麼魚能把石頭堆成這樣。說不定這裡有翻車魚的巢。這些給湖底帶來了一種愉快的神祕感。

湖岸極不規則，所以沒有單調之感。我腦海中浮現出：西岸許多的鋸齒狀深水灣，北岸更陡峭，南岸呈美麗的扇形，一個岬一個岬，互相交迭，令人感到其間還有一些杳無人煙的小灣。湖水邊緣群山聳起，從這青山中間的小湖湖心處望出去，森林的背景格外悅目，別有風致。因森林倒映的湖水不但使前景美不勝收，而且由於湖岸曲曲折折，給森林形成了一道最為自然而又令人愉快的邊界線。在它的邊緣上沒有給人不完美或不完善的感覺，不像那用斧頭砍伐出來的地方或毗連的耕地一般。在湖邊，樹木有寬敞的空間來向湖邊擴展，每株樹都可以把它那生氣勃勃的枝條伸向這個方向。大自然在這裡編織出一幅自然的織錦，而視線則從湖岸低矮的灌木逐漸升到最高的樹木上去。這裡很難看得出人工的痕跡。湖水像千年前那樣舔舐著湖岸。

湖是風景中最美麗、最富於表情的姿容。它是大地的眼睛，觀看著它的人也可衡量自身天性的深度。湖邊的樹是眼睛邊上細長的睫毛，而四周鬱鬱蔥蔥的群山和懸崖，則是眼睛上濃密的眉毛。

在九月一個風平浪靜的下午，薄霧模糊了眺望對岸的視線，站在湖東端平坦的沙灘上，我對「湖面如鏡」這話的意義有所了解。當你向下望時，湖像一條穿過山谷的纖細游絲，在遠處松林的襯托下閃閃發亮，把一個大氣層和另一個大氣層給分隔開來。你會覺得你可以在湖面下走到對面的山而不會弄濕身體，那些掠過湖面的燕子也可以停在湖上。的確，它們有時潛入水準線以下，似乎是搞錯了一般，接著便醒悟過來。當你從湖上向西望時，你得用兩隻手來保護眼睛，以免受到反射的和真的太陽光的照射，因為這兩種光芒都同樣明亮；要是你在兩者之間嚴格地審視湖面，它的確是光滑如鏡，除了有一些在水面滑行的水黽等距離地散布在整個湖面上，在陽光下運動，在湖上產生出世間能想像得到的最美的閃光，或者一隻鴨子在那兒整理羽毛，還有我曾說過的，一隻燕子低低掠過湖面，似乎要碰著湖水似的。

或許遠方有條魚在離水面三四英尺的空中畫了個弧形，牠躍起處有一道亮光，落水處是另一道亮光，有時呈現出整個銀色的弧形。也許有一些白薊種子的冠毛漂浮在湖面上，魚向著它急躍過去，湖面於是又起了一陣漣漪。這像是熔化了的玻璃已經冷卻下來，但並沒有凝結，裡面少數微粒非常純淨、美麗，就像玻璃中的細泡。你時常會發現一片更平滑、色澤更深的湖水，彷彿是由一面肉眼看不見的蜘蛛網和其他部分隔開了一樣，這是在湖上休息的水澤仙女們的水柵。從山頂上你幾乎能見到任何地方都有魚躍起，因為一條小狗魚也好，一條銀魚也好，要是在這片平滑的水面捕捉昆蟲，便會顯然破壞這整個湖的均衡。這樣昭然若揭的事竟可渲染得如此精美，真是妙不可言——暴露魚類的惡行，我從遠方的高處能認出水上擴展開來的漣漪，直徑有六杆長。你甚至還能發現水面的甲蟲（Gyrinus）不間斷地在平滑的水面上前進了四分之一英里，因為它們使水面微起水痕，現出一片明顯的漣漪，旁邊有兩條斜分的界線，但在水黽在湖上滑行時卻沒有留下明顯可見的漣漪。當湖面波動到一定程度時，湖上既沒有水黽也沒有甲蟲，可是，顯然在風平浪靜的日子裡，牠們離開了自己安居的住所，冒險從湖岸這邊開始，靠著一次又一次短距離的衝刺，終於全程滑過湖面。這是一件令人心曠神怡的事，在一個天高氣爽的秋日裡，你充分享受著暖和的陽光，在這樣的高處坐在樹樁上望向湖，欣賞著微微漾起的漣漪，一圈一圈不斷映現在天空與樹木的倒影之間，要不是有這些漣漪，是看不出湖面的。

在這片廣闊的湖面上，一切紛擾不安都會立刻平息下來，重歸平靜，正如晃動一瓶水時，那一圈圈顫動的水波便往岸邊擴展，隨後又平息了下來。每條魚跳出水面，每只昆蟲掉到湖上，都用一個個圓形波紋，用一條條美麗的線條來報導，彷彿這是湖中泉水恆常的湧現，是它生命輕輕的搏動，是它胸膛的起伏。一陣陣歡樂與一陣陣痛苦的顫動難以區分。湖水的各種現象多麼和平！人類的工作又像春天裡那樣發光。呀，每一片樹葉、一條嫩枝、一塊石頭、一張蜘蛛網，都在這下午時間過半時閃耀發光，一如春天早晨披上露水時那般。一支槳或一隻昆蟲的每一個動作都會發出一道閃光，要是船槳落下，回聲又多麼悠揚悅耳！

在這樣一個日子裡，九、十月之間，華爾登湖是一面十全十美的林中明鏡，四周用石頭鑲邊，在我看來它們珍貴如稀世之寶。世間何物能像這面躺在大地表面的湖泊那麼美，那麼純，同時又那麼大。水天一色！它不需要圍欄。民族來去更迭都無損於它。它是一面石頭打不碎的鏡子，它的水銀永不磨損，它的裝飾大自然會不斷地加以修補；任何風暴，任何塵土都不能使它那常新的鏡面黯然失色——這麼一面鏡子，送給它的一切不潔的東西都會消失，被太陽的煙霧輕刷，讓光拭塵，給它掃除塵土。這麼一面鏡子，在它上面呵氣也留不下一點痕跡，它會將自己的呼吸化作雲霧，高高地送到水面的上空，又反映在它的懷中。

湖水把天機洩露無遺。它不斷從高處接受新的生命和動態。它就其本性來說是大地與天空之間的媒介物。大地上只有草木能如波濤起伏，但湖水本身卻因風蕩漾。我能從一道道波紋或一片片波光中看見微風從湖上掠過去。能俯瞰湖面真是妙不可言。說不定我們最終還能俯瞰空氣的表面，並留意哪裡還有個更加神祕莫測的精靈，在它上面掠過。

水黽和水到了十月下旬終於銷聲匿跡了，這時嚴霜已經到來。到了十一月，在風平浪靜的日子裡，通常也絕對見不到任何東西在水面上泛起漣漪了。在十一月的一個下午，連續數日暴雨之後終於平靜下來，但天空仍然烏雲密布，霧氣。我注意到湖水格外平靜，所以很難辨別出湖面；它不再反映十月鮮明的色彩，卻反映出四周山巒那沉鬱的十一月顏色。儘管我盡可能平緩地泛舟，但船激起的微波卻遠遠地擴展到湖水盡處，給倒影添上水紋的形狀。可是，當我從湖面上望過去時，見到遠方有一處處微弱的閃光，彷彿一些躲過了霜凍的水黽又集合到那裡，也說不定由於湖面格外平靜，湖底湧上來的泉水都看得出來了。我輕輕地划著船到其中的一處，驚異地發現四周有成千上萬條小鱸魚，約五英寸長，在綠水中現出濃豔的青銅色，牠們在那裡嬉戲，時常浮出湖面，激起漣漪，有時還在湖面上留下一個個水泡。在這樣純淨透明、看若無底、倒映著雲彩的水裡，我似乎是坐著氣球漂浮在空中一樣，而鱸魚的游動則給我一種飛行或滑翔的感覺，彷彿它們是密密麻麻的一群鳥，就在我的左下側或右下側飛過去，牠們的鰭像風帆一樣揚起。湖裡有許多這類魚群，顯然要在冬天給牠們廣闊的天窗拉上冰幕之前，好好把這短暫的季節享受一番。牠們有時讓湖面看上去似有一陣微風掠過，或幾滴雨點飄落。當我粗心大意地靠近，把牠們嚇了一跳時，魚尾巴一掃，潑啦啦一響，揚起了一片漣漪，像是有人拿一根蓬蓬鬆鬆的樹枝打水似的，牠們立刻躲到深水底下藏起來了。最後，風吹得緊了，霧變得濃了，波濤開始奔拍，鱸魚跳躍得更高，半身躍出水面，成百的黑點，長約三英寸，同時露在湖面上。有一年，已到了十二月五日，我發現湖面上有些漣漪，空中霧氣濃重，以為大雨將至，趕緊划槳回家。儘管我不覺得有雨點打在我臉上，但湖上的雨似乎已經在迅速轉大，我想我不免大淋一場。可是突然間，漣漪消失了，原來這些都是鱸魚造成的，我划槳時的聲音把牠們嚇至水深處，我隱隱約約地望見魚群消失。就這樣，我過了一個無雨的下午。

有個老人在將近六十年前常來這裡，當時湖岸四周森林蔽日。他告訴我說，在那些日子裡，他有時見到湖上棲滿野鴨和其他水禽，還有許多鷹在空中盤旋。他到這裡來釣魚，用的是他在岸上找到的一條古老的獨木舟，那是用兩根白松挖空了釘在一起，兩端削方做成的。獨木舟很簡陋，不過用了許多個年頭，直到後來浸透了水，說不定還沉到湖底去了。他不知道這是誰的船，它屬於這個湖。他常用一條條山核桃樹皮縛在一起做成錨索。一個獨立戰爭以前住在湖邊的老陶匠有一次告訴他，並自稱曾親眼見到過。這個鐵箱有時會漂到岸上，可是當你向它跑過去時，它又回到深水裡去，無蹤無影了。我很高興聽到那條古老的獨木舟的事，它取代了一條用同樣材料做成的印第安獨木舟，那一條建造得更加優美，原本可能是岸上的一棵樹，後來似乎倒在湖水裡，在那裡漂浮了二三十年，對這個湖來說它是最合適不過的船隻。我記得，當我初次往深水處看的時候，模模糊糊地見到許多大樹幹沉在湖底，可能是以前讓大風給吹倒下來，或是最後那次砍伐時放在冰上沒有抬走，因為那時木材價錢太便宜了；可是現在，這些大樹幹大部分都不見了。

我初次在華爾登湖上泛舟時，它的四周完全讓濃密高聳的松樹和橡樹林環繞著，在一些小灣處，葡萄藤爬上了湖邊樹木，形成一個個涼亭，船可從下面穿過。構成湖岸的山巒非常陡峭，以致你要是從西端往下望，他就宛若一個森林組成的圓形劇場。我年輕時曾把許多時光消磨在泛舟湖上，隨風飄蕩，我把船划到湖心，仰躺在船凳上，在夏天的上午，半醒半睡，直至船碰上沙灘才醒過來，於是我站起來，看看命運女神把我推到了什麼樣的岸上。在那些日子裡，無所事事是最有吸引力同時也是最多產的事業。許多上午都讓我偷閒度過了，我寧願虛擲一天中最寶貴時間，因為我是富有的，雖不在金錢方面，卻擁有陽光燦爛的時光和夏天的日子，我可以毫不吝惜地加以揮霍；我沒有把更多的時光花費在工廠或教師的書桌上，對此我並不引以為憾。但自從我離開那些湖岸以來，砍伐木材的人把湖岸進一步蹂躪了，如今，要有很多年不能在林木蔥蔥的小道上漫步了，也無法從林中偶然窺見湖光水色了。我的繆思今後要是沉默無言，那是情有可原的。鳥兒的林木已遭砍伐，你怎能期望牠們唱歌呢？

如今，湖底的樹幹、古老的獨木舟，還有黑黝黝的四周林木都已消失，村裡人對湖在何處幾乎一無所知，他們不是到湖裡洗澡或飲水，而是想把這片至少應視同恒河水一樣聖潔的湖水，通過一條水管引到村子裡，供他們洗盤子！他們想靠轉一下水龍頭、拔一下塞子便得到華爾登湖的湖水！那魔鬼似的鐵馬，它那刺耳欲裂的嘶叫聲，整個市鎮都聽到了，它用腳把沸泉弄髒了，也正是它把華爾登湖岸上所有的林木吃個精光。這匹特洛伊木馬，肚子裡藏了一千人，是由唯利是圖的希臘人引進來的！這個國家的戰士在哪裡？莫爾廳的莫爾要在迪普卡特[114]迎接它，把復仇的長矛戳進這得意忘形的瘟神的肋骨中間。

然而在我所知道的所有性格中，華爾登湖也許是最經得起考驗，同時也是最保持其純潔性的。許多人曾被比做華爾登湖，但當之無愧的為數很少。儘管伐木人先後把這片和那片湖岸的林木砍光，愛爾蘭人已在湖邊蓋起了豬圈，鐵路也侵入了湖的邊界，賣冰塊的人還曾在湖面割過一層冰，可是湖本身依然沒有改變，還是我年輕時見到的那片盈盈湖水，而變化全是在我身上。儘管它處處漣漪，卻沒有留下

114 引自珀西《殘稿》中「萬特利的惡龍」。迪普卡特（Deep Cut）指已在瓦爾登與康科特之間的山坡處挖土開山，供築鐵路之用。

一條永久的皺痕。它青春長在，我可以站在那看到一隻燕子像往昔一樣撲下去，從湖面上銜走一隻小蟲。今夜，它又深深地打動了我，彷彿二十年來我並未天天見到它——啊，這就是華爾登湖，我多年前發現的那個林中之湖。去年冬天這兒一片森林給砍倒了，另一片森林又欣欣向榮地在湖邊生長起來；同樣的思想和當初一樣又湧上湖面。華爾登，於它本身及上帝依舊是一種波光粼粼的快樂與幸福，唉，對我來說也可能如此。這湖肯定是勇敢者的傑作，在他身上毫無狡詐之處！他用手把這片湖水圍成圓形，在自己的思想裡使其深化、澄清，並在遺囑中將其傳給康科特。我憑它的水面，見到同樣的倒影前來探望它；我幾乎要開口問道：華爾登湖，是你嗎？

我並不夢想
裝飾一句詩行；
要接近上帝和天堂，
莫過於華爾登湖——我居住的地方。
我就是多石的湖岸，
是拂過湖面的微風；
在我的掌心

是它的水，它的沙，
它最深的勝地，
高懸在我的思想之上。

火車從不停下來欣賞湖光山色。然而我想，那些火車司機、司爐工人和煞車手，還有那些持有月票、時常見到它的旅客們，都得到了這景色的陶冶。司機夜裡不會忘記，或者說他的天性不會忘記，白天他至少見過一次這寧靜而純潔的景象。儘管只見到一次，可它卻有助於洗濯掉州議會街和機車上的煙灰。有人提出建議，說這個湖應稱之為「神的水珠」。

我曾說過，華爾登湖沒有明顯的進水口或出水口，不過，一方面它遙遠而又間接地與地勢更高的弗林特湖相連，中間隔著一連串小湖；另一方面，它直接而又明顯地與地勢較低的康科特河相連，中間也隔著類似的一連串小湖，在某個地質時期華爾登湖可能流經這些小湖，現在只要稍加挖掘，又能再度讓它流到那邊，不過上帝不准這樣做。如果華爾登湖由於長期像林中隱士那樣自持而又簡樸，獲得了如此令人驚歎的純潔，那麼，要是讓弗林特湖不大純潔的水混入華爾登湖來，或者華爾登湖把本身甘美的湖水浪費到海洋的波濤中去，誰不會感到遺憾呢？

弗林特湖也稱沙湖，位於林肯區，是我們最大的湖泊和內海，在華爾登湖東面約一英里處。它要大得多，據說面積一百九十七英畝，魚類更豐富，不過湖水較淺，也不那麼純淨。散步穿過森林到那邊去時常是我的一種消遣。只要能感受一下風在你臉頰上自由地吹拂，看著波濤奔跑，想起水手的生活，那也是值得的。我曾在秋天刮大風的日子裡跑去撿栗子，那時栗子掉進湖水裡，沖到我的腳邊。還有一天，我沿著莎草叢生的湖岸緩步徐行，陣陣清新的浪花濺在面頰上，我碰到一隻腐爛掉的船的殘骸，兩側的船舷都沒有了，給我的印象是船隻留下一面平底，四周全是燈心草，可是，船的模樣還十分清晰，看上去像是一面腐爛了的巨大墊板，紋理依然可辨。它就像海岸上一艘破船殘骸那樣給人印象極深，其教訓也同樣深刻。而今，它已經只是一塊腐質土壤和難以分辨的湖岸，燈心草和菖蒲都從裡面生長出來。我常常欣賞北端留在沙質湖底上的一道道波痕，由於水的壓力使得沙底變得堅硬，適於涉水者在上面行走；還有那些燈心草，它們成單行生長，一行一行像波浪般搖晃，與湖底的波痕相對應，彷彿是波浪把它們栽種起來的。在那裡，我還發現數量相當可觀的奇特的球體，看來是由細草或根鬚構成，有可能是穀精草，直徑從半英寸到四英寸不等，呈十分完美的球形。這些球形在沙質湖底的淺水中前後漂動，有時還被沖到岸上來。它們有的是結實的草球，有的中間含有些沙粒。一開始你會說它們是由波浪擊拍造成的，就像卵石那樣，可是最小的圓球直徑半英寸，卻是由同樣粗糙的物質構成的，並且它們只在一年中的一個季節裡產生。再者，我想，波浪對於已經成形的物質，磨損總是多於建造的。這些球體在出水乾燥的情況下，還會長期保持它們的形狀。

弗林特湖！我們命名法是何等的貧乏。那個骯髒愚蠢的農夫有什麼權利用他的名字來給這個湖命名呢？須知他的農場緊傍著這片水天，他毫不留情地把湖岸砍成精光。一個吝嗇鬼[115]，更喜歡明晃晃的錢幣，從中照見他那副銅臭臉。他甚至認為那些飛來湖上定居的野鴨侵犯了他的土地；他的手指由於長期掠奪成性，已長成了又彎又硬的鷹爪——所以這個湖名不是我要取的名字。我到那邊去不是要去見他，也不是想聽到人家說起他；他從未見到湖，從未在湖中洗過澡，從不愛它，從不保護它，從未替它說過一句好話，也從不感謝創造它的上帝。還不如用湖中的遊魚來給它命名，用那些常到湖上來的飛禽走獸，用生長在岸邊的野花，或用歷史淵源和這個湖交織在一起的某個野人或孩子的名字，而不是用他的名字命名。他除了某個和他臭味相投的鄰人或立法機關發給的一紙契約外，沒有任何權利這樣做——他滿腦子裝的只是這個湖在金錢方面的價值；他的到來，可能就是要給整個湖岸降下禍災；他要耗盡這個湖周遭的土地，並很樂意把湖中的水全給掏光；他引以為憾的只是這個湖沒有變成長滿英國乾草或小紅莓的草地。在他看來，這個湖真是一無是處。

115 英文中弗林特（flint）有吝嗇之意。

為了挖湖底的淤泥賣錢，他會把湖水排乾。湖水不能為他轉動磨粉機，他不覺得觀看湖光水色是一件特別榮幸的事。我不尊重他的工作、他的農場，那裡每件東西都標出了價錢。他會把風景，把他的上帝全都帶到市場上去，只要能撈點什麼都行，事實上他到市場上去正是為了他的上帝。在他的農場上沒有一樣東西能自由生長，他的田地不長農作物，他的牧場不開花，他的樹木不結果實，生長的只是金錢；他喜愛的不是果實的美，果實在變成金錢之前在他看來都沒有成熟。讓我過著享有真正財富的貧窮生活吧。農民越窮就越受到我的尊敬，越令我感興趣——貧窮的農民。一個模範農場！那裡的農舍像糞肥堆裡長出來的真菌，人、馬、牛和豬的住房，乾淨的和不乾淨的全都連成一片！人畜雜居，不分彼此！這是一塊大油漬，肥料與乳酪的氣味兼而有之！在高度耕耘的狀態下，人心與人腦當成肥料！彷彿你要在教堂院子裡種馬鈴薯一樣！這就是模範農場。

不，不，要是最美的風景應以人的名字命名，就讓這些人全都是最高尚可敬之人。讓我們的湖至少得到伊卡洛斯海那樣真正的名字，在那兒，「海岸依然迴盪著一次勇敢的嘗試。」[116]

雁湖，範圍較小，位於我到弗林特湖的路上；費爾港，是康科特河的延伸部

116 威廉•德拉蒙德（W. Drummond）《小曲與短詩》（一六一六）中「伊卡洛斯」1，10。希臘神話中伊卡洛斯（Icarus）乘著人工翅膀逃離克裡特島，因翅膀上的蠟被曬化而掉進愛琴海。

分，據說占地七十英畝，位於西南一英里處；而白湖，面積約四十英畝，位於費爾港外面一英里半外。這就是我的湖區。所有這些，加上康科特河，構成我享受的水上特惠。日以繼夜，年復一年，它們把我帶去的穀物碾碎磨細。自從那些伐木工人、鐵路，還有我自己把華爾登湖給褻瀆以來，也許我們所有的湖中最吸引人（即使不是最美麗）的湖，林中的明珠，要算是白湖了——這個平平淡淡的名字來自它的平凡，可能取自其湖水的格外明淨，也可能取自其沙粒的顏色。然而，這些方面，一如其他方面，它是比華爾登湖略遜一些的孿生姐妹。兩個湖十分相似，你會說它們一定是在地下相連。它有著同樣多石的湖岸，而湖水顏色也相似。一如在華爾登湖，在酷熱的大暑天，你透過森林俯視一些不是太深的、會讓湖底的反光淡抹上顏色的湖灣時，湖水呈現出一派霧的藍綠色或綠灰色。多年以前，我經常到那邊裝載一大車一大車的沙子來製造砂紙，從那時起，我便經常到那裡觀光。常到這湖上遊覽的人建議把它稱為翠湖。也許，根據下面的情況，它應稱為黃松湖。大約十五年前，你還可以看見一株北美油松的樹頂，從距離湖岸許多杆的深水中伸出湖面，這一帶人們把這種松稱為黃松，其實它並非明確界定的品種。有人甚至認為這個湖下沉過，而這株松樹就是以前生長在那裡的原始森林中的一棵。我發現早在一七九二年，在一位本地居民所著「康科特鎮地形志」（收入麻塞諸塞歷史學會藏書）中，作者談及華爾登湖和白湖之後，接著又說：「在白湖中間，當水位很低時，可以見到一棵樹，似乎老早就生長在現在的位置，雖說樹根是在距水面五十英尺之下。這棵樹的頂部已經斷掉，經測量，折斷處直徑為十四英寸。」一八四九年春天，我和一個住在薩德伯裡最靠近此湖的人交談，他告訴我說，十年或十五年前把這棵樹弄走的正是他。就他記憶所及，樹距離湖岸十二或十五杆，那邊水深三十或四十英尺。當時是冬天，上午他一直在取冰，決定下午把鄰居找來幫忙，把這棵老黃松拉出去。他在冰中鋸出了一條通往岸上的通道，用幾頭牛把樹拔上來，拉出冰面，可是，還沒拉多遠，他便驚異地發現：樹身原來是顛倒的，殘枝全都向下，細端牢牢地固定在沙質湖底上。粗端直徑約一英尺，他原來希望能得到一塊優質的鋸材原木，可是它已腐爛不堪，至多只能當柴火燒了。他的屋子裡當時還有幾塊這種木頭。木頭較粗大的一端還留有斧印和啄木鳥啄過的痕跡。他以為這大概是岸上的一棵死樹，後來給風刮到湖裡去，樹頂讓水給浸透之後，較粗大的另一端卻仍然乾燥而又較輕，所以漂出去之後便倒翻個身沉了下去。他八十歲的父親，記不清這棵樹何時不在那裡。如今仍可看到幾根相當大的圓木躺在湖底，因湖面波痕蕩漾，看上去頗像幾條大水蛇在蠕動。

這個湖很少有船隻闖進來，原因是湖裡沒有什麼吸引漁人興趣的東西。這裡沒有白百合花——它需要污泥，也沒有一般白菖蒲，只有變色鳶尾花（Iris Versicolor）稀疏地生長在潔淨的湖水裡，從湖岸周圍多石的湖底長出來，蜂鳥於六月間飛來探訪，鳶尾花泛青的葉片顏色和花朵的色彩，特別是它們的倒影，和綠灰色的湖水格外諧調。

白湖和華爾登湖是大地表面上兩塊巨大的水晶，兩面靈光之湖。要是它們永遠凝固起來，小到可以握在手心，可能會被一些奴隸拿去當寶石鑲在帝王的王冠上。可是，由於它們是液體而又面積寬闊，永世為我們和子孫後代保留，所以我們反而忽視它們，跑去追求科依諾爾鑽石[117]了。它們無比純潔，不能具有市場價值，它們與汙穢無緣，比起我們的生活來不知要美麗多少，比起我們的性格來不知要透明多少！我們從不知道它們有什麼平庸低劣之處。它們比起農家門前鴨子游泳的池塘來不知道要美麗多少！潔淨的野鴨來到這裡。人間的居民無人能夠欣賞大自然。鳥兒披著羽裳，唱著它們的曲調，與野花十分和諧，可是哪個少男少女能與大自然那種粗獷而豐富多彩之美互相協調而渾然一體呢？大自然獨自欣欣向榮，遠離他們所居住的市鎮。還談什麼天堂！你讓大地蒙羞。

117 科依諾爾（Kohinoor）鑽石，世界最大鑽石之一，原產於印度，一八四九年以來為英王御寶。

貝克農場

我有時漫步到松林裡，松林像一座座廟宇矗立著，也像裝備齊全的海上艦隊，樹枝翻起重重松濤，波光瀲灩，如此柔和、翠綠而又多蔭，就是德魯伊教的人也會放棄他們的橡樹林而到這松林裡禮拜；或漫步到弗林特湖外的雪松林裡，雪松掛滿灰藍色的果子，一株株高聳挺拔，適於長在英烈祠前面，而鋪地柏則以果實累累的桂冠覆蓋著大地；或到沼澤地去，在那裡，松蘿地衣從黑雲杉樹上垂下來，像一條條花彩飾帶，而傘菌遍地皆是——它們是沼澤諸神的圓桌，那些更加美麗的真菌則像蝴蝶或貝殼（植物峨螺）裝飾著樹樁；那裡生長著沼澤石竹和山茱萸，紅色的榿木果長得像小魔鬼的眼睛，南蛇藤在攀援時把最堅硬的木材也刻下溝槽並勒壞，那些野冬青的果子更是美麗迷人，使得觀看者流連忘返，還有其他一些不知名的野生禁果使人目眩神迷，它們太美了，不是凡人的舌頭可以品嘗的。我沒有去拜訪某個學者，而是多次訪問一些特別的樹木，某些在這一帶很少見的樹木，生長在遠遠的某片草場中間，或在一片樹林或沼澤地的深處，或在山頂上。例如黑樺木，我們有一些好樣本，直徑二英尺；還有它的遠親黃樺木，穿著寬大的金黃色背心，散發出像黑樺木的香氣；山毛櫸的樹幹十分勻稱，披上地衣鮮明美麗的色彩，每個細節都那麼完美。這種樹，除了一些散生各處的以外，據我所知本鎮範圍內只剩一小片林子裡的相當高大，有人說是鴿子吃了附近山毛櫸的堅果而帶到這裡播種的。當你劈開這種木頭時，銀色的木紋閃閃發光，這是很值得觀看的。此外有椴樹、鵝耳櫪樹，還有樸樹，也即假榆樹，其中我們只見到一棵成長得好；還有高桅杆一般的松樹，能做木瓦的樹，也有異常完美的鐵杉，像一座寶塔一樣矗立在樹林中間；我還可以說出許多其他的樹。這就是我夏天和冬季拜訪過的神殿。

有一次我恰巧站在一條彎形彩虹的拱座上，彩虹貫穿大氣層的下層，把四周的青草和樹葉都染成了彩色，使我眼花繚亂，彷彿是透過一塊彩色水晶去觀看一樣。這裡成了一個虹光之湖，片刻間我像一頭海豚生活在其中。要是彩虹出現的時間持續得更久點，那它一定會把我的事業和生活染成彩色。當我在鐵路的堤道上行走時，時常會對我身影周圍的光環感到驚異，我會飄飄然把自己想像成是上帝的選民。有個前來探望我的人聲稱，他前頭那些愛爾蘭人的影子周圍沒有光環，只有當地人才有這個特別標識。貝溫尤托．切利尼[118]在回憶錄中告訴我們，當他被禁閉在聖安琪羅

118 切利尼（Benvenuto Cellini, 1500—1571），義大利作家和雕塑家。

城堡並產生出一種可怕的惡夢或幻覺之後，每到早上和黃昏便在他頭部的影子上出現一片燦爛的光華，不論他是在義大利或在法國，而當露濕青草時，這情況特別明顯。我上面所指的情況大概和這屬於同一現象，早上看得格外清楚，不過在其他時間，甚至在月光下也可見到。儘管它經常發生，但通常並不被人注意到，而像切利尼那種想像力豐富，動輒興奮激動的情況，便足以由此構成一種迷信。此外，他還告訴我們，這件事他只和極少數人說。但是，那些意識到自己頭上有光環的人，難道不是真的很特殊嗎？

有個下午我出發穿過樹林前往費爾港釣魚，以彌補我粗茶淡飯的不足。我路上經過那片附屬於貝克農場的歡樂草地，有個詩人對這塊休憩之地曾作過吟詠，開頭處這樣寫：

「眼前是一片樂土，
生滿苔蘚的果樹
給淡紅的小溪讓路，
靈活的麝香鼠在溪邊居住，

還有水銀似的鮭魚
來去倏忽。」[119]

在我前往華爾登湖之前，曾想住在這裡。我曾經「釣」過蘋果，跳過小溪，嚇跑過麝香鼠和鮭魚。在那樣的下午，你覺得時間似乎格外長，許多事情都可能發生，我們可以在那裡度過大半生，儘管我開始時已是時間過半了。途中碰上了陣雨，我不得不在一棵松樹下站了半個鐘頭，在頭頂上架起一些樹枝，再把一塊手帕蓋上去以供避雨。最後我終於在狗魚草上拋下了釣線，站在水深及腰之處，這時我突然發現烏雲壓頂，雷聲開始隆隆轟響，我別無辦法，只好聽著。我在想，天上眾神一定都趾高氣揚，才會使出這一道道叉形的閃電來擊打手無寸鐵的漁人。所以我便急忙跑到最近的屋子去躲一躲，這間屋子距離任何一條路都有半英里之遙，但離湖泊就近得多了，這裡已經很久沒有人住了：

「此處是一位詩人所建，
在那已成過往之年，

119 強尼（W. E. Channing）「貝克農場」II，1—6，強尼把1848年寫成的這首詩列入他的《梭羅：自然詩人》一書中。

看那個小小的船艙，
也向毀滅之途啟航。」[120]

繆斯女神就是這樣講的。可是我發現那裡如今住著個愛爾蘭人約翰．菲爾德，還有他的妻子和幾個孩子。那個臉龐寬闊的孩子已經會幫父親做事了，現在他正跟在父親旁邊從沼澤地跑來避雨；那個滿臉皺紋、女巫模樣、腦袋尖尖的嬰兒，坐在父親的膝蓋上，就像坐在貴族的宮廷裡一樣，從潮濕飢餓的家裡好奇地望著陌生人——這是嬰兒的權利，嬰兒什麼也不懂，他是貴族世系的末代，是世界希望的中心，而非約翰．菲爾德家可憐、挨餓的小子。當陣雨猛降，外面雷電交加時，我們一起坐在漏雨最少的那處屋頂下。過去我曾很多次坐在這裡，在那艘載著這一家飄洋過海到美國來的船造好之前。約翰．菲爾德顯然是一個誠實勤勞但卻無能的人。他的妻子毅然把在高爐後面一頓接一頓做飯的事擔負起來，她擁有一副又圓又油膩的臉孔，露著胸，心頭還老想著有一天她會有好日子過呢；她總是拖把不離手，可是任何地方都看不出它有什麼作用。一些小雞也跑到這裡來避雨，大大方方地在屋子裡走動，像是家庭成員一樣，若要烤來吃我覺得就太不人道了。牠們站著，毫不

120 強尼《貝克農場》II，36—38。

畏懼地盯著我，故意來啄我的鞋。這時，我的主人給我講述他的身世，他是多麼艱苦地「在沼澤裡」替鄰近的農民打工，用一把鐵鍬或沼澤上專用的鋤頭把草地翻過來，每英畝的報酬為十美元，這片地連同肥料可由他使用一年。他那個子矮小、臉龐寬闊的兒子當時就愉快地在父親的身旁幹活，不懂得父親和人家做了一筆多麼窩囊的交易。我試圖用自己的經驗幫助他，說他家是我最近的鄰居之一，並說我雖是來這裡釣魚的，看上去像個遊手好閒的人，其實我的謀生之道和他一樣。我告訴他說，我住在一個光亮、清潔而結實的屋子裡，每年的租金通常並不比他這座破房子的租金更多；要是他願意的話，他可以在一兩個月之內給自己建造起一座宮殿。我還說，我不喝茶，不喝咖啡，不吃奶油，不喝牛奶，也不吃鮮肉，所以我不必為了得到它們而工作。再者，由於我不必拼命工作，也就不需要拼命吃，所以花在吃的方面的錢微乎其微；可是由於他一開始就喝茶、喝咖啡、吃奶油、喝牛奶、吃牛肉樣樣要，所以他得拼命工作以付出這筆錢，而當他拼命工作，他就非得拼命吃不可，因為這樣才能恢復全身體力的消耗——這一來，兩相抵消，白忙一場，實際上還虧了，因為他感到不滿足，把生命浪費了。然而，他卻把到美國來視為有所得，因為每天都可以喝到茶，喝到咖啡和吃到肉。可是，真正的美國應該是一個這樣的國家：在那裡，你可以自由追求一種能夠讓你擺脫這些東西的生活，而且國家並不試圖逼你去支持奴隸制度和戰爭，不迫使你由於直接或間接地使用這些東西而支付不必要的費用。我和他交談時故意把他當成一個哲學家，或者一個想當哲學家的人。讓大地上所有的草地全都留在原始的狀態，倘若這是人開始重新恢復自我的結果，那我會感到十分愉快。一個人無須靠研究歷史去發現什麼東西最適合於自己的文化。可是，哎呀！一個愛爾蘭人的文化，是一項要用適於沼澤地的那種精神鋤頭來開發的事業。我告訴他，由於他跟沼澤地打交道得很艱苦，所以他要有一雙厚實的長統靴和一身耐穿的衣服，不過它們很快就弄髒、穿破了，而我穿的是薄底鞋和薄衣服，價錢還不到他的一半，儘管他會說我穿得像個紳士模樣（實際情況並非如此）。我只消花一兩個小時，都不像從事勞動，而像在消遣，要是我願意的話，可以捕到足供兩天吃的魚，或賺到可以供我一星期用的錢。要是他們一家生活得很簡樸，就可以全家夏天出去採摘美洲小紅莓，其樂融融。約翰聽到這一番話長嘆了一聲，他的妻子則雙手叉腰瞪著眼，夫妻倆都顯得不知道他們是否有足夠的資本來開始這種生活，或者是否有算術頭腦把這種生活堅持下去。對他們來說，那是一種純粹靠計算推測方向的航行，他們看不清這麼一來要怎樣才得以入港。因此，我揣測，他們仍然會壯烈地按著原來的生活方式，面對生活，拚盡全力去做，但卻無法用一根精製的楔子把生活的主柱給劈開，然後再細加雕刻；他們只是想粗略地對付一下生活，就像對付薊草那樣。可惜他們是在一種兵敗如山倒的不利形勢下作戰的——約翰·菲爾德，哎呀！沒有看清生活的面目而討生活，因之失敗。

「你釣過魚嗎？」我問道，「啊，是的，每當我躺在湖邊休息時，我有時會捉到夠一頓吃的魚，很好的鱸魚。」「你用的是什麼釣餌？」「我用蚯蚓捉銀色小魚，再用小魚去釣鱸魚。」「約翰，你最好現在就去。」他的妻子臉上放光，滿懷希望地說。可是約翰卻猶豫不決。

現在陣雨過去了，東邊樹林的上空出現了一道彩虹，看來會有個晴朗的黃昏，所以我就告辭了。走出屋子後，我向他要杯水喝，希望藉此看一下井底，完成我對這家人的調查。可是，哎呀！那兒的水很淺，還有流沙，而且繩子也斷掉了，水桶已經壞得無法修理。他們找出了一個合適的廚房用具，似乎還把水蒸餾了一下，經過了一番商量，一番拖延之後，終於遞到口渴的人手裡——還沒來得及冷卻下來，也不清澈。我想，在這裡維持著人的生命的就是這種髒水。所以，我閉上了眼睛，小心抿嘴，把水中的塵埃擋住，為了那真誠的好客而盡情地喝上一口。在涉及禮貌問題時，我在這種情況下絕不拘謹。

雨後，當我離開了愛爾蘭人的屋子，轉身又向著湖邊走去時，剎那間忽然感到：我這樣急於要捉狗魚，費力地在幽靜的草地上，在沼澤地和泥塘中，在淒涼的曠野跋涉前進，這一切對我這個曾上過中學和大學的人來說顯得太無價值了。但當我跑下山，朝著紅霞滿天的西方前進，肩上掛著彩虹，又有輕微的叮噹聲透過明淨的天空傳到耳邊，不知道從何處我的守護神似乎在說：出去捕魚打獵，每天要跑得遠，天地要寬廣——更遠點，更寬廣點——你就在許多溪水旁和人家的爐邊休息，不必擔心。記住你青年時代的造物主。黎明前即起，無憂無慮，出去探險，中午時你已在別的湖泊旁邊，夜幕降臨時你隨處為家。世上沒有比這更廣闊的領域，也沒有比這裡更有價值的娛樂。按照你的天性無拘無束地生長，就像這些菖蒲和鳳尾蕨，它們絕不會變成英國乾草。讓雷霆轟鳴吧，即使它對農民的農作物造成毀滅的威脅又有什麼要緊呢？這並不是它要帶給你的口信。當別人躲到馬車和屋子裡避雨時，你可以躲到雲下去避一避。別讓謀生變成你的職業，它是你的遊戲。你欣賞著大地，但不是占有大地。由於缺乏進取心和信心，人們便像現在這樣，買進賣出，全都過著像奴隸一樣的生活。

呵，貝克農場！

「一點點爛漫的陽光，
就是最富麗的風景。」

「在你那片圍起的草場，
無人前往縱酒狂歡。」

「你不曾和誰辯論，
也不曾為問題所困，
像初見時與現在一樣馴順，
穿著褐色粗布衣裙。」
「愛者來，
憎者也來，
聖靈之子，
和州裡的蓋伊．福克斯[121]，
將一個個陰謀吊死於牢固的樹枝！」[122]

人們總是夜間服服貼貼地從鄰近的田地或街道回到家裡，那裡縈繞著他們家庭的迴響，他們的生命日趨憔悴，因為只是一再呼吸著自身的氣息；早晨和黃昏的影子都比他們每天的腳步走得更遠。我們應該每天從遠方，從冒險行動，從險境，從各種發現中帶著新的經驗和性格回到家裡。

我還沒有走到湖邊，約翰．菲爾德就已在某種新的衝動驅使下跑了出去，他改

121 Guy Fawkes，一六〇五年策劃用火藥爆炸謀殺英國國王。
122 強尼《貝克農場》II，11—12，21—22 和 78—87。

變了主意，日落前不去沼澤地勞動了。可是他這可憐的人，只釣到兩尾魚，可我卻捉到一大串，於是他說這是他的運氣不好。可是，當我們交換了船上的座位，運氣也跟著換了位。可憐的約翰．菲爾德！（我希望他不會讀到這一節，除非他能受到這件事的啟發而有所改善。）想在這片原始的新土地上，用某種缺乏獨創性的老方法來生活——用銀色小魚作釣餌捕鱸魚。我承認，有時這是很好的釣餌。儘管他的地平線全屬於他自己所有，可是這個可憐的人生來就窮，隨身帶著他那繼承下來的愛爾蘭人的貧困或窮命，亞當的老祖母那種沼澤型生活方式，他和他的後代在這個世界上是站不起來了，除非他們在沼澤中跋涉行走的腳長了蹼有朝一日穿上了有翼的靴。

更高的規律

當我提著一串魚，拖著釣魚竿穿過樹林回家時，天色已經相當黑了。我瞥見一頭土撥鼠偷偷穿過小路，心頭湧上一陣奇異的野性狂喜，強烈地想要抓住它，把它生吞下去。這倒不是因為我當時肚子餓，而是因為它代表著野性。當我生活在湖上時，曾有一兩次發現自己在林中來回奔跑，像一條飢餓的獵犬，帶著一種奇怪的放縱任性的心情，尋覓某種我想吞食的野味，沒有什麼野味對我來說是太粗野的。那最野性的景象已經莫名其妙地變得熟悉了。我內心發現，而且現在仍然發現，我有一種追求更高級的生活，或者稱之為精神生活的本能，像多數人那樣；與此同時，我也有另一種追求原始狀態和野性生活的本能。我對這兩種本能都同加尊敬。我愛野性不亞於愛善良。在捕魚中表示出來的野性與冒險能吸引我。有時我愛粗野地生活，更像野獸那樣過日子。也許，我得把我和大自然的親密無間歸功於年輕時從事這種活動和打獵。漁獵很早就使我們接觸到自然風光，與之結下不解之緣，要不是那樣，在當時那樣的年齡，是不可能熟識自然風光的。漁夫、獵人、樵夫和其他的人在田野林間生活，從某種意義上來說已成了大自然的一部分。他們在工作之暇觀察大自然，甚至要比那些帶著某種期望來觀察自然的哲學家或詩人更加擁有適當的態度。大自然並不害怕向他們展示自己。大草原上的旅行者自然成了獵人，而在密蘇里河和哥倫比亞河的水源處上卻成了捕獸者，在聖瑪麗大瀑布那邊又成了漁夫。那個充其量只是個旅行者的人所懂得的只是第二手知識，很不完整，因之沒有權威。我們最感興趣的科學報導是，那些人通過實踐或靠本能已經懂得些什麼，因為只有這才是真實**人性**，或人類經驗的報導。

有些人認為美國人的娛樂活動很少，因為這裡沒有很多的公訂假日，男人和小孩玩的遊戲沒有像英國那麼多，但他們想錯了，因為在這裡，漁獵一類更加原始而孤獨的娛樂活動還沒有讓位給遊戲呢。在我的同時代人裡面，幾乎每個新英格蘭男孩在十至十四歲之間都背著一把獵槍。他們捕魚打獵的場地不像英國貴族的那樣只限定在一個獨占的範圍內，而是甚至比野蠻人更加無邊無際，這就難怪他們不常到公共場所遊戲了。不過，現在的情況已經在發生變化，原因不在於慈善行為的增強，而在於獵物的減少，說不定獵人正是被狩獵野獸的最好的朋友，連保護動物協會也不例外。

再者，我住在湖邊時，有時想多吃些魚肉，使我的伙食更加豐盛多樣。我的確像早期那些捕魚人一樣，是出於需要才去捕魚的。無論我會編造出什麼樣的仁慈為懷的說法來反對捕魚，全都是造作的，是切合我的哲學更甚於我的情感。（我現在只談捕魚，因為長時間以來我對捕鳥的看法發生了變化，所以在我到林中去之前，便把獵槍賣掉了。）倒不是我沒有別人仁慈，而是我不覺得特別難過。我既不可憐魚，也不可憐餌蟲，這已成了習慣。至於捕鳥，在我背著獵槍的最後幾年，我的藉口是我正在研究鳥類學，只找尋一些新的或少有的鳥類。但我承認，我現在傾向於認為，有一種比這更好的研究鳥類的方法。它要求你更加密切地留意鳥類的習性，所以，只憑這點理由，我就心甘情願把獵槍給丟在一邊了。然而，儘管人們出於博愛為懷反對打獵，我仍情不自禁地覺得，未必能有一些具有同等價值的娛樂來取而代之。當我有些朋友熱切地問我，他們是否應該允許兒子去打獵，我的回答是：應該——我記得，那是我受到的教育中最好的一部分——把他們培養成獵人；儘管最初只是戶外運動愛好者，但如果有可能，最後便成為好獵手，以致在動物或植物界再也找不到足夠他們施展的領域，於是他們會成為獵「人」的獵者和網「人」的漁夫。迄今我仍與喬叟筆下那修女意見相同，她說：

「他毫不在乎那古聖者之意
說什麼獵人不能兼做聖者。」[123]

在個人和種族的歷史中有一個時期，獵人被視為「最好的人」，阿爾岡昆人[124]就曾這樣稱呼過他們。我們不能不可憐那個沒有開過槍的男孩，因為他受教育的機會被剝奪了。這就是我對那些一心想要打獵的年輕人的答覆，我相信他們很快就會成長，超越這個階段。沒有一個人在過完了無憂無慮的童年時期之後，會胡亂任性殺害任何生物，須知這生物所過的是和他一樣的生活。兔子在走投無路時像小孩一樣號叫。我要告誡你們，母親們，我的同情心絕非一般的仁慈。

這就是最常見的情況：年輕人用這種方式初次接觸森林，以及他們自身那種人之初的本性。他跑到森林中去，先作一個獵人和漁人，直至最後，要是他內心深處蘊藏著善良的生命種子，他便會辨認出自己的目標是當一個詩人或一個博物學家，於是便把獵槍和釣魚杆丟到身後。在這方面，大多數人依然不能在這方面成熟。在一些國家裡，打獵的牧師並不少見。這樣的人可以成為一頭好牧犬，但要成為一個「好牧羊人」卻還差得很遠。我感到很奇怪的是：除了伐木、鑿冰，或其他相類似

123 喬叟《坎特伯雷故事集》總序，II，177—178，描述的是修士而非修女。
124 阿爾岡昆人（Algonquin），居住在魁北克和安大略省的美洲印第安人。

的營生之外，據我所知，現在能把我的任何一個鎮民同胞（不論大人還是兒童，只有一個例外）留在華爾登湖整整半天的，顯然只有一件事，那就是釣魚。他們儘管一直有機會觀賞湖泊，卻通常並不認為自己很幸運，也不認為花下去的時間有得到優厚的報酬，除非能抓到長長一大串魚。這些人或許要到湖上一千次，才能把捕魚的積習沉澱到湖底去，使他們的目標得以淨化。但毫無疑問，這個淨化的過程會一直進行下去。州長和議員隱約記得那個湖泊，他們小時候曾到那邊釣過魚，可是現在年老位高了，不宜再跑去釣魚，所以湖泊和他們再也無緣。然而，他們卻希望最後要到天堂去。要是立法機關考慮到它，那也主要是規定在湖上捕魚時所用的釣鉤數目。可是，他們對釣鉤上釣起了湖光水色，並把立法機關變成縛在釣竿上的釣餌，卻一無所知。所以，甚至在文明社會裡面，處於未成熟狀態的人也要經歷一個發展上的漁獵階段。

近年來，我一再發現，我每釣一次魚便不能不失去一些自尊心。我曾一再嘗試著釣魚。我有釣魚的技巧，像我的許多同伴一樣，有這種天性，它一再促使我去捕魚。可是，我經常在捕過了魚之後感到要是不去做會好些。我覺得我沒有弄錯什麼。這是一個微弱的暗示，可是它卻像黎明的絲絲微光。毫無疑問，我有這種屬於造物中較低的階層，然而隨著一年年的時光逝去，我也不再捕魚，儘管人道意識或智慧並未增進。現在我已經不捕魚，但我明白，要是我生活在荒野裡面，我又會想去認認真真地捕魚打獵了。此外，這種飲食和所有的肉食基本上是不潔的，我開始明白家務出自何處，又因何要力圖每天顯出一副健康、體面的外表，房屋要保持美觀，沒有惡臭和難看之處，這需要花費很多的錢。我本身既是屠夫、雜工、廚師，又是一道道菜肴要端給他品嘗的老爺，所以我能根據異常完整的經驗來發表意見。實際上我反對吃獸肉是因為它不乾淨；此外，當我洗淨、煮熟並吃掉我捕來的魚時，這些魚似乎基本上就沒有讓我吃到營養。這既無意義又沒有必要，得不償失。一點麵包，幾粒馬鈴薯也就夠了，既少麻煩又不骯髒。像我的許多同時代的人那樣，多年以來我很少吃獸肉或飲茶、喝咖啡等等，這倒不因為我在它們身上追出了惡果，而是因為它們不符合我的想像力。對獸肉產生反感不是經驗使然，而是出於本能。在各方面過艱苦一點，吃著粗羹淡飯反而顯得更美。儘管我不曾做到這樣，但我卻盡量讓我的想像力感到滿意。我相信，每個熱衷於把自己更高級的或詩意的官能保持在最佳狀態的人，都格外傾向於不吃獸肉，不多吃任何食物。昆蟲學家認為，這是一個意味深長的事實（我從柯爾比和斯彭斯的著作中讀到），「有些昆蟲在成蟲的階段，儘管生長著飲食的器官，卻不加使用。」他們把這定為「一種普遍規律，幾乎所有的昆蟲到了這個階段吃的東西都比幼蟲階段時少得多。當貪吃的毛蟲變成了蝴蝶，」……「當貪食的蛆蟲變成了蒼蠅，」[125]只需一兩滴蜜或一點別的什麼甜液便滿

125 威廉・柯爾比（W.Kirby）和威廉・斯彭斯（W.Spence）《昆蟲學入門》（費城，一八四〇）。

足了。遮蔽在蝴蝶翅膀下的腹部還呈現出蛹的形狀。正是這個蛹形的腹部誘來了食蟲的動物，招致殺身之禍。暴飲暴食的人就是處於幼蟲形態的人；世間也存在著處於這種狀態的民族，也即那些沒有幻想或想像力的民族，正是那大肚子出賣了他們。

要提供和烹調一頓簡單、清潔、不觸犯想像力的飲食是一件難事。但我想，當我們為身體提供營養時，也需要為想像力提供營養，兩者應該坐到同一張飯桌旁來。這也許還可以做得到。有節制地吃些果蔬，就不致使我們為自己的食慾感到羞慚，也不會妨礙我們從事那些最有價值的事業。可是，一旦把額外的調味品放進你的菜裡，那可就要毒害你了。靠吃山珍海味過日子是不值得的。大多數人要是親手在那裡大肆烹調美味的葷菜或素菜給人碰上了，就會感到赧顏，其實每天都有人在替他做這種菜。在這種情況改變之前，我們就算不上文明人，即便是有身分的先生與女士，也算不上真正的男人和女人。這一點當然使人想到應該如何去加以改變。人們無須去問為什麼想像力無法與獸肉和脂肪調和一致。我懂得它們無法調和就夠了。說人是一種肉食性動物難道不是一種譴責嗎？的確，人在很大程度上能夠、而且也確實以捕食其他獸類為生，但這是一種可悲的方式——任何一個跑去誘捕兔子或屠殺小羊的人都會知道。所以那教導人們只吃較純潔而有益於身心健康的飲食的人，就將被視為人類的恩人。不管我自己實行的狀況如何，我毫不懷疑這是人類命運的一部分，人類在逐漸的改善過程中脫離肉食的習慣，正如那些野蠻部落一旦與更加文明的部落有了接觸之後，便把相互殘食的習慣拋棄掉一樣。

一個人要是傾聽他的天性中那些極其微弱但卻堅貞不變的建議——它們當然是真的，他看不出天性會把他引到什麼極端甚或瘋狂的事上去。可是，當他變得更加堅定，更有信心時，他會發現那條路正是他要走的路。健康的人，哪怕只有一個，他對人類習俗的反對，雖然模糊，但若確實無誤，則最終會戰勝人類的雄辯和積習。沒有人按天性行事，直到被它引入歧途。儘管結果造成身體上的虛弱，可是也許誰也不會說其後果是件憾事，因為這是符合更高原則的生活。要是你能歡快地迎接一個個白天和黑夜，生活散發著像鮮花和香草的芬芳之氣，更加輕快，星光燦爛，更加不朽——那就是你的成功。整個自然界都在祝賀你，此時此刻你完全有理由為自己祝福。最大的成就和價值距離人們的賞識也最遠。我們很容易懷疑它們是否真的存在，而且很快就把它們忘記了。它們是最高的現實。也許那些最令人震驚和最真實的事實從來未曾在人與人之間交流過。我日常生活的真實收穫有點像朝霞暮靄那樣不可捉摸和難以言傳。我抓住的只是一點星塵，一段彩虹。

然而，就我而論，我從不過分吹毛求疵。如有必要，有時我可以津津有味地吃一隻烤老鼠。我很高興長期以來飲用清水，原因一如我寧願有一片自然的天空，而不願見到一個抽鴉片煙者那吞雲吐霧的天堂。我會願意永遠保持清醒；須知迷醉的程度是無窮無盡的。我相信，水是智者的唯一飲料，酒並不是那麼高貴的液體；

試想，一杯熱咖啡便可使早晨的希望破滅，而一杯茶也可使晚上的美夢煙消雲散！啊！當我受到它們的誘惑時，我墮落到多麼低的層次！甚至音樂也可能令人麻醉。這種看似微不足道的原因毀滅過希臘和羅馬，將來還會毀滅英國和美國。在所有醉人的事物當中，誰不願意被自己所呼吸的空氣陶醉呢？我發現反對長時間做粗活的一個最重要的理由是，做粗活反過來又迫使我大吃大喝。不過，老實說，近來我在這方面也不那麼挑剔。我現在很少把宗教儀式帶到飯桌上來，也不要求祝福；這倒不因為我比過去更聰明，而是，我得承認（無論多麼遺憾），隨著歲月的增長，我已經變得更加粗魯，更加冷漠了。也許這類問題只有青年才加以考慮，就像他們大都喜歡詩歌那樣。我的實踐「不怎麼樣」，我的意見卻在此處。然而，我絕不把自己看成是《吠陀經》中所指的那些特權者之一，經文說：「對萬物主宰有大信心者，可食一切存在之物，」也即無需問他吃的是什麼，或者是誰為他準備的。然而，即使在這種情況下，也應該注意到，正如一個印度注釋家評論過的那樣，吠檀多[126]把這種特權只限於「危難的時期」[127]。

誰不曾有時吃得心滿意足，難以言傳，卻不只是口腹之快？我曾經激動地想到：我得把精神上的感覺歸功於一般認為粗俗的味覺，我由味覺而得到靈感，我在

126 吠檀多（Vedanta）印度六派正統哲學體系之一，構成大多數現代印度教派別的基礎。
127 拉傑・拉莫漢・羅伊（Raja Rammohun Roy）《若干吠陀文獻譯文》（倫敦，一八三二）。

山坡上吃到的一些漿果滋養了我的天賦。「心不在焉，」曾子說，「視而不見，聽而不聞，食而不知其味。」[128]所以能辨別出食物真味的人絕不可能是個狼吞虎嚥的人。換言之，無法分辨其真味的人則不可能不是。一個清教徒可能帶著粗俗的胃口去吃他的黑麵包屑，正如一個市政委員吃他的鱉湯一樣。不是入口的食物玷污了人，而是吃東西的食欲把他玷污了。問題既不在質，也不在量，而是口腹上的嗜好。如果吃下去的食物不是為了支援我們肉體上的需要，也不是激發我們的精神生活，而是為了我們肚子裡的蛔蟲。要是獵人喜歡吃鱉、麝鼠及其他野生珍品，漂亮的淑女們就喜歡吃小牛蹄做成的肉醬，或來自海外的沙丁魚，他們都是一樣的。他跑到池塘邊，她則去找肉醬。令人驚異的是，他們怎能、你我也怎能過著這種卑劣的野獸般的生活，只知吃喝。

我們的整個生活是一種令人驚異的精神生活。在善與惡之間從未有過片刻的休戰。善是唯一永不失敗的投資。在那使全世界為之顫動的豎琴音樂裡面，正是這種對善的堅持使我們無限興奮激動。豎琴像是宇宙保險公司的旅行推銷員，介紹公司的條例，而小小的善行也就是我們應繳的保險費。儘管年輕人最後總是變得冷漠，可宇宙的規律不會冷漠，而是永遠站在最敏感者的一邊。聽一聽每陣西風中的譴責

128　《大學》，第七章。

之音吧，因為這聲音無疑在那裡，那些聽不到的人，是不幸的。每撥動一根弦線，調整一個音調，都不能不使我們受到一種引人入勝的寓意震盪。許多討厭的嘈雜之音傳了很遠後，聽起來頗像樂音，這是對我們卑微生活的一種高傲而絕妙的諷刺。

我們意識到自己身上存在著一種動物性，我們更高的天性越是打瞌睡，這種動物性也就越清醒。它匍匐爬行，耽於酒色，也許無法完全排除掉；它像蛔蟲一樣，甚至在我們身體健康時，仍然寄生在我們的體內。我們也許有可能避開它，但無法改變它的本性。我擔心動物性享有其自身的某種健康；我擔心我們有可能身體健康，但並不純潔。幾天前我撿到一副豬的下頜骨，牙齒和長牙全都潔白完好，這表明存在過一種與精神健康截然不同的動物性健康及活力。這種動物是用一種不同於節欲和純潔的方法而成功存活。「人之所以異於禽獸者幾希，」孟子說，「庶民去之，君子存之。」[129]要是我們真的達到了純潔，誰知道我們的生活會變成什麼樣呢？如果我得知有個聰明人能教我純潔，那我一定立刻就跑去找他。「控制情欲，控制身體的外部官能，加上做好事，《吠陀經》宣稱這是心靈接近神所不可或缺的條件。」[130]可是精神能夠在一時間滲透並控制身體的各個部分和各種功能，並把形式上最粗野的色情變為純潔與虔誠的。生殖的精力一旦加以放縱便會耗散元氣，使我們不潔，而當

129 《孟子・離婁下》第十九章。
130 羅伊（Rammohan Roy）《若干吠陀文獻譯文》。

克制節欲時，則使我們精力充沛並得到鼓舞。貞潔是人的花朵，而所謂天才、英雄主義、神聖等等，也無非就是由它產生出來的種種果實。當純潔的航道暢通時，人立刻流向上帝。我們為自身的純潔鼓舞，而不純潔又使我們為之沮喪，二者交替反覆。那個確信他身上的獸性一天天地消逝，而神性不斷成長起來的人是有福的。大概沒有人不需要為他與低級獸性的聯繫而感到羞辱。我擔心我們只是這樣的神或半神半人，就像半人半羊的農牧神和耽於淫欲的森林之神，也就是神性與獸性為伍，是貪求滿足欲望的動物。我擔心，在某種程度上，我們的生命本身就是我們的恥辱。

「這人多愉快，把內心的野獸安頓到適當之處，
把心田上橫生的雜木清理砍除！

能利用馬、羊、狼和每種牲畜，
和一切獸類相比，自己不是蠢驢。
否則人不但是一群豬，
而且也是一幫惡魔，

使它們魯莽瘋狂，惡習加劇。」131

一切的肉欲，儘管形式繁多，卻都是一路貨色；而一切的純潔也是同一個。一個人無論是縱欲吃喝、同居或睡眠，全都是一回事。它們同屬於一種欲望，我們只需看一個人做其中任何一件事，就會知道他是個多大程度的酒色之徒。不潔與純潔不能同立同坐。當爬行動物在洞穴的一頭受到攻擊時，它就會出現在洞穴的另一頭。如果你要貞潔，就必須有所節制。什麼是貞潔呢？一個人怎麼知道他是否貞潔呢？他是不會知道的。我們聽到過這種美德，但不知道它是怎樣的。我們便輕易按照聽到的傳說來加以說明。智慧與純潔來自身體力行，無知與淫欲則出自懶惰。在學生身上，淫欲是一種心智懶惰的習慣。一個不潔的人通常總是一個懶漢，他坐在爐旁烤火，躺在那裡曬太陽，還沒疲倦就要休息。如果你想要避免不潔以及種種罪惡，你就得認真工作，哪怕是去打掃牛棚。天性難以克服，但必須克服。要是你不比異教徒更純潔，要是你不更加克制自己，要是你不更加虔誠，那麼你是個基督徒又有什麼用呢？我知道有許多被認為是異教徒的制度，它們的種種教規戒律使讀者感到羞慚，激發他們去作出新的努力，儘管只不過是履行儀式罷了。

131　多恩（Donne）《致愛德華・赫伯特爵士》。

我對說出這類事頗感猶豫，不過原因不在主題——我並不在意我所使用的詞語多麼猥褻汙穢，而是因為我一說起這類事便不能不暴露我的不純潔。我們總是自由暢談一種形式的淫欲而不感羞慚，可是對另一種形式的淫欲卻又閉口不談。我們已經墮落到這種地步，連人類天性必不可缺的功能都談不得。早期在某些國家裡，對每種活動都能虔敬地討論並由法律作出規定。在印度制定法典的人眼裡，世上無瑣事，無論它多麼不符合現代的口味。他教導應如何飲食、同居、如廁等等，他把卑劣的提高起來，不把這些東西自欺欺人地稱為瑣事而撇到腦後去。

每個人都是一座聖廟的建築師，他的身體就是用來供奉他的上帝的聖廟，若他想另外以鑿擊大理石來替代，也仍然逃不開。我們都是雕刻家和畫家，用的材料就是我們自己的血肉與骨骼。任何崇高的品質一開始就使一個人的面貌變得完善，而任何卑賤或淫蕩則使其墮落為禽獸。

九月的一個黃昏，約翰．法默在辛苦工作了一天之後，在門口坐了下來，他的心多少還牽掛在工作上。沐浴之後，他坐下來，讓智者給他工作後消遣。這是一個相當寒冷的黃昏，他的一些鄰居擔心會降霜。他沉入遐想不久，便聽到有人在吹笛，那聲音和他的心情非常協調。他還在想他的工作，但主要情況是：儘管工作的事還在他腦子裡轉，儘管他迫不得已還在進行計畫和設計，可是這種事和他的關係不大。這無非就是點皮屑，經常可以去掉。但笛子的曲調，來自不同於他工作的領域，傳到他的耳中，提醒他身上沉睡的某些官能起來工作。曲調飄飄然吹得他不知身在何方，忘卻了他所住的街道、村落和國家。有個聲音告訴他——你在有可能過著光榮的生活時，為什麼要待在這裡過著這種卑微辛苦的生活呢？同樣的星星在與這邊不同的大地上空閃閃發光。但怎樣才能走出這種境況，真正遷移到那邊？他所能想到的只是實踐某種新的簡樸嚴肅的生活，讓他的心靈降回肉體內，去解救它，並以與日俱增的尊敬之忱去對待自己。

禽獸為鄰

有時我會有個垂釣的同伴，他從本鎮的另一頭穿過村莊到我的木屋來，共進晚餐和捕獲這頓美餐的過程一樣是社交活動。

隱士：我不知道世界現在在做什麼。這三個小時以來我甚至沒有聽到香蕨木上有蟬鳴的聲音。鴿子全都睡在鴿棚裡——沒有鼓翅的聲音。此刻從樹林外傳來的是不是農民午間的號角聲？雇工們就要回來了，吃煮熟的醃牛肉、蘋果酒和玉米麵包。人為什麼要這樣折磨自己？不吃者也就無須工作了。我不知他們收穫的究竟多少。誰願意住在那個地方？狗吠聲吵得人無法思考。啊！還有那些要整理的家務！要把討厭的門把擦亮，這樣的好天氣還得沖洗澡盆！最好是沒有房子。比方說，住在樹洞裡，這一來，還有什麼午後的正式訪問和宴會！有的只是啄木鳥的啄木聲。啊，他們成群結隊待在一起，那邊太陽太熱；在我看來，他們都涉世太深。我從泉水中汲水，架上有塊黑麵包——聽！我聽到樹葉的沙沙聲。是不是村裡某隻沒有餵飽的獵犬聽從本能跑去追獵？還是那頭丟失了的豬，據說跑到這林子裡來了？雨後我還見到過豬的腳印呢。腳步聲快速跑過來，我的漆樹和多花薔薇顫動起來——啊，詩人先生，是你嗎？你覺得今天這個世界怎樣？

詩人：你看那片雲，多麼美妙地高懸空際！這是今天見到的最偉大的東西。古畫中沒有這樣的雲，外國也沒有這樣的雲——除非我們在西班牙沿海。那是一片真正的地中海天空。我想，由於我需要謀生，並且今天也還沒有吃東西，所以我該去釣魚了。這就是詩人的真正事業。這是我所學會的唯一職業。來吧，讓我們一起去。

隱士：我不能拒絕你。我的黑麵包快吃完了，我很樂意馬上跟你去，不過我正在完成一次嚴肅的沉思，我想很快就會結束。讓我單獨待一會兒吧。但為了不讓我們受到耽擱，你可以先掘些釣餌出來。這一帶很少碰見蚯蚓，因為沒有給土壤施肥，它們快要絕種了。當一個人的食欲不那麼強烈時，挖掘釣餌幾乎和釣魚同樣有意思，今天這種樂趣全由你一人包了。我倒要勸你在那邊的花生叢裡用鏟子去挖一挖，你看狗尾草在那兒搖擺。我想，只要你仔細在草根中間尋找，就像除掉雜草時那樣，保證你每翻起三塊草皮便能捉到一條蚯蚓。或者，要是你願意走遠一點，那絕非不明智之舉，因為我發現，釣餌數量的增加差不多與距離的平方成正比。

隱士獨白：讓我來看看，我剛才想到哪裡了？在我看來，我剛才幾乎處於這種心境之中，周圍世界處於這個角度。我到底是上天堂去呢，還是去垂釣？要是我必須迅速結束這種沉思，難道還會有別的這麼美妙的機會嗎？我非常接近於與萬物的本質化為一體，這是我一生中所不曾有過的。我怕這些思想不會再回到我的腦海裡。要是有益的話，我會吹口哨召喚它。當思想向我們發出邀請時，推說還得考慮考慮，這是否明智？我的思想已經一去不回，我再也無法追尋了。什麼是我方才正在考慮的問題呢？這是一個迷迷濛濛的日子。我還是來看看孔夫子的三句話吧，它們會把那思想重新找過來。我不知道那是抑鬱還是歡悅的萌芽。這是一片如夢的心境。此種機會只有一次。

詩人：現在怎麼樣啦，隱士，是否太快啦？我抓到了十三條完整的，還有幾條不完整或太小的，不過用來釣小魚還是可以的；還遮不住鉤子。村子裡的蚯蚓可就太大了，一條銀魚飽餐一頓後還不會碰到鉤呢。

隱士：好吧，咱們動身吧。要不要到康科特河去？如果水位不太高，才有樂子呢。為什麼恰好是我們見到的這些東西構成了一個世界呢？為什麼人恰好就是要跟這些動物當鄰居呢？好像只有老鼠才能把這個裂縫填充起來。我想，比爾拜[132]等人利用動物已到了盡善盡美的境界，因為它們全都是負重的動物，從某種意義上說，是擔負起我們的部分思想。

132 Pilpay（或Bidpai），寫印度動物寓言而馳名遐邇的作家。

常來我屋子裡的老鼠不是普通的老鼠，據說後者是從國外引進來的，而常來我家的老鼠則是村子裡沒有見過的土生野鼠。我給一位傑出的博物學家送去了一隻，他對這隻老鼠很感興趣。當我正在蓋房子時，有一隻這種老鼠在我的屋子下面做窩，在我還沒有鋪好兩層樓板並把碎木片掃掉之前，牠總是準時在午飯時跑出來，在我腳邊吃麵包屑。大概牠以前從沒有見過人，很快牠就和我親近起來，從我的鞋上跑過去，爬到我的衣服上。牠能夠很容易地急躥幾下便爬上牆壁，動作很像松鼠。最後，有一天，我用肘支撐著身體坐在凳子上，牠爬上我的衣服，沿著我的袖子跑，繞著那塊包著我的午飯的紙團團轉。我把那塊紙拉近自己，躲開牠，和牠玩捉迷藏的遊戲。最後，當我捏起了一片乾酪時，牠跑過來，坐在我的手掌裡一口一口吃了下去，然後像蒼蠅那樣把臉孔和爪子舔擦乾淨，便揚長而去。

很快便有一隻美洲鷯飛來我屋子裡築巢，還有一隻知更鳥為了保護自己飛到我屋子旁邊的松樹裡建窩。六月間，鷓鴣（Tetrao umbellus）這極易受驚的鳥帶著一窩幼雛從我窗前經過，從屋後的樹林走到屋前，像母雞那樣咯咯叫呼喚著幼雛，一舉一動都證明它確是林中母雞。你一走近，母親便發出信號，幼雛立刻一哄而散，像有一股旋風把牠們一捲而去。鷓鴣的顏色活像敗葉和枯枝，許多旅人把腳踩到一窩幼雛中間，聽到老鳥呼地一聲飛起並焦急呼叫，或看見老鳥拍著翅膀吸引他的注意力，都不會想到幼雛就在附近。母鳥有時在你面前打滾翻轉，弄得羽翼亂得不像個樣子，使得你頃刻之間認不清這是什麼鳥。小鳥靜靜地、平平地蜷伏著，時常把頭藏到葉子底下，只留心聽著母親從遠處發出來的指示，你就是走近，它們也不會再跑出來讓自己暴露。你甚至可能踩在它們身上，或一瞬之間目光投射到它們身上，可還是發現不了它們。有一次我把它們放在攤開的手掌裡，它們依然只小心聽從母親和本能行事，蹲在那裡，既不恐懼也不發抖。這種本能達到登峰造極的程度，有一次我把它們重新放到樹葉上去時，偶然有一隻側倒了，十分鐘後發現它仍然是以那個姿勢和其餘的雛鳥待在一起。小鷓鴣不像多數鳥類的幼雛那樣羽毛未生，而是比小雞更加早熟，發育得更加完美。一對坦誠、安詳的眼睛，露出十分成熟卻又天真的眼神，令人一見難忘。一切智慧似乎都在那眼睛裡得到反映。牠們不只展現出幼小時期的純潔，而且展現了一種受到經驗洗煉過的智慧。這樣的眼睛不是與這鳥兒同時誕生的，而是和牠所反映的天空一樣悠久。森林沒有產生出另一種這樣的寶石。旅行者並不常看到這像井水般清澈的眼睛。那種愚昧無知或粗心魯莽喜歡打獵的人，時常在這時射殺牠們的父母，拋下這些無辜的幼雛成為野獸或猛禽的獵物，或漸漸化為和牠們如此相似的枯葉。據說牠們要是由母雞孵出來，一聽見有點什麼動靜，便應聲四散，就此迷失，因為聽不到母鳥呼叫牠們回來的聲音。這些就是我的母雞和小雞。

令人驚訝的是，森林裡面有多少動物野生野長，自由自在，儘管處於隱蔽的狀態，而且它們在市鎮的附近仍能維持生存，只有獵人才猜測得到牠們的蹤跡。水獺在這裡過著多麼隱蔽的生活！牠身長四英尺，像小孩那麼大，也許從沒有人見過牠。以前我曾在我所蓋的屋子背後那片森林裡見過浣熊，說不定夜裡還會聽到牠們號叫。通常我在耕種之後，中午會在樹蔭下休息上一兩個鐘頭，吃午飯，在泉水旁邊閱讀一會兒。這條泉水從布里斯特山下滲出來，距離我的田地半英里，是一片沼澤地和一道小溪的發源地。去那兒的路上得穿過一片片漸次降低的草窪地，上面長著北美油松的幼樹，然後才能到達沼澤附近的一片較大的森林。那邊，在一個僻靜而濃蔭密布的地方，在一株枝葉伸展的白松樹下，還有一塊乾淨堅實的草地可以坐坐。我挖出了泉水，挖了一口井，井水是清亮的銀白色，我可以汲出滿滿一桶水，而不會把水攪渾。仲夏湖水最熱時，我幾乎每天都要到井邊打水。山鷸也帶著一窩幼雛到那邊，在泥土裡找尋蚯蚓，牠沿著泉水在幼雛上方不過一英尺處飛翔，而幼雛則結隊在下面奔跑。可是最後，這只山鷸發現了我，於是牠離開了幼雛，在我頭上不停打轉，越飛越近，直至距我只有四五英尺之遙，還假裝翅膀和腳都折斷了，吸引了我的注意力，讓幼雛逃脫險境。這時雛鳥已經開始奔跑，發出輕微的吱吱叫聲，按照母親的指示，排成單行穿過沼澤了。有時我看不見大鳥，但卻聽到雛鳥的吱吱叫聲。斑鳩也呆在那邊的泉水上，或拍翼從我頭頂上那柔軟白松的一根枝條飛到另一根枝條上去。或者，紅松鼠從最近的枝條上跑下來，格外親切，格外好奇。你只須在林中一個有吸引力的地點坐上相當一段時間，便可看到全體森林居民輪流現身。

我還是一些性質上不那麼和平的事件的見證人。有一天，我出門前往我的木柴堆，或不如說是我堆樹根的地方，在那兒見到兩隻大螞蟻在惡鬥，一隻紅色，另一隻比牠大得多，幾乎有半英寸長，呈黑色。一旦抓住對方，牠們就死死不放，拚鬥、摔角，不斷在木屑上打滾。朝更遠處看，我驚異地發現，木屑上布滿這樣的格鬥者，看來這不是一次決鬥，而是一場戰爭，一場兩個蟻民族之間的戰爭。紅蟻總是和黑蟻對抗，而且時常是兩隻紅蟻對付一隻黑蟻。這些邁密登軍團[133]在我的堆木場裡覆蓋了滿山遍野，地上到處是屍體和奄奄一息的垂死者，紅蟻和黑蟻都有。這是唯一一場我目睹的戰爭，唯一一個當戰鬥如火如荼進行之際，我涉足其間的戰場。兩敗俱傷的戰爭，一邊是紅色的共和派，另一邊是黑色的帝國派。雙方都進行死戰，可是我聽不到任何聲音，人類的士兵作戰也沒有這樣果決勇敢。在陽光充足的山谷裡，在木屑中間，我看見一對螞蟻緊緊地抱成一團，難分難解，現在已日到中天，牠們準備廝殺下去，直至太陽下山或生命完結。個子比較小的紅色戰士像一根老虎鉗緊緊鉗住對手的前額不放，雖經戰場上不斷的摔跤翻滾，始終片刻不停地啃咬對手一根觸鬚的根部，而另一根觸鬚則已被啃掉了。至於那只更強壯的黑螞蟻，則把紅螞

133 邁密登（Myrmidon）希臘神話中跟隨阿喀琉斯前往特洛伊作戰的塞薩利人。

蟻猛力地撞來撞去。我靠近一看，紅蟻身體上好幾處肢節已經斷掉了。牠們比牛頭犬更頑強兇狠。雙方都絲毫無意撤退。牠們的戰鬥口號顯然是「不戰勝，毋寧死」。這時，從山腰上跑來了一隻紅蟻，顯然非常激動，大概不是已殺死敵人，就是尚未參加戰鬥。可能是後者，因為牠的軀體完好無損。牠的母親命令牠帶著盾牌凱旋或躺在盾牌上回去。也許牠是阿喀琉斯式的英雄，曾經待在一旁怒氣衝衝，現在要來替普特洛克勒斯[134]復仇或加以拯救。牠從遠處觀看這場不對等的戰鬥——因為黑蟻的體積比紅蟻幾乎大一倍，牠快步更靠近點，直至距離戰鬥者只有半英寸時才警惕地停了下來。接著，牠窺準時機撲向黑色的戰士，從靠近右前腿根的部位開始牠的軍事行動，讓敵人隨意選擇牠自己身上的任何部分。所以這一來三隻螞蟻拼命牢牢抱成一團，彷彿已經發現了一種新的吸引力，使得任何鎖具和水泥都相形遜色。這時要是我發現它們各自都有安置在某塊顯眼的木屑上的樂隊，都在吹奏著自己的國歌，以激勵落後的戰士並鼓舞垂死的戰士，那我絕不會覺得奇怪。我自己也頗受激動，彷彿牠們是人一樣。你越思考，越覺得人與蟻之間沒有多大的差異。且不說美國的歷史，至少在康科特的歷史裡肯定找不到可以與此相比的戰鬥，不論著眼於參加戰鬥的人數，還是戰鬥中所表現出來的愛國主義和英雄主義。就人數與疆場橫屍

134 Patroclus，希臘英雄，阿喀琉斯的好友，在攻特洛伊城時戰死。

的數量來說，不啻是一場奧斯特利茨[135]之戰或德累斯頓[136]之戰。康科特之戰！愛國者一邊死了兩個，路德．布朗夏爾負傷！每隻螞蟻在這裡都是個巴特里克——「射擊！看在上帝的分上，射擊！」——於是成千上萬的戰士都與大衛斯和霍斯默同一命運[137]。這裡沒有一個雇傭兵。我毫不懷疑，牠們乃是為了原則而戰鬥，正如我們的祖先並不是為了免去三美分的茶葉稅。這場戰爭的結果對參戰者來說，其重要性和值得永志不忘的情況，至少和邦克山之戰[138]一樣。

我拿起了一片木屑，上面有我特別描述過的三隻螞蟻正在搏鬥。我把木屑帶到屋子裡，放在窗檻上，罩在一個玻璃杯下面，以便觀察其結局。我用個顯微鏡看那隻最初提及的紅螞蟻，見到的是：儘管牠拼命咬著敵人的左前腿，並已把敵人剩下那根觸鬚咬斷，然而牠自己的胸部卻給撕開了，把重要器官露在黑螞蟻的牙齒前面，而黑螞蟻的胸鎧顯然太厚，牠無法撕破；這個受害者的眼睛呈現出暗紅色，放射出只有戰爭才能激發出來的兇狠光芒。牠們在玻璃杯裡又搏鬥了半個鐘頭，當我再去看時，黑色戰士已經使兩個敵兵的頭和身體分了家。而兩個還活著的頭顱則懸

135 Austerlitz，一八〇五年拿破崙在附近決定性地擊敗了俄奧聯軍。
136 Dresden，一八一三年拿破崙在此贏得了一場著名戰役。
137 這裡提到的是美國獨立戰爭中的康科特之戰，大衛斯和霍斯默被英軍射死，布朗夏爾負傷，少校巴特裡克下令美軍還擊。
138 Bunker Hill，美國獨立戰爭時期一次主要戰役地點。

掛在它兩側，像是掛在馬鞍上的可怕的戰利品，依然牢牢咬住不放，牠則繼續作微弱的掙扎。由於牠沒有觸鬚，只留下了一條腿的殘餘部分，而且不知道還有多少處其他的創傷，所以很難甩開牠們。又經過了半個鐘頭，牠終於做到了這一點。我把玻璃杯拿起來，牠便一拐一拐地爬過窗檻。牠最後是否從這場戰爭中活了下來，並在榮譽軍人院裡度過餘生，這我就不知道了，但我想此後牠的工作不會有太大的價值。我不知道作戰哪一方是勝利者，也不知道戰爭的起因，可是，在那一天的其餘時間裡，我感到彷彿目睹門口發生一場殘酷、橫屍遍野的人類戰爭，使我為之激動和痛苦不已。

柯爾比和斯彭斯告訴我們，螞蟻的戰爭長期以來就受到讚美，戰爭的日期也有文字記載，儘管他們說，於貝[139]似乎是見證此類戰爭的唯一現代作家。他們還說「埃涅阿斯．西爾維烏斯[140]在十分詳細地描述了梨樹幹上大小螞蟻間一場異常堅韌的爭奪戰之後」補充道：「『這次戰鬥行動發生於教皇猶金四世之時，目擊者是著名律師尼古拉．皮斯托里恩西斯，他極其忠實地敘述整個戰爭的過程。』奧勞斯．芒努斯[141]也記載過大小螞蟻之間的一場類似的交戰，小螞蟻是勝利者，據說它們把己方的士兵

139 Francois Huber（1750—1831），瑞士盲人博物學家。
140 Aeneas Sylvius（1405—1464），即教皇庇護二世。
141 Olaus Magnus（1490—1557），瑞典教士和作家。

的遺體掩埋了，而對那些大塊頭的敵人則暴屍不埋，聽任禽鳥去攫食。這個事件發生於暴君克利斯蒂恩二世被驅逐出瑞典之前。」至於我目睹的這場戰爭則發生於波爾克總統任期之內，時間在韋伯斯特逃亡奴隸法案通過之前五年。

許多村子裡的牛，只適於在儲存食品的地窖裡追趕泥龜，現在卻要在林中奔跑炫耀牠那笨重的身軀，而牠的主人對此卻一無所知，牠還徒勞無益地嗅嗅老狐狸穴和土撥鼠洞。也許有一條瘦小的雜種狗為牠帶路，這種狗靈活地穿過森林，可能仍引起林中鳥獸居民的本能驚慌。現在，這條叫聲像狗一樣的公牛，已經遠遠落在牠的導遊的後面了，牠朝著小松鼠那邊吠叫，而小松鼠為了小心監視情況已躲到樹上，接著，公牛慢慢跑開，笨重的身體把灌木叢全都壓彎下去，自己還想入非非，以為是在追蹤著一隻迷路的沙鼠家族成員。有一次，我驚異地見到一隻貓沿著多石的湖岸走著，要知道這些貓很少會離家走得這麼遠。雙方皆相當訝異。然而，最馴服的貓，整天都躺在地毯上的，在森林裡也顯得像在家裡一樣舒適自在，而從牠那種詭譎隱祕的行為看上去，牠在那邊比起常住居民更像土著。有一次，我在採漿果時，碰見一頭貓帶著一群小貓在林中走，野性十足，而全部的小貓都像牠們的母親一樣，弓起了背脊，對著我呼嚕呼嚕地怒叫。在我住到林中的幾年前，在林肯城離湖最近的吉利安·貝克先生的田莊裡有一隻人們稱之為「長翅膀的貓」。當我於一八四二年六月前往探問她時（我不知道這只貓是雄還是雌，所以用「她」這個更常用的代名詞），她像慣常那樣已經到林中獵食去了，但貓的女主人告訴我，這貓是一年多以前的四月間來到附近的，最後被收容到他們家裡。這隻貓暗褐灰色，喉部有個白點，腳都是白色，長著一條狐狸那樣濃密的尾巴。冬天時，毛長得厚起來，沿著兩側平伸，構成長十到十二英寸、寬兩英寸半的條帶，下巴下面像個皮手籠，上端較鬆，下端像氈子那樣纏結著，一到春天，這些附生物全都掉落了。他們把貓的一對「翅膀」送給我，直至現在我仍保存著。翅膀周圍並無膜狀物。有人認為此貓的部分血統來自飛鼠或別的野獸，這並不是不可能，因為根據博物學家的意見，貂和家貓交配產生出許多雜種。假若我要養的話，這正好就是我想要飼養的那種貓。因為詩人的貓為什麼不能和他的馬一樣擁有翅膀呢？

秋天時，潛鳥（Colymbus glacialis）照例飛到湖裡來換羽毛和洗澡，我還沒有起床，牠的狂笑聲便已響徹森林了。一聽說潛鳥已經到來，所有磨坊攔河壩上愛好打獵的人全都活躍起來，有的坐輕便馬車，有的步行，三三兩兩，帶著特許的槍枝，圓錐形的子彈，還有小望遠鏡。他們來時沙沙作響，像秋天的落葉，穿過森林，至少十個獵人對一隻潛鳥。有些人駐紮在湖的這一邊，有的則駐紮在對岸，因為這可憐的鳥不可能無處不在，要是牠在這邊潛入水裡，一定要在那邊浮上來。可是現在，仁慈的十月風吹起來了，吹得樹葉沙沙作響，水面細浪起伏，這一來就聽不到也看不見潛鳥了，儘管牠的敵人用小望遠鏡掃視著湖面，射擊聲在林中迴盪。波浪大量湧起，怒拍海岸，袒護著一切水禽，我們的打獵者只好打退堂鼓，匆匆撤回到城鎮裡、店鋪中，去重操舊業了。不過他們經常會成功。當我一大清早去提水時，時常見到這種姿態莊嚴的潛鳥從河灣裡游出來，只有數杆之遙。要是我想划船趕上牠，看牠會怎樣隨機應變，那麼牠會潛入水裡蹤影全無，有時要到當天下午我才能再見到牠。但在水面上我卻比潛鳥強。牠通常總是在雨中飛去。

在一個風平浪靜的十月下午——這樣的日子裡潛鳥會像馬利筋草的絨毛那樣停到湖上來，我正沿著北岸蕩槳，怎麼看也不見湖上有一隻潛鳥。突然間，在我前頭數杆處，一隻潛鳥從湖岸出發，朝著湖心游去，發出了一陣狂笑聲，把自己暴露出來。我蕩槳緊跟，於是牠便潛入水中，但當牠浮上來時，離我卻更近了。牠再潛入水中，可我錯誤地估計了牠可能選擇的方向，所以這次當牠再冒出水面時，我們相距已有五十杆之遙了，距離擴大是我間接造成的。潛鳥再度大聲長笑，笑得比上一次更有道理。牠的活動靈巧機敏，弄得我無法靠近到六杆距離之內。每次牠浮出水面時，總是把頭轉過來轉過去，冷靜地觀察著水面和陸地，顯然選定了方向，以便牠再浮出來時出現在最寬闊的水域，離船最遠的地方。令人驚異的是牠多麼迅速作出決定並付諸實施。牠立即把我引到湖最寬闊的部分，可是我就無法再驅使牠離開那裡了。當牠腦子裡正在思考著什麼時，我也力圖在我腦子裡推測它在想什麼。這是一場有趣的棋賽，在平滑的湖面上進行，一個人對抗一隻潛鳥。突然間，你對手的一粒棋子消失在棋盤下面了，問題是你要把棋子放在它重新出現時最靠近它的地方。有時牠會意料不到地在我的對面浮出水面，顯然是直接從我的船下穿過。牠的一口氣非常長，不知疲倦，所以當牠已經遊了老遠老遠時，會立刻再潛下去，這時任何才智都無法推測，在這個深湖裡面，在這片平滑的湖面底下，牠會像一條魚那樣迅速游向何方，因為牠有時間也有能力去遊覽湖底最深的部分。據說在紐約湖泊中距離水面八十英尺深處曾抓到潛鳥，是讓捕捉鮭魚的魚鉤鉤住的——不過華爾登湖比紐約的湖更深。魚類見到這只來自另一個世界的其貌不揚的訪問者在魚群中間急遊，一定會為之驚異不已！然而，潛鳥顯得對水下的路線同對水面一樣熟識，在水下游得更快。曾經有一兩次，我見到牠游近水面時弄出的漣漪，牠把頭剛一伸出來偵察動靜，便又再度潛了下去。我發現，停槳等候牠再次冒出水面，跟努力揣測牠會在哪裡浮上來，結果是差不多的，因為一而再、再而三，每當我努力注視水面某一邊時，會突然被牠在我背後發出的一聲怪笑聲給嚇了一跳。可是，為什麼牠耍了這麼多狡詐的把戲之後，卻總是在鑽出水面那片刻之間，用大笑來敗露自己的行跡呢？難道它那白色的胸膛還不足以暴露出自己嗎？我覺得牠的確是一隻傻瓜潛鳥。當牠鑽出水面時，通常我都能聽到水的濺潑聲，這一來我也就發現了牠。可是，過了一個鐘頭之後，牠仍然生氣勃勃，十分有勁，心甘情願地潛入水裡，游得比一開始時更遠。令人感到驚異的是，牠浮上水面時十分安詳地游開，胸前的羽毛一絲不亂，顯然是在水下時便用牠那雙蹼足把這事辦妥了的。牠通常的叫聲就是這種像魔鬼的笑聲，多少有點像水鳥的聲音，但偶然當它非常成功地挫敗了我，遠遠地浮出水面時，它會發出一種拖長聲音的可怕的嚎叫聲，聽上去與其說是鳥鳴，不如說是狼嚎，有如一頭野獸把口鼻貼近地面，故意發出來的嚎叫聲。這就是潛鳥的叫聲——也許是這裡聽到過的野性最甚的叫聲，響徹整個森林。我得出結論：牠是在嘲笑我白花力氣，相信自己足智多謀。儘管天空此時陰陰沉沉，但湖面平靜，我雖聽不見潛鳥之聲，卻能看見它在何處打破湖面。牠那白色的胸部，空氣的寧靜，以及水面的光滑，全都於牠不利。最後，牠在五十杆外浮上來之後，發出了一陣長嘯之聲，彷彿在請求潛鳥的上帝出來協助牠，頃刻之間，風自東來，吹皺了湖面，整個空中霧雨濛濛，我感覺這似乎就是對潛鳥祈禱的回應，牠的上帝降怒於我，所以我離開了牠，聽任牠遠遠消失在波濤洶湧的湖面上。

在秋日裡，我一連幾個鐘頭看著野鴨如何靈活地東游西游，始終待在湖中央，遠遠離開獵人；在路易斯安那的長沼上不大需要鍛鍊這種謀略。當牠們迫不得已起飛時，有時會在湖上相當高的地方盤旋，像是空中的一些小黑點。從這高處牠們很容易觀察別的湖泊和河流。而當我以為牠們早已飛到那邊去時，牠們卻斜飛而下四分之一英里，在遠處一塊不受驚擾的地方停了下來。可是，除了安全之外，牠們遊到華爾登湖的湖心來還能得到些什麼，我就不得而知了，除非牠們和我一樣，愛這片湖的水。

木屋生暖

十月，我到河邊草地摘葡萄，滿載而歸，我把欣賞葡萄的色美味香看得比吃果實更珍貴。我也讚賞那邊的小紅莓，儘管我沒有去採摘，小紅莓像小小的蠟寶石，垂掛在草葉上，粒粒似珍珠，紅殷殷的，可農夫卻用一根討厭的耙子來採集，把那片平坦的草地挖得亂七八糟，他們漫不經心地只用蒲式耳和美元來計算小紅莓的價值，把草地上的掠奪物賣給波士頓和紐約。小紅莓註定要被製成果醬，去滿足那邊喜歡自然的人的口味。屠夫們也這樣把大草原上的野牛舌耙下來，而置那受傷低垂下來的植物於不顧。伏牛花漂亮的果實對我來說也同樣只供一飽眼福而已。不過我倒是採了一些野蘋果煮來吃，當地的業主和旅行者還未曾把這種野果放在眼裡呢。栗子成熟時我貯存半蒲式耳以供過冬食用。在這樣的季節裡，在當時，在那片無邊無際的林肯鎮栗子樹林中漫遊是一件令人格外興奮的事——如今這些栗子樹已長眠在鐵路下面了。我肩上掛著個背袋，手裡拿著一根手杖以打開那些長著芒刺的堅果

（因為我並不總是等到降霜的季節），在枯葉的沙沙聲和赤松鼠與鳥的責怪聲中漫遊，我有時偷拾到牠們沒有吃完的堅果，因為牠們所採集的刺果中肯定有一些是很好的。我偶爾爬上樹去搖。我屋後也長著這種樹木，其中有一棵大樹幾乎把整幢房子都籠罩在濃蔭之中，這棵樹在開花的季節變成了一個大花束，香滿四鄰，不過，松鼠和鳥把大部分的果實吃掉了。鳥一大清早便成群飛來，在刺果掉下來之前就先把果仁揀出。我把這些樹讓給牠們，自己跑去找更遠處那片全部由栗子樹組成的森林。這種堅果就其本身而言，可作為麵包的優良代用品。也許還會發現別的許多代用品。有一天我挖土找魚餌時發現成串的野豆塊莖（Apios tuberosa），一種土著居民的土豆，奇妙的果實，我甚至開始懷疑童年時是否挖過、吃過，像我講過的那樣，而不是在夢裡見過它。我曾時常見到它那像紅天鵝絨的花朵，由其他植物的枝莖支撐著，卻不曉得原來就是它。耕耘幾乎把它徹底消滅掉了。它有一股淡淡的甜味，很像經過霜凍的馬鈴薯，我覺得煮著吃要比烤著吃更好。這種塊莖像是大自然的一個允諾，讓她在將來某個時期去撫養自己的孩子，就在這裡餵養他們。在當前這日子裡，大家崇尚養肥牛，喜歡田地裡穀浪翻滾，所以一度曾是印第安族圖騰的這種微不足道的塊莖，當然就被忘記得差不多了，或者只知道它那開花的藤蔓。不過，讓原始的大自然再度統治這裡，脆弱而奢侈的英國穀物說不定要在無數的天敵前面消逝，在沒有人照顧的情況下，烏鴉甚至會把最後一粒玉米種子帶回到西南方印第安之神的大玉米田裡去，據說這種子就是烏鴉從那邊帶過來的。而這種瀕於滅絕的野豆，儘管霜寒地荒，也許仍然會獲得再生，繁茂起來，證明它是土生土長的，而且還要恢復它在古代作為獵人部落的主要食品的重要地位和尊嚴。一定是印第安的穀物女神或智慧女神發明ｎｎ　它，貯藏了它。當詩歌的統治時期在這裡開始時，野豆葉和成串的果實可能會在我們的藝術作品上獲得描繪。

九月一日，我已經看到湖對面有兩三株小楓樹變紅了，在三株斜岔分開的白楊樹幹底下，就在湖角與水接連的地方。啊！它們的顏色訴說著多少故事！慢慢地，一個星期一個星期，每株樹的性格顯露出來，欣賞著自己在光滑如鏡的湖面上的倒影。每個早晨，這個畫廊的經理都把一幅色彩更美或更和諧的新畫拿來代替舊畫。

十月，黃蜂數以千計飛到我的林間小屋來，就像是來過冬，停歇在我窗上和牆頭上，有時把來訪的客人阻擋在戶外。每天早晨，趁著它們凍僵之際，我把其中一些掃了出去，不過我並非刻意要擺脫牠們。我甚至對牠們把我的屋子視為稱心如意的過冬避寒之所而感到榮幸。牠們從未令我過分煩惱，儘管和我同室共寢。牠們逐漸消失，不知躲到什麼縫隙裡去躲避冬天和酷寒了。

像黃蜂那樣，我在最後於十一月躲到冬季住所去之前，時常到華爾登湖的東北岸去，在那兒，太陽從油松林和石岸上反射過來，使你就像坐在爐邊。當你能夠這樣做時，曬太陽取暖要比靠人工生火取暖更加愉快，也更為健康。夏天像獵人一樣離去了，留下了仍在發光的餘火，我用這餘燼來為自己取暖。

著手建煙囪時，我研究了磚瓦工的技藝。我那些磚頭都是用過的舊貨，需要用泥刀刮乾淨，所以我對磚頭和泥刀的性質比一般人了解得更多。磚頭上面的灰泥已有五十年了，據說還會變得更堅固，不過這全都是那種人云亦云、是非難辨的說法。這類說法本身也越變越堅硬，並隨著歲月的推移而更加牢固，所以也必須用泥刀多次敲擊，從自作聰明的人身上除去。美索不達米亞的許多村莊都是用一些從巴比倫廢墟裡撿來的品質極佳的舊磚頭建成的，磚頭上面的灰泥時間更久，說不定也更加牢固。但不管怎樣，這把鋼制泥刀格外堅硬，倒是使我深感驚異，猛劈了這麼多次都未曾使它受到損壞。由於我的磚頭都來自以前的一根煙囪（儘管我沒有看到磚上刻有尼布甲尼撒[142]的名字），我盡量撿到一些壁爐磚，以便省工又避免浪費，壁爐周圍磚頭與磚頭之間的空隙處，我用取自湖岸的石塊填充起來，並用來自同一個地方的白沙製成我的灰泥。我把最多的時間花在壁爐上，把它視為屋子裡至關重要的部分。我工作需要相當細心，所以儘管我早上從地面開始工作，到了晚上，一層磚頭離地才只有幾英寸高，供我睡覺時當枕頭之用。可是，我記得我並沒有睡出個硬脖子來，我的硬脖子由來更早。大概在同一時候，我招待一位詩人來搭半個月的伙，

142　尼布甲尼撒是著名的巴比倫國王（約西元前1124—前1103在位）。

這使我因騰不出地方而感到困難。他自己帶了一把刀，而我有兩把，我們時常把刀子插進地裡，用這個辦法擦亮刀。他跟我分擔燒飯做菜。我很高興地看到我的壁爐方方正正、結結實實地逐漸升高起來，我覺得，工程進展雖慢，但估計一旦完成會更加耐用。煙囪在某種程度上是一個獨立結構，立足地上，通過房屋，升上天空；甚至在屋子燒掉之後，它有時還矗立著，它的重要性和獨立性是顯而易見的。這事發生在快到夏末之時，如今已是十一月了。

北風已開始吹涼湖水，但若要凍徹，還得不停地刮上幾個星期，因為湖水很深。當時我還沒有給我的屋子塗上灰泥，當我晚上開始生火時，煙囪吐煙格外通暢無阻，因為木板與木板之間還有許多縫隙。我在這寒冷而通風的房間裡度過了幾個愉快的夜晚，四周全是些滿是粗黃壁板，還有一些沒有刨掉樹皮的椽木，高高橫在天花板上。我的屋子塗抹上泥灰之後就再沒有如此悅目，儘管我不能不承認，這樣住起來更舒適。難道人所居住的每幢房屋不應有足夠的高度、使人有一種高處不勝朦朧之感嗎？黃昏到來之時，椽木四周陰影搖曳，這種形式比起壁畫或其他最貴重的家具來，更迎合人的想像力。我可以說，現在我第一次開始住進我自己的房子，開始用它來取暖，而不僅是避風雨。我弄到了一對舊薪架，這樣便可把柴火架高起來，離開壁爐地面。看見我親手建造的煙囪背後積上煤煙，感覺真是不錯，所以我撥旺爐火時比往常更加理直氣壯，更加滿意。

我的住房很小，屋子不足以引起回聲，但作為一間屋子，並且和鄰居相隔很遠，所以感覺要大一些。一幢房子裡所有具有吸引力的東西，全部集中在一個房間裡，它就是廚房、寢室、客廳和起居室。無論父母或子女、主人或僕役，住在一幢屋子裡所能得到的一切滿足，我全都享受到了。加圖說，一個家庭的主人（patremfamilias）在他的鄉村別墅裡面，需要有「cellam oleariam, vinariam, dolia multa, uti lubeat caritatem expectare, et rei, et virtuti, et glori erit」[143]，也就是說，「一個放油放酒的地窖，裝得滿滿的許多桶，以備艱難歲月之需，這有利於他的利益、美德和光榮」。在我的地窖裡存放著一小桶土豆，約有兩夸脫的豌豆連同象鼻蟲，在我的架子上有點白米，一大壺糖蜜，還有黑麥和玉米粉各一配克[144]。

有時我夢想有一間更大、人住得更多的屋子，處於黃金時代，材料耐用持久，沒有華而不實的裝修。這屋子仍只有一間住房，一個寬敞、簡陋、實用、原始的大廳，沒有天花板或灰泥面，有的只是不加裝飾的椽木和檁條，支撐起頭頂上那片較低的天宇——避免雨打雪飄；當你跨過門檻，向遠古朝代那位平臥著的農神致敬之後，桁架中柱和雙柱架就豎在那兒接受你的敬意。一間像洞穴那樣深邃的屋子，你

143 見加圖《農書》第三章。
144 peck，英制幹量單位，約合二加侖或九公升。

必須把火炬插在一根長竿上面高高舉著才能見到屋頂。在那裡，有的可以住在壁爐邊，有的可以住在窗戶的凹處，有的在高背長扶手椅上，有的在大廳的這一頭，有的在另一頭，還有的高高住在椽木上和蜘蛛在一起，只要他們選中了就行。這房子，你一打開大門便可進去，不拘禮節，不必客氣；疲倦的旅行者可以洗漱、吃飯、交談和睡覺，不用再多走路。這樣一個蔽身之所，你在暴風雨之夜一定會很高興抵達此處，裡面有著一座房屋所有的必需品，卻沒有料理家務的麻煩事。在那裡，你一眼就可以看到屋子裡的一切財富，舉凡人所要用的每件東西都掛在釘子上，一屋同時兼有廚房、餐具室、客廳、寢室、倉庫和閣樓的作用；在那裡，你能見到像桶或梯子這樣不可或缺的東西，像食櫥這樣方便的設備，還可以聽到壺裡的水沸騰了，可以向煮熟你的飯的爐火和烤熟你的麵包的爐灶致敬，而必須的家具和用具則是主要的裝飾品；在那裡，需要洗的衣物不必拿到外面，爐火不熄，女主人不會為難，有時廚子要跑到地窖下面去，也許會請你避開地窖的門，這一來你懂得地下是實還是虛，無須跺腳便知道。一幢房屋內部就像鳥巢那樣敞開，一目了然，你不可能從前門進後門出而看不見屋裡的一些住戶。在那裡作客也就被賦予家中的自由，不會被精心地排除於八分之七房屋之外，關閉在一個特殊的小房間裡，叫你在那兒敬請自便——也就是單獨監禁起來。

現今，主人的不會讓你到他的爐邊去，而是叫磚石工在他家弄堂裡的什麼地方給你做個壁爐，所以殷勤款待就是把你安置在最遠處的一種藝術。烹飪方面也存在著許多祕密，好像他圖謀著要毒死你一樣。我知道，我曾經到過許多人的房屋裡，根據法律他們可以下逐客令把我攆走，可是我沒有意識到，我已經到過許多人的家裡了。我會穿著舊衣服去訪問在我描述過的那種房子裡過著簡樸生活的國王和王后，要是我走到那邊去的話；可是如果我給弄進一座現代宮殿，那我最希望學習到的是倒退走出去的本領。

似乎我們在客廳裡使用的高雅語言已喪失了它的全部力量，完全墮落成一堆廢話，我們的生活遠離了它的象徵意義，而它的隱喻和比喻全都十分牽強附會，像是經過遞物窗洞，用送菜升降機送上來的。換句話，客廳距離廚房和工作室太遠了。甚至連進餐通常也成了只不過是進餐的比喻。好像只有野蠻人才與大自然和真理住得最靠近，能夠從其中借用比喻。那個遠遠地住在西北部疆土或馬恩島上的學者，怎麼說得清什麼是廚房裡的議會語言呢？

然而，客人中只有一兩位有足夠的勇氣留下來跟我一起吃穀麥（hasty-pudding）；當他們見到那種危機接近時，便寧願急流勇退，彷彿它會動搖到房屋的根基似的。然而，煮熟穀麥之後，房子仍安然完好屹立。

直至嚴寒到來之時，我才為牆壁塗上灰泥。為此，我從湖對岸用小船運了一些更潔白的細沙過來，船這種運輸工具對我有極大的吸引力，需要的話，我會樂意到更遠的地方去。同期，我的屋子從上到下都釘好了木板。在釘牆面板時，我做到只要一錘頭我就能把它敲到底，這使我感到十分得意。而我雄心勃勃，要迅速俐落地把灰泥從板上轉移到牆上。我記起了一個驕傲自滿的人的故事：他喜歡穿的人模人樣，像往常那樣到村子裡到處亂晃，指點工人做事。有一天他突然心血來潮，要用實際行動來代替空談，於是捲起袖子，端起一塊灰泥托板，刮了滿滿一泥刀，這一切都沒有出什麼紕漏，於是他帶著得意的眼神，抬頭望向頭頂上的板條，勇敢地一揮手把泥灰抹上去。這下子，狼狽相畢露無遺，全部泥灰應聲掉落到他那有褶邊的衣服的胸襟上。我再次讚賞塗灰泥的經濟和方便，因為灰泥一塗便有效地擋住了寒冷，並給房屋體面的裝飾。我也懂得一個泥水匠可能會碰到的種種意外事故。我很驚奇地看到，那些磚頭是如何處於一種乾渴的狀態之中，在我把灰泥抹平之前，其中的水分便已被磚頭吸乾了，為了建造一個新的壁爐需要用多少桶水？前一個冬天，我取用生長在我們河中豐富的淡水貝的貝殼，來燒成少量的石灰，以供試驗之用，這一來，我便懂得我的材料來自何處。要是我願意的話，我會在一兩英里的範圍內把優質的石灰石弄到手，並自己動手燒成石灰。

在此期間，最背陰和最淺的湖灣處已經結上了一層薄冰，比湖面全部冰凍要早個幾天甚至幾週。最早的冰是最有趣，也格外完美，它顯得堅硬、黝黑、透明，提供了最好機會來考察淺水的湖底，因為你可以平展身體躺在只有一英寸厚的冰上，像一隻在水面上滑行的長足昆蟲那樣，從從容容地研究湖底，距離只有兩三英寸，像觀看玻璃後面的畫片，而那時下面的水當然始終是平靜的。細沙裡有許多溝槽，有些生物曾在這裡來回爬行；至於殘骸，到處鋪蓋著白石英微粒所構成的石蠶殼[145]。也許正是這些石蠶從細沙上爬出溝槽來吧，你會在溝槽裡發現它們的殼，儘管這些溝槽相對石蠶來說顯得過深過寬。而冰本身才是最有趣的，但你必須善用最早的機會來研究它。如果你在湖水結冰後那個早晨細心加以觀察，便會發現，開頭似乎是在冰裡面的許多氣泡，實際上是貼在冰的底部，並且還有更多的氣泡正在繼續不斷地從湖底升上來，而冰層此時仍然較為堅硬、較為黝黑，換句話說，你可以透過它看到水。這些氣泡的直徑從八十分之一英寸到八分之一英寸，十分清晰美麗，你可以透過冰層看到你的臉孔反映在一個個氣泡裡面。在一平方英寸裡面，可能有三十個或四十個氣泡。在冰裡面已經存在著一些狹長的垂直氣泡，長約半英寸，呈尖錐形，尖端向上；更常見的現象是，要是冰剛剛凍結，便有一些小球形的氣泡，一個緊頂著一個，像一串珍珠那樣。我時常會投擲石頭來試看冰的強度。那些把冰打破的石頭也把空氣一同帶了進去，在水下形成了一些很大很明顯的白氣泡。有一天，我在過了四十八小時之後再跑去同一個地方，發現那些大氣泡依然完好無損，儘管

145 生活于水中並形成圓筒形殼的蜉蝣及其他生物的幼體。

冰層又結厚了一英寸——這個我透過冰塊的邊縫看得很清楚。由於過去的兩天非常暖和，像小陽春，所以冰現在不透明，沒有顯現出水和湖底的暗綠色，而是帶白色或灰白色。冰層厚了一倍，卻並不比以前堅固，因為在這種熱氣的作用之下，氣泡大大地擴張，結合在一起，失去其整齊勻稱；氣泡再也不是一個頂著一個，而時常像是一些從袋子裡倒出來的銀幣，堆疊在一起，或呈一些薄片，好像占據著一些細小的裂縫。冰的美麗已不復存在，要研究水底已為時太晚。我很想知道那些大氣泡在新冰裡占有什麼樣的位置，就挖出一塊含有一個中等體積氣泡的冰塊，把它底朝天翻過來研究。在氣泡的周圍和下面形成了一層新冰，這一來，氣泡就夾在兩層冰中間。它完全處於下一層冰中，不過貼近上層，而且略顯扁平，也許有點像小扁豆的形狀，圓圓的邊，深四分之一英寸，直徑四英寸。我驚奇地發現，在氣泡的正下方冰融化得很均勻，像個顛倒過來的茶托，中間達到八分之五英寸高，水與氣泡之間只留下了一片薄薄的隔層，還沒有八分之一英寸厚，在這隔層裡面許多地方，小氣泡往下面衝出去，說不定在那些直徑一英尺的最大氣泡下面根本就沒有冰。我猜想，我初次見到的那許多附在冰下面的小氣泡，現在也被凍結在裡面了，而每個氣泡都按其體積大小在冰下起著凸透鏡的作用，要把冰融化掉。這些氣泡也就是一把把讓冰塊爆裂發出轟響聲的小氣槍。

冬天終於真的到來了，這時我也剛好完成了塗灰泥的工作。風開始在屋子周圍怒號，好像它在這之前沒有獲准號叫一樣。一夜夜，雁群在黑暗中沉重鏗鏘地飛來，翅膀呼呼地拍動，甚至在白雪覆蓋著大地之後，有些雁鳥還飛落到華爾登湖上棲息，有些則低飛過森林，朝著費爾港方向，準備到墨西哥去。好幾次，我在夜晚十點或十一點鐘從村子裡回來，聽見屋後靠近湖窪處有雁群或野鴨踩踏林中枯葉發出的聲音，牠們跑來那邊覓食，我還聽到領頭雁或野鴨匆匆飛去時發出的低喚聲。一八四五年，華爾登湖於十二月二十二日夜晚首次完全冰凍了，弗林特湖和其他較淺的湖和河流十天前或更早些已經凍結了；一八四六年十二月十六日凍結；一八四九年約在十二月三十一日；一八五〇年約在十二月二十七日；一八五二年為一月五日；一八五三年為十二月三十一日。十一月二十五日以來雪已經覆蓋著大地，四周突然呈現出一片冬天的景色。我深深地躲進我的小窩裡，希望在屋裡和心裡保持明亮的火光。現在我的戶外工作是在林中搜集枯木，用手拿或用肩扛，有時則兩邊腋下各夾一株枯乾的松樹拖回到我的屋子裡。曾經鬱鬱蔥蔥、蒼翠茂盛的一片舊時林中藩籬，現在卻足夠我扛回來了。我把它拿去祭火神，因為它已不侍奉境界之神了。一個人剛剛到雪地去獵取——不，你會說，是去偷了一些柴火來煮晚飯，這樣他的晚餐將增添多少風味！他的麵包和肉都特別地香。在我們大部分城鎮的森林裡都有充足的柴火和廢木材可作燃料，可是目前卻沒有使任何人獲得溫暖，有些人還認為它們妨礙了幼林的成長。湖上還有一些浮木。夏天裡，我發現一張油松圓木的木排，樹皮還留在上面，這是建築鐵路時愛爾蘭人綁的。我把木排的一部分拖到岸上來。經過兩年在水中浸泡，接著又六個月放在高處，圓木品質非常好，儘管浸透了水的木料還沒有全乾。在一個冬日裡，我溜著冰把木頭一根一根地運過岸來，以此自娛，差不多要拖半英里。我人在後面，圓木長十五英尺，一頭擱在我的肩上，另一頭放在冰上滑行。要不我就用白樺樹的枝條把幾根圓木捆縛在一起，然後再用一根末端裝有掛鉤的長樺木或榿木把它們拖過來。儘管圓木浸透了水，幾乎重得像鉛那樣，可是它們不但耐燒，而且可以燒得很旺。甚至，我覺得木頭經過水浸更好燒，因為樹脂一經水泡，如同被罩子罩住的燈一樣，燃燒時間格外長。

吉爾平在對英格蘭森林邊境居民的描述中說：「非法侵犯土地的人蠶食了土地，在森林的邊界地區蓋屋築籬，」這些「被古老的森林法視為是一種妨害行為，而要以侵占公產的罪名受到重罰。」[146]，也就是野生鳥獸受驚，森林受害。不過我比獵人或伐木者更關心保護野獸和林中草木，好像我就是森林漁獵大臣一樣。要是森林的任何一部分被燒掉——儘管是我不順燒掉的——我也不勝悲痛，時間之長，悲痛之深，比森林業主有過之無不及。不僅如此，當森林被業主本人砍倒時我也為之悲痛。但願我們的農夫砍倒一片森林時，會有像古羅馬人所感到的那種畏懼。古羅馬人跑

146 威廉・吉爾平（W. Gilpin）《論森林景色》（愛丁堡，一八三四）。

去把一片神聖森林（lucum conlucare）砍得稀疏些，或者說，讓陽光能照進去時，有一種畏懼之感，換句話說，他們相信森林是專供神用的。羅馬人先作贖罪禱告，這片森林的神明啊，不管你如何稱呼，請賜福給我、我的家庭和子孫。[147]

甚至在這個時代，在這個新的國家裡面，森林仍具有極大的價值，比黃金的價值更永恆、更普遍，這的確令人驚訝。儘管人們發現了這個，發明了那個，可是卻沒有一個人會輕易捨棄一堆木頭。它對我們十分珍貴，正如往日它對我們撒克遜和諾曼第的祖先那樣。如果他們用木材製成弓箭，那麼我們就是用木材做成槍托。米肖三十多年前說過：紐約和費城的燃料價格「幾乎相等，有時還超過巴黎最好的木材價格，儘管這個大都市每年需要三十萬考得的木材，而且周圍三百英里都是平原耕地。」[148]在本鎮，木材的價格幾乎不斷上升，唯一的問題是今年要比去年漲多少。親自跑到森林裡來的技工和商人，沒有別的什麼事要辦，必定就是來參加木材拍賣的，他們甚至願意出高價來取得在伐木工走後揀拾木材的權利。多年以來人們總是跑到森林裡面去取燃料，去取得藝術品的材料。新英格蘭人和新荷蘭人，巴黎人和凱爾特人，農民和羅賓漢，布萊克老嫗和哈利．吉爾[149]，在世界大多數地方王子和鄉

147 加圖《農書》第一三九章。
148 安德魯•米肖（A. Michaux）《北美森林志》，一八一九年版。
149 華茲華斯詩歌「拾柴記」中的老嫗和農夫。

下人，學者和野蠻人，都同樣需要從林中拿來點柴枝以便取暖和煮飯。我也同樣少不了木材。

每個人都會以一種鍾愛之情看著他的木材堆。我喜歡把我的木材堆放在窗前，木片越多越能使我想起那愉快的工作。我有一把沒人要的舊斧頭，冬天在我屋子向陽的一邊，斷斷續續地用它來砍一些我從豆田裡挖出來的樹樁。正如那個趕牲口的人在我犁田時預言的那樣，樹樁會給我兩次溫暖，一次是在我劈開它們時，另一次則是燒柴火之時。這麼看來，沒有別的任何一種燃料能發出更多的熱量。至於斧頭，有人勸我找村子裡的鐵匠鍛[150]一下，但我自己鍛了，用一塊從林子里弄來的山核桃木做斧柄插進去，斧頭又可以用了。就算鈍點吧，可它已修好了。

幾片含樹脂多的松木極其珍貴。這種燃料還有多少埋藏在大地的腹內，記住，這一點是很有趣的。前些年，我時常出去「勘探」一些光禿禿的山坡，以前那裡曾經生長著北美油松，我於是把那些富含樹脂的油松根挖出來。它們幾乎是無法被毀滅的。樹樁至少有三十或四十年之久，其中心依然完好無損，儘管白木質全都變成了腐殖質，厚厚的樹皮在距樹心四五英寸處形成一個與地面齊平的環。你用斧頭和鏟子便可勘探這種礦藏，順著這片黃得像牛脂的髓質前進，或者你彷佛發現一條黃金礦脈，

150 「jump」（鍛）指用加熱和急敲猛打的辦法，將斧子頭部打平，這樣便可把斧柄夾進去。

一直深入到地裡去。但通常我總是用林中枯葉來點火的，我在下雪前便把枯葉儲藏在屋子裡。當伐木工在林中紮營住宿時，那些被精巧劈開的青核桃木便成為他們的引火柴。我偶爾也弄到一點這樣的引火柴。當村裡人在地平線的那一邊生火時，我也讓我的煙囪炊煙嫋嫋，使華爾登湖谷地的種種原始居民注意到我還醒著；

展翼輕飛的炊煙啊，伊卡魯斯之鳥，
你往上飛，翅膀便融化，雲散煙消，
不唱歌的雲雀，黎明的信使，
翱翔在你的村屋上，那是你的巢；
要不然，是逝去的一場夢；
午夜朦朧的身影，把你的衣裙輕撩；
夜間，給星星蒙上面紗，白天，
把光線遮暗，把太陽抹掉；
我焚香嫋嫋，去吧，從這火爐上升，
見到諸神，請他們原諒這火焰皎皎。

剛劈下來的堅硬的綠色木材——儘管我用得不多——卻比其他木料更適合我的

用途。冬天下午我到外面散步時，有時留下一堆旺火，過了三四個鐘頭我回來時，它依然熊熊燃燒著。儘管我跑了出去，我的屋子並沒有空著，好像我把一位愉快的女管家留在裡面一樣。住在裡面的是我和火，通常我的女管家是可靠的。然而有一天，我正在劈柴，忽然覺得應該到窗口去看看屋子裡是否著了火。我記得這是第一次我對這件事感到特別關心。我看見一團火星已經燒上我的床鋪，於是我跑進去把火撲滅，這時火已經燒去了巴掌那麼大的一塊了。但由於我的屋子占據著一個陽光充足而又避風的位置，屋頂又很低，所以冬天幾乎每天中午我都可以把爐火熄滅掉。

鼴鼠在我的地窖裡築窩，啃掉三分之一的馬鈴薯。牠們利用我塗灰泥後留下來的毛織物和牛皮紙給自己做了個舒適的床鋪，因為即便是最富野性的野獸也和人一樣喜歡舒適和溫暖，牠們之所以得以度過寒冬，就因為它們小心翼翼地得到了舒適與溫暖。我有些朋友把我說成好像是為了要把自己冰凍起來才跑到林子裡來的。野獸僅僅建造了一個窩，在避風的地方用自己的身體把它弄暖；而已經發現了火的人，卻是把空氣裝進一個大匣子裡，並把它弄溫暖，他不是靠自身的體溫，而是把這暖室當成他的臥床，這樣他便可以脫去笨重的衣服，到處走動，在隆冬時節抓住夏天，並靠著幾扇窗戶讓光線透進來，再用一盞燈把白晝拉長。這一來，他就跨越出本能一兩步，省出時間來畫畫了。當我長時間暴露在狂風之下，身體開始感到麻木，但一回到自己的屋子裡，氣氛溫暖宜人，我立刻又恢復了自己的官能，延長了自己的生命。但是，住在最豪華的房子裡的人在這方面也沒有什麼值得誇耀的，我們也無須自尋煩惱去猜測人類最後會怎麼毀滅掉。只須北方刮來一陣略為刺骨的狂風，任何時候都很容易把他們的命數切斷。我們繼續用寒冷的星期五和大雪來計算日期；但一個更寒冷的星期五，或一場更大點的雪就會把地球上人類的生存一筆勾銷。

下一個冬天，為了經濟起見，我使用一個小小的爐子，因為森林不歸我所有。但它沒有像壁爐的火那麼旺盛。這時烹調之事大部分再也不具詩意，而只是個化學過程。在這些使用爐灶的日子裡，人們很快就會忘記，我們曾習慣於按照印第安人的辦法，用爐灰烤土豆。爐灶不但占地方，薰得滿屋都有一股氣味，而且把火掩蔽起來，使我感到自己好像失去了個伴侶似的。你經常能在火中見到一個臉孔。勞動者夜間凝視著火焰，便會使白晝裡思想上積累下來的浮渣與髒亂的東西得到淨化。但我再也無法坐著觀看火焰了，我想起一位詩人貼切的詩句，感受格外強烈：

「明亮的火焰，永遠別棄我而去，
你那可愛的生活的憧憬，親密的情意。
豈非我的希望才騰飛得如此明亮？
豈非我的命運才隨夜色沉得如此低迷？

為何你被放逐出我們的爐邊和大廳？
須知盡人皆歡迎你、鍾愛你。
莫非你的存在過於浮想聯翩，
不適於為遲鈍者普照生命軌跡？

難道你那明亮神祕的光芒，
不是在和我們契合的靈魂交談？祕不可洩？
不錯，我們安全而強壯，因為此刻
我們坐在爐邊，沒有陰影搖曳，
既無歡樂也無悲傷，只有爐火溫暖著
我們的手腳——亦不渴望更多；
靠這密集而實用的一堆火，
在場的可以坐下來，可以安眠，
不必怕一群惡鬼，從陰暗的過去走來，
在舊木柴搖曳的亮光旁，和我們交談。」151

---

151 胡珀（E. S. Hooper, 1816—1848）「柴火」，見《日晷》第一期（1840），193。

昔日的居民，冬日的訪客

我經歷了幾場快活的暴風雪，在爐邊度過幾個愉快的冬夜，那時，雪在屋外狂亂紛飛，連貓頭鷹的叫聲也被壓得聽不見了。有好幾個星期，我在散步時除了那些偶爾來伐木並用雪橇把木頭運到村裡去的人外，誰也沒遇到。不過，大自然的力量卻幫助我在林中最深的雪裡闢出一條路來，因為我一走過，風就把橡樹葉吹進我踩出的小徑，樹葉鋪在那裡，吸收陽光，使雪融化。這樣，不僅我的腳可以踩到乾燥的樹葉上，而且在夜裡，樹葉形成一條黑線，還可以為我指路。談到與人交往，我只能想像這一帶林中以前的居民。在我許多老鄉的記憶中，我房子附近的那條路上，曾迴盪著林中居民的閒談聲和笑聲，道路周圍的樹林裡點綴著他們的小花園和住宅，儘管當時森林要比現在還密。我自己也記得，在有些地方松樹會同時刮擦一輛輕便馬車的兩側。不得不隻身從這條路步行去林肯的女人和小孩都很害怕，有大部分的路程常常是跑過去的。儘管這條路只是一條通往鄰村的簡陋小道，或者只是伐木隊走的小道，但是道路富於變化，曾給旅行者帶來比現在更大的樂趣，而且在他的記憶中存留更久。現在有一整片空曠的原野從村子一直延伸到林中，當時道路在那地方穿過一片楓樹沼澤，路基是原木做的。毫無疑問，殘留的原木仍然躺在今天這條塵土飛揚的公路底下，這條公路從斯特拉頓農場——即現在的救濟院——一直通到布里斯特山。

加圖·英格拉哈姆曾住在我家豆田東面，隔著那條路。他是康科特鄉紳鄧肯·英格拉哈姆老爺的奴隸，那鄉紳為奴隸建了一間房子並允許他住在華爾登森林裡。我講的不是尤蒂卡[152]的加圖而是康科特的加圖，有人說他是幾內亞黑人。有幾個人還記得他在胡桃林中的一塊小地，他讓胡桃生長以備他老年之需，但最後還是被一位年輕的白人投機者買下了這片胡桃林。不過，他現在也是住在一間同樣狹窄的房子裡。加圖那個殘留一半的地窖還在，不過知道的人寥寥無幾，由於地窖邊圍著松樹，旅行者看不到它。現在這裡長滿了漆樹（**Rhus glabra**），一枝黃花（**Solidago stricta**）最早的一個品種也長得很茂盛。

一個黑人女性齊爾發的小屋就在我豆田的拐角，離城更近的地方。她在小屋裡紡紗織布再賣給鄉親們，邊織邊唱，由於她嗓音響亮動聽，使整個華爾登森林都迴盪著她尖細的歌聲。後來在一八一二年的戰爭中，她不在家時，小屋被一群獲假釋

152　Cato Uticensis（西元前 95—前 46），羅馬政治家，在凱撒稱帝后逃往北非的尤蒂卡。

的英國戰俘放火燒了，連同她的貓、狗和母雞全都燒死了。她過著十分艱苦，幾乎是非人的生活。有位以前常到這片森林裡的人還記得，一天中午當他經過那所小屋時，聽見她對著咯咯作響的壺，喃喃自語著——「你全是骨頭，全是骨頭！」在那裡的橡樹林間我還看到一些磚頭。

沿路走下去，在右邊布里斯特山上曾住著布里斯特．弗里曼，他是一個「心靈手巧的黑人」，當過鄉紳卡明斯的奴隸。布里斯特培植的蘋果樹仍長在那地方，現在已經是又大又老的樹了，可是果實在我吃起來仍是一種野蘋果味。不久以前，我在舊林肯墓地看到他的墓碑，有點傾向一邊，靠近幾個沒有標誌的英軍士兵的墓，這些士兵是在從康科特撤退時戰死的。在墓碑上他被稱作「西皮奧．布里斯特」（他倒有點理由被稱為「非洲的西庇阿」[153]「一個有色人種」，似乎他的膚色已經退了。墓碑上一個十分顯眼的位置寫著他去世的日期，這只不過是以間接的方式告訴我他曾經活在人世。他那位殷勤好客的妻子芬達和他長眠在一起，她替人算命，不過很討人喜歡，她生得又大，又圓潤，又黑，比任何夜裡的孩子都黑，如此黑黝黝的大圓球在康科特是空前絕後的。

從布里斯特山再往下走，在左邊的林中老路上還有斯特拉頓家宅的殘跡。他們

153 Scipio Africanus（西元前 236—前 183），羅馬執政官，曾遠征非洲。

家的果園曾經覆蓋整個布里斯特山坡，但果樹老早都被北美油松滅絕了，只剩下幾個樹墩，老根上又野生出許多枝繁葉茂的村樹。

走到離城更近些，在道路另一邊的森林邊緣，你會見到布里德區域，那地方因一妖魔作祟而出名。這個妖魔尚未單獨名列古代神話，卻在我們新英格蘭的生活中扮演了一個非常突出而令人吃驚的角色，理應像其他神話人物一樣，有朝一日讓人幫他寫部傳記。他先喬裝成一個朋友或雇工來到你家，然後進行搶劫，並將你全家殺害——號稱新英格蘭甜酒。但歷史還不必把這裡所發生的一切悲劇都寫出來。讓時間來多少沖淡悲劇，給它們氤氳出蔚藍的色彩。據一個最模糊的傳說，這裡曾有一家小酒館。那口井還是老樣子，井水給旅行者解渴，使他的馬恢復活力，昔日在這裡人們會互相致意，交換新聞，然後又各奔東西。

僅在十二年前布里德的小屋還沒倒，雖然早就沒人住了。小屋的大小和我的房子差不多。如果我沒弄錯，那是在一個總統大選之夜，幾個頑皮的小孩放火把屋子燒了，那時我住在村邊，正在神思恍惚地讀戴夫南特的《岡迪伯特》[154]，那年冬天我被昏睡病折磨——順便說一下，我一直不知道是否應該歸罪於家族淵源（因為我有位叔叔刮鬍子都會睡著，為了保持清醒以守安息日，星期天他得在地窖裡給馬鈴薯

154 Gondibert，英國劇作家 Davenant 創作的史詩。

摘芽），還是由於我想一首不漏地讀完查默斯編的英文詩集，我的神經簡直受不了了。正當我把頭低垂到那本書上時，火警鐘聲響了。救火車十萬火急地朝那裡開去，前面是一群男人和小孩在亂跑，我跑在最前面，因為我躍過了小溪。我們以為火是遠在森林的南端——我們這些人以前都救過火，穀倉，商店，或者住宅，或者全都燒了。有一個人喊道：「是貝克的穀倉。」另一個人又以肯定的口氣說，「是科德曼家。」接著又一陣火花升到森林上空，好像屋頂塌了。我們都喊道，「康科特人來救火呀！」馬車狂奔疾駛，上面坐滿了人，其中說不定有保險公司的代理人，不管火災在多遠發生，他是一定要到場的。救火車的鈴聲不時在後面響著，變慢變穩了，後來人們都私下談論說，跑在最後面的就是放火報警的人。我們就這樣繼續往前跑，像一些真正的理想主義者，全然不顧眼觀耳聞的事實，直到道路一拐，我們聽到火焰的劈啪聲，而且事實上感覺到了牆那邊火的熱度，這才明白過來，哎呀！已經到了火災現場。然而走到火場邊卻使我們的熱情降溫了。起初，我們還想把一池塘的水都潑上去，但後來決定還是讓它燒吧，那屋子已經燒得那麼多了，而且一文不值。於是就站在救火車旁，擠來擠去，用揚聲喇叭來表達我們的意見，或者低聲談論世界上曾發生過的大火災，包括巴什科姆商店的那次火災。我們私下想，要是我們能及時帶著「救火盆」到那裡，而且附近又有一口池塘的話，就可以把那最後一場滅絕人寰的大火化為另一次大洪水。最後，我們什麼壞事也沒做便回去了——回去睡覺，去看《岡迪伯特》。說到《岡迪伯特》，序文中有一段關於機智是靈魂的化妝粉的話：「但大部分人不懂機智，正如印第安人不懂火藥一樣。」我倒是不以為然。

第二天晚上，大約在同樣的時間，我恰巧從那條路上走過田野，聽到那片廢墟上有人低聲呻吟，黑暗中我走近去，發現了那家人中我所知道的唯一倖存者，他繼承了家族的優點和缺點，唯有他對這場大火感興趣，這時他趴在地上，從地窖牆頭看著下面仍在冒煙的餘燼，一邊喃喃自語，這是他慣做的事。他整天一直在遠處的河邊牧場幹活，剛有時間就來看他祖輩和自己年輕時住過的家。他依次從各個方面，各個角落凝視地窖，身子總是要躺到地上，好像他記得在那僅剩了一堆磚和灰的地方還有什麼寶物藏在石頭中間。房子已經燒掉了，他望著殘餘的東西。不過是我的出現，便意味著對他的同情，使他大感安慰。他盡可能在黑暗中，指給我看井被蓋住的地方，謝天謝地，井是永遠不會被燒掉的。他在牆邊摸索了好久，找到他父親砍來並裝上的水桶升降裝置，用手觸摸著用來繫重物的鐵鉤，要我相信那決不是普通的「升降裝置」——這就是他所能抓到的一切。我摸了那東西，每天散步還注意到它，因為那上面掛著一個家族的歷史。

在左邊，能看見井和牆邊丁香花的地方，在現在的曠野裡，納丁和勒格羅斯曾在那裡住過。但還是回到林肯那邊去。

在林中比上述這些地方更遠的地方，在道路最靠近池塘的地方，陶匠懷曼占有一塊土地，他為鄉親們提供陶器，還留下子孫繼承他。物質上他們並不充裕，在世時只能勉強守住土地，治安官來收稅常常是白跑，象徵性地「附上一件沒用的東西」，我看過他的帳目，那裡沒別的東西可取。仲夏一日，我正在鋤地，一位運著一車陶器上市的人在我田邊勒住馬，問我小懷曼的情況，說是很久以前向他買過一個陶輪，很想知道他現在怎樣。我曾在《聖經》裡讀到製陶的泥和陶輪，但我從未想過我們所用的罐子並不是從古時候完好無損地傳下來的，也不是像葫蘆一樣長在某處的樹上，我很高興聽說在我附近也有人做這種富於創造性的藝術。

在我之前，這片森林裡的最後一位居民是一位愛爾蘭人，叫休・誇爾（我要是把他的名字拚對了的話），他曾住在懷曼的住宅裡——人們叫他誇爾上校。傳說他曾參加過滑鐵盧戰役，如果他還活著，我就會要他重溫打過的仗。他在這裡的職業是掘溝。拿破崙去了聖赫勒拿島，誇爾來到華爾登森林。我所知道的有關他的事都是很悲劇性的。他舉止優雅，像個見過世面的人，而且能夠說最有教養的話。因為患有顫抖的病症，他在仲夏還穿著大衣，臉是胭脂紅色。我到森林之後不久，他就死在布里斯特山腳的路上，因此在我記憶中他比較不像我的鄰居。在他的房子被拆除前我去看過。他的同伴都認為那是「一座穢氣的城堡」，都避而不去。墊高的床板上堆著他的舊衣服，都穿皺了，看起來就像他本人躺在床上一樣。壁爐上放著一根破菸斗，而不是噴泉邊的破碗。噴泉不能作為他死亡的象徵，因為他曾對我坦白，雖然他聽說過布里斯特泉，但從未見過。地板上還撒滿了髒汙的紙牌，方塊、黑桃和紅心老K。那兒有一隻行政官沒抓到的黑雞，依然棲息在隔壁房間裡，羽毛黑得像黑夜，靜得也像黑夜，連咯咯聲都不發，在等著列那狐來抓。屋後隱約可見一個花園的輪廓，花園裡曾種過東西，可是由於他那可怕的顫抖症時常發作，從未鋤過地，雖然現在已是收穫的時候了。苦艾和叫花草在園裡叢生蔓延，後者的果實全都刺到我的衣服上。屋子後面有一塊新攤在那裡的美洲旱獺皮，這是他最後一次滑鐵盧之戰的戰利品，可是他現在再也不需要溫暖的帽子或連指手套了。

現在只有地上的一點痕跡可以標示這些住宅的原址，還有埋到地裡的地窖石塊，那裡向陽的草坡上還長著草莓、懸鉤子、糙莓、榛樹叢和漆樹。在原來是煙囪的那個角落，現在長出北美油松和多節的橡樹，而或許在原來是門檻石的地方，一棵飄香的黑樺在迎風招展。有時還能看見井坑，那裡曾經有泉水冒出，現在只有乾巴巴的枯草；或者是最後一個人離開時用一塊石板將井蓋住，上面還有草皮蓋著，深埋在地下，直到日後某一天才會被人發現。那樣做是多麼可悲呀——把井蓋起來！與此同時，人們會淚如泉湧的。這裡曾有過熱鬧的人類生活，也會以某種形式、方言或其他辦法依次討論過「命運、自由意志、絕對預知」[155]，而現在只剩下這些像被

155 彌爾頓，《失樂園》，II，560。

遺棄的狐狸洞一樣的地窖坑，古老的洞穴，至於他們的結論，我所能瞭解到的只是「加圖和布里斯特拔過羊毛」。這差不多跟著名的哲學學派的歷史一樣有教育意義。

在門、門楣和門檻消失二三十年之後，丁香花仍長得生機勃勃，每年春天都開出芬香的花朵，讓沉思的旅行者採摘。丁香從前是小孩在前庭培植的，現在長在牆邊僻靜的草地上，漸漸讓位給新生的森林——家族的最後殘餘，那個家族唯一的倖存者。那些黝黑的小孩幾乎沒有想到，那枝只有兩個芽眼的細小幼枝，由他們插入屋後背陰處，每天澆水，居然會生根發芽，比他們活得還長，比給它們遮蔭的房子壽命還長，比大人們的花園和果園的壽命也長，而且在這些小孩長大老死後半個世紀，還向一個孤獨的漫遊者模糊地講述他們的故事——它依然像在那第一個春天一樣開出美麗的花，散發甜美的清香。我還注意到它那依然柔和，優雅歡快的丁香色彩。

可是這個小村莊，本可以成為更多東西的萌芽，為什麼消失了，而康科特卻能守住它的地盤呢？難道沒有自然優勢，難道享受不到水的恩澤嗎？啊，深深的華爾登湖，清涼的布里斯特泉——可以長期享受健康的飲水，而這些人除了用水來摻杯中的酒外，絲毫沒有好好利用。他們全都是口渴之人。難道編籃子、做馬棚掃把、織席子、烘玉米、織細麻布、製陶器等生意都沒有在這兒興隆發達起來，使這荒野開出像玫瑰一樣的美麗花朵，讓無數子孫後代來繼承祖先的土地？貧瘠的土地本來至少可以防止低地退化的。可歎啊！對這些人類的居民的回憶幾乎無法給這裡山水的優美添色！也許大自然又會重新嘗試，讓我來當第一位定居者，而我去年春天建的房子將成為這個小村莊最古老的房子。

我不知道以前是否有人在我這塊土地上建過房子。千萬別讓我住在一個建於更古老的城市舊址之上的城市裡，古城的材料已成廢墟，花園已成為公墓，土地貧瘠蒼白，受到詛咒。在有必要那麼做之前，先要把大地本身摧毀。通過這樣的回憶，我又讓森林裡住了人，同時讓自己靜下來進入夢鄉。

在這個季節，我極少有客人來。積雪最深時，往往連續一個星期或者兩個星期沒有一個人敢走近我的房子，但我在那兒卻過得很安適，就像一隻田鼠，或者像牛和雞，據說它們埋在雪堆裡，即便沒有食物也會活很久；或者是像本州薩頓城那家早期移民那樣，一七一七年的那場大雪把他的小屋全封住了，當時他不在家，一個印第安人是憑煙囪冒出的氣在雪堆中融出的洞才找到那間小屋。可是，沒有友好的印第安人來關心我了，他也不需要來，因為房子的主人在家裡。好大的雪啊！聽到雪聲是多麼快活！農夫們無法趕著馬車到森林或沼澤去，不得不把屋前遮蔭的樹砍下；在地面凍硬時，他們就到沼澤去砍樹，到第二年春天一看，是在離地十英尺的地方砍下樹的。

積雪最深時，那條從公路到我家的大約半英里的小道可以用一條蜿蜒曲折的虛線來表示，兩點之間的空白很大。要有一週平穩的氣候，我來回都走完全同樣的步數，同樣長的步伐，故意以兩腳規那樣的準確性踩在我自己深深的腳印上——冬天把我們約束在這樣的老一套裡，不過腳印裡常常映滿天空的蔚藍色。但不管什麼天氣都無法徹底干擾我散步，或者說阻止我出門，我常常在最深的積雪中踏雪八或十英里，去和一棵山毛櫸，或者一棵黃樺，或是松林中的一棵老相識踐約。冰雪使它們的樹枝下垂，這樣使樹頂變尖，把松樹變成杉樹的模樣。我踏著差不多兩英尺的積雪爬到最高的山頂，每一步都在我自己頭頂上搖下一陣暴風雪，有時候手腳並用，艱難地爬過去，那時獵人都躲在家裡過冬了。一天下午，我饒富興味地觀察一隻橫斑貓頭鷹（Strix nebulosa），在光天化日之下，棲息在一棵白松下部靠近樹幹的枯枝上，我站在離它一杆之遠的地方。它可以聽到我移步踏雪的聲音，但沒法看清我，我發出的聲音最響時，牠會伸伸脖子，豎起頸上的羽毛，睜大眼睛，但牠的眼皮很快又垂下來，而且開始點頭打瞌睡了。觀察牠半小時後，我自己也感到昏昏欲睡，牠就這樣雙眼半開地棲著，就像一隻貓，可謂貓的有翼的兄弟。眼皮之間只留下一條細小的縫，通過這個小縫和我保留一種若即若離的關係，牠就這樣半閉著眼從夢鄉向外看，極力想認識我這個模糊的物體，或者是妨礙它視線的塵粒。最後，由於聲音更大了，或者我靠得更近了，牠漸漸感到不安，在棲枝上懶洋洋地轉個身，似乎因美夢被打斷感到很不耐煩，當它展翅飛起在松林中翱翔時，翅膀展開非常寬，我一點也聽不到翅膀拍動的聲音。牠就這樣，不是靠視覺，而是憑著對附近樹木的細微感覺在松枝中摸索牠的路，彷彿是用牠敏感的羽翼在微光中摸索，找到了一個新棲息處，在那裡可以平安等待它的快活的一天破曉。

我走過貫穿草地的那條長長的鐵路堤道時，遇到了一陣陣怒吼凜冽的寒風，因為只有在那裡風才最自由。霜打在我一邊頰上，儘管我是異教徒，我還是把另一邊頰轉過來讓它打。從布里斯特山下來的那條馬車道也不見得好多少。我仍然要像一個友好的印第安人那樣進城去，儘管風把寬闊的原野上的積雪都堆到華爾登路牆垣之間，半個小時就足以把前面一位旅行者的足跡滅掉。我回來時，又有新的雪堆形成，我在雪堆裡踉踉蹌蹌往前走，忙碌的西北風已經把路的一個急轉岔口都堆滿了粉狀積雪，看不見野兔的足跡，甚至連田鼠細小的腳印也看不到。可是，即便在隆冬，我還是能找到溫暖有彈性的沼澤地，在那裡，草和觀音蓮依然長出四季常青的葉子，偶爾也看到幾隻更耐寒的鳥在等待春天的歸來。

有時，儘管下雪，我晚上散步回來時，跨過伐木工踩出的深深腳印，腳印是從我門口出來的，我還在壁爐上發現一堆他削下的碎木片，屋裡充滿他的菸斗味。或者在某一個星期日下午，如果我碰巧在家，我會聽到一位長臉農夫的踏雪聲，他從森林深處來到我家，找一點社交「刺激」，是他那個行業中少數的幾個「農莊上的『人』」[156]之一；他沒有穿教授的長袍，而是一件工裝，他引用教會和政府的那些道德言論，就

156 愛默生在「美國學者」中區分了 farmer（農夫）與 Man on the farm（農莊上的「人」）。

像從他的牛棚里拉出一車糞那樣隨便。我們談到了原始，單純的時代，那時在寒冷清新的天氣裡，人們圍坐在大篝火旁，個個頭腦清醒；沒有別的點心吃時，我們就用牙齒去試許多聰明的松鼠早就放棄的堅果，那些殼最厚的堅果裡面往往是空的。

從最遠的地方，走過最深的雪，冒著最可怕的暴風雪來到我住所的是一位詩人。農夫、獵手、士兵、記者，甚至哲學家，都可能會被嚇倒。可是什麼也擋不住一位詩人，因為他是為純粹的愛所驅使的。誰能預言他的來去呢？為了創作，他隨時都要出去，即便是在醫生也要睡覺的時候。我們讓小屋裡時而迴盪著開懷歡笑，時而傳出清醒的低聲細談，這樣也可彌補華爾登山谷長久的沉默。相形之下，連百老匯也顯得寂靜荒涼了。在適當的間歇，總要爆發出笑聲，這也許是漫不經心地為剛才說的俏皮話而笑，或者是為即將說出的俏皮話而笑。我們一邊吃著一盤稀粥，一邊創造出許多「嶄新的」人生哲理，這就把宴飲作樂的好處和哲學所要求的清醒頭腦結合在一起了。

我不會忘記，在我住在華爾登湖的最後一個冬天裡，還有一位受歡迎的客人，有一次穿過村莊，冒著雨雪和黑暗，直到他透過樹林看到我的燈，他來和我共度了幾個冬日長夜。他是最後一批哲學家中的一位——是康涅狄格州把他獻給世界，他先推銷他的東西，後來宣布要推銷他的智慧。他還在推銷這些，抬高上帝，貶低世人，只有他的大腦才是果實，就像果仁才是堅果一樣。我想他一定是世上活人中最有信仰的人了。他的言語態度總是假定一種比其他人所熟悉的更好的狀況，隨著時代的輪轉，他應該是最後一位感到失望的人。目前他尚沒有任何業務。但是，雖然他現在相對來講還不被人注意，等到他時機一到，大部分人意想不到的法規將要起作用，家長和君主就要來徵求他的意見。

「清而不見者，何其瞎眼啊！」[157]

人類真正的朋友，幾乎是人類進步的唯一朋友。一個老凡人，倒不如說是個神仙，不厭其煩，誠心誠意地把銘刻在人們身上的形象解釋個清楚，那就是神，而人們只是些外表損壞有點傾斜的紀念碑。他以殷勤的智慧擁抱孩子、乞丐、瘋子和學者，接受所有人的思想，同時又常常使這種思想變得更廣博精深。我想他應該在世界大道上開一家旅館，讓全世界的哲學家都可以在那裡住，而在他的招牌上應該寫上，「招待人，不招待他的獸性。有閒情逸致，心平氣和，想真誠尋找正路的人進來。」也許他是頭腦最清醒的人，在我所認識的人中是最少怪癖的人，昨天和明天，他都始終如一。昔日，我們一起閒遊漫談，全然把世界拋在腦後，因為他沒有向世上任何機構作過保證，他生來自由，胸懷坦蕩。不論我們轉向哪一條路，似乎

157 斯托勒（T. Storer，1571—1604）《湯瑪斯・沃爾西的一生》，第二部，七十二節，第五行。

天和地都連成一體，因為他給山水增添了美色。一個穿藍袍的人，他最合適的屋頂便是蒼穹，天空映照著他的清朗。我看不出他會死亡，大自然裡不能沒有他。

我們各自把思想的牆板都瀝乾了，於是就坐下來試著用刀來削成細片，同時讚賞美國五葉松清晰帶黃的紋理。我們輕輕而又虔誠地涉水，或者一起輕拉慢引，因此思想的魚兒不會從溪中嚇跑，也不怕岸上的釣者。魚兒快活地遊來遊去，就像飄過西天的白雲，那珍珠母群似的雲時而形成，時而又散開。我們在那用心工作，修訂神話，不時給寓言潤飾，建立空中城堡，世間沒有給這些城堡提供有價值的基礎。偉大的觀察者！偉大的預見者！和他談話是新英格蘭之夜的一大樂事。啊！我們曾這樣談論過，隱士、哲學家，還有我提到的那個老移民者——我們三人，我們談到小屋快要脹裂。我不敢說，在大氣壓之上，每一英寸要承受多少磅的重量，它裂開了縫，因此，後來得用許多乏味的話來填塞，以防止洩漏——不過這種填絮我已經太多了。

還有一個人，我曾在他村子裡的房子和他一起度過「充實的時光」，且久久不能忘懷。他也不時來看我。但除此之外，在那裡我就再沒有和人交談了。

正如在別處一樣，有時我也在那兒期盼著永遠不會來的客人。《毗濕奴往世書》說，「黃昏時，屋主應當待在院子裡，待到給一頭牛擠完奶的工夫，如果他高興，還可以待更久，以等待客人的到來。」我常常履行這種好客的職責，我等的時間足以給整群牛擠完奶，卻沒有見到一個客人。

冬季的動物

湖水凍成堅冰時，湖面不僅提供了到許多地方的新捷徑，而且從湖面上看去，周圍原來熟悉的風景也有了新景象。雖然我以前常在弗林特湖划船溜冰，但穿過積雪的湖面時，我發現它大得出乎意料，而且變得很陌生，不禁使我想到巴芬灣。林肯山遙遙矗立在雪原的盡頭，我不記得以前來過這裡。在冰上說不準是多遠的地方，漁夫們帶著狼犬緩緩移動，彷彿是海豹獵人或是愛斯基摩人，要是在霧濛濛的天氣裡，便會忽隱忽現如神話中奇妙的生物，我不知道他們是巨人還是侏儒。晚上我去林肯演講總是走這捷徑，在我的小屋和演講室之間，我沒有走別的路，也沒經過任何房子。途經的雁湖上住著一群鼠，牠們把窩高高築在冰上，然而我經過時一隻麝鼠也見不到。華爾登湖像其他的湖一樣，通常是不積雪的，或者只有極淺且不連片的積雪，它就等於我的庭院，當其他地方雪積成差不多兩英尺厚，村民們走不出街道時，我還可以在湖上自由散步。在那兒，遠離村中的街道，間隔很久才能聽到雪車的鈴聲，我就在那裡滑雪、溜冰，好像身處一個踏平的廣闊麋園裡，園子邊緣懸垂著橡樹，還有莊嚴的松樹，被雪壓彎了身子，或者掛著許多冰柱。

在冬天的夜裡，在白天也常有，我聽到從不知多遠的地方傳來貓頭鷹淒涼而又優美的鳴叫，就像用適當的撥子彈奏冰凍的大地所發出的聲音，這正是華爾登森林的本地語言，雖然我從沒見到發出這聲音時的貓頭鷹，但後來我對這聲音就非常熟悉了。冬夜裡，我幾乎一開門就會聽到這聲音，「**呼，呼，呼，呼呵，呼**」，聲音十分響亮，而頭三個音節的腔調聽起來像是「**好不好**」；有時只是「**呼，呼**」兩聲。初冬的一個晚上，湖面還沒全部結凍，大約在九點鐘，我被一隻雁的大聲鳴叫驚動了，走到門口，又聽到雁群低飛過我的房子上空時拍動翅膀的聲音，就像是樹林裡的一陣大風暴。牠們飛過湖面，向費爾港飛去，好像是被我家的燈光嚇得不敢降落，領頭的雁則以規則的節奏鳴叫著。突然間，千真萬確，就在我身邊的一隻貓頭鷹，以我所聽到的森林居民中最沙啞、最驚人的聲音回應雁鳴，而且聲音的停頓是有規則的，似乎決心展示出本地聲音有更大間域和音量，來使這位哈得遜灣來的入侵者出醜丟臉，「呼，呼」地把牠趕出康科特的地平線。在夜間這個屬於我的時刻，你來驚動城堡是什麼意思？你是不是認為在這個時候我會打瞌睡？你是不是以為我沒有你那樣的肺活量和大嗓門？「**布——呼，布——呼，布——呼！**」這是我所聽到的最恐怖刺耳的聲音了。可是，如果你的耳朵會分辨聲音，這聲音中倒有和諧的成分，是在這一帶原野從未見過，也從未聽過的。

我還聽到湖上冰塊的哮鳴聲，那是和我在康科特那片地方共寢的大傢伙，似乎它在床上睡不好，很想翻個身，它有點胃腸氣脹或者做了噩夢。有時我被霜凍地裂的聲音弄醒，好像是有人趕著馬車來撞我的門，到早晨起來，會發現地上有四分之一英里長、三分之一英寸寬的裂口。

有時我會聽到狐狸走過雪地的聲音，牠們是在月夜出來找鷓鴣或其他獵物，像森林裡的狗一樣發出兇惡刺耳的聲音，似乎心急如焚，又好像要表達什麼，爭取光明，想立即變成狗，在街上自由地奔跑。如果我們考慮到時代的變遷，難道禽獸不會和人類一樣發展出一種文明嗎？在我看來牠們是原始人，穴居人，仍然時時警戒著，等待變形。有時一隻狐狸被我的燈光吸引，走近我的窗子，朝我吠出一聲狐狸的詛咒，然後就走了。

通常是赤松鼠（Sciurus Hudsonius）在黎明把我吵醒，牠在屋頂上奔跳，又在屋外的牆上爬上爬下，好像就是為此而被派出森林的。冬天裡，我差不多在門邊雪地上拋了半蒲式耳甜玉米穗，都是沒成熟的，然後饒富興味地觀察被玉米誘惑來的各種動物的姿態。在黃昏和夜裡，野兔經常會跑來飽餐一頓，一整天裡都有赤松鼠時來時去，看著牠們靈活的動作真是過癮。通常是一隻赤松鼠先從矮橡樹林中小心翼翼地爬出來，像一片被風吹的葉子，跳跳停停地跑過雪地，其速度驚人而且過分消耗精力，牠的「腳」以令人無法理解的速度急跑，牠似乎是孤注一擲的，一會兒朝這邊跑幾步，一會兒又朝那邊跑幾步，但每一次總不超過半杆的距離；然後突然間作出一副滑稽的表情，無故地翻一個筋斗停下，似乎整個宇宙，所有的眼睛都在注視牠——即便是在最僻靜的森林裡，松鼠的所有動作都像一名女舞蹈家般，暗示著觀眾就在旁邊。拖延、兜圈所浪費的時間比正常走完全程的時間還要多，我從沒看到一隻松鼠正常走路——然後，突然之間，你還沒反應過來，牠已跳到一棵小油松頂上，擰緊牠的發條，責備所有想像的觀眾，一邊獨白，一邊又向整個宇宙說話。我根本不知道這是什麼理由，我想，牠自己也未必明白這是為什麼。最後，牠來到玉米旁，挑了一根合適的玉米穗後，以同樣不規則的三角形路線，輕快地跳到我窗前柴火堆最高的一根木柴上，從那裡牠看著我的臉，坐在那兒好幾小時，不時給自己一根新玉米穗，先是貪婪地啃著玉米棒，把吃了一半的芯子四處扔，最後就變得越來越講究，玩起食物來了，只嘗一下玉米仁的芯，而牠用一隻爪扶住棒子的玉米穗，不小心落到地上，這時它帶著一副捉摸不定的滑稽表情看著玉米，似乎懷疑那玉米是活的。是再去把玉米撿回，或是去拿一根新的，或是走開，牠都沒法決定；一會兒想起玉米，一會兒注意聽風裡的聲音。就這樣，這個厚顏無恥的小傢伙在一個上午浪費了許多玉米穗，直至最後，它抓起一根比它自己的身體大得多的碩大玉米棒，很靈巧地抱著回到林中去，就像一隻老虎帶著一隻水牛，走同樣彎彎曲曲的路線，經常停下，在地上拖著前進，看樣子玉米棒太重，還老是往下掉，在垂直線和水準線之間對角落下，牠已下定決心無論如何要把這玩意兒拖到目的地盤——一個異常輕佻、想入非非的傢伙。就這樣牠把玉米帶到牠住的地方，也許運到四十或五十杆之外的一棵松樹頂上，自此之後我總會找到亂扔在森林各處的玉米芯。

最後是鳥來了，我早就聽過鳥刺耳的尖叫，它們小心翼翼地靠近到離我八分之一英里的地方，偷偷摸摸地從一棵樹飛到另一棵樹，越飛越近，啄食松鼠掉下的玉米仁，接著棲息在一棵油松枝頭，想很快吞下比牠們喉嚨大，能哽住咽喉的玉米仁，費了很大的勁後又把它吐了出來，而且花一個小時反復啄個不休，企圖把它啄碎。牠們顯然是一群盜賊，我很看不起牠們。倒是那些松鼠，雖然一開始有點害羞，後來就把玉米當作是自己的東西拿走。

與此同時，一群群黑頂山雀飛來，它們啄起松鼠丟下的玉米屑，然後飛到最近的枝杈上，把碎屑放在爪下，用小嘴頻頻敲擊，似乎那是樹皮上的一隻昆蟲，直至把碎屑敲小到適合它們細小的喉嚨為止。每天都有一小群這種鳥到我的柴火堆上吃一餐，或者到我門邊吃玉米屑，同時發出輕促含混的微弱之音，就像是草中冰柱發出的叮噹聲，或者發出輕快的「得—得—得—」的聲音，更難得的是在春天般的日子裡從森林邊發出琴弦般夏日的聲音「菲—比」。它們跟我非常熟悉，到後來，有一隻鳥竟飛落到我正在搬進屋的一捧木柴上，毫不畏懼地啄著木頭。有一次我在村中花園裡鋤地時，一隻麻雀飛到我肩上停留了一會兒，當時我覺得，即便我戴上任何肩章都沒有這樣光榮。松鼠到最後也跟我混得很熟，偶爾抄近路時也踩過我的鞋。

地面尚未完全被雪封住時，再則就是冬末雪在我的南面山坡和我的柴火堆周圍融化時，鷓鴣早晚都要從森林裡出來到那兒覓食。不論你在林中哪一邊走，都會有鷓鴣突然鼓翼飛起，把高處枯葉和樹枝上的雪震下來，雪花像金色的塵埃在陽光中飄落。這種勇敢的鳥不怕嚴冬，它常常被積雪蓋住，而且據說「有時會飛撲進柔軟的雪裡，在那裡躲藏一兩天之久」。我過去常在曠野上驚飛鷓鴣，牠們是在日落時從林中飛來給野生蘋果樹「摘芽」的。每天晚上牠們會固定飛到幾株樹上，狡猾的獵人正守在那裡等牠們，森林旁邊遠處的果園也由此受害不淺。不管怎樣，我倒很高興鷓鴣能找到食物。牠是大自然自己的鳥，就是靠芽和水為生的。

在昏暗的冬日早晨，或是在短暫的冬日下午，有時我會聽到一群獵犬在森林裡穿行，發出追獵的嗥叫，牠們無法抗拒追獵的本能，還有不時吹響的追獵號角，說明有人在後面。森林又迴盪著聲響了，可是沒有看見狐狸到開闊的湖面上，隨後也沒有一群獵犬來追牠們的亞克托安[158]。或許在晚上，我看見獵人回來尋找旅館，雪橇上只拖下一根毛茸茸的狐狸尾巴作為戰利品。他們告訴我，如果狐狸躲在冰凍的

158 Actæon，希臘神話中的年輕獵人，因看到狩獵女神沐浴而被變為牡鹿。

地裡，牠還是會安然無恙的，或者如果牠沿直線逃跑，獵狐犬也是無法追上的，但是，把追獵的甩遠之後，牠便會停下休息，傾聽聲音，直至牠們又追上來。牠跑時，會兜一個圈子回到它的老窩，而獵人就在那裡等著牠。不過有時牠會在牆上跑好幾杆，然後遠遠地跳到牆的另一邊，牠似乎還知道水不會保留牠的氣味。有一位獵人告訴我，他曾看到一隻被獵犬追逐的狐狸跳到華爾登湖上，那時冰面有淺水坑，牠跑過一段路後又回到原來的岸上。不久以後，獵犬追到這裡，可是聞不到狐狸的氣味。有時，一群獵犬自己追逐著從我門口經過，而且繞著我的屋子跑，只顧嗥叫，一點也不理我，好像害了一種瘋病似的，什麼也無法使它們放棄追逐。它們就這樣一直兜圈，直至聞到一股新近的狐臭，一隻聰明獵犬會拋棄其他一切去追逐狐狸的。有一天，一個人從萊克星頓到我的小屋來打聽他的獵犬，他說這隻獵犬的腳印很大，獨自追獵已經一星期了。恐怕我所告訴他的一切也無法使他獲益，因為每次我想回答他的問題時，他總是打斷，再問我，「你在這裡幹什麼？」他把狗丟掉了，卻找到一個人。

一個說話枯燥無味的老獵人，過去每年到華爾登湖洗一次澡——在水最溫暖的時候，順便會來看我。他告訴我，多年以前有一天下午，他帶著槍到華爾登森林裡巡視，走到韋蘭路時，他聽到獵犬追上來的嗥叫，過不久，一隻狐狸躍過牆頭跑到路上，接著一閃躍過另一堵牆離開，他那敏捷的射擊並沒有擊中牠。在他身後跑來一隻老獵犬和三隻小狗，是自己來追獵的，全力追趕著又在森林消失了。下午晚些時候，他在華爾登南面的密林裡休息時，聽到遠在費爾港那邊獵犬的聲音，仍在追趕狐狸。牠們朝這邊來了，響徹森林的追獵聲越來越近，一會兒從韋爾草地傳來，過一會兒又從貝克農場傳來。他靜靜地站在那兒很久，傾聽著獵犬的音樂，在獵人聽起來，那聲音是那麼甜美。這時狐狸突然出現了，以輕快的步伐穿過林中過道，富有同情的樹葉的沙沙聲掩蓋了狐狸的聲音，它敏捷又悄無聲息，守住地面，把追獵者遠遠拋在身後。牠跳到林中的一塊岩石上，挺直身子坐下聆聽，背朝獵人，片刻間同情之心阻擋了獵人的手臂，但那只是短暫的情緒，只在一念之間，他的槍就端平了，砰！狐狸從岩石上滾下來，躺在地上死了。獵人仍留在原地，聽著獵犬的吠叫。牠們仍在追趕，這時，附近的森林過道裡都迴盪著牠們的狂吠。最後，老獵犬突然跳入視野，鼻子還在地上嗅著，著魔似地朝空中狂咬，並直接跑到岩石上。可是看到死狐狸時，牠突然停止了吠叫，彷彿是驚愕得叫不出聲了，牠一聲不響地繞著狐狸走了一圈又一圈，接著小狗也一隻接著一隻來了，也像牠們的母親一樣，這神祕事件使牠們沉靜得一聲不響。然後獵人走到牠們中間，謎解開了。在獵人剝狐狸皮時，牠們靜靜地等著，然後跟著狐狸尾巴走了一會兒，又轉到林中去了。那天晚上，一位韋斯頓的鄉紳到康科特這位獵人的小屋打聽他的獵犬，說牠們已經從韋斯頓森林出來自己追獵一星期了。康科特的獵人告訴他詳情並把狐皮送給他，但這位鄉紳婉言謝絕以後就走了。那天晚上他沒找到獵犬，但第二天獲悉他的狗渡過河，在一個農舍裡過夜，在那裡被餵得很飽，清早它們就離開了。

告訴我這個故事的獵人還記得一個叫山姆·納丁的人，過去常在費爾港岩架上獵熊，然後用熊皮在康科特村換朗姆酒，甚至還對他自稱曾在那兒見過麋鹿。納丁有一隻著名的獵犬，叫伯戈因——他讀作伯金，告訴我此事的獵人也借用過它。本城有個老生意人，既是老闆又是鎮文書和議員，我在他的「損失帳簿」裡看到這樣的紀錄，一七四二—一七四三年，一月十八日，「約翰·梅爾文以一隻灰狐狸貸二角三分」，現在這裡卻沒有這種事了；在赫齊卡亞·斯特拉頓的帳目中，一七四三年二月七日，「以半隻貓皮貸一角四分半」，這當然是野貓皮，因為斯特拉頓在舊法蘭西戰爭中當過中士，獵取比野貓還不高貴的獵物是得不到信貸的。當時也有拿鹿皮來貸款的，每天都有鹿皮賣出。有一個人還保留著附近一帶殺死的最後一隻鹿的角，另外一個人還給我講過他叔叔參加過的一次打獵的細節。以前這裡獵人很多，而且很快活。我清楚記得一位瘦瘦的獵人，他可以在路邊抓起一片葉子吹出小曲，如果我記得沒錯，這調子比任何獵手號角的聲音都更粗獷，更悅耳。

在月明之夜，半夜裡我有時會在路上遇到一群獵犬在森林裡逡巡，牠們躲在路邊，似乎很害怕，一聲不響地站在樹叢裡，直至我走過為止。

松鼠和野鼠為我所儲存的堅果而爭吵。我的屋子周圍有幾十棵北美油松，直徑約一到四英寸，前年冬天被老鼠咬了——對牠們來說那是一個挪威式的冬天，雪積得又深又久，牠們不得不在食物裡混進大量的松樹皮。這些樹還活著，在夏天顯然長得很茂盛，雖然樹皮全被吃光了，但許多樹還是長高了一英尺，但再過一個冬天之後，這些樹無一例外，都死了。說來真驚人，光一隻松鼠可以這樣把整棵松樹飽餐一頓，牠不是上下啃樹皮，而是環繞著啃。可是，也許為了使這些樹長得稀一點，這樣也是必要的，它們往往長得太密了。

野兔（**Lepus Americanus**）非常習慣與人相處。有一隻野兔為了過冬，把窩做在我的屋子下方，和我只隔著一層地板。每天早上我開始挪動身子時，牠就急忙離開，總把我嚇一跳——碰，碰，碰，慌張之中，牠的頭撞著地板。牠們過去常在黃昏時來到我門邊，吃我扔掉的馬鈴薯皮，牠們的毛色和地面的顏色十分接近，不動時很難分辨出來。有時，暮色之中，一隻野兔一動不動地伏在我窗下，我一會兒看得見牠，一會兒又看不見。晚上我打開門時，牠們便會吱吱叫著跳開。它們在身邊只會激起我的憐憫。有一天晚上，一隻兔子伏在門邊，牠離我只有兩步之遙，一開始牠還怕得發抖，可還不願跑開，可憐的小東西，瘦得如皮包骨，毛亂的耳朵、尖鼻子、禿尾巴、細爪子。看來大自然裡似乎已經沒有血液高貴的種族，只好保留它最後的物種。牠的大眼睛看起來很年幼而且不健康，幾乎是水腫。我跨上一步，瞧，牠像彈簧一樣跳到雪地上，優雅地伸展身子和四肢，一會兒工夫，已經把森林拋在我與牠之間——這雙野生的自由動物，又說明了大自然的活力和尊嚴。牠的瘦小並不是沒有理由的，牠是天生如此。（有人認為，拉丁文兔子 Lepus 即為 Levipes，就是「疾足」的意思。）

要是沒有野兔和鷓鴣，那算什麼是什麼鄉野？牠們是動物之中最簡單、最土生的類別，自古到今人們都知道這些古老的家族，牠們與大自然同色同性，與樹葉和地面的顏色最近——而且彼此之間也是顏色相近，不論是靠翅飛還是靠腳走。看到鷓鴣突然飛走，兔子匆匆跳開，你幾乎不覺得你是看到了野生動物，牠們是那麼自然，就像是聽到樹葉沙沙作響一樣。鷓鴣和野兔肯定還會繁衍，不論發生什麼動亂，牠們還會像真正大地上生長的東西一樣繁衍。如果森林被砍光，地上冒出幼樹和灌叢還可以掩藏牠們，而且會繁衍更多。不能維持兔子生存的鄉野一定是很貧瘠的。我們的森林裡到處是鷓鴣和野兔，在周圍是牧牛的孩子所設的幼枝籬和馬鬃網陷阱下，每一片沼澤依然可以看到牠們在漫步。

冬天的湖

度過一個寂靜的冬夜後，我醒來時好像有人曾向我提過問題，睡夢之中我一直想回答卻答不上，何謂——何以——何時——何處？但外面是黎明時分的大自然，萬物生機勃勃，她露出安詳滿足的臉孔從我的大窗戶望進來，脣邊並沒有問題。我醒來看到一個有了答案的問題，看到大自然和日光，雪厚厚地鋪在地上，上面點綴著幼松，而我木屋坐落的小山坡似乎在說，前進！大自然從不發問也不回答凡人的問題。她早就下定了決心。「啊，王子，我們以讚賞的目光凝視著，並把宇宙奇妙多彩的景象傳到靈魂之中。夜幕無疑把這光榮的創造遮去了一部分，但白晝轉瞬來臨，又把這部偉大的作品展示給我們，這部傑作從地上甚至延伸至蒼芎。」[159]

接著開始做我的晨間工作。首先，我拿起斧頭和桶去找水，如果那不是做夢的

159 引自印度史詩《哈利梵薩》。

話。經過一個寒冷的雪夜之後，要有一根魔杖才能找到水。原來水汪汪顫動的湖面對每一絲風都很敏感，能反射出每一道光和影，可是每年冬天都結起一英尺或一英尺半的冰，這樣連最笨重的馬車都可以從上面通過。也許在冰上還要積一兩英尺的雪，使你分不出是湖還是平地。就像環湖山林中的土撥鼠那樣，牠闔上眼皮，要睡三個多月。我站在雪原上，就像是站在群山中的牧場一樣，我首先要劈開一英尺的雪，接著是一英尺的冰，在腳下打開一扇窗。在那裡，我跪下喝水，俯視安靜的魚的客廳，柔和的光像是透過一面磨砂玻璃窗，灑在魚兒身上，明亮的沙底仍和夏天一樣。那兒有一種四季風平浪靜的安詳籠罩著，就像琥珀色黎明的天空一樣，與水下居民沉靜平和的心情很相應。天空既是在我們頭上，又是在我們腳下。

清晨，一切都因霜冰而顯得清新易碎，人們帶著魚竿和簡單的午餐，從雪地中垂下細繩，來釣狗魚和鱸魚。這些野人，本能地追隨其他生活方式，相信其他權威而不相信鎮裡的同伴；他們來來去去，把城鎮之間可能會被撕裂的地方縫合在一起。他們穿著厚厚的粗絨大衣坐在岸邊枯橡樹葉上吃午餐。這些人在自然知識方面就像城裡人在人造事物方面一樣聰明。他們從不用查閱書本，他們所知道和能夠說出的事，比沒有做過的事情多，而他們所做的事據說還沒有人知道。這裡有一位用大鱸魚作餌來釣狗魚。你看到他的桶會感到很驚奇，那就像一口夏天的魚塘，好像他把夏天鎖在家裡，或者是知道夏天躲在什麼地方。你說，在仲冬，他怎麼會抓到這些魚？啊，地面結冰以後，他就從朽木中抓蟲子，所以他能抓到牠們。他的生活在大自然裡深入的程度要比自然科學家的研究鑽得還深。他本身就可以成為自然科學家研究的專題。後者在找昆蟲時，是用刀子輕輕挑起苔蘚和樹皮來找的，而前者則用斧子劈到樹心，苔蘚和樹皮飛得老遠。他是靠剝樹皮為生的，這種人有權捕魚。我很高興看到大自然在他身上的體現。鱸魚吞下蠐螬，狗魚吞下鱸魚，漁夫吞下狗魚，於是生物等級中的所有缺口都被填滿了。

在霧濛濛的天氣裡，我繞湖散步時，某個較粗野的漁夫所採取的原始方式有時會引起我的注意。他也許會把榿木枝架在冰上窄窄的洞口上，這些洞口之間距離四五杆，與岸的距離相等。他把繩子一頭繫在一根棍子上以防它被拖下水去，然後就把繩子扔過高出冰面一英尺多的榿木枝，在繩上綁一片枯橡樹葉，葉子被拉下去就表明有魚吃餌。你繞湖走上半圈，便可在霧靄之中隱約看到這些間距相等的榿木枝。

啊，華爾登湖的狗魚！每當看見牠們躺在冰上，或是躺在漁夫在冰上鑿的井裡——井底挖個小洞讓水進來，我總是驚歎牠們那種罕見的美，牠們似乎是神話中的魚，在街市上甚至在森林裡，人們對這種魚都很陌生，就像阿拉伯對於我們康科特的生活很陌生一樣。牠們有一種令人目眩、超凡脫俗的美，與人們在街頭大吹大擂的那些死白的鱈魚和黑絲鱈有天壤之別。它們不像松樹那麼蒼綠，不像石頭那麼灰白，也不像天空那麼蔚藍，但是，在我看來——如果可以這麼說的話，牠們有著更稀罕的色彩，像花和寶石那樣的色彩，彷彿牠們是珍珠，是華爾登湖水的結晶。牠們自然徹頭徹尾、自始至終都是華爾登的，在動物王國裡，它們本身就是小華爾登，是華爾登族。很奇怪，牠們在這裡被捕到——這種偉大的金光寶翠的魚是遨遊在這片幽深廣闊的清泉裡，遠離華爾登路上行走的牛車馬車的咯咯聲以及雪橇的叮噹聲。我從未在任何市場上看到過這種魚，如果有，那一定會引起所有人的注目。牠們只劇烈扭動幾下，就輕易放棄了牠們的靈性，像一個凡人時間未到就已化為天上的稀薄空氣。

我渴望重新找出很早以前喪失的華爾登湖底，一八四六年初，在冰化開之前，我帶著羅盤、絞鏈和測深繩，在湖上小心測量。關於這個湖的湖底，或者關於這個湖沒有湖底的傳說已經很多了，這些傳說肯定是沒有根據的。人們不去測量湖深，居然長期相信一個湖沒有底，這真是令人吃驚。我在這附近一次散步中曾去看過兩個這種「無底的湖」。許多人相信華爾登湖一直穿到地球的另一邊。有些人曾趴在冰上看了好一陣子，透過那夢幻般的介質，而且也許眼睛裡還都是水，由於害怕胸部受涼便匆匆下結論，說他們看到些巨大的洞，「一車乾草都可以開進洞去」——如果有人開的話。那無疑是冥河的源頭，通向地獄的入口。另外一些人從村裡帶著一個「五十六」秤砣和一車標著英寸的繩子，但還是沒有找到底，因為在「五十六」還躺在路旁時，那些人便把繩子放出去要測量他們真正無法測量的匪夷所思程度，結果是徒勞無益。可是，我可以肯定地告訴讀者，華爾登湖在一個雖然不尋常，卻並非不合理的深度有一個合理的狹窄湖底。我很輕易地用一根釣鱈繩和一塊重一磅半的石頭來測量，我可以準確地知道石頭何時離開底，因為那時石頭下面沒有水的浮力，我要特別費勁地拉。最深的深度是一百〇二英尺，再加上後來漲上五英尺的湖水，一共是一百〇七英尺。面積這麼小，有這樣的深度真是驚人。但想像力無論如何都不能把它再省掉一英寸。要是所有的湖都很淺，那會怎樣？那不會影響人的思想嗎？我很感激這個湖又深又純，它是一個象徵。人們相信無限的東西時，有些湖就會被認定是無底的。

一位工廠的老闆，聽到我所測出的深度後，認為這是不真實的，因為根據他對水壩的了解來判斷，沙不可能堆起這麼陡的角度。但是，最深的湖跟它的面積相比，也不算深，如果把水抽乾，也不會留下非常引人注目的峽谷。它們並不像是山丘之間的杯子，即便是這一個湖，就其面積而言深度是不同尋常的，在中心縱剖面看來也不比一個淺盤深。大多數湖抽乾水後便只剩下一片草地，也並不比我們常見的草地低窪。威廉．吉爾平在描述山水方面十分令人欽佩，而且通常是很準確的，他站在蘇格蘭的法恩灣源頭，把它描繪為「一個鹽水灣，六七十英尋深，四英里寬」，約五十英里長，四面環山，他說，「如果我們能恰好在洪荒大衝擊後，或是在大自然偶發的什麼大災形成它後，搶在水湧入之前看到它，那將會多麼駭人的深谷啊！」[160]

山崗高高隆起，
窪穀低低沉陷，
水之巨床又寬又深。[161]

但是，我們已經看到華爾登湖縱剖面看起來已經像個淺盤，如果我們用法恩灣最短的直徑，把比例和華爾登湖對照，結果法恩灣還要淺四倍。這樣一講，要是把法恩灣的水抽乾，那個裂口也沒有多麼可怕了。毫無疑問，許多遍布玉米田的明媚山谷正是這種水退之後露出的「可怕裂口」，不過需要地質學家的洞察力和遠見去說服那些沒有想到這種事實的居民。好奇的眼睛常常會在地平面的低山中發現原始的湖岸，未必要由隨後平原的升高而掩蓋它們的歷史。那些在公路上工作過的人都知道，根據大雨之後的水坑是最容易發現低窪的。所以說，想像力可以比大自然下潛更深，飛的更高。於是，人們大概會發現海洋的深度與其寬度相比將是非常微不足道的。

160 威廉•吉爾平，《觀察……蘇格蘭高地》（倫敦，一八〇八）。
161 彌爾頓，《失樂園》VII，288—290。

由於我是透過冰測量湖的深度，我判定出來的湖底形狀準確性要比測量沒有全部冰凍的海港高得多，我對它的普遍有規則的形狀感到驚奇。在最深的部分，有幾英畝的地方比任何風吹、日曬、犁耕的田野更平坦。在一處，我們任選一條線，在三十杆內，其深度變化不超過一英尺。一般來說，在靠中間的地方，向任何方向，每一百英尺的深度變化我都可以預先推算出是在三四英寸以內。有人慣於說，甚至在像這樣平靜多沙的湖中也有又深又險的窟窿，其實在這種環境下，水的作用是把不平的地方弄平。湖底的規則變化及其與湖岸和附近山脈的一致性是如此完美，所以遠處的一個岬角在靠湖中老遠就能測出來，觀察一下對岸便可確定它的走向。岬角變成沙洲和淺灘，河谷和山峽變成深水和海峽。

我以十杆對一英寸的比例畫湖的地圖，總共記下它百餘處的深度，這時我發現了一個驚人的巧合。看到標記最深處的數位似乎在地圖的中心，我用直尺量了地圖的長和寬，驚奇地發現最長線和最寬線的交點正是最深點，儘管湖心幾乎是平的，湖的輪廓很不規則，而且最長和最寬是從小灣裡量出的。我對自己說，誰知道這是否暗示著海洋最深處的情形也跟一個水坑和一個湖的情形一樣呢？如果把高山看作是與山谷相對的，那麼這個規則是否也適用於高山？我們知道一座山最窄的部分並不是最高的地方。

在五個小灣中有三個，即所有測過水深的小灣，都有一個沙洲橫在口上，裡面的水很深。因此，湖灣不僅是內陸水域在水準方向而且也是在垂直方向的擴展，形成一個內灣，或者獨立的湖，而兩個岬角的方向正表明沙洲的方位。沿海每一個海港的入口也都有沙洲。當灣口與灣的長度相比越大，其沙洲上的水與內灣相比也就相應地越深。那麼，如果把小灣的長和寬以及四周湖岸的情形提供給你，你幾乎就有足夠的材料列出公式來，作一切計算。

為了看看我以這種做法，光通過觀測平面的輪廓及湖岸的情形推測的數字與湖最深點有多接近，我畫了一張白湖的平面圖，該湖約四十一英畝，跟華爾登湖一樣，其中沒有島，也沒有看得見的出入口。最寬的線與最窄的線很接近，在那裡兩個相對的岬角互相靠近，而兩個相對的小灣彼此後退，我就在離後一條線不遠的地方標一個點，但還是在最長的一條線上，作為最深處。最深處果然是在這一點周圍一百英尺之內，在我預測那個方向上更遠的地方，只是更深了一英尺，也就是六十英尺深。當然，要是有一條河流流過，或者湖中有個島，就會使問題複雜得多了。

如果我們知道大自然的一切規律，應該只需要一個事實，或者對一個實際現象的描述，就可以舉一反三，得出所有詳細的結果。現在我們只知道少數幾個規律，推導結果變得沒有說服力了，這當然不是因大自然的混亂或不規則造成的，而是我們在計算中對於某些基本要素還很無知。我們所知道的法則及和諧往往只局限於已經發現的事例，可是更奇妙的和諧是從許許多多看起來相互衝突，實際上是相互呼應的法則中產生的，而這些法則我們尚未發現。具體的法則就像我們的觀察點，如對於一個旅行者來說，每走每一步，山的輪廓都會變化，有無數的側面，儘管它絕對只有一種外形。就算我們把它劈開鑽穿，也不能算是了解了全貌。

我所觀察到的湖的情形，在倫理上又何嘗不是？這就是平均法則。這種兩條直徑的法則，不僅指引我們觀察天體中的太陽和人心，而且在人的日常行為和生活浪潮之總體的長和寬中畫線，進入他的小灣和入口，而交匯處就是他性格的最高或最深的點。也許我們只要知道他的湖岸的傾向、他鄰近的區域或環境，便可推斷他的深度和隱藏的底。如果他周圍都是崇山峻嶺，那是阿喀琉斯的陡岸，其山峰籠罩著並反映在他的襟袍中，暗示出在他身上也有相應的深度。可是低平的湖岸也說明這個人在那方面的膚淺。明顯突出的額頭表明相應的思想深度。在我們的每一個小灣──或具體傾向的入口處也有一個沙洲，每一個小灣都是我們短期的港口，我耽擱在裡面而且部分被陸地圍住。這些傾向往往不是異想天開，它們的形狀、大小和方向是由沿岸的岬角決定的，即由古代地面升高決定的。當暴風雨、潮汐或水流漸漸將這沙洲增高，或者是水位下降，沙洲就冒出水面，起初那只是岸邊隱藏著思想的一個傾向，後來成了一個獨立的湖，與大海分離了。其中思想得到自己的條件，也許由鹽水變成淡水，變成一個甜海、死海，或者沼澤。每一個人降生時，我們是否可以說，都有這樣一個沙洲在某處升到水面？真的，我們是一群蹩腳的航海家，所以我們的思想絕大部分是時而靠近、時而遠離一個沒有港口的海岸，只熟悉有些詩意的小港灣，或者就開到公共的港口，駛進枯燥的科學碼頭，在那裡它們只是整修以適應這個世界，沒有什麼自然潮流使它們保持個性。

至於華爾登湖的入口或出口，除了雨雪和蒸發，我沒有發現別的。也許用一個溫度計和一根繩也可以找到這種地方，因為在水流入湖的地方，大概在夏天是最涼的，在冬天是最暖的。一八四六至一八四七年，有一天賣冰人在這裡工作時，冰塊送到岸上，那些在岸上囤冰的人拒絕接受，因為冰塊不夠厚，無法和其餘的冰塊並排放在一起。挖冰的人發現，在那一小塊地方的冰比別處的冰要薄兩三英寸，因而想到那兒有一個入水口。他們還在另一個地方指給我看一個被認為是「過濾洞」的地方，湖水通過這裡從山下漏出流入附近的一塊草地。他們讓我站在一塊冰上推我出去看，那是在十英尺水下的一個小洞穴，但我想我可以保證在發現比這更糟的漏洞之前，這個湖是不用焊補的。有人建議，如果發現這樣的「過濾洞」，只要在洞口放些色粉或木屑，再在草地的泉口放個濾網，在水流經過時將帶出的粉和木屑留住，便可以證明這洞是否與草地連通。

我在測量時，十六英寸厚的冰也像水一樣在微風下波動。大家都知道，水準儀無法在冰上使用。在冰上放一根有刻度的棍子，再在岸上放一個水準儀對著它來觀察時，在離岸一杆處，冰層的最大波動是四分之三英寸，儘管冰層看起來和岸是緊緊連著。可能在湖中間的波動更大。誰知道呢？如果我們的儀器夠精密，說不定能測出地殼的波動。我把水準儀的兩隻腳放在岸上，第三隻腳放在冰上，觀測器從第三隻腳上方望去，冰上極微小的波動，就可以在對岸的一棵樹上造成幾英尺的差別。我為了測量水深而開始在冰上鑿洞時，在厚厚的積雪下，冰面上有三四英寸的水，但水立刻開始流到這些洞裡，而且深深的水流繼續流了兩天，從四面把冰侵蝕，這水流即使不是湖面變乾的主要原因，也是起了很重要的作用。因為，當水流進來時，使冰層提高浮起，這有點像在一艘船的底部鑿個洞讓水流出。這種洞凍結後又下雨，最後又結出一層新的光滑冰層將一切蓋住，冰裡就會呈現美麗斑駁的黑色圖案，是從四面八方流向中心的水沖成的，形如蜘蛛網，你也許可以稱之為冰玫瑰花飾。而且，有時冰上布滿淺水坑時，我能看到自己的兩個影子，一個站在另一個的頭上，一個影子在冰上，另一個在樹上或山坡上。

一月分，天還很冷，雪厚冰硬，一些精明的地主就為冷卻夏天的飲料從村裡來取冰了，真令人欽佩，甚至聰明得可憐，在一月就預見到七月的炎熱和口渴——現在還穿著厚厚的大衣，戴著連指手套哩！其他那麼多東西都沒有準備好，可能他在這個世界上還沒有儲存什麼寶物，可以用來在下輩子冷卻夏天的飲料。他鑿著、鋸著堅實的湖面，把魚的住宅的屋頂拆了，用絞鏈和樁像捆木頭一樣將魚兒的空間和空氣綁緊，用車子載走，穿過有利的冬天空氣，運到冬天的地窖裡，在那裡等待夏日來臨。冰被拉開很遠後，穿過街頭時，看起來像是固化的蔚藍空氣。這些鑿冰者是快活的人，愛說笑話，喜歡遊戲，我走過去時，他們往往要請我到下面站著一起來鋸冰。

在一八四六—一八四七年冬天，一天早晨有一百多個有北極血統的人撲到湖上來，帶著好幾車笨重的農具——雪車，犁，播種機，軋草機，鏟子，鋸子，耙，每個人還帶著一柄兩股叉，這是連《新英格蘭農業雜誌》或《農事雜誌》都沒有描述過的。我不知道他們是否來播冬天的黑麥，或是別的什麼最近剛從冰島引進的種子。我看他們沒有帶肥料，估計這些人跟我一樣認為泥土很厚，而且休耕的時間也夠長的了，所以只想耙一下地。他們說一位幕後的鄉紳想使他的錢財增加一倍，據我所知，這筆錢財已經有五十萬了，但是，現在為了在他的每一美元之上再放上一美元，他就在嚴冬之中剝去華爾登湖的唯一外套，不，就是華爾登湖的一層皮。他們立即動工，翻、耙、滾、犁，秩序井然，似乎專心一意要把這地方建成一個模範農場，可是正當我睜大眼睛要看他們在犁溝裡播下什麼種子時，我身邊的一幫人突然開始將處女地本身鉤起，他們猛拉一下，直接挖到沙層，或者說是水層——因為那是一片多泉水的泥土——那裡全部的土地，然後放在雪橇上拖走，於是我想他們一定是在泥塘裡挖泥煤。他們每天這樣來了又去，伴隨著火車發出的尖叫聲，來回於極地某個地方，在我看來，就像一群北極的雪鳥。但有時候，印第安女子華爾登復仇了，一個雇工走在隊伍後面，滑落進地面的一個裂縫，沉向地獄深淵，這個以前很勇敢的人，突然間只剩下九分之一的生命，幾乎失去動物體溫，很高興能在我屋裡避難，而且承認爐子有確實有它的優點；或者有時候，凍土夾斷犁的一根鋼片，或是犁陷在溝裡，得把它挖出來才行。

如實說一下，一百個愛爾蘭人，在美國佬監督下，每天從劍橋來這裡挖冰。他們把冰切成一塊一塊，所用的辦法眾所周知，無須描述。這些冰塊用雪橇運到岸邊，迅速拖上一個冰台，用馬拉的抓鉤和滑車堆成一堆，就像許多桶麵粉一樣穩當地堆起，一塊接一塊，一排疊一排，好像要為一個上插雲霄的方尖塔構築牢固基礎。他們告訴我，順利的一天可以挖到一千噸，那是大約一英畝的產量。冰上留下深深的車溝和「支架洞」，就像是在硬土上一樣，因為雪橇是在同一軌道上通過，而馬都是從像桶一樣挖空的冰塊中吃燕麥。他們就這樣在露天把冰塊堆成一堆，一邊高三十五英尺，六七杆見方，外層用乾草塞著，不讓空氣進入，因為雖然從來沒有這麼冷，風從中間吹過時，還是會吹出很大的洞，使此一處、彼一處的支撐變細，到最後全部翻倒。起初，這冰堆看起來像一個巨大的藍色堡壘，或者像瓦爾哈拉殿堂[162]；但是，當他們把粗糙的乾草皮塞到縫裡，冰堆上蓋滿了霜和冰柱，看起來就像個古

162 Valhalla，北歐神話中奧丁接待英靈的殿堂。

色古香、生滿苔蘚的古老廢墟，用藍色大理石建的冬神的住所，就是那個在曆書上看到的老人——他的屋子，似乎他有意要和我們一起消暑。他們估計這堆冰不到百分之二十五會到達目的地，百分之二、三將浪費在車上。不過，這堆冰中更大的一部分的命運與原來計畫的不同，可能發現這些冰裡含有異常多的空氣，不能按預想的那樣好好保存，或是因為別的原因，它們從來沒有送到市場。這一堆在一八四六至一八四七年那個冬天疊起的，估計有一萬噸，最後用乾草和木板蓋住。雖然第二年七月頂上掀開，運走一部分，但其餘留在原處暴露在太陽之下，度過夏天和冬天，直至一八四八年九月還沒全部融化。這樣，其中大部分又被湖收回了。

跟湖水一樣，華爾登湖的冰在近處看帶點綠色，但在遠處看卻顯出美麗的藍色，四分之一英里之外，你就很容易把它和河上的白冰或一些湖裡僅僅帶綠的冰區別開來。有時，一大塊冰會從挖冰人的雪橇上滑到村裡的街道上，像一塊很大的翡翠，躺在那裡一星期，引起所有過路人的興趣，我已經注意到，華爾登湖的一部分處於液態時是綠的，而在冰凍時從同一角度看卻往往呈現出藍色。所以湖邊的許多低窪地，有時在冬天浸滿了有點像湖水本身一樣帶綠的水，第二天就凍成了藍色。也許水和冰的藍色是由於光和它們所含的空氣造成的，最透明的地方就最藍。冰是令你沉思的一個有趣主題。他們告訴我，在費雷什湖畔的冰屋中有一些冰放了五年還照樣完好。為什麼一桶水很快就會腐臭，而冰凍之後就會永遠保持甘美呢？人們都說，這正是感情和理智之間的不同之處。

就這樣一連十六天，我從視窗看著一百個人像農夫一樣忙忙碌碌地工作，他們帶著車馬及一切農具，這幅圖畫就像我們在曆書第一頁上看到的那樣。每次我從視窗望出去，總想到雲雀與收割者的寓言，或者是播種者的小故事之類。現在他們都走了，大約三十多天後，我又能從同一視窗看到那純海綠色的華爾登湖，映照出雲樹，獨自把水汽蒸發到空中，一點也看不出有人曾站在上面的痕跡。也許我會聽到一隻孤獨的潛鳥在潛水和梳理羽毛時發出的笑聲，或是看見一個孤獨的漁夫乘著一葉扁舟，凝視自身在水波上的倒影，而就在最近，這裡曾有一百人安穩地站著工作。

這樣看起來，查爾斯頓、新奧爾良、馬德拉斯、孟買和加爾各答那些大汗淋漓的居民喝的是我的井水。早晨，我把思維沐浴在《薄伽梵歌》廣博的宇宙哲學中，自從這部書寫成之後，神的歲月已經逝去，與其相比，我們現代世界和文學顯得多麼微不足道。我懷疑，那種哲學是否指的是從前的一個存在狀態，因為它的崇高距離我們的觀念如此遙遠。我放下書，到我的井邊去汲水，瞧啊！在那裡我遇到婆羅門教的僕人，梵天、毗濕奴和因陀羅的僧人，他仍坐在恒河上的神廟中，讀他的《吠陀集》，或是帶著麵包屑和水鉢住在一棵樹的根頭，我遇見他的僕人來為主人汲水，我們的桶似乎是在同一個井內吱嘎作響。純淨的華爾登湖水和恒河的聖水混合在一起。借著順風，水流漂過傳說中的亞特蘭蒂斯島和赫斯珀理得斯島，經由漢諾航行的沿海，漂過德那第島，蒂多雷島荷屬東印度群島中的香料群島。和波斯灣的入口，漸漸融進印度洋的熱風，在連亞歷山大大帝也只聽說過名字的海港登陸。

春天

掘冰人大片大片地挖掘，往往會使一個湖提早解凍，因為即便在寒冷的氣候裡，被風鼓動的水也能消耗它周圍的冰。但是那一年華爾登湖沒有受到這種影響，因為她很快就結上一層厚冰代替舊的那層。這個湖從來沒有跟這附近的湖一樣快地解凍，因為它比其他湖更深，而且沒有河流經過把冰融化或消耗掉。我從未見過它在冬天裡化開，一八五二至一八五三年那個冬天也不例外，當時許多湖受到了一次嚴峻的考驗。它通常是在四月一日化開，比弗林特湖和費爾港遲一週或十天，從它開始結凍的北邊和低窪部分開始融化。它比這一帶的任何水域都更能表明季節的絕對進展，因為它最少受溫度無常變化的影響。三月裡，連續幾天酷寒可能會延遲前面那些湖的解凍，而華爾登湖的溫度幾乎是不間斷地增高。一八四七年三月六日，在華爾登湖中間插入一根溫度計，測出溫度為華氏三十二度，或者說是冰點，而靠岸的地方是三十三度；同一天，在弗林特湖中間測得三十二點五度，在離岸十幾杆的淺水中，在一英尺厚的冰下測得三十六度。後面這個湖中深水和淺水的溫差三點五度，加上它大部分相對比較淺，由此可見為什麼它會比華爾登湖提早這麼長時間化凍。這時在最淺部分的冰比在中間部分的薄幾英寸。在仲冬，湖中間是最暖的，那裡的冰也最薄。夏季在湖岸附近涉水過的人一定會感覺到，岸邊只有三四寸深的水要比離岸遠一點的水暖和得多，深水區水面的溫度也比靠近底部的水暖和得多。在春天，太陽不僅通過增加空氣和地面的溫度施加其影響，而且它的熱量能透過一英尺多厚的冰，在淺水處還從水底反射，於是也使水變暖，使冰的下方融化。同時，太陽又從上方更直接地將冰融化，使冰不均勻，使冰中所含的氣泡向上下擴展，直至它完全變成蜂窩狀。最後，一陣春雨便使冰突然消失。冰和樹木一樣也有紋理，當一塊冰開始融化或「蜂窩化」，不論它是在什麼位置，氣泡和水面總是成直角。靠近水面如有一塊石頭或木頭，它上面的冰就薄些，而且常常被反射熱所融化。有人告訴我，在劍橋做過一個試驗，在一個木製淺湖中使水結冰，雖然冷空氣在底下迴圈，使兩面都有冷氣，可是陽光從湖底反射出的熱還是遠勝過這種優勢。在仲冬下一場暖雨將華爾登湖上的冰雪融化，在湖中間留下硬黑或透明的冰時，反射熱就會在沿岸造出一條雖說更厚卻已腐蝕的冰帶，有一杆多寬。而且，我已說過，冰中的氣泡就像凸透鏡一樣從下面將冰融化。

一年四季的現象，以縮小的規模每天都發生在湖上。一般來說，每天早晨，淺水比深水暖得更快，儘管最終可能不會很暖，而每天晚上直至天亮之前，那兒也冷卻得更快。一天是一年的縮影，夜間是冬天，早晚是春秋，中午是夏天。冰的爆裂聲和鳴響表明溫度的變化。一八五〇年二月二十四日，寒夜之後的一個宜人早晨，我到弗林特湖去度過一天，驚奇地發現，當我用斧頭敲在冰上時，那聲音就像鑼一樣，響遍周圍好幾杆的地方，或者好像是我擊到繃緊的鼓面上。日出後約一小時，湖面感受到陽光從山頭斜射過來的熱力，湖裡便開始隆隆作響；它伸懶腰，打呵欠，像剛睡醒的人，漸漸變得越來越吵鬧了，這樣繼續了三四小時。中午，它午睡片刻，快到晚上，太陽收回熱力影響時，湖又開始隆隆作響。在氣候規律時，湖會定時發射它的黃昏信號。但在中午，因裂縫太多，且空氣的彈性不足，湖就完全失去共鳴，也許魚和麝鼠到那時都不會被冰上的震動驚呆。漁夫說，「湖的雷鳴」嚇走了魚，使牠們不敢來吃餌。湖並不是每天晚上都發雷鳴，我也不能肯定地說何時能聽到湖的雷鳴，但是，雖然我感覺不到天氣的不同，它還是有反應。誰會想到這麼大、這麼冷、皮這麼厚的東西會如此敏感？它卻有自己的規律，到時候便乖乖發出雷鳴，就像春天發芽那樣肯定。大地充滿生機遍佈著剛爬出泥土的嫩芽。最大的湖也像管中的水銀球一樣對大氣的變化非常敏感。

吸引我到林中來住的一個原因是可以有閒暇、有機會看到春天的到來。湖上的冰終於開始變成蜂窩狀了，我走過時，腳跟都可以放進去。霧和雨以及更暖和的陽光漸漸使雪融化，白天明顯越來越長，我知道不用再增添柴火就能度過冬天了，因為不需要生很大的火。我密切注意著春天的最初信號，想聽聽一些飛來的鳥兒偶然發出的鳴叫，或者是條紋毛色松鼠的唧唧聲，因為它儲藏的食物現在一定快吃光了，或者看美洲旱獺走出它們冬天居住的地方。三月十三日，我聽到青鳥，歌雀和紅翼鳥的鳴叫，而冰還有近一英尺厚。隨著天氣更加暖和，它不是明顯地被水沖蝕，也不像在河裡那樣破裂後漂走，雖然沿岸半杆寬的地方都完全融化了，但湖中間僅僅是呈蜂窩狀，而且浸滿水，所以六英寸厚時，你可以把腳穿過去。但是第二天晚上，也許一陣暖雨之後再有場大霧，它就會全部消失，全跟霧一起消散，神祕地走了。有一年我到湖心散步後才五天，冰就全部消失了。一八四五年，華爾登湖是在四月一日完全解凍的，一八四六年是在三月二十五日，一八四七年是在四月八日，一八五一年是在三月二十八日，一八五二年是在四月十八日，一八五三年是在三月二十三日，一八五四年大約是在四月七日。

對於我們這樣生活在極端氣候裡的人來說，有關河、湖解凍以及天氣穩定的一切事都特別有意思。天氣更暖時，那些住在河邊的人，晚上會聽到冰裂的聲音，那驚人的隆隆聲猶如炮聲，似乎它的冰腳鐐從頭到尾被撕裂了，不到幾天工夫，就看到它消失了。於是美洲鱷也走出泥潭抖抖泥土。有一位老人一直仔細觀察大自然，彷彿它是在他童年時建造的，而且是他協助裝上的龍骨，因此有關大自然的一切運作他都了若指掌——現在他已成熟，即便他活到瑪士撒拉[163]那個年紀，也不會得到更多的自然知識。交談時聽他對任何大自然的運作表示驚嘆，我會感到很驚奇，因為我以為在他與大自然之間已沒有什麼祕密。他告訴我，春天裡的某一天，他帶上槍，坐著船，想和野鴨玩玩遊戲。那時草地上還有冰，但河裡的冰全沒了，他從他住的薩德伯里順流而下，沿途毫無障礙，一直到費爾港，意外地發現那湖上絕大部分蓋滿堅冰。那是個風和日暖的日子，他很驚奇還有這麼大片的冰殘留著。由於沒看到鴨子，他就把船藏在湖中一個島的北面或者說背面，然後自己躲在南面的灌叢裡等待鴨子。離岸三四杆的冰都融化了，水面平滑溫暖，湖底泥濘，這正是鴨子喜愛的地方，他想可能不久就會有幾隻鴨出現。他一動不動地躺在那裡約一小時後，聽到一種低沉的、似乎很遙遠的聲音，但這聲音卻特別渾厚動人，不像他曾聽過的任何聲音，它是漸漸增強的，似乎將有個永恆難忘的結尾；一種喑啞的奔騰怒吼聲，他一聽這聲音就覺得這好像是一大群飛禽要降落到這裡，急忙抓起槍跳起來，非常興奮，但是，他驚奇地發現，就在他躺在那兒時，整塊冰已開始向岸邊漂來，那聲音是冰塊邊緣摩擦湖岸的聲音——起初是輕輕地一點一點碎落，但最後沿島猛撞，向空中撒開碎冰，到了相當的高度才又恢復平靜。

163 Methuselah，《聖經》中的人物，據傳享年九百六十九歲。

最後，陽光從高處直射下來，暖風吹走了霧和雨，融化了岸上的積雪，太陽驅散了薄霧，含笑照射出一片赤白相間，香煙繚繞的風景，旅行家穿行其間，從一個小島走向另一個小島，千百條小溪和曲澗的叮噹聲構成的音樂令人無比快活，溪澗的血管裡注滿了冬天的血液，正在將它帶走。

我去村裡要經過一條鐵路，觀察解凍的泥沙沿鐵路上的一個深切面流下時的形狀非常有趣，幾乎沒有什麼現象能給我比這更大的快樂。在如此大的規模下，這種現象是不大常見的，雖然自從鐵路發明以來，新暴露出來由這樣材料構築的路基已經大大增加了。那材料是各種粗細不同的沙子，而且有豐富多彩的顏色，常常混合著一些泥巴。春天霜降時，甚至在冬天化凍的時候，沙子就開始像熔岩一樣沿山坡流下，有時會衝破積雪，流到以前沒見過沙的地方。無數的沙流互相交織重疊，展示出一種混合產物，一半遵從流水的規律，一半遵從植物蔓生的規律。沙流下時呈現出多汁樹葉或葡萄的形狀，造成一堆堆深達一英尺多的漿沫。你俯瞰它們時，覺得很像是地衣的裂葉、毛邊和鱗片；或者會使你想到珊瑚、豹掌或鳥趾，想到人腦、肺或腸子，以及各種各樣的排泄物。這真是一種奇異的植物，我們看到這種形狀和顏色被仿在青銅器上，這是一種建築葉飾，比爵床葉、菊苣、常春藤、葡萄或任何植物葉飾都更古老、更典型，也許在某種情況下，註定要成為未來地質學家的一個謎。整個坑給我感覺好像是個洞窟，而洞中的鐘乳石暴露在陽光之下。沙的各種顏色異常豐富又宜人，包含了各種鐵的顏色，褐色、灰色、黃的和紅的顏色。流動的塊面流到路基腳下的排水溝時，就平鋪開成為沙帶，各條沙流失去了半圓柱形，漸漸變得更平，更寬，當它們更潮濕一點時，便流到一塊，直至形成一個幾乎平坦的沙灘，卻依然美麗多彩，在其中你還可以尋找出原來的植物形狀；直至最後，在水裡，它們變成了沙洲，就像那些在河口形成的沙洲一樣，植物的形狀消失在水底的波紋中。

整個二十至四十英尺高的路基，有時覆滿了這樣的葉飾，或者是沙裂紋，長達四分之一英里，有時一面，有時兩面都有，這就是一個春日的產物。使這種沙葉飾如此引人注目的原因是它的突然出現。我看到一面是毫無生氣的路基（因為太陽先照在一面），而在路基的另一面是這樣豪華的葉飾，這僅僅是一小時的創造。這時我有一種奇特的感覺，彷彿我是站在創造了世界和我的大藝術家的畫室裡——他還在工作，在這路基上即興創作，以過量的精力在周圍撒下他的新設計。我感到我好像跟地球的中心器官更接近了，因為這種沙流呈現的葉形體就像動物體內的重要器官。你會發覺在這沙灘上就能預見到植物的枝葉。怪不得地球是以樹葉向外表達自己，它在內心就是為這種觀念所支配。原子已經學會了這個規律，並已孕育著這個規律。高掛的樹葉在這裡看到了它的雛形。無論在地球或動物身上，內部都是潮濕的厚「葉」，這是一個特別適合表示肝、肺葉及脂肪的詞（λεg又用喉容量豐富了詞的意思。鳥的羽翼是更乾燥更薄的葉片。這樣，你可以從地上動作笨拙的毛蟲進而看到空中振翼的蝴蝶。正是這個地球不斷超越自身，轉變自身，也在其軌道上展翅飛翔。甚至結冰也是從精緻的晶體葉子開始的，好像它是流入植物葉子在水面鏡上的印模而生成的。整棵樹本身只是一片葉子，而河流是更大的葉子，葉肉是河流中間的大地，城鎮則是葉腋上昆蟲的卵。

太陽下山，沙流就停止，但到早晨，沙流又開始了，而且一條又一條地分出無數條支流。也許你從這裡可以看出血管是怎麼形成的。你如果仔細觀察會看到，起初有一條柔軟的沙流，尖端像水滴，像指頭，從正在解凍的沙體上向前推進，緩慢而又盲目地摸索著向下流動，直至最後太陽升得更高，沙流得到更多的熱和水分，那最流動的部分，在努力服從最遲鈍的部分也必須服從的規律時，與後者分開，自己形成一條蜿蜒曲折的管道或動脈，中間可以看到一支小小的銀色溪流，像閃電一般從一段多汁的枝葉閃到另一段，不時被沙所吞沒。沙在流動時能如此迅速而完美地組織起來，真是奇妙極了，利用沙體提供的最好材料形成其通道的銳利前緣。河流的源頭正是這樣。從水中沉下的矽砂也許是骨骼系統，而在更細的泥土和有機物質裡便是肌肉纖維或細胞組織。人是什麼？只不過是一團正在融化的泥。人的手指頭只是凝結的一滴水。手指和腳趾從身體正在融化的那一團流出，流到該流的地方為止。在一個更溫暖舒適的氣候裡，誰知道人體會擴張溢流到什麼程度？難道手掌不就是一片鋪開的棕櫚葉，上面有葉片、葉脈嗎？耳朵可以想像為頭兩側的一種地衣（umbilicaria），上面也有葉片和水滴。唇（labium，源自 labor）從像洞穴似的嘴巴兩側伸出或懸垂。鼻子明顯是個結凍的水滴或鐘乳石。下巴是更大的一滴，是臉上滴流的匯合。兩頰是從眉毛到臉的峽谷的滑坡，由顴骨支撐分布。每一片植物的圓葉也是一滴濃濃的、閒蕩著的水滴，或大或小；葉裂片是葉的手指，有多少葉裂片，便說明它可能向這麼多方向流動，更多的熱或其他有利的影響將會使它流得更遠。

如此看來，這一個山坡已經說明大自然一切運作的原則。地球的創造者只發明了一片葉子的專利。有哪一位古文明學者[164]能我們解釋這個象形文的意義，使我們最終能翻到新的一頁（一葉）呢？這個現象比看到美麗富饒的葡萄園更令我高興。說真的，其性質是有點排泄性的，肝臟和肚腸，無窮無盡，好像地球的肚子被翻了出來；但這至少意味著大自然有內臟，又可見是人類的母親。這是從地上出來的霜，這是春天。這個春天先於萬木披綠、百花盛開的春天，正如神話先於有規則的詩歌。我不知道還有什麼東西更能清除冬天的煙霾和一切陰鬱，它使我確信地球還在襁褓之中，到處伸出嬰孩的手指。從最禿的眉脊上生出了新的鬢毛。沒有什麼是無機物。

164 J. F. Champollion, 法國埃及學家，一八二一年譯解埃及象形文字。

這沿岸的堆堆葉片就像是鍋爐中的熔渣，說明大自然內部正在「猛烈燃燒」。地球不是死的歷史片段，一個地層疊一個地層，就像書一頁疊一頁，主要是讓地質學家和考古學家去研究，而是像樹葉一樣的活的詩歌，樹葉是先於花和果實的——不是一個化石地球，而是一個活的地球，和地球偉大的中心生命相比，所有動植物的生命都只不過是寄生的。它的劇震將把我們的化石從墓中拋出。你也許可以把金屬熔化，倒入最美的鑄模，但它們都不能像這地球的熔液流出的圖案那樣令我興奮。不僅是地球，而且在它上面建立的一切制度都像是制陶工手上的一塊粘土那樣可塑。

不久，不僅在這湖岸上，而且在每一個山坡、平原和每一個空谷中，霜像一隻休眠的四足動物從洞中爬到地面，在音樂聲中尋找海洋，或者在雲中移居到其他地帶去。循循善誘的融化比手持錘子的雷神更有力量。一種是融化，另一種只是擊成碎片。

當部分地面雪化後，又經幾天風和日暖的日子使地面曬乾一點，這時把嬰兒初生之年剛露出的稚嫩跡象與那熬過冬天的凋零植物的莊重之美相比，真令人賞心悅目——長生草、一枝黃花、北美岩薔薇和優雅的野草，這時往往比在夏季更引人注目、更有趣，似乎它們的美到那時才成熟；甚至羊鬍子草、香蒲、毛蕊花、金絲桃、絨毛繡線菊、繡線菊和其他粗莖的植物，這些是最早飛來的鳥兒取之不盡的糧倉——至少是得體的草妝，由守寡的大自然披戴。我尤其為藨草穹形禾束似的冠所吸引，它把夏天帶回到我們冬天的記憶之中，屬於藝術喜歡模仿的形狀，而且在植物王國裡，這些形狀與人腦中已有形式的關係就像星象學一樣。這是一種比希臘和埃及更古老的古典風格。許多冬天的現象正是暗示了一種難以言表的稚嫩和脆弱的柔美。我們習慣於聽人家把這個國王描繪成粗魯烈性的暴君，其實它是以情人溫柔的手給夏天的長髮裝飾。

春天腳步臨近時，赤松鼠就來到我的屋子底下，一次兩隻，在我看書或寫作時，牠們就躲在我腳下，不斷地發出最古怪的咯咯唧唧聲，各種高難度的聲音雜技，我要是跺一下腳，牠們便唧唧得更響了，好像無視人類的禁止，在瘋狂的惡作劇中超越一切恐懼和尊敬。你別鬧了——赤松鼠——赤松鼠。它們對我的說理卻充耳不聞，或者說覺察不到其中的威力，反而破口大罵，弄得我毫無辦法。

春天的第一隻麻雀！新年開始，這一年又帶著比任何時候更青春的希望！藍鳥、歌雀和紅翼鳥微弱的銀鈴般的囀鳴傳遍了部分光禿潮濕的田野，彷彿是冬天的最後雪花降落時發出的叮噹聲！在這種時候，歷史、年表、傳統和一切書面的啟示又算得了什麼？小溪唱起讚美春天的歡快歌曲。白尾鷂低低地飛翔在草地上，已經在尋找剛剛甦醒的第一批覆有黏泥的生命。在所有的有林壑谷地裡都可以聽到融雪的滴落聲，而冰在湖裡迅速融化。草像春天的火焰在山坡上燃燒起來——「et primitus oritur herba imbribus primoribus evocata,」[165]好像地球發出內部的熱來迎接太陽的回歸，它那火焰的顏色不是黃的而是綠的——是永恆青春的象徵，那草葉，就像長長的綠帶，從草地上流入夏天，一路上的確被霜阻攔過，但是很快又向前推進，去年乾草堆下的新生命使草堆上又長出嫩枝，它像小溪從地下冒出那樣持續生長。它與小溪幾乎是一體的，因為在六月生長的日子裡，小溪乾涸時，草葉成了溪水的管道，年復一年，牛羊從這條常青河流裡飲水，割草人又及時從此集取冬天的供給。因此，我們人類的生命只不過死在草木的根裡，仍會生出青青草葉伸向永恆。

華爾登湖在迅速融化。沿北邊和西邊有一條兩杆寬的河道，在東頭更寬。有一大片冰從主體上裂下來。我聽到一隻歌雀在岸上灌叢裡歌唱——歐利，歐利，歐利——奇普，奇普，奇普，切查——切維斯，維斯，維斯。鳥兒也在幫助破冰。冰塊邊緣的大幅度曲線多少與湖岸的曲線有點呼應，但更有規則，真是太漂亮了！由於最近一陣短暫的嚴寒，冰塊異常堅硬，全都有水紋或波紋，就像宮殿的地板。但風向東吹過那不透明的湖面，卻吹不起一絲漣漪，直至吹到外面活的湖面。看這緞帶般的水在陽光下閃爍，真是令人愉快，裸露的湖面充滿快活和青春，好像要道出湖中魚兒的歡樂，道出岸邊沙灘的喜悅——像魚鱗片上的銀光，彷彿整個湖是一條活

165 瓦羅，《論農業》II，ii：「早春的雨滋潤的草正在長。」

魚。這就是冬天和春天的對比。華爾登湖死而復生。但這個春天，我已說過，華爾登湖的解凍過程比以往更持續穩定。

從暴風雪和冬天轉到風和日麗的天氣，從昏暗陰沉、懶洋洋的時光轉到明亮開朗、充滿活力的時光，這是一個萬物讚頌、令人難忘的轉捩點。最後，它好像是突如其來的。陽光一下充滿我的房間，儘管那時已近黃昏，而且冬天的雲仍掛在空中，凍雨還從屋簷上滴落。我望向窗外，瞧！在昨天還是灰色寒冰的地方，現在已是一個透明的湖，湖面像夏日黃昏一樣寧靜，充滿希望，懷裡映照著夏日的夕陽天，雖然頭頂還見不到這樣的天空，彷彿它是和遙遠的天際心心相印。我聽到一隻知更鳥在遠處鳴叫，我想，這是好幾千年來我聽到的第一隻知更鳥叫聲，再過幾千年，我也決不會忘記它的叫聲——仍然像往日那麼甜美，那麼嘹亮。啊，黃昏的知更鳥，在新英格蘭夏日之夜！但願我能找到它棲息的樹枝！我指的是它，是那根樹枝。這至少不是遷徙的畫眉鳥。我屋子周圍的油松和矮橡樹，枝葉下垂已經好久了，突然恢復了它們各自的特性，枝葉顯得更光亮、更蔥綠、更挺拔、更生氣勃勃了，彷彿是被雨水洗透之後又恢復了活力一樣。我知道天不會再下雨了。只要看看森林中的任何一根樹枝，你就會知道，是的，只要看你自己的柴火堆，就可以知道冬天過去了沒。天色漸暗，我被一群低飛過森林的大雁的叫聲驚動了，它們像一群疲倦的旅客，從南方的湖上飛來，到這裡已經遲了，最後便一個勁地訴苦，相互安慰。我站在門口就能聽到牠們翅膀拍動的聲音，牠們朝我的屋子飛時，突然發現了我的燈火，於是忽然從喧嚷中靜下來，轉向飛到湖上棲息。我便進屋關上門，在森林裡度過我第一個春宵。

早晨，我從門口透過薄霧觀察湖中央的雁群，牠們在五十杆外遊蕩，那麼龐大，那麼混亂，使華爾登湖看起來就像是供牠們娛樂的人工湖。但是，等到我站到岸邊，領頭雁便發出一個信號，牠們全都用力拍動翅膀，立刻飛起來，列成隊形在我頭頂盤旋，一共有二十九隻，隨後一起直飛加拿大而去。領頭雁有規律地隔一陣便叫幾聲，相信牠們會在多泥的塘裡吃到早餐。一幫鴨子也同時飛起，跟隨牠們更吵鬧的同類兄弟向北飛去。

有一週時間，我聽到孤雁在霧濛濛的早晨彷徨、鳴叫，尋找牠的夥伴，仍然使森林裡充滿了一種超過其容量的更大生命的聲音。四月，又會看見鴿子一小群一小群地疾飛而過，在適當的時候，我還聽到燕子在我的林間空地上唧唧叫，雖然城裡的燕子看來並不像是多到可以分給我幾隻；我想像牠們是古代的物種，在白人到來之前棲息在空心樹中。幾乎在所有的氣候帶，烏龜和青蛙都是這個季節的前驅和信使，鳥兒飛著唱著，羽毛閃爍，植物蓬勃生長，爭芳鬥豔，和風吹拂著，糾正兩極的這種微小擺動，保持大自然的平衡。

在我們看來，四季輪轉，每一個季節都是最好的，所以春天的到來就像是混沌初開，宇宙創始和黃金時代的實現。——

（Eurus ad Auroram, Nabath aque regna recessit,
Persidaque, et radiis juga subdita matutinis.）

「東風退到奧羅拉和納巴泰王國，
退到波斯和晨曦下的山崗。
……
人類誕生了，究竟是那萬物的創造者，
更美好世界的起源，用神的種子創造了人類；
還是地球最近剛剛與太空分開，
存有同源天上的種子。」[166]

只要一場細雨便會使草青蔥許多。同樣地，有更好的思想注入時，我們的前景便光明起來。若能一直生活在當下，善於利用一切發生在我們身上的事情，就像青

166 奧維德，《變形記》I，61—62，78—81。

草承認落在它身上的最小一滴露珠的影響，而不是把時間花在補償失去的機會——即所謂的盡責，那麼我們就是有福了。春天已經到了，我們還停留在冬天裡。在一個春光宜人的早晨，所有人的罪惡都得寬恕。這樣的一個日子是停止犯罪的日子。陽光如此燦爛依舊，最壞的罪人也會回頭。我們自己回復了清白，從而也覺察到鄰居的清白。也許昨天你還把一位鄰居看作竊賊、酒鬼、色鬼，僅僅是可憐他或是輕視他，對人世感到絕望；但太陽照亮並溫暖了這第一個春日清晨，重造了這個世界，你見到他在做心平氣和的工作，看到他疲憊墮落的血管裡充滿歡樂，祝福新的一天，以嬰兒般的天真無邪感覺到春天的影響，人們便忘了他的一切過錯。在他身邊不僅充滿著善意，甚至有一種聖潔的味道，也許正像一種新生的本能，在盲目而無效地摸索著，尋求表達。片刻之間，向陽的南山坡就沒有庸俗的玩笑聲迴盪，你會看到一些純真的美麗嫩芽準備從他多痂的表皮上冒出來，嘗試新的一年生活，就像幼苗一樣鮮嫩。他甚至都已經享受到上帝賜予的歡樂。為什麼獄吏不把牢門打開？為什麼法官不撤銷他的案件？為什麼傳教士不把他的會眾遣散？這是因為他們不服從上帝給予的暗示，也不接受他無條件賜予眾人的赦免。[167]

「在早晨寧靜而有益的氣息裡返回善良，使一個人在愛美德，憎罪惡方面，接

167 比較伊薩克·瓦茨，《讚美詩和屬靈歌曲》第一卷，讚美詩88：「當燈……回來時。」

近一點人的原始本性，就像是已經被砍下的森林又長出了新芽。同樣地，一個人在一天之中做的壞事又使開始冒出的美德的萌芽無法生長，而且將它們毀了。「美德的萌芽多次被阻止生長後，夜間有益的氣息也不足以保全他們了。一旦夜間的氣息無法再保全它們，那麼人性便和獸性相差無幾了。人們看這人的本性如獸性一般，就認為他從未有過理性的天賦。這些都是人的真實自然的感情嗎？」[168]

「黃金時代初創時，沒有復仇者，
不用法律，自然奉行忠誠正直，
沒有懲罰和恐懼，也沒有
銅器上高懸的恐嚇文字；
乞援的人群不用害怕法官的判詞；
沒有復仇者，大家相安無事。
高山上砍下的松樹尚未落入水波，
使它可能看到一個異邦世界；

168 《孟子‧告子上》，第八章。「其所以放其良心者，亦猶斧斤之於木也，旦旦而伐之，可以為美乎？其日夜之所息，平旦之氣，其好惡與人相近也者幾希，則其旦晝之所為，有梏亡之矣。梏之反覆，則其夜氣不足以存；夜氣不足以存，則其違禽獸不遠矣。人見其禽獸也，而以為未嘗有才焉者，是豈人之情也哉？」

凡人只知道自己的停靠岸不知有其他。

……

永恆的春天，寧靜的和風，

溫暖地吹拂著不種而自生的花朵。」[169]

四月二十九日，我在九英畝角橋附近的河岸上釣魚，站在搖晃的草皮和柳樹根上，那裡有麝鼠潛伏著。我聽到一處奇特的格格響聲，有點像小孩用手指敲棍子的聲音，抬頭一看，看到一隻非常瘦小漂亮的鷹，很像一隻夜鷹，一會兒像水花似的飛旋，一會兒又倒翻身落下一兩杆，如此交替重複，展示出它羽翼的內側，在陽光下閃閃如一條緞帶，或者說像貝殼內部的珠光。這情景使我想到放鷹狩獵，還有與這項運動相聯的高尚情操和詩歌。我看這種鳥似乎叫灰背隼，但我並不在乎牠叫什麼名字，這是我所見過的最空靈的飛翔。牠不像蝴蝶那樣撲翅，也不像大鷹那樣翱翔，而是在空中自豪自信地運動，發出奇怪的咯咯聲，越飛越高，重複自由美麗的降落，像風箏一樣翻轉過後，接著又從高空翻滾中恢復飛翔，似乎牠的腳從沒落在陸地上。看起來，牠在宇宙中沒有夥伴——獨自在那裡運動，除了牠嬉戲的早晨和

169 奧維德，《變形記》Ⅰ，89—96，107—108。

天空之外，不需要任何人作伴。牠並不孤獨，可是牠使下面的大地感到孤獨。孵化牠的母親、牠的同類、牠的父親，在天上的什麼地方呢？這位空中的居住者與地球似乎只有一個關係，就是那個某時在岩縫中孵化的蛋——或者牠出生的窩是在雲中一角，是以彩虹的邊飾和夕陽的天空編織的，內襯從地面浮起柔和的仲夏煙霧。牠的巢現在是某一朵峻峭的雲。

除此之外，我還釣到一堆罕見的金色、銀色和閃亮的銅色魚，看起來像是一串珠寶。啊！我在許多個初春的早晨深入那片草地，從一個小圓丘跳到另一個小圓丘，從一枝柳樹根跳到另一枝柳樹根，那時荒野的河谷和森林正沐浴在一種純淨，明亮的光芒之中，這種光可以使死者復甦，若真的如某些人說的那樣，他們只是在墳裡安睡而已。不需要更有力的證據來證明永生。在這種光芒之中萬物都必須活著。啊，死亡，你的刺在哪兒？啊，墳墓，你的勝利在哪兒？

如果我們村子周圍沒有未開發的森林和草地，鄉村生活將會變得死氣沉沉。我們需要荒野的滋養——有時在麻鴉和鷺鷥潛伏的沼澤跋涉，聽鷸的鳴叫聲，聞一聞沙沙低語的莎草，只有一些更野性、更孤獨的禽鳥才會在這種草叢裡築巢，還有鼬把肚皮緊貼著地面爬。在認真探索和學習一切事物的同時，我們又要求萬物神祕而無法探索，要求陸地和海洋無限荒野，未經我們勘測過，因為它們深不可測。我們對於大自然的需求總是不夠的。我們必須看到用之不竭的活力，看到廣闊巨大的景象，看到有破舟碎片的海岸，看到有活樹和朽木的原野，看到雷雲，看到連下三個星期造成山洪的豪雨，使自己精神煥發。我們必須看到自己的極限被超越，看到在我們從未漂泊過的地方有生物在自由地吃草。看到兀鷹在吃令人作嘔的腐屍，並從這種食物中獲得健康和力量時，我們很高興。我屋子前那條路邊的一個坑裡有一隻死馬，有時逼得我要繞道而行，尤其是在晚上空氣很悶的時候，但這又使我確信大自然有強大的胃口和不可剝奪的健康，於是我便從中得到補償。我很高興看到大自然裡有這麼多的生命，能經得起無數的生命互相殘殺和犧牲，柔嫩的組織可以像軟漿一樣被如此安詳地擠壓掉——蒼鷺一口吞下蝌蚪，烏龜和蟾蜍在馬路上被輾死，有時血肉就像雨點一樣落下！既然這麼容易發生意外，我們應該看到不需要太在意。在智者的觀念裡萬物都是清白無辜的。毒藥終歸並不毒，任何傷口也不是致命的。同情是很不可靠的基礎，一定是即來即逝的。訴諸同情的方法也不能一成不變。

五月初，橡樹、胡桃樹、楓樹和其他樹，剛從沿湖的松林中長出新枝葉，像陽光一樣給山水增輝生色，尤其是在多雲的日子裡，好像是太陽衝破薄霧，隱約照在這裡那裡的山坡上。在五月三日或四日，我看到一隻潛鳥在湖中，在那個月的第一週，我聽到夜鷹、棕鶇、威爾遜鶇、美洲小鶲、棕肋唧和其他鳥的叫聲。很久以前，我就聽到過鶇科鳴鳥的叫聲。東菲比霸鶲已經又來過一次，在我的門口和視窗張望，要看著我的房子是否像個洞穴可供它築巢，勘測建巢新址時它懸在空中，翅膀發出嗡嗡聲，爪子緊緊握著，彷彿它的身體是被空氣支撐著。不久，湖上、石頭上和沿岸的朽木上都蓋滿了北美油松硫磺色的花粉，你可以滿滿地裝一桶粉。這就是我們聽說過的「硫磺雨」。甚至在迦梨陀娑的劇本《沙恭達羅》[170]中，我們就讀到「蓮花的金粉染黃了小溪」。[171]於是季節流轉，進入夏天，你也漫步走入越長越高的青草中。

我在林中的第一年生活就這樣結束了，第二年也是一樣。最後在一八四七年九月六日，我離開了華爾登湖。

170 印度七幕劇，描寫淨修女郎沙恭達羅和國王豆扇陀的戀愛故事。
171 迦梨陀娑，《沙恭達羅》，威廉・鐘斯譯，第五幕。

結語

對於病人，醫生會明智地勸你換個地方和空氣。謝天謝地，世界並不只限於這個地方。在新英格蘭沒有七葉樹，這裡也極少聽到仿聲鳥的鳴叫。大雁比起我們來更像個世界公民，牠在加拿大吃早餐，在俄亥俄吃午餐，在南方一條支流裡整理羽毛過夜。甚至連野牛也在某種程度上追隨季節的腳步，牠們在科羅拉多牧場上吃草，一直到黃石公園有更綠更甜的草等待牠去吃為止。可是，我們認為如果把農場上的柵欄拆除，疊起石牆，那麼我們的生活便有了界限，我們的命運也就決定了。如果你被選作市鎮書記，無疑地，你今夏就不能去火島旅行了；不過，你仍然可能走到燃著地獄烈火的地方去。宇宙比我們所看到的要大。

可是，我們應當像個好奇的乘客，經常地從船尾去眺望，而不是使航程像是愚笨的水手在撿麻絮那樣。地球的另一邊只不過是和我們同樣的人的家。我們的航行只不過是繞了一大圈，醫生開的處方只能治你的皮膚病。有人趕到南非去追長頸鹿，但說真的，那不是他要追的獵物。你說，一個人會追獵長頸鹿多久呢？鷸和山鷸也可提供難得的娛樂運動，但我認為射中自己將是更高尚的運動——

「把你的視線轉向內心，
你會發現心中一千個未發現的地區，到這些地方去旅行，
使自己為家中宇宙學的專家。」[172]

非洲代表什麼，西方又代表什麼？在地圖上，我們內心難道不是空白的嗎？儘管一旦發現，也許會證明是像海岸一樣是黑的。我們要發現的是不是尼羅河、奈及爾河或密西西比河的源頭，或是這個大陸的西北走廊？這些是跟人類關係最密切的問題嗎？弗蘭克林是不是唯一失蹤的人，因此他的妻子要這麼認真地去找他？到底格林奈爾先生知不知道他自己在什麼地方？寧可做你自己江河海洋的芒戈・派克、路易士、克拉克和弗羅比歇[173]；探索你自己的更高緯度——必要時，船上要裝滿罐頭肉作補給，還可以把空罐堆得跟天一樣高來作信號。發明罐頭肉難道僅僅是為了保

172 威廉・哈賓頓（W. Habington），《卡斯塔拉》（一六三四）。
173 Mungo Park（十八世紀）曾在非洲大陸探險；Lewis 和 Clarke（十八世紀）率探險隊考察美國西部；Frobisher（十九世紀）三次到北冰洋尋找西北航線。

存肉？當然不，你得把自己當成哥倫布去尋找你內心的整個新大陸和新世界，打開思想的新管道，而不是貿易的新管道。每一個人都是一個王國的君主，與這個王國相比，世間的沙皇帝國只是一個小國，只是冰融化後留下的小丘。可是，有的人不懂得尊重自己卻要講愛國，因小而失大。那些人熱愛築起他們墳墓的土地，卻不同情那也許還能給他們的泥土之軀賦予生命的精神。愛國主義是他們腦子裡的空想。南海探險有什麼意義，那樣的排場，那樣的耗費，只是間接承認一個事實：在道德世界裡也有大陸和海洋，而每一個人只是與之相連的地峽或小灣，可是他自己尚未去探索過；但是，坐政府的船，帶五百名水手和侍僕，航行幾千英里，闖過嚴寒、風暴和食人的生番之地，要比去探索私人的海洋，即個人的大西洋和太平洋要容易得多。

（Erret,et extremos alter scrutetur Iberos.
plus habet hic vita, plus habet ille vi?）

「讓他們去漂泊，去考察異邦的澳大利亞人吧，
我對上帝的認識更深了，他們只發現更多的路。」[174]

---

174 從克勞狄的「De Sene Veronensi」II 21—22 改寫而來，梭羅將「iberos」（伊比利亞人）改為「澳大利亞人」。

環遊世界到桑吉巴去數貓是不值得。可是即便是做這種事，一直做到你可以做得更好為止，你也許會發現一個「西姆斯洞」[175]，最後通過這個洞走到內心。英國、法國、西班牙、葡萄牙、黃金海岸和奴隸海岸全都面對這個私人的海洋，但是，從他們那裡還沒有一艘三桅帆船冒險航行到看不見陸地的地方，儘管那無疑是直接去印度的航線。如果你能學會講所有的語言，適應所有民族的風俗，如果你能比所有的旅行家旅行更遠，適應一切氣候，能猜出獅身人面獸的謎底，也要聽從古代哲學家的格言，去探索你自己，這就需要用眼、用腦。只有敗將和逃兵才上戰場，他們是逃跑而又入伍的儒夫。現在就出發吧！踏上最遠的西方道路，那條路不會在密西西比河或太平洋停下，也不會引你到疲憊的中國或日本，而是沿著這個地球的一條切線，走過夏天和冬天，白天和黑夜，日落，月歸，最後到地球也落下為止。

據說米拉波[176]曾到公路上搶劫，以便「弄清要正式違抗社會最神聖的法律，到底需要多大的決心」。他宣稱「在軍中打仗的士兵所需要的勇氣不及這種攔路賊的一半」，「榮譽和宗教根本無法阻止一個深思熟慮和堅定的決心」[177]。按通常標準，這

175 一八一八年西姆斯（J. C. Symmes）想像地球是空心的，在兩極有開口通到內部。

176 Mirabeau（1749—1791），法國革命家，試圖建立君主立憲制。

177 梭羅從《哈珀新月刊》第一期（一八五〇年十月）上將這段趣聞抄到他一八五一年七月二十一日的日記中。

是男子漢氣概，其實這如果不是鋌而走險，也是無聊之舉。一個神智更清醒的人倒是會發現自己經常「正式對抗」人們視為「社會最神聖的法律」，他要服從更神聖的法律，所以不必鋌而走險就可以考驗自己的決心。人不必刻意對社會採取這樣的態度，而應該通過服從他生命的法則保持他自己原來的態度，這種態度絕不會與一個公正的政府對抗——如果他有機會遇到這樣一個公正的政府的話。

我離開森林跟我進入森林一樣都有充分的理由。也許在我看來我要過好幾種生活，無法為那種生活花更多的時間。我們是如此容易不知不覺陷入某一條道路，為自己踏上舊轍，這真是令人驚奇。我住在那裡還不到一週，就從我門口到湖邊踏出一條小路。雖然距今已經五六年了，可是小道依然清晰可見。說真的，我恐怕有其他人已陷入這條道路，從而使這條路繼續敞開。地面是軟的，人的腳在上面留下腳印，心靈旅行的道路也是如此。那麼，世界上的公路定是多麼破舊多塵，傳統和服從的車轍是多麼深啊！我不想坐客艙，寧可到桅杆前，站在世界的甲板上，因為在那裡我能把群山中的月光看得最清楚。現在，我不想下到艙裡去。

至少我從自己的實驗中了解到，如果一個人能自信地在他所夢想的方向上前進，爭取去過他想像的生活，就可以獲得平常意想不到的成功。他將把一些事拋在後面，超越一個看不見的界限。新的、普遍的，而且更自由的法規將在他周圍和內心自行建立起來；或者舊的法律得到擴大，以更自由的意義作出對他有利的解釋，他可以在生命的更高級的秩序中生活。他的生活越簡單，宇宙的規律將顯得越不複雜，孤獨將不再是孤獨，貧困也不玥是貧困，軟弱也不再是軟弱。如果你建了空中樓閣，你的努力不會白費，樓閣就應該在空中，現在就在下面蓋地基吧。

英國和美國提出了一個可笑的要求：要你說的話讓他們能聽懂才行。人和傘菌都不是這樣生長的。好像那很重要，好像離開了他們就沒有夠多的人了解你。好像大自然只能支持一種理解秩序，無法既供養鳥又供養四足動物，既供養飛行生物又供養爬行生物，好像布萊特能聽懂的「噓」和「誰」是最好的英語。好像只有在愚笨之中才有安全。我主要擔心我的表達還不夠「過火」，無法超越我日常經驗的狹窄界限，不足以證實我所相信的真理。「過火與否」取決於你的拘囿程度。遷移的水牛跑到另一緯度去尋找新的牧場，並不比牛在擠奶時踢翻奶桶、躍過牛欄去追小牛更過火。我希望在某個沒有界限的地方說話，就像一個睡醒的人跟其他睡醒的人說話，因為我相信我甚至無法誇張到為真正的表達奠基。有誰聽了一曲音樂後還會擔心他話說過頭？為了將來或者可能性，我們應當生活得很放鬆，正面含糊些，輪廓黯淡些，朦朧些，正如影子揭示出對著太陽感覺不到的汗珠。我們言語中易揮發的真意將不斷暴露出殘留語言的不足。其中真意立即被轉譯，只有文字的紀念碑還留著。表達忠誠虔敬的話是不確定的，但這些話對於優秀的人是有意義的，而且芳如乳香。

為什麼我們總要把自己的認識能力降到最低而又美其名為常識？最普通的常識是熟睡的人的知覺，是以打鼾表達出來的。有時，我們易於把絕頂聰明的人與一知半解的人歸為一類，因為我們只能領會到他們三分之一的智慧。如果有人起得早，他也許會對朝霞挑毛病。我還聽說，「他們聲稱迦比爾的詩有四種不同的意義，幻覺、精神、智力和吠陀經的通俗教義。」[178]但是，在此地，如果一個人的作品有一種以上的解釋，那會被當作批判的依據。英國在努力治療馬鈴薯枯死病時，難道就沒有人努力去治療腦枯死這種流行更廣、更致命的病嗎？

我並不是說我已寫到令人費解的程度，但是，在這一點上，我書中所發現的致命錯誤如果不會比在華爾登的冰上發現的多，我就應該感到自豪了。南方的顧客不喜歡它的藍色，藍色原是純潔的證明，可在他們看來似乎很渾濁，他們反而更喜歡劍橋的冰，顏色是白的，可是有草味。人們喜愛的純潔是包裹著大地的薄霧，而不是霧層外的蔚藍太空。

有人在喋喋不休地說，和古人相比，甚至和伊莉莎白時代的人相比，我們美國人以及現代人普遍而言只不過是智力上的矮子。但這話與本題有什麼關係？活狗要比死獅子強。難道一個人因為自己屬於侏儒國而要去上吊嗎？為什麼不做侏儒國的

178 塔西（G. de Tassy）《印度文學史》（巴黎，一八三九），梭羅譯本。

巨人呢？人人應該守本分，努力保持自己的本色。

為什麼我們要這樣急不可耐地達到成功？為什麼要這樣不顧一切地去冒險進取？如果一個人跟不上他的同伴，也許是因為他聽到不同的鼓聲。讓他踏著他所聽到的音樂拍子走，不管節奏如何，或是有多遠。他能不能像一棵蘋果樹或一棵橡樹那樣快成熟，其實都無關緊要。他應該把他的春天轉變成夏天嗎？如果我們應該做的事條件尚不成熟，能用什麼現實條件代替呢？我們不要在空虛的現實上撞破船。有必要努力在頭頂蓋起一個藍玻璃天嗎？建成之後我們肯定還會凝望高高的真正太空，好像前一個不存在。

在庫魯城裡有一位藝術家，他要追求完美。有一天他想到要做一根手杖。他已考慮到時間是造成藝術品不完美的一個因素，而完美的藝術品是不受時間影響的。他對自己說，這藝術品應當在各方面都完美，哪怕我一生別的什麼事也不做。他立刻到森林裡去找木材，決心不用不適合的材料。他在找時，一根接一根都看不中，朋友們漸漸離開了他，因為他們工作到老之後都死了，可是他卻一點沒老。他矢志不渝的堅定決心以及他那崇高的虔誠，不知不覺使他永保青春。因為他不跟時間妥協，時間就給他讓路，只好遠遠地站一旁嘆氣，因為時間拿他沒辦法。他還沒找到一根在各方面都適合的樹幹，庫魯城就已成為古老的廢墟，他便坐在一堆廢墟上剝那根樹幹的皮。他還沒將它造出一個適合的形狀，桑達爾王朝已經結束了，他用木棍的尖頭在沙地上寫下那個種族最後一人的名字，接著又繼續工作。到他將那根木棍磨光時，卡爾帕已不再是北極星了；他還沒裝上金環和寶石裝飾的杖頭，梵天已睡過又醒來好幾次了。但我為什麼要在這裡談這些事呢？當他完成作品時，突然間，就在這位無比驚異的藝術家眼前，他的作品變成梵天所創造的萬物中最美的一件。他在製作杖過程中創造一個新的體系，一個美妙而比例適當的世界。雖然古城和舊王朝都已逝去，可是更美的城市、更輝煌的王朝已經代替了它們。現在他看到腳邊那堆削下的木花依然很新鮮，對於他和他的作品來說，從前逝去的時光只是一種幻覺，逝去的時間並不比梵天腦中一個火花落下來點燃凡人腦中火種所用的時間多。材料是純潔的，他的藝術是純潔的，結果怎能不奇妙呢？[179]

我們所能給予事物的任何外表最終都不如真相那樣對我們有利。只有真相能經得起考驗。大體來說，我們不在實際上的位置，而是在一個虛假的位置。由於天性薄弱，我們假定了一種情況，並置身其中，因此我們同時是處在兩種情況之中，要擺脫出來也就加倍困難。清醒的時候，我們只看到事實，實際的情況。講你必須講的話，不要講你應該講的話。任何真理都比虛偽強。補鍋匠湯姆．海德站在斷頭臺上，有人問他有什麼話要說。他說，「告訴裁縫，記住在縫第一針之前，線要打

179 在《薄伽梵歌》裡，庫魯是一個民族，劫是創世與滅世之間的一段時間，據說有四十億年。對於梵天來說，一個日夜即一劫。參見《日晷》III（1843），322。

結。」然而他同伴的祈禱卻被忘記了。

不論你的生活多麼卑賤，面對它，活下去。不要躲開生活，咒罵生活。它不像你想像的那麼壞。你最富有的時候，生活看起來最窮。愛挑毛病的人即便在天堂裡也會找出毛病。儘管生活很窮，還是要熱愛生活。即便是在貧民所裡，你也許還會有快樂、刺激、光榮的時光。濟貧院窗上反射出的夕陽的光輝，和富人公寓上反射出的一樣明亮；門前的雪也一樣在早春融化。我並不認為一個心思寧靜的人在那裡不會像在皇宮裡一樣滿足，而且有快活的思想。在我看來，城裡的窮人往往過著最獨立的生活，也許他們就是博大到可以毫無顧慮地去接受施予。大多數人不屑於受城中人的支援，但經常的情況是他們仍以不正當的手段來支持自己，這其實更不光彩。把貧窮當作花園裡的草，當作聖賢那樣培養，不要自找麻煩去找新事物，不論是衣服還是朋友。翻出舊東西；回到舊事物。萬物不變，我們變了。賣掉你的衣服，保留你的思想。上帝會看到，你不需要社會。如果我得整天關在小閣樓的一角，就像蜘蛛一樣，只要我還有思想，世界對我來說還是一樣大的。哲學家說，「三軍可奪帥也，匹夫不可奪志也。」[180]不要急於發展，不要屈從於許多影響而被捉弄，那都是胡鬧。謙卑就像黑暗一樣反而襯托出天上的光。貧困和卑賤的陰影圍繞著我們，

180 《論語・子罕篇》，第二十五章。

「瞧！創造在我們的視野中擴展。」[181]我們常聽到這樣的提醒：即使獲得了國王的財富，我們的目標應當還是不變，方法基本上還是相同。而且，如果自己的領域受貧窮的限制，如果你沒錢買書報，你只是被限在最有意義、最重要的經歷中，迫使你去處理那種能產生出最多糖和澱粉的物質，靠近骨頭的生活也是最甘美的生活。你不會去做無聊的瑣事。在下層沒有人會因上層的大方而失去什麼。過剩的財富只能買過剩的東西。靈魂所需要的東西都是用不著錢來買的。

我住在鉛牆一隅，在牆體裡注入了一點製鐘的金屬合金。在中午休息時，我常常聽到一陣混亂的叮叮聲從外面傳來。這是我同代人的噪音。我的鄰居對我說他們同那些著名的紳士淑女的奇遇，說在宴會上遇到哪些貴族，但是，對於此類事情，我就跟看《每日時報》一樣不感興趣。他們的興趣和談話主要是關於服裝和風度，但一隻鵝總歸是鵝，隨你怎麼打扮都一樣。他們講加利福尼亞、德克薩斯、英格蘭和印度群島給我聽，講到有名望的先生——喬治或麻塞諸塞的某某大人，全都是短暫的、瞬息即逝的現象，直講得我準備像那位馬穆魯克老爺[182]那樣從他們院子裡跳出去。我喜歡回到自己的地方——不喜歡走到引人注目的地方炫耀，但如果可能，我

---

181 懷特（Joseph Blanco White, 1775—1841），十四行詩：《獻給夜晚》。

182 一八一一年，土耳其戰勝埃及，下令將那裡軍事集團馬穆魯克的成員殺光。其中一個從城堡跳到馬上，逃到敘利亞。

要與宇宙的創造者攜手同行——我不想生活在這個不安的、神經質、鬧哄哄、無聊的十九世紀，而只想若有所思地站著或坐著，聽任這個時代流逝。人們在慶祝什麼？他們都參加了籌備委員會，隨時準備聽人家演說。上帝只是當天的主席，韋伯斯特是他的演說家。我喜歡衡量那些強烈地、正確地吸引我的事物的分量，確定它，並把重心轉向它——而不是掛在秤桿上去設法減少重量；不是去假定一種情況，而是按實際情況辦事。我只走我能走的唯一道路，在這條路上沒有什麼力量能阻止我。我不會滿足於未奠定牢固的基礎就去搭拱門。我們不要玩在薄冰上跑的把戲。什麼都有一個牢固的基礎。我們讀到，一個旅行者問小孩，前面的沼澤有沒有一個堅硬的底。小孩說有。但過了一會兒，這位旅行者的馬就陷入泥裡、沒到腹部了。他對小孩說，「我以為你說這個沼澤有硬底部。」孩子答道，「當然有的，不過你離底還不到一半深呢。」社會的泥沼和流沙也是如此，但知道這一點的人必定是老小孩了。只有那些在某一難得的巧合中所想所說或所做的才是好的。我不是那種蠢到把鐵釘隨便釘到泥糊的板牆上的人，這種行為會使我好幾夜睡不著。給我一把錘子，讓我觸摸到木梁，不要靠灰泥。用釘子牢牢釘入，釘得緊緊的，這樣你夜裡醒來想到你的工作，會感到很滿意——這種工作，你就是招繆斯來看也無愧。這樣上帝也會幫你，只有這樣他才會幫你。每一根釘入的釘子都應當是這部宇宙大機器中的一顆鉚釘，你才能繼續做下去。

不要給我愛，不要給我錢，不要給我名譽，給我真實就行了。我坐在一張擺滿美酒佳餚的桌前，受到隆重招待，可是那裡沒有真實和誠懇，我饑餓地從冷漠的宴席走開。這種待客態度冷如冰。我想不必再用冰來冷凍他們了。他們跟我講酒的年代和葡萄酒的美名，但我想到一種更古老又更新、更純的酒，想到一種更負盛譽的美酒，這是他們所沒有，也買不到的。那氣派、那房子、那種場所和「娛樂」，我一樣都不要。我去拜訪國王，但他叫我在客廳裡等，他那行為就像個不會待客的人。我鄰居中有一個人住在樹洞裡，他真正有王者風度。我要是去拜訪他就好多了。

我們要坐在門廊上多久來修練這種無聊腐朽、與一切工作都不相干的美德呢？好像一個人在一日之始就要去忍受長期的痛苦，雇一個人來給他鋤馬鈴薯，到下午帶著預先想好的善心去修行基督徒的溫柔和愛心。請想想中國的驕傲和那種停滯不前的人類自滿。這一代人慶幸自己是某個顯赫家系的最後一代；而在波士頓、倫敦、巴黎和羅馬，想著自己的悠久傳統，談論在藝術、科學和文學上的進步，沾沾自喜。有哲學協會的紀錄，還有對偉大人物的公開頌詞！是亞當在思考自己的美德，「是的，我們幹了偉大的事，唱神聖的歌，這些是不朽的。」就是說，只要我們能記住它們。亞述的學術團體和偉大人物——他們在哪兒？我們是何等年輕的哲學家和實驗者！我的讀者中還沒有一個過了完整的人生。這些可能只是人類生活的春天。即便有了七年之癢，可我們還沒見過康科特十七年的蝗災。我們只熟悉自己所生活的地球的表層。大多數人沒有深入過這表層之下六英尺，也沒跳得高出它六英尺以上。我們不知道自己在哪兒。而且，我們生命中有近一半時間是在酣睡。可我們還自以為聰明，已經在地面上建立了秩序。真的，我們是深刻的思想家，我們是有雄心的人！當我俯視森林地面松針中間爬行的昆蟲，看到它努力想避開我的視線躲起來，我問自己它為什麼抱有這樣卑下的思想，要藏起它的頭，避開我，而我本來可能是它的恩主，而且能給它的族類傳達可喜的消息。這又使我想到更偉大的施恩者和智者正在俯視我這個人類昆蟲。

新事物不斷注入這個世界，而我們卻忍受不可思議的沉悶。我只要說在最開明的國家裡人們還在聽什麼樣的說教就夠了。有喜和哀這樣的字眼，但這些詞只是用鼻音哼出的讚美詩中的疊句，而我們是信仰平凡和中庸的。我們認為自己只能換換衣服。據說大英帝國很大，很可敬，而美國是一等強國。我們不相信每個人背後都有潮起潮落，這浪潮能將大英帝國像一塊木片一樣浮起，只要他有此心懷。誰知道下一次發生蝗災是什麼時候？我所生活的那個世界的政府，並不是像英國政府那樣是在宴會之後的喝酒聊天中組成的。

我們體內的生命就像河流裡的水。今年可能漲到人類從不知道的高度，淹沒枯焦的高地；甚至今年就可能是多事的年頭，會把所有的麝鼠都淹死。我們並不總是住在乾燥的陸地上。我看到遠在內陸的昔日河岸，在科學開始記錄山洪之前，古代的洪水就把河岸沖刷了。每個人都聽過在新英格蘭流傳的那個故事：一隻強壯而美麗的爬蟲從一片蘋果樹木板做的舊桌面中爬出來，這張桌子放在一位農夫的廚房裡已經六十年了，先是在康乃狄克，後來到麻塞諸塞——是從一顆還要早好些年就產在蘋果樹中的卵裡爬出的，這可以從它外面的年輪看出來。好幾週裡一直聽到蟲咬的聲音，也許是一個茶壺的熱將它孵化的。聽到這個故事，誰不會感到對復活和不朽的信心增強？誰知道還會有何等美麗的有翅生命，牠的卵長年埋在死的、枯燥的社會生活中好幾層木頭下，起先是產在青春的活樹白木質中，這樹已漸漸轉變為枯木——也許人類家庭坐在豐盛的宴席周圍已吃驚地聽它向外咬好多年了，而它說不定出人意料地從社會上最不值錢的、隨手送人的家具中出來，終於可以享受它完美的夏日生活！

我並不是說約翰或喬納森會認識到這一切，但是那僅靠時光流逝不會破曉的明日就具有這個特性。使我們眼睛看不見的光對我們來說就是黑暗。只有我們醒悟的那一天才破曉。破曉的日子還有更多，太陽只是一顆晨星。

Henry David Thoreau

年表
Chronolgy

1817

Birth —— 七月十二日出生於麻塞諸塞州康科特鎮。十月十二日接受洗禮，取名為大衛・亨利・梭羅。父親約翰・梭羅、母親辛西亞・鄧巴。梭羅排行第三，姊姊海倫，生於一八一二年、哥哥約翰，生於一八一五年，妹妹蘇菲亞，生於一八一九年。此時梭羅的父親務農為業，並在康科特鎮經營商店。

世界大事｜著有《理性與感性》、《傲慢與偏見》等知名小說的英國女作家珍・奧斯汀（Jane Austen）逝世。

1818

age 1 —— 舉家遷往康科特鎮北面十英里處的一個小村——契姆斯福德，其父在此經營雜貨店。梭羅喜歡滑雪橇，曾連連發生事故，一次耍弄斧頭時，不慎將腳趾切去一節。一八二一年，其父因生意日衰，關閉了雜貨店，舉家遷往波士頓，其父並在學校中任教。

世界大事｜瑪麗・雪萊的小說《科學怪人》出版。
德國政治哲學家及社會理論家，馬克思主義創始人——馬克思 誕生。

1822

age 5 —— 探望外祖母瑪麗・瓊斯時，首次遊覽了華爾登湖。（梭羅後來寫道：「在很長的一段時間裡，那經常是我許多美夢的帷幕。」）

世界大事｜九月七日——巴西宣布從葡萄牙獨立。
英國詩人雪萊逝世

1823

age 6 —— 舉家遷回康科特鎮，其父接管妻弟查爾斯・鄧巴開創的鉛筆製造生意，收入逐漸穩定。梭羅進入菲比・惠勒的私立小學，後來進入市立中央中學。背誦了《聖經》、莎士比亞、班楊和賽謬爾・約翰遜的篇章段落。由於他外表嚴肅，同學們都稱他為「法官」。梭羅畢生對鄉村的探索由此開始，完成第一篇散文「四季」。

世界大事｜二月十五日清末政治家——李鴻章出生

1828

age 11 —— 梭羅和其兄長約翰進入私立康科特學院唸書，該校於一八二二年由市內的名望士紳所創辦。開始學習法語、拉丁語、希臘語、地理、歷史和理科。

世界大事－九月九日，俄國作家列夫．托爾斯泰誕生

1829

age 12 —— 在新成立的康科特中學參加自然、歷史講座。

世界大事－歌德的《浮士德》首演。

1835

age 18 —— 拉爾夫．沃爾多．愛默生遷至康科特鎮。

冬季學期梭羅請假不上課，在麻塞諸塞州的坎頓靠教書賺錢。和新英格蘭知識份子，唯一神教派牧師奧雷斯蒂斯．布朗森居住了六個星期，並與他一起學習德語。（他後來就這幾個星期的生活寫道：「這幾星期是我生命中的一個新時期——一個嶄新的萊本斯塔格的早晨；對我來說那些日子像是一場夢，那是過去的夢，卻又不時重現，清新如始。」）

一八三六年五月，因病短期離開哈佛，可能是初期肺結核。

七月參加康科特大橋紀念碑的落成典禮，參加合唱團，頌唱愛默生的「康科特讚歌」，在弗林特湖畔的屋裡與哈佛的朋友查爾斯．斯特恩斯．惠勒一起住了六週。

此時他的文章已經大有進步，不但內容充實，亦開始表現出他獨特的哲理。

世界大事－十一月二十九日，慈禧太后誕生。

一月三日，日本維新志士——坂本龍馬誕生。

1837

age 20 —— 愛默生致信哈佛公司總裁，力薦梭羅，使梭羅榮獲二十五美元獎學金。

畢業時在近五十人的班級中排名第十九位，參加題為「現代商業精神」的優秀畢業生討論會。（「我們居住的這個充滿新奇的世界，與其說是予人便利，不如說是令人嘆絕，它的動人之處遠多於它的實用之處；人們應當欣賞它，讚美它，而不是去使用它。」）

開始在市立康科特中央中學任教，但因上級的責令而違心地鞭打六個學生，隨後便辭去教職，協助父親從事鉛筆製造。

加入非正式的新英格蘭先驗論者組織「赫奇俱樂部」，不定期在愛默生的書房中聚會。

十二月十二日起開始寫日記，最後共達兩百多萬字，常在附近鄉野間漫遊沉思。

著手改進鉛筆鉛芯的品質；從哈佛圖書館的蘇格蘭百科全書中得到啟發，用巴伐利亞黏土混合石墨，研製磨粉機，生產出更精細的石墨粉。

改原名為大衛．亨利為亨利．大衛。

世界大事－美國人摩斯發明了電報機，開啟了人類通訊的一個新里程。

1838 age 21

計劃與哥哥一起前往肯塔基州找工作，但哥哥約翰在羅斯勃雷找到工作後，就不去肯塔基了。

前往緬因州求取一項教職，未果。

六月，任教於一所小型私人學校。

四月十一日首次在康科特中學發表演講，題目為「社會」。

秋天時，經選舉當上康科特中學的祕書和圖書館長，任期兩年。

九月起，接管康科特學院。

世界大事－以英國、法國為代表的歐美等國的商人在中國廣州販賣鴉片。

1839 age 22

由於招生人數增加（約二十五人），哥哥約翰得以進入康科特學院與梭羅一起任職；約翰教「英語各科」，梭羅教拉丁語、希臘語、法語和自然科學。

七月梭羅邂逅麻塞諸塞州錫楚特的愛倫・西瓦爾，是他一位學生十七歲的姊姊，兄弟二人均對她一見鍾情，八月三十一日，兄弟二人均登上自造的馬斯克特奎德號船，開始了在康科特和梅里馬克河上為期兩周的旅行。

愛默生幫助創辦先驗論者季刊《日晷》，並寫道：「我的亨利・梭羅將成為這種社交聚會的大詩人，並且總有一天會成為所有社交聚會的大詩人。」

世界大事－馬雅文明遺址被發現。

法國科學院發表銀版攝影術的發明。

1840

age 23

路易莎・梅・奧爾科特進入康科特學院，她對梭羅的畢生欽佩之情有此開始。

七月瑪格麗特・富勒編輯的《日晷》第一期面世，載有梭羅的詩《同情》和文章《奧魯斯・珀西烏斯・弗拉庫斯》。梭羅在共十六期的《日晷》上發表的詩歌、隨筆和譯文達三十一篇之多。

愛倫・西瓦爾先後拒絕了約翰和梭羅的求愛。

結識埃勒里・錢寧。（詩人、唯一神教派教父威廉・埃勒里・錢寧之侄子），錢寧成為梭羅的摯友，並於一八七三年率先為梭羅寫傳。

世界大事－英國侵略中國的鴉片戰爭正式開始。

英國開始發行世界上第一張郵票。

法國印象派主要畫家莫內誕生。

1841

age 24

婉拒加入布魯克農場社團的邀請（「我寧可在地獄中獨身，也不願進入天堂。」）。

由於約翰身體不佳，四月一日梭羅關閉康科特學院，隨後兩年遷居愛默生家中，做些零碎雜活、照料花園。

梭羅借閱愛默生的藏書，進一步閱讀希臘古典著作和英語詩集，並開始閱讀東方文學。

梭羅仍想求得一謀生之道，差點買下破落的農場，夢想著到林肯的弗林特湖畔生活。

世界大事－英軍登陸香港島水坑口，香港開埠，成為英國殖民地。

法國印象派畫家雷諾瓦誕生。

1842

age 25

一月一日，約翰被剃刀割傷，得了破傷風，一月十一日死於梭羅懷中。不久以後連續幾個星期，梭羅因同樣的癱瘓症狀而身心不適，緊接著一連幾個月心情抑鬱。

夏天時，他結識納撒尼爾．霍桑；霍桑拜讀了一八四二年七月號的《日晷》上梭羅的文章《麻薩諸塞的自然歷史》，便斷斷續續給梭羅文學上的贊助。霍桑形容梭羅是個「帶著大部分原始天性的年輕人……醜陋、墮落、長鼻、怪聲怪調，舉止儘管彬彬有禮，總帶有點粗俗的鄉村野氣，與其外表甚合。我相信他在坎里奇受過教育……但兩三年以來，他否定了一切正常的謀生之道，看來趨向於在文明人中過一種印地安人的生活——我指的是一種贊同不為生計做任何有規則的努力的印地安人生活方式。」

梭羅以七美元的價格將「馬斯克特奎德」號船賣給霍桑，還教他如何划船。

冬天時，梭羅和霍桑、愛默生一道滑冰；霍桑的妻子索菲亞描述他：「在冰上如醉如狂，奔跳疾躍——在我看來雖不同凡響，但卻極不雅觀。」

世界大事－清朝將香港島割讓予英國，成為殖民地。

1843

age 26

二月舉行關於「沃爾特．羅利爵士」的講座，代替愛默生編輯四月號的《日晷》，登出一篇關於古代歷史的短篇隨筆——《黑暗年代》。

五月間前往紐約斯泰頓島，擔任愛默生兄弟威廉子女的家教老師。

認識霍拉斯．格里利和亨利．詹姆士爵士以及廢奴主義者威廉．塔班，在貴格會教徒的祈禱會上聆聽社會改革家盧克麗霞．莫特的發言，甚受感染。

喜歡沿史坦頓島岸邊漫步，經常光顧紐約市內各圖書館，對奧西恩和弗朗西斯・夸爾斯的著作特別感興趣，但對紐約市他如此寫道：「這地方比我想像的還糟一千倍。」在思鄉之情的驅使下，於十二月回康科特鎮家中。十一月批判技術烏托邦思想的《重得天堂》一書發表於《美國雜誌和民主評論》。

世界大事－魏源編著的《海國圖志》五十卷出版。

法國開始製造歷史上第一批用以商業販售的香煙。

1844

age 27——撰寫雜文讚頌納撒尼爾・P・羅杰斯，刊於《日晷》上；羅杰斯是個主張廢奴的出版商，主張解散廢奴團體，理由是這團體限制了個人自由。

設計出鑽機，使鉛芯可直接插入鉛筆，而不需切開木條；制定了鉛筆硬度的等級劃分。

八月一日，敲響第一教區教堂的大鐘，把全鎮人民召集到康科特婦女廢奴協會的年度集會上（該協會是他母親參與籌辦的）；在會上愛默生作了關於「解放印地安人」的演講，在梭羅的安排下，演講稿印成小冊子出版。

秋季，幫助家裡在康科特西南部空曠的大草原上建造新房（德克薩斯屋）。

世界大事－德國哲學家尼采誕生。

1845

age 28——三月，著手在華爾登湖畔屬於愛默生的林地上建木屋，七月四日搬進；動筆撰寫一八三九年同約翰一起在康科特和梅里馬克河上的乘船旅行記，以及有關湯瑪斯・卡萊爾的講稿，在木屋住了二十六個月，期間與家人和朋友保持密切聯繫。

世界大事－佛羅里達成為美國第二十七州。

1846

age 29——起筆撰寫《湖濱散記》。

二月裡在康科特中學發表關於卡萊爾的演講。

七月遭受當地警察逮捕，並被監禁了一夜，理由是梭羅因抗議政府延續奴隸制而拒付人頭稅。當夜有人匿名為梭羅繳納了稅款（此人大概是他姑姑瑪麗亞．梭羅）。翌日早晨，梭羅拒絕出獄，但被強行趕出。

（愛默生不贊成梭羅的做法，在日記中寫道：「別再胡作非為了。只要國家對你好，就不要拒絕付錢。」一八四三年，奧爾科特因逃稅而被補，他稱讚梭羅「保持自尊，敢拒絕服從政府的命令。」）

在他的餘生中，他姑姑和其他人替他納稅，以防他進一步與政府衝突。

八月一日廢奴協會在華爾登集會。

八月三十一日至九月初同來自班戈的表兄弟喬治．薩切爾攀登位於緬因州的克塔登山。

世界大事－在北美洲和中美洲交界處發生了美墨戰爭。

1847

age 30

二月在康科特中學讀《湖濱散記》初稿的部分內容——「自傳」。

九月六日完成《在康科特河與梅里馬克河上一周》的書稿和《湖濱散記》初稿的大部或全部後，離開華爾登。

十月，住進愛默生家中，待了十個月，在愛默生赴歐洲期間幫助照顧莉迪亞．愛默生和孩子們。

世界大事－朱塞佩．威爾第的著名歌劇《馬克白》於佛羅倫斯的佩哥拉劇院（Teatro della Pergola）首演。

美國發明家愛迪生誕生。

1848

age 31

二月二十六日在康科特中學做關於「個人與國家關係」的報告，一八四九年以《抗拒政府》為書名出版（死後改名《論公民的不服從》），在於伊麗莎白．皮博迪的《人類學論文集》。

因回一封感謝信，開始與麻塞諸塞州伍斯特的教員哈里森・布萊克頻繁通信。

七至十一月約翰・薩廷《聯合雜誌》連載了《克塔登山和緬因森林》一書，霍勒斯・格里利在紐約的《論壇》上極力推崇，格里利此時已是梭羅的熱心支持者和文學經紀人。

在新英格蘭巡迴演說。

拉塞爾・洛尼爾在《評論家的寓言》一文中（十月三十一日發表）諷刺梭羅不過是愛默生的影子罷了。

大幅度修改《在康科特河與梅里馬克河上一周》，並著手《湖濱散記》的第二版工作。

世界大事－法國二月革命爆發。

英國滑鐵盧車站通車。

拿破崙當選首任法蘭西第二共和的總統。

1849

age 32

梭羅同意以版稅支付出版費用後，五月三十日詹姆士・芒羅和波士頓公司出版了《在康科特河與梅里馬克河上一周》。讀者對該書的評論不一，銷售不佳。梭羅繼續校改該書內容。（一八五三年梭羅從頭版的一千冊書中取出七〇六冊，存於家中閣樓，說：「我的藏書已近九百冊之多，其中七百多冊是本人所著。」）

六月十四日姊姊海倫死於肺結核。家中的鉛筆生意轉為主要為電鑄版提供鉛粉，生意日隆；秋天時在靠近康科特鎮中心處購置一間大房（「黃屋」）。梭羅發現勘測工作不失是種很賺錢的謀生之道，並且樹立了高度精確的聲明。

和愛默生的友情趨淡。

愛默生在日記中寫道：「梭羅的個性中少了點雄心壯志……他不當美國工程師的領袖而去當採黑果隊的隊長」。梭羅對漸長的名氣和聲望給愛默生帶來的影響心存疑慮，對別人指責他不過是愛默生的追隨者甚為苦惱，對愛默生沒有大力宣傳《在康科特河與梅里馬克河上一周》一書感到不悅。

十月時，和埃勒里．錢寧一道首次去科德角遊覽，他們經科哈西特和桑威奇去科德角，之後乘汽船從普羅文斯敦回來。

世界大事－鋼琴家蕭邦逝世。

丹麥成為君主立憲體制的國家。

法軍攻占羅馬，羅馬共和國投降。

1850

age 33

把日記從為書籍和演說做紀錄的小冊子充為獨立的文學作品，增加閱讀自然史和有關美洲印第安人的書籍，一八四八至一八六一年間從有關印第安人的書籍中記下了近千頁的筆記和引語。

六月時，一人獨自重遊科德角，乘汽船往普羅文斯敦再回波士頓。七月，受愛默生的囑託，前往紐約火島，尋找瑪格麗特．富勒．奧索利的屍體和手稿；富勒同其丈夫、小孩以及霍勒斯．薩姆納（麻塞諸塞州參議員查爾斯．薩姆維的兄弟）死於海難。梭羅趕到之前沉船幾乎已被劫掠殆盡；他只找到一些無關緊要的東西。看到一具無法辨認的骷髏，梭羅寫道：「這骷髏統治著沙灘，沒有任何活人能像這具死屍那樣坐擁沙灘。」

九月，同埃勒里．錢寧前往聖勞倫斯河北岸及魁北克省的蒙特利爾。

世界大事－加州成為美國第三十一州。

法國作家巴爾札克逝世。

1851

age 34

《逃亡奴隸法令》通過，梭羅大為憤慨，在日記中寫道：「我不信北方不久就會和南方因此事而衝突起來。就目前而言，這一頁過於輝煌，無法動筆。」參與多年一直支持的地下交通網，日漸投入，在家中收容逃亡奴隸，幫助他們逃往加拿大。

世界大事｜紐約時報創刊。

英國作家瑪麗・雪萊逝世。

1852

age 35

《湖濱散記》第四版的部分摘錄發表於《聯合雜誌》，幾乎未引起人們注意。該雜誌停刊時，梭羅未得分文的報償。

世界大事｜拿破崙三世稱帝，法蘭西第二帝國建立。

日本明治天皇誕生。

1853

age 36

一月至三月《伯特南月刊》連載了根據一八五〇年旅行而創作的《美國佬在加拿大》的前三部分。編輯喬治・威廉・柯蒂斯以「異端」為由，要求刪除部分章節，遭梭羅拒絕，連載就此終止。

九月，二度前往緬因州，隨行的有喬治・撒切爾和印第安人嚮導喬・艾蒂恩。

世界大事｜荷蘭畫家梵谷誕生。

歌劇《茶花女》於威尼斯鳳凰劇院首演。

1854

age 37

逃亡奴隸安東尼・伯恩斯在波士頓被補，梭羅憤而起筆，寫下了《麻塞諸塞州奴隸制》一文，並於七月四日在麻塞諸塞州弗雷明漢由威廉・勞埃德・加里森組織的群眾大會上宣讀，該文後刊於《廢奴準則》、《解放者》和紐約的《論壇》。

八月九日，波士頓蒂克納和菲爾茲公司出版了二千冊《湖濱散記》，這一版的《湖濱散記》是梭羅七年筆耕不輟和幾次重大修改的成果。儘管有些評論措詞尖刻（《波士頓圖表集》：「沒有一頁書流露出公正、寬厚、慈善、慷慨，終歸一句話，沒有同情心」；《尼古博克》雜誌以「鄉村鬼話」為題，對《湖濱散記》和P・T・巴納姆的自傳同時進行評論），但大部分人反應熱烈。（擁有眾多讀者的《格雷厄姆雜誌》寫道：「儘管他偏激的抗議有些魯莽，有心人都可以看到他心強而有力，才華橫溢。」）直到年底，已銷出一七四四冊，一八五九年停止銷售前又有幾百冊賣出。（一部分還銷往英國，喬治・艾略特於一八五六年讚道：「我們可以看到一點純正的美國生活……生機盎然，富有一種祥和的創新精神，切合實際，理論上脫離成規，是美國卓越人士所獨有的。」）

在《湖濱散記》獲得成功的鼓舞下，梭羅力勸蒂克納和菲爾茲再版《在康科特河與梅里馬克河上一周》，但遭到拒絕。

梭羅在東北地區演講，聲名漸大；介紹批評美國人渴求心態的《謀生》一書（後來更名《無原則的生活》並出版）。

身邊開始吸引了一群崇拜者，英國旅行家和作家湯瑪斯喬姆利亦是其中之一，還有後來成為歷史學家的新貝德福德人夸克・丹尼利・里基森和廢奴主義者、教育家、作家F・B・桑伯恩。

世界大事－美國與日本代表於神奈川簽訂《日美親善條約》，德川幕府的鎖國政策結束。
愛爾蘭作家王爾德誕生。

雙腿虛軟乏力，斷斷續續折磨了他兩年多。

六至八月號《伯特南月刊》發表了他著作的《科德角》。後因與柯蒂斯就稿酬問題發生歧見而致連載中斷，當時柯蒂斯心存顧慮，生怕梭羅的語氣觸犯了科德角居民。

七月梭羅第三次前往科德角，埃勒里・錢寧隨行，乘坐縱帆船前往普羅文斯敦港，在海蘭萊特待了兩周，搭乘「奧勒塔」號帆船回到波士頓。

為了答謝梭羅在康科特的盛情款待，湯瑪斯・喬姆利以四十四冊東方哲學、宗教和歷史書籍相贈。梭羅為此特別用康科特河中的流木製作了一個書箱，並贈與喬姆利《湖濱散記》一書，以及愛默生的詩集和惠特曼的《草葉集》。

世界大事－俄國沙皇尼古拉一世誕生。

1856

age 39——十月，前往新澤西州的波斯阿姆伯依，在伊格蘭斯森林中勘測，這片森林過去是一個烏托邦社區，現在已被改造為郊區莊園。

十一月初同布朗木·奧爾科特在紐約遊覽。在布魯克朗的普利第斯教堂聽亨利·沃德·比徹講道，梭羅不為所動。翌日，梭羅同奧爾科特拜會沃爾特·惠特曼。（「毋庸置疑，他是世界上最偉大的民主主義者，」梭羅在後來給哈里森·布萊克的信中如此寫道，「國王和貴族立刻被人拋棄，他們早該如此。惠特曼生性剛毅，雖然有些不高雅之處，卻性情溫和，朋友們讚不絕口。」）

惠特曼贈與梭羅親筆簽名的一八五六年版《草葉集》。梭羅對其中的肉欲描寫感到驚愕，但仍稱之為「偉大的原始詩集——是響徹美國營地的警鐘和號角。」

世界大事－第二次鴉片戰爭開始。

1857

age 40——三月初拜見正在康科特探望F·B·桑伯恩的約翰·布朗，並在家中與布朗共進午餐。聽布朗暢言並捐贈了些許錢財；他寫道：「布朗在國家有錯誤時，有勇氣直視面對。」

六月十二至二十二日獨自一個人最後一次出遊科德角。（一八五六年蒂克納和菲爾茲出版的《科德角》中唯獨對這次旅遊未加描述。）

七月二十至八月七日橫穿緬因，隨行的有愛德華·霍爾和印第安人嚮導波利斯。梭羅此時臉部長滿鬍鬚。

世界大事－法國詩人波特萊爾出版詩集《惡之華》

1858

age 41——詹姆士·拉塞爾·洛厄爾向梭羅索取一八五七年緬因遊記的手稿，已備刊於《大西洋月刊》。梭羅擔心自己對波利斯的描述過於坦白，所以交給他根據一八五三年旅行寫的《奇森庫克》，出版於六至八月。儘管梭羅明確指示，七月號連載時，讚頌松樹的字句被刪掉了「此樹如我一般永生，有望高入天庭。」梭羅致信洛厄爾——「我並沒有要求任何人順從我的意見，但既然人們要出版，他們就必須如實印出，改動或刪節都必須徵得我的同意。」梭羅要求洛厄爾在八月號上重新刊出被刪的字句，洛厄爾不從，並延期付給欠梭羅的一九八美元。

世界大事－美國總統羅斯福誕生。

1859

age 42

二月三日其父去世，梭羅擔起贍養母親和供養妹妹的重任。

五月八日聽約翰·布朗在康科特鎮議政廳發言。

十月布朗襲擊哈伯斯渡口的消息傳到康科特鎮。梭羅蔑視政府，於十月三十日至十一月三日在康科特鎮、波士頓和伍斯特向大批群眾發表了《為約翰·布朗隊長請命》的演說。

十二月二日布朗被處決那天，在康科特鎮參與追悼會，並在會上發言。幫助布朗的手下逃往加拿大。

世界大事－現象學之父胡塞爾誕生。
美國哲學家杜威誕生。
袁世凱誕生。

1860

age 43

拜讀達爾文《物種起源》，就路易斯·阿加西斯的攻擊而向愛默生辯解。威廉·迪安·豪厄爾斯來訪，認為梭羅「喜好空想」、「難以捉摸」，後來，他描述說這次相遇使他的希望「落空」，聯邦執法官員企圖逮捕桑伯恩，要他接受參議院對襲擊哈伯斯渡口事件的調查，梭羅同市民一道保護F·B·桑伯恩，不讓聯邦執法官逮捕他。撰寫《約翰·布朗最後的日子》。十二月染上重感冒，不久就轉成支氣管炎。

世界大事－英法聯軍火燒圓明園。
俄國作家契柯夫誕生。

1861

age 44

五月同朋友小霍勒斯前往明尼蘇達州，希望能恢復健康，了解西部，觀察印第安人。兩人收集植物標本，搭乘蒸汽船前往位於雷德伍德下游的蘇人辦事處；目睹一年一度政府付給印第安人報酬的情況，拜見酋長利特爾．克囉，此人後來領導一八六二年的蘇人起義。了解並同情印第安人的不滿情緒。

七月初返回康科特鎮，疲憊不堪，身體狀況未有好轉。認定自己去日無多，對《在康科特河與梅里馬克河上一周》做最後修改。與妹妹一同安排死後出版《緬因森林》、《科德角》和其他著作事宜。

他在病榻上對來訪者說：「你知道，能給朋友留下一點東西是可敬的。」九月，最後一次遊覽華爾登湖日記記至十一月三日。

世界大事－美國南北戰爭。
羅馬尼亞宣布獨立。
印度詩人泰戈爾誕生。

1826

age 45

臥病不起，拒服麻醉劑，並不斷接見來訪人士。

四月十二日，將藏於閣樓的《在康科特河與梅里馬克河上一周》全部賣給出版商菲爾茲，菲爾茲兩個月後換上新扉頁重新發行。

五月六日，梭羅被肺結核奪去生命。

病逝前最後能聽得清的話是「麋鹿」和「印第安人」。

五月九日，下葬於康科特新墓場，後來移葬於斯利比霍洛韋公墓。

世界大事－美國總統林肯簽署禁止奴隸制法律。

編輯說明

本書根據《梭羅集》中有關文字重版，譯稿蒙許崇信先生家屬提供，並說明各部分翻譯分工如下：「經濟篇」至「木屋生暖」由許崇信翻譯；「昔日的居民，冬日的訪客」至「結束語」由林本椿翻譯；譯文的校訂工作由許崇信承擔。

「我與梭羅」一文蒙葦岸先生親屬同意收錄於此。愛默生的「梭羅小傳」和附錄文字由蒯超翻譯。謹此致謝！

gobooks.com.tw

高寶書版集團

RR 003

湖濱散記

Walden

作　　者　享利・大衛・梭羅（Henry David Thoreau）
譯　　者　許崇信、林木椿
編　　輯　蔡欣育
校　　對　林立文
排　　版　趙小芳
封面設計　廖韡
內文插畫　廖韡
出　　版　英屬維京群島商高寶國際有限公司台灣分公司
　　　　　Global Group Holdings, Ltd.
地　　址　台北市內湖區洲子街88號3樓
網　　址　gobooks.com.tw
電　　話　(02) 27992788
電　　郵　readers@g obooks.com.tw（讀者服務部）
　　　　　pr@gobooks.com.tw（公關諮詢部）
傳　　真　出版部 (02) 27990909　行銷部 (02) 27993088
郵政劃撥　19394552
戶　　名　英屬維京群島商高寶國際有限公司台灣分公司
發　　行　希代多媒體書版股份有限公司/Printed in Taiwan
初版日期　2013年6月

國家圖書館出版品預行編目(CIP)資料

湖濱散記 / 梭羅著；許崇信, 林本椿譯.
-- 初版. -- 臺北市：高寶國際出版：
希代多媒體發行, 2013.6
　面；　公分. -- (Retime; RR 003)
譯自：Walden
ISBN 978-986-185-840-1(平裝)

874.6　　　　102004640